KB232185

키세
나이트
Kishe, The Dragon Knight

키세 나이트 6

김우인 판타지 장편 소설

초판 1쇄 찍은 날 § 2004년 8월 10일
초판 1쇄 펴낸 날 § 2004년 8월 20일

지은이 § 김우인
펴낸이 § 서경석

편집장 § 문혜영
편집 § 장상수 · 김민정 · 서지현 · 최하나
마케팅 § 정필 · 강양원 · 이선구 · 김규진 · 홍현경

펴낸곳 § 도서출판 청어람
등록번호 § 제1081-1-89호
등록일자 § 1999. 5. 31
어람번호 § 제1-0525호

주소 § 경기도 부천시 원미구 심곡1동 350-1 남성B/D 3F (우) 420-011
전화 § 032-656-4452 팩스 § 032-656-4453
E-mail § eoram99@chollian.net

ⓒ 김우인, 2003

값 8,000원

ISBN 89-5831-208-4 04810
ISBN 89-5505-729-6 (SET)

김우인 판타지 장편 소설

키세 나이트

Kishe, The Dragon Knight

Knight **6**

완결

도서출판 청어람

목차

6 Knight

제30장

데라즈

차가운 기운이 남아 있는 바람이 머리카락을 스치고 지나간다.

빽빽한 침엽수림은 언제나 그렇듯이 푸른빛을 머금은 채 차갑지만 봄 기운이 가득 담긴 바람을 호흡하듯이 빨아들이고 있었다.

겨우내 얼어붙어 있던 땅 위에는 마른 풀잎들이 늘러 붙어 있어 아주 조금이지만 그 위를 걸어가는 사람들의 발걸음을 더디게 했다.

한 걸음 한 걸음이 가볍고, 또한 동시에 무겁다.

기쁨과 두려움, 포근함과 낯설음이 함께 마음속에서 일렁이고 있다.

케릭스는 오랜만에 돌아온 고향의 낯익은 풍경들을 기억 속의 그것과 하나하나 맞추어가며 발걸음을 옮기고 있었다.

생각해 보면 지금까지의 여정은 마치 봄을 피해 자꾸만 겨울의 흔적이 남아 있는 곳으로 여행한 것과 다름없었다. 봄이 온 듯하면 쫓기듯이 다시 겨울이 남아 있는 곳을 향해 떠났다. 그리고 그 겨울의 끝에 도착한 곳이 바로 자신의 고향이다.

뒤도 돌아보지 않고 달려온 길이었다.

그 귀착점인 고향. 이곳에 도달한 후에야 비로소 단단하게 얼어붙어 있던 땅이 풀리듯 한껏 긴장해 있던 케릭스의 마음도 조금씩 풀려가고 있었다.

그리고 마음의 봄과 함께 겨울의 흔적이 남아 있는 데라즈의 봄도 함께 시작되고 있다.

"저곳입니다."

한참을 묵묵히 걸어가고 있던 케릭스는 멀리 보이는 저택을 가리키며 카이스를 향해 말했다.

"레드 드래곤의 기척이 느껴지는데?"

카이스는 케릭스의 집에 대해 언급하는 대신 다른 질문을 했다. 그 질문에 케릭스는 쓴웃음을 지으며 대답했다. 사실 카이스에겐 케릭스의 집이나 다른 사람의 집이나 그저 머물 수 있는 곳이라는 의미에서 별다를 것이 없다는 걸 알고 있기 때문이다.

"네. 아버님과 계약한 드래곤입니다. 아버님은 이전의 미루론도 그랬지만 레드 드래곤과 상성이 잘 맞는 것 같더군요."

"레드 드래곤이 상주하는데도 주변이 이 정도 푸르름을 유지하고 있다니, 역시 이 땅은 참 재미있어."

"예?"

케릭스는 카이스가 말하는 의미를 이해할 수 없어 그만 순간적으로 되묻고 말았다.

"이 땅은 중간계에서도 특히 드래곤들이 살기 좋은 땅이다. 오래전의 계약 때문이기도 하지만 다른 어떤 곳보다도 균형이 잘 맞아 있지. 원래 이 땅은 다크 드래곤 로드인 카이스터스님께 바쳐진 땅이니까."

"다크 드래곤 로드……."

"인간들의 기준에서 말한다면, 그러니까 인간들의 시간을 기준으로 말하자면 아주 오래전 다크 드래곤 로드이신 카이스터스님께서는 한 인간과 계약을 맺었다. 계약 조건 중 하나가 바로 이 땅을 드래곤들에게 준다는 것이었지."

"……."

신화와 전설과 진실의 중간에서 케릭스는 할 말을 잃을 수밖에 없었다.

데라즈에서 다크 드래곤의 전설은 데라즈의 건국 신화와 직결되어 있는 이야기이다. 말하자면 지금 카이스는 데라즈의 건국 왕 키세리언과 그의 드래곤에 대해 말하고 있는 셈이다.

"이 땅은 대륙의 어느 곳보다 드래곤들이 머물기에 알맞은 조건을 가지고 있다."

"그런… 이유에서였습니까?"

"그런 이유라니?"

"그러니까 데라즈에 유독 드래곤들이 많은 이유 말입니다."

"자넨 같은 말을 되풀이하게 하는 재주가 있어. 당연하지. 카이스터스님께서 중간계에 남은 드래곤들을 위해 이 땅을 인간 계약자에게 부탁했다. 적어도 이 땅에서만큼은 드래곤들이 자유롭게 지낼 수 있도록 해달라고 말이지. 그 인간 계약자는 계약 조건을 충실하게 이행한 셈이야."

어쩌면 케릭스는 지금 데라즈 왕국이 건국된 실질적인 목표를 들은 것일지도 모른다.

"하지만… 궁금한 것이 하나 있습니다."

"뭐지?"

"조금 전에 계약의 조건이라고 말씀하셨는데 드래곤과의 계약 시엔 조건을 걸지 않지 않습니까? 당신과 계약했을 때도……."

"조건이라는 것은 걸 수도 있는 것이고, 그렇지 않을 수도 있는 것이지."

"……."

카이스의 대답은 무엇인가를 살짝 옆으로 흘리는 듯한 느낌을 주었다. 그 대답에서 그가 이 화제에 대해 더 이상의 자세한 언급은 하고 싶지 않다는 것을 느꼈다.

"그렇군요. 조건이 있을 수도 없을 수도 있다고 생각해 버리면 그만이군요."

케릭스는 싱긋 웃으며 대답했다. 지금 케릭스가 들은 것은 그저 신화와 전설의 확인이었을 뿐 현실과는 그리 상관이 없다. 그렇다면 굳이 언급하고 싶지 않아 하는 것을 파고들 필요는 없다고 생각했다.

케릭스가 가볍게 수긍해 버리는 것을 보고 카이스는 쓴웃음을 지었다.

케릭스 역시 의심 많고 호기심 많은 인간임에도 언제나 카이스가 가지고 있는 인간의 기준을 가볍게 넘어서 버린다.

'그래서 이 친구와의 계약에 응해 버린 것일지도 모르겠어.'

카이스는 앞으로 천천히 풀을 헤치며 걸어가고 있는 케릭스의 뒷모습에 눈을 맞췄다. 의심도 하지 않는다. 그렇지 않다고 말하면 그대로 믿어 버린다. 그것은 인간이라고 하기보다는 드래곤들에 가까운 것이다. 드래곤은 진실만을 말하는 존재이니까.

"그런데 가고 싶은 거야, 아닌 거야? 아까부터 우물쭈물하고."

정곡이 찔린 케릭스는 순간 움찔하며 그 자리에 멈추어 섰다.

"역시 아셨습니까?"

"두말하면 잔소리지."

"그렇다면 대답하기도 쉽군요. 양쪽 모두입니다. 당장에라도 달려가고 싶지만, 또한 이대로 몸을 돌려 다시 어디론가 떠나 버리고 싶습니다."

"모순이군."

"네, 모순이죠. 하지만……."

케릭스는 주위를 한 번 천천히 둘러보았다.

"고향이라는 것이 이런 느낌을 주는 것이란 걸 처음 깨달았습니다. 포근하고, 정겹고, 안심되고, 그리고 고요한……."

"그런데 떠나 버리고 싶은 마음이 드는 이유는?"

"글쎄요. 굳이 이유를 든다면 역시 아버님 때문입니다만, 그건 결국 제 자신의 문제와 직결되는 것이라서요."

"문제?"

"이곳으로 돌아오는 것은 다시 키세 나이트로 복귀하는 것을 의미합니다. 드래곤과 계약해 다시 복귀하려는 마음이 없다면 돌아오지 말라는 소리를 아버님으로부터 들었으니까요. 분명 전 당신과 계약을 했습니다. 하지만 키세 나이트로 돌아갈지에 대해선 아직 결심이 서지 않습니다. 무엇보다 계약한 드래곤이 보통의 드래곤이 아니라 바로 당신이니까요."

"후회한다는 뜻인가?"

카이스의 말에 케릭스는 단호히 고개를 저었다.

"아닙니다. 당신과의 계약에 약간의 의문점은 있지만 후회는 없습니다. 단지 진실을 밝히느냐 마느냐라는 간단하고도 어려운 문제가 있을 뿐이지요."

그것을 고민하며 케릭스는 집을 향해 가고 있었다. 평탄한 길을 마다하고 시간 걸리는 어려운 길을 선택한 것이다.

"그래서 답은?"

"일단은 보류… 겠죠? 아버님이나 주위 사람들에겐 아무 말씀 하지 말아주십시오. 전 당신을 제 친구로 소개할 겁니다."

“…….”

“계약의 관계를 친구라 표현하는 것은 거짓이 아니겠죠?”

“…….”

카이스는 가만히 케릭스의 흔들리지 않는 눈동자를 바라보았다. 푸른 눈동자에는 한 치의 흔들림도 없었다.

계약자, 그리고 친구. 드래곤인 자신을 친구라 표현하는 것은 자못 신선할 정도다. 그에게 과연 지금까지 친구라는 단어가 존재했을까?

피식. 카이스는 웃음을 흘렸다.

“그렇지. 자네와는 친구 사이기도 하니까 거짓이 아니지. 덧붙여 말해두자면, 꼭 밝혀야겠다면 원하는 대로 하도록 해. 계약한 것은 사실이고, 그것을 꼭 감추어야 할 이유는 없으니까.”

카이스가 웃음으로 답해 케릭스의 조금은 굳어 있던 얼굴도 환해졌다. 그때였다.

“…님?”

조금 먼 곳에서 사람의 목소리가 들려왔다.

“형님이시죠?”

그리고 그 목소리는 다음 순간 조금 더 가까운 곳에서 들려왔다.

“형님!! 케릭스 형님!!”

밝은 황갈색의 머리카락이 햇살을 받아 밀빛으로 반짝이는 것이 케릭스의 눈에 들어왔다.

“케리안!!”

“형님!”

주저없이 들려오는 ‘형님’ 이라는 호칭.

그 호칭에는 애정이 듬뿍 담겨 있었다.

그 목소리를 듣고 나서야 케릭스는 비로소 자신이 고향에 돌아왔다는 사실을 실감할 수 있었다.

"어머님."

목구멍 속에서 울컥 뜨거운 것이 치밀어 오른다.

"케릭스……."

일 년도 되지 않은 사이에 몇 년의 시간을 한번에 몸에 담은 듯 그의 어머니는 이전보다 훨씬 나이가 들어 보였다.

"돌아왔구나."

"다녀왔습니다."

가느다란 손가락이 머리에, 어깨에, 그리고 거친 손에 와 닿는다. 닿는 부분 하나하나에 어머니의 애정이, 그리고 걱정스러움이 배어 나와 자국을 남긴다.

"돌아왔구나. 무사했어."

그리고 어머니의 따스한 팔이 케릭스의 어깨에 감겼다. 케릭스는 아주 조금 망설이다가 어머니의 몸에 팔을 둘렀다.

"죄송합니다."

"……."

대답은 돌아오지 않았지만 품 안에 있는 어머니의 몸이 가느다랗게 떨리고 있다는 것을 케릭스는 온몸으로 느낄 수 있었다. 아무 말 없이 그를 끌어안고 있는 어머니가 얼마나 케릭스를 걱정했는지 한순간에 느껴진다.

"죄송했습니다, 어머니."

원래부터 몸이 약했던 어머니다. 단지 몇 개월뿐이었지만, 어머니는 이전과는 달리 훨씬 더 약해 보였다.

그리고 케릭스는 깨달았다, 자신이 돌아올 이유는 바로 이것이었다는 사실을.

'그래, 키세 나이트로 돌아가느니 마느니 하는 것은 아무런 걸림돌이 될 수 없어. 나는 어머니와 케리안과……'

어머니를 안고 있던 케릭스의 눈길이 어느덧 그들을 둘러싸고 있는 저택의 고용인들에게로 향한다. 그 맨 앞에는 자신을 아무 말 없이 배웅해준 초로의 집사 필이 서 있었다.

필의 눈에도 어느덧 눈물이 맺혀 있었다.

'이 사람들을, 그리고 이 사람들이 살고 있는 이곳을… 데라즈를 위해서 돌아왔으니까.'

한참을 아무 말 없이 큰아들을 안고 있던 틴들랜드 부인은 황급히 눈물을 닦으며 말했다.

"이런, 피곤할 텐데 어미가 추태를 보이는구나. 건강해 보이니 정말 다행이다."

"형님! 형님!"

케릭스의 한쪽 팔에 케리안이 들러붙었다. 저택으로 오는 내내 케릭스에게 달라붙어 떨어지지 않았었지만 아직도 부족한 모양이다.

"이제 아무 데도 안 가실 거죠?"

"그래."

질문을 하고 또 한다.

그리고 동생은 똑같이 돌아오는 대답을 듣고 너무나 만족해하며 환한 웃음을 보여준다.

"그런데 아버님께서는?"

어머니와 동생이 문 앞까지 달려나왔건만 정작 이 저택의 주인인 하이리안의 모습이 보이지 않았다.

"아버님께서는 일이 많아서 벌써 이틀째 집에 들어오시지도 못했단다. 네가 돌아왔다는 소식을 조금 전에 보냈으니 아마 저녁때는 들어오시겠지. 분명 한걸음에 달려오실 거다. 아, 그리고 보니 이럴 때가 아니구나. 식사는 했니? 객지에서 제대로 먹기나 했겠니? 얼굴이 까칠해 보인다."

조금 전에는 건강해 보이니 다행이라고 해놓고 틴들랜드 부인은 아들이 끼니를 굶지는 않았나 걱정하기 시작했다.

너무나 어머니스러운 그런 모습을 보며 케릭스는 잠시 아버지에 대한 생각을 접어두기로 했다.

"아직 식사 전입니다. 하지만 식사하기 전에 소개하고 싶은 사람이 있습니다."

케릭스는 그때까지 조금 떨어진 곳에서 묵묵히 서 있던 카이스를 앞으로 끌어당겼다.

"제 친구입니다. 여행하는 동안 저를 도와주고 지켜준 제 평생의 친구입니다. 저를 대하듯 대해주세요."

틴들랜드 부인은 그제야 카이스를 인식한 듯 조금 당황해하며 인사를 했다.

"이런. 아들을 오랜만에 만나는 바람에 실례를 했군요. 아들의 친구분이라면 언제나 환영입니다. 잘 오셨어요."

"카이스라고 합니다."

무뚝뚝한 카이스의 대답에도 틴들랜드 부인은 전혀 마음이 상하지 않는지 환하게 웃으며 대답했다.

"만나서 반가워요. 잘 부탁드립니다. 어머, 내 정신 좀 봐. 이럴 때가 아니지. 필, 카이스 씨의 방을 준비해주세요."

"알겠습니다, 마님. 도련님, 그리고 카이스 씨, 이쪽으로 오십시오. 식사가 우선이겠지만 일단은 그동안 여행하시면서 묵은 때를 좀 씻으셔야겠습니다.”

늙은 집사는 눈을 찡긋하며 장난기 어린 목소리로 말했다.

“깨끗~하게 씻기 전에는 절대 식탁에 앉으실 수 없습니다.”

아주 어릴 때, 밖에서 한참 놀다 들어오면 필은 꼭 그렇게 말했었다.

마치 어제 나갔다가 돌아온 사람처럼 대해주는 필의 마음 씀씀이에 케릭스는 감동할 수밖에 없었다.

“다녀왔어.”

가볍게, 하지만 너무나 기쁘게 케릭스는 필에게 말했다.

“잘 돌아오셨습니다, 케릭스 도련님.”

늙은 집사의 목소리가 포근하게 주위를 감쌌다.

이곳은 케릭스의 고향, 그리고 그의 집이었다.

“오시지 못하다니? 어떻게 된 겁니까?”

틴들랜드 부인은 한껏 치켜 올라간 목소리로 하이리안에게 전갈을 보냈던 종자 아이를 다그쳤다.

“그게… 너무 바빠서 짬을 내실 수가 없다고 합니다.”

아직 스무 살도 채 안 된 청년은 마치 자신이 잘못을 저지른 듯한 태도로 우물쭈물한다.

“아무리 그래도 그렇지 오랜만에 큰아들이 돌아왔는데 잠시의 짬도 낼 수 없다고 하셨단 말인가요? 케릭스가 돌아왔다고 정말 똑똑히 전했나요?”

“아주 많이 바쁘신 듯했습니다. 기사단 근처 분들 중 걸어다니는 분을 보지 못했는걸요, 주인마님. 기사 분들이 정말 눈코 뜰 새 없이 여기저기 뛰어다니시는 걸 봤습니다. 정말입니다! 오시고 싶어도 못 오시는 겁니다. 믿어주세요. 잘못 전한 게 아닙니다.”

“하아.”

틴들랜드 부인은 안타까운 한숨을 내쉬었다.

남편이 최근 집에도 제대로 들르지 못할 정도로 바쁘다는 것은 익히 알고 있었지만 몇 달 동안이나 생사도 모르던 아들이 돌아왔다는 소식에도 집으로 오지 않을 것이라고는 생각하지 못했기 때문이다.

“너무 심려치 마십시오, 마님. 아무리 바빠도 삼사 일에 한 번은 오시지 않습니까? 어차피 큰도련님께서도 여행의 피로 때문에 며칠 쉬어야 하실 테니 기운을 차리실 무렵이면 주인님께서도 조금 짬이 나실 겁니다.”

집사인 필이 얼른 하이리안의 편을 들며 말했다.

“그래도 그렇지……. 아직 화가 풀리지 않으신 걸지도 모르겠네요.”

“아닐 겁니다. 주인님께서 말로 표현하시는 분이 아니라서 그렇지, 종종 큰도련님의 방에 가시곤 하셨습니다.”

“저도 알고는 있었지요. 그래도 이리 섭섭하게 하시는 분이 아니건만…….”

틴들랜드 부인은 고개를 저으며 저택의 이층 한쪽 창문을 바라보았다. 그녀의 아들이 곤히 잠에 빠져 있는 방의 창이다.

점심 식사를 하고 나자마자 꾸벅꾸벅 졸기 시작하는 케릭스를 방으로 들여보냈던 것이다.

“저녁 식사는 어떻게 할까요?”

필이 넌지시 물었다.

원래의 계획대로라면 조금 늦은 시간이 되더라도 하이리안이 돌아오는 시간에 맞추려 했지만 이렇게 되면 아무래도 계획을 바꾸어야 하기 때문이다.

“일단 평소와 같은 시간으로 하지요. 케릭스와 그 청년은 잠이 깨면 조금 부드러운 것을 준비해서 각자 방에 가져다 주도록 하세요. 피곤할 터이니 무리해서 깨우진 말도록 하고요."

"예, 알겠습니다."

필은 반듯하게 고개를 숙이며 대답했다. 그때였다.

"주인마님! 저기 누가 오는데요?"

심부름을 갔다 왔던 종자가 저택 입구까지 깨끗하게 닦여진 길의 끝을 가리키며 말했다.

"못 온다고 하시더니 주인님께서 오시는가 봅니다."

필의 얼굴이 눈에 띄게 밝아진다. 하지만 다음 순간 집사인 필과 틴들랜드 부인의 얼굴에서 반가움의 기운이 사라졌다.

말을 타고 나타난 사람은 그들이 기다리던 저택의 주인이 아니라 기사단의 일원으로 보이는 사람이었기 때문이다.

"워워!!"

급하게 달려온 듯 거친 숨을 내쉬는 말을 달래며 남자가 말에서 내렸다.

"늦은 시간에 죄송합니다. 저는 궁정 기사단 소속의 크라크라고 합니다."

자신의 신분을 밝힌 남자는 깍듯하게 예의를 갖추어 틴들랜드 부인에게 인사했다.

"어인 일이가요?"

"지금 이곳에 큰아드님께서 귀가해 계시다고 들었습니다만, 맞습니까?"

"네. 방금 도착을 한 터입니다. 그런데 우리 아이는 왜 찾으시는지?"

키세 나이트였던 케릭스다. 키세 나이트 중 누군가가 찾아왔다면 굳이 물을 필요가 없겠지만 눈앞의 남자가 자신을 궁정 기사단 소속의 기사라고 밝혔기 때문이다.

"기사단에서 케릭스 틴들랜드 씨를 급히 찾고 있습니다. 지금 당장 저와 함께 기사단 본부로 가주셨으면 한다고 말씀을 드려주십시오."

"그러니까 무슨 일인지 알려주세요. 케릭스는 지금 오랜 여행을 마치고 곤히 쉬는 중입니다. 돌아온 지 반나절도 아직 작지 않았습니다. 별다른 일도 없는데 오라 가라 하는 것은 아닐 테지요? 공무가 중요한 것은 알고 있습니다만, 저는 그 아이의 어미로서 편하게 쉬게 해줄 권리가 있다고 생각합니다. 그러니 갑작스럽게 케릭스를 찾는다면 적어도 그 이유를 들을 권리도 있는 것이 아닐까요?"

딱딱한 말에는 역시 딱딱한 대답이 돌아갈 수밖에 없다.

무작정 찾아와 아들을 내놓으라는 말에 틴들랜드 부인은 조금 화가 나 있는 것도 사실이다.

"아, 죄송합니다. 시급한 일이 일어난지라… 무례를 범한 듯합니다. 부디 용서를……."

당황은커녕 기사인 자신의 말에 당당하게 답하는 틴들랜드 부인의 태도를 보고 크라크는 조금 태도를 바꿔 사과했다.

"아드님께서 여행 중에 스파다와 눌리안을 거쳐 왔다는 것은 아시지요?"

"네?"

"아, 아직 듣지 못하셨군요."

크라크는 케릭스가 돌아온 지 아직 반나절밖에 도지 않았다는 틴들랜드 부인의 말을 떠올리고는 조금 설명을 했다.

"자세한 것은 기밀에 속하는지라 말씀을 드릴 수 없습니다. 다만 지금 궁정 기사단과 키세 나이트 양쪽 모두에서는 아드님께서 스파다와 눌리안 등을 여행하며 보고 들은 정보가 꼭 필요하다는 점은 확실합니다. 무엇보다도 그 현장을 겪어온 케릭스 씨의 경험이 필요한 것입니다. 부디 제가 왔다는 사실을 아드님께 전해주셨으면 합니다.”

틴들랜드 부인은 케릭스가 단순히 데라즈의 이곳저곳을 여행한 것이 아니라 국경을 마주 대고 있는 이웃 나라에까지 두루 다녀왔다는 사실에 놀랐다. 피곤한 케릭스에게 여행에 대한 이야기를 듣는 것은 나중으로 미룬 탓에 아무것도 듣지 못했기 때문이다.

“케릭스 씨께서는 비록 지금은 기사의 검을 반납했지만 분명 데라즈의 기사로서의 마음가짐에는 변함이 없을 것이라 생각합니다. 데라즈의 존망이 걸린 중대한 일입니다. 부디…….”

무슨 말을 그리 거창하게 하느냐고 되물을 필요는 없다. 아니, 그런 의문을 품을 이유조차 틴들랜드 부인은 가지고 있지 않았다. 그녀는 기사의 아내며 기사를 낳은 여자이니까 말이다. 데라스에서 키세 나이트의 가치에 대해, 그리고 그것이 가져오는 막중한 무게에 대해 그녀보다 잘 알고 있는 이는 없을지도 모른다.

“알겠습니다. 잠시 기다려 주십시오. 필, 케릭스를 불러주세요.”

“네, 말씀에 따르겠습니다.”

“크라크 경이라고 하셨죠? 케릭스가 준비를 하고 나올 때까지 잠시 안에서 기다리시겠습니까?”

“아닙니다. 시급을 다루는 일이기에 곧 돌아가야 합니다. 여기서 기다리겠습니다.”

필은 황급히 안으로 들어가려다 말고 그 자리에 멈추어 섰다. 어느새 케릭스가 나와 있었기 때문이다.

“케릭스 도련님.”

“필, 말을 부탁해. 어차피 곧 찾아올 것이라 생각하고 있었으니 잠시라도 쉴 수 있었던 것이 다행이지.”

"알겠습니다."

필은 케릭스가 집에 온 지 얼마나 되었다고 또 사람을 오라 가라 하는 거냐며 불만을 내뱉고 싶은 심정이지만 노련한 집사인 그는 그런 기색조차 보이지 않는다.

필에게 말을 부탁한 케릭스는 자신을 찾아온 기사 쪽으로 시선을 돌렸다.

"케릭스 틴들랜드입니다. 곧 찾아오실 줄은 알았지만 서두르셨군요."

"저는 크라크 류인이라고 합니다. 궁정 기사단 제1기사단 소속입니다. 만나뵙게 되어 반갑습니다."

비록 지금은 케릭스가 기사의 신분을 가지고 있지는 않지만 그래도 명색이 '전' 키세 나이트이다. 그 때문인지 크라크는 상당히 예를 갖추어 자기소개를 했다.

"급하게 서둘러서 죄송합니다. 그런데 죄송합니다만 동행했던 분도 함께 와주셨으면 하는데, 같이 안 계십니까?"

"제 친구는 기사단의 호출에 무조건 응할 신분은 아닙니다. 게다가 데라즈 출신도 아니구요. 그저 저를 따라온 것뿐, 아무런 상관도 없습니다만."

카이스가 이런 일에 관심을 보일 리 없다고 생각한 케릭스는 일단 카이스를 데려가지 않기 위해서 말을 꺼냈다. 하지만 돌아오는 대답은 케릭스가 예상한 그대로였다. 아무리 카이스를 그와 동행한 사람일뿐이라고 해도, 이미 세샤크가 목격한 일들이 있다. 그것을 쉽게 간과해버릴 기사단 사람들이 아니다.

"그동안 보고 경험한 것에 대해 말씀해 주시는 것만으로도 많은 도움이 됩니다. 케릭스 씨께서도 잘 아실 텐데요. 협조를 바라는 것이지 일방적인 호출 같은 것은 아닙니다."

그 말에는 반박을 할 수가 없다.

기사들에게 있어서 무엇보다 중요한 것은 실전 경험이다. 머리 속에 아무리 지식이 많이 들어 있다고 해도 실전 경험이 없으면 그것은 그저 봉인된 채 책장에 꽂혀 있는 책에 불과하다. 그 실전 경험의 부족을 메우기 위해서는 다양한 경험을 가진 사람의 지식에 의존할 수밖에 없다.

어찌해야 할지 케릭스는 잠시 고민했다.

상대는 강제성이 없다고 말하고 있지만 싫다고 하면 끌고 갈 기세가 다분해 보인다.

'물론 같이 가는 편이 좋기는 하지만…….'

환수계의 드래곤이 중간계에 관여하는 것이 어디까지 허용되는 것인지에 대해서 케릭스는 그 기준을 알 수가 없다. 그리고 무엇보다도 케릭스는 카이스에게 어떤 강요도 하고 싶지 않았다.

"서둘러 주십시오."

"알겠습니다. 잠시 기다려 주시겠습니까? 일단 의향을 물어본 후에……."

"됐어. 이야기는 다 들었으니까."

카이스의 목소리가 머리 위에서 들려왔다. 크라크와 케릭스를 비롯한 사람들은 순간 하늘에서 목소리가 떨어진 건가 하면서 고개를 치켜 올렸다. 그들의 눈에 활짝 열린 창문의 창틀에 위태하게 앉아 있는 카이스의 모습이 보였다.

"카이스 씨!!"

"적당히 너를 따라가는 정도로 해두지."

카이스는 시큰둥하게 말하며 그대로 창틀에서 미끄러져 내렸다.

"우, 우왓!!"

"위험해!"

주변 사람들은 대혼란에 빠져 버렸지만 문제의 본인은 너무나 가벼운 몸짓으로 지면에 착지했다.

"하릴없이 빈둥거리는 것보다는 나을 수도 있으니까."

"괜스레 수고를 끼치는군요."

"수고랄 것은 없고, 여기서 생판 모르는 사람들 사이에 섞여 있는 것보다는 자네를 따라가서 뭔가 가르쳐 주는 것이 나에게도 조금 편하니까 말이야. 앞으로 편하기 위한 반대 급부라고 생각하면 되겠지."

카이스와 케릭스는 깔끔하게 결론을 내렸다.

카이스의 등장에 맞추어 필은 다른 사람을 시켜 말을 한 마리 더 준비하게 했다. 그리고 얼마 지나지 않아 케릭스는 일찍 돌아오라는 어머니의 말에 활짝 미소를 지어 보이고는 두 사람과 함께 집을 나섰다.

*   *   *

데라즈 왕국은 대륙의 어떤 나라보다도 험준하고 척박한 땅을 가지고 있다. 아니, 가지고 있다기보다는 그런 땅 위에 세워진 나라다.

국민성은 순박하면서도 거칠어 어느 나라보다도 호전적이다.

그것은 데라즈 국왕을 중심으로 거대한 회의실에 모여 있는 이른바 '데라즈 왕국 수뇌부'인 사람들만 보아도 충분히 증명된다.

국왕과 각료들의 수보다 궁정 기사단 총단장과 그 산하 기사단장들, 키세 나이트 단장과 그 수뇌부의 기사들 수가 훨씬 많기 때문이다.

지금 그들은 건국 이래 닥쳐온 최대의 국가 위기를 앞에 두고 머리를 모으고 있었다.

"페이라인 공주님께 전해 들은 정보는 이와 같습니다. 다만 혼란 중이었기에 몬스터들의 수라던가 하는 것은 그 정확도가 떨어질 수도 있을 거라 사료됩니다.”

“큰일입니다. 국내의 몬스터의 수도 봄이 되면서 더 더욱 늘어나고 있다는 보고가 각지에서 올라오고 있는데 말입니다.”

“스파다는 몬스터들에게 거의 왕국이 점령당한 지경입니다. 스파다의 페이라인 공주님께서 동석하지 않아 하는 말입니다만, 스파다는 망국의 지경에 이르렀다고 해도 과언이 아니지요. 페이라인 공주님의 말씀에 따르면 이미 왕위 계승자까지 잃은 듯하지 않습니까.”

“스파다로의 파병은 포기하는 것이 좋을 듯싶사옵니다.”

눈앞에 내밀어진 현실이라는 단어는 가혹하고 잔혹했다.

진실이기에 더 더욱 그것은 무게를 가지고 있었다.

페이라인 공주는 자국의 구원을 위해서 전력을 다해 탈출해 왔지만 과연 그녀가 구원되기를 바라는 고국은 그 형태가 남아 있는 것일까?

페이라인 공주는 정식으로 ‘정보’를 제공하고 그 대가로 스파다에의 조력을 구하고 있었지만 지금 문제는 그것이 아니었다.

타국이, 그것도 국경을 마주 대고 있는 왕국이 몬스터들에 의해 거의 멸망할 지경에 이르렀다면 그 옆에 있는 데라즈도 비슷한 위험에 처해 있는지도 모른다.

몬스터들이 스파다를 차지하고 그 자리에 머물러 준다면 또 모른다. 하지만 그것 역시 위험한 것은 마찬가지이다. 몬스터들이 가득한 나라를 옆에 두고 한가롭게 두 다리 뻗고 일상생활을 할 수는 없는 노릇이니 말이다.

“하지만 페이라인 공주님께서 우리에게 협조하는 대가로 스파다에로의 파병을 원하고 있지 않습니까? 정보만 고스란히 받고 발뺌할 순 없는 노릇입니다.”

대의와 현실, 데라즈를 다스리는 국왕과 그 측근들은 그 두 가지의 명제 사이에서 방황할 수밖에 없었다.

"그렇다고 해서 데라즈도 위험한데 타국에 무상으로 키세 나이트를 파병할 순 없는 노릇입니다. 데라즈에도 언제 몬스터가 나타날지 모릅니다. 적어도 데라즈가 안전하다는 것이 확인될 때까지는 파병에 동의할 수 없습니다."

키세 나이트 단장인 시엘 랜드리크는 논란 와중에 쐐기가 될 말을 던졌다.

"저 역시 같은 말씀을 드리겠습니다. 파병을 반대하지는 않습니다. 다만 데라즈의 안보가 우선시돼야 한다는 말씀을 다시 한 번 드리고 싶습니다."

대의를 내세워도 결국 결론은 한 가지가 된다.

"페이라인 공주와의 면담은 조금 미루어야겠군. 경들도 그에 찬성해 주리라 생각하오. 그건 그렇고, 듣자 하니 페이라인 공주를 보호하여 온 것은 스파다의 기사가 아니라고 들었는데, 그는 지금 어디에 있소?"

그때까지 조용히 입을 다물고 있던 데라즈의 국왕 카이론 4세가 자신 앞에 놓여 있는 양피지들에 눈길을 주며 말했다.

그러자 랜드리크가 그에 답을 올렸다.

"말씀드리기 송구하오나 그는 다름이 아닌 여기 틴들랜드 경의 아들이옵니다. 페이라인 공주님의 증언이 중요하기에 그에게는 일단 귀가 조치를 내렸었습니다."

"그렇군. 페이라인 공주의 증언도 중요하겠지만 틴들랜드 경의 아들이라면 좀 더 생생한 이야기들을 들을 수 있겠지. 일단 오늘은 이것으로 마치도록 하세. 탁상공론은 이 정도면 충분해. 틴들랜드 경의 아들이 어떤 정보를 가지고 돌아왔는지는 이후 보고를 받고, 우리 데라즈의 안전을 위해 어떤 조치를 취할지 논의해 보고해 주기 바라네."

국왕의 말 한마디로 오전의 어전회의는 끝이 났다.

결정권자는 국왕이지만 무엇을 어떻게 해야 할지 자료를 수집하고 그 방향을 제시하는 자들은 그 아래 있는 각료들과 기사들이다.

모두 마음이 무거웠다.

국왕을 불신하거나 가볍게 여기는 자들은 없다. 하지만 실제 몬스터들의 피를 뒤집어쓰며 전장에 서는 자는 국왕이 아니라 바로 기사들이다.

지금 가장 발걸음이 무거운 자들은 바로 그런 기사들을 거느리고 있는 기사단장들일 것이다.

"자네, 아들은 만나봤나?"

시엘 랜드리크는 자신의 약간 뒤쪽에서 따라오고 있는 하이리안 틴들랜드에게 물었다.

"아직입니다. 시국이 이러한데 어찌 제가 일신상의 이유로 움직일 수 있겠습니까?"

"역시 그랬군. 하기사 집에 다녀올 시간도 없었을 테지. 자네 아들은 이미 총사령관님께서 호출을 하셨네. 함께 가도록 하지. 회의 이후에 아마 개인적인 시간을 가질 수도 있을 거야."

"배려 감사합니다."

어차피 하이리안 자신의 직위 때문에라도 동석을 하게 되겠지만 랜드리크의 말에 조금이나마 위로를 받는다.

몇 개월 동안이나 소식이 없던 아들이 돌아왔다. 물론 한달음에 달려가고 싶었다. 하지만 상황은 하이리안에게 그런 시간을 주지 않았다.

또한 하이리안의 마음속엔 과연 아들을 어떤 얼굴로 맞아야 하는가에 대한 망설임이 남아 있었다. 그는 아들에게 키세 나이트로서 돌아오지 않는다면 두 번 다시 앞에 나타나지 말라는 말을 했었다.

드래곤을 잃는다고 하는, 키세 나이트로서는 가장 힘든 일을 네 번이나 겪은 아들에게 말이다 단순히 화가 나서였다는 것은 아마도 궁색한 변명이 되고 말 것이다.

자신이 그런 말을 아들의 면전에 대고 한 이유는 하루라도 빨리 아들이 드래곤을 잃은 충격을 딛고 일어서 주기를 바라며 했던 것이다.

그런 아들이 돌아온 것이다. 그것도 홀로 돌아온 것이 아니라 이웃 스파다 왕국의 제2왕녀를 보호하여 포스틴 성까지 무사히 데리고 온 것이다. 그녀는 앞으로 데라즈에 닥쳐올 수도 있는 미증유의 위험을 경고하고 또한 그 위험에 대비할 수 있는 막대한 가치를 지닌 정보를 가득 가지고 있었다.

그리고 그 와중에 그에게 들려온 것은 케릭스가 눌리안 등을 여행하다가 '데라즈'의 위험을 걱정하여 직접 스파다의 격전지 속으로 그 몸을 스스로 던졌었다는 사실이다. 드래곤을 데리고 있지는 않았지만 어디까지나 케릭스는 데라즈를 위해 위험한 스파다로의 여행을 감행했고, 그 결과와 함께 돌아온 것이다. 한 사람의 기사로서, 그리고 아버지로서 얼마나 뿌듯함을 느꼈는지 그는 말로 다 할 수 없었다.

"다행이야, 무사히 돌아왔으니. 전력의 보충도 되는 셈이고, 기사단에 레드 드래곤이 아마 둘쯤 있을 텐데 자네 아들이라면 어느 드래곤이든 거절하지 않을 테니 곧 복귀도 할 수 있을 테지."

"이전의 불미스러운 일이 있었는데도 그런 불초한 제 아들에게 신경을 써주시니 감사할 따름입니다."

"불미스러운 일이고 뭐고, 자네 아들이 그동안 이곳저곳에서 보고 들은 것들은 우리에게 아주 귀중한 정보가 될 텐데 지금 상황에서 누가 이전 일을 신경 쓰겠나. 물론 머리에 잉크 물이 가득 든 자들이 뭐라고 좀 중얼거리겠지만 앞으로 필요한 자들은 그런 책상물림이 아니라 드래곤과 함께 최전선에 나갈 키세 나이트들이다. 안 그런가?"

대답 대신 하이리안은 두 손에 힘을 가득 주며 고개를 끄덕였다. 잠시 후면 아들을, 무사히 돌아온 아들을 만나게 된다. 그 사실만으로도 너무나 감사했다. 그는 몇 년 만에 진심에서 우러난 감사의 인사를 신께 드리고 있었다.

"페이리안 공주님께 이미 들으셨을 것이라 생각합니다만, 스파다에 나타난 몬스터들은 일반적으로 볼 수 있던 몬스터들이 아니었습니다. 그들의 대부분은 소환진에 의해서 마계로부터 소환된, 말하자면 이계의 몬스터들이었습니다."

둘러앉은 기사들의 입에서 신음 소리와 비슷한 것들이 흘러나온다.

"일반적으로 볼 수 있던 몬스터들도 물론 있었습니다. 하지만 보통의 것보다 훨씬 크고 흉포하며, 말할 수 없을 정도로 위험했습니다."

궁정 기사단장을 비롯 각 기사단장들, 그 이외에 키세 나이트 단장인 시엘 랜드리크는 물론이요, 다수의 기사가 케릭스의 말에 귀를 기울이고 있었다. 특히 키세 나이트들이 참석자의 과반수를 차지하고 있었다. 사안이 사안인만큼 가장 선봉에 서게 될 키세 나이트들에게 중요한 정보를 주어야 한다고 생각한 랜드리크의 배려 때문이었다.

실전을 경험한 자의 생생한 증언을 직접 듣는 것은 분명 그들에게 피가 되고 살이 될 것임에 틀림이 없다.

"이미 포스틴 성에서도 목격된 것처럼, 몬스터들은 주로 마법진을 통해서 나타납니다. 일단 이것을……."

그들의 앞에 케릭스는 조금 전 카이스에게 부탁하여 작성한 한 장의 양피지를 앞으로 내밀었다.

"정확한 것은 아닙니다만, 제가 기억하는 것과 함께 이쪽에 앉아 있는 제 친구가 알고 있는 것도 포함해서 작성한 것입니다."

"이건 무엇이지?"

"소환 마법진입니다."

기사들의 얼굴에 놀라움의 표정이 떠오른다. 이전에 포스틴 성에서 발견된 그것은 거의 완전히 파괴되어 형체를 알아볼 수 없었는데 말이다.

"크기는 좀 다를 수 있지만 완전하진 않더라고 비교적 정확하리라 생각합니다. 물론 마법력을 담아 그리거나 한 것은 아니기에 발동하지는 않을 겁니다."

무거워진 분위기를 조금 바꾸기 위해 케릭스는 가볍게 양피지에 그려진 소환진을 사람들 앞에 흔들어 보였다. 하지만 아무도 그것을 보고 웃지 않았다.

"처음 제가 이런 소환 마법진을 목격한 곳은 엘렌데이크였습니다."

"……!!"

사람들의 얼굴이 다시 굳어진다.

그중에서도 가장 험악한 얼굴이 되어버린 것은 다름 아닌 케릭스의 아버지 하이리안 틴들랜드였다. 아들의 소식을 들을 수 없었기에 분명 어디론가 멀리 갔었을 것이라고 생각했었지만, 설마 사각의 왕국 엘렌데이크까지 갔었을 것이라고는 생각지 않았던 탓도 있지만 소환진을 목격했다는 것은, 바로 그 소환진에서 나온 몬스터들과 직접 대면하여 싸워 살아남았다는 소리도 되기 때문이다.

"엘렌데이크까지 갔었단 말이냐?"

하지만 그의 입에서 나온 것은 고작 이 한마디. 무사해서 다행이라는 말은 차마 입에 담을 수 없었다.

"우연이라고 해야 할지, 기회라고 해야 할지 모르겠지만 인연이 있었습니다. 하지만 지금 생각해 보면 현재의 상황에 무척 큰 도움이 되고 있으니 기회였다고 하기엔 무리가 있겠죠. 일단 말씀을 계속 드리겠습니다."

부자의 첫 대화는 공식적인 대화로 그대로 이어졌다.

"처음 발견한 것은 고대의 유적지 지하에 있던 것으로 크기도 그렇게 크지 않았습니다. 소환된 몬스터도 하나뿐이었습니다. 그 몬스터에 대한 자세한 사항은 이후 말씀드리겠습니다. 그때만 해도 저는 소환진이라는 게 그저 유적을 보호하기 위해서 고대인들이 만들어놓은 것이 아닌가 했었습니다. 하지만 그 유적에서의 일을 마치고 돌아왔을 때, 제가 묵고 있던 마을에 같은 소환진이 나타났습니다. 그러나 그 소환진은 유적의 지하에 있던 것과는 비교도 되지 않게 큰 것이었습니다. 마을의 삼분의 일 정도는 가볍게 부숴 버릴 정도의 크기였지요. 아마도 포스틴 성 근처에 나타난 것과 비슷할 것입니다."

신음 소리가 더욱더 크게 울려 나온다.

"이후에 바로 저는 엘렌데이크를 떠났기 때문에 다른 마법진이 나타났다는 소리는 전해 듣지 못했지만, 스파다의 상황을 볼 때 다른 곳에 나타나지 않았으리라는 보장은 없다고 생각합니다."

엘렌데이크는 사막의 나라인데다가 타국과의 교류가 적기 때문에 그만큼 엘렌데이크 내에서 벌어진 일들이 다른 나라에 알려지는 속도가 느릴 수밖에 없다.

케릭스의 머리 속에는 완전히 초토화되어 있던 스파다의 어느 마을이 떠오르고 있었다. 엘렌데이크의 각지에 흩어져 있는 마을들이 같은 경우를 당하고 있을지도 모른다.

"특히 엘렌데이크에서는 그 큰 마법진이 나타난다는 전조가 전혀 없었기 때문에 피해가 컸습니다. 다행히 그곳에는 이전의 고대 유적지에서 나타났던 몬스터들의 퇴치를 위해 엘렌데이크의 성기사들이 와 있던 터라 어려운 상황이었지만 수습할 수는 있었습니다. 불행 중 다행이었지요."

케릭스는 이 이야기 속에서 자신과 카이스의 이야기는 쏙 빼고 말했다.

"그렇다면 언제 어디서 그 소환진이 나타날지 알 수 없다는 것인가?"

"제가 목격한 바로는 그렇습니다. 하지만 제가 모시고 온 스파다의 페이라인 공주님의 말씀에 의하면 스파다에 나타났던 것들 중 몇은 이틀에서 삼 일 정도의 사이로 그 전조를 발견할 수 있었다고 합니다. 바위 같은 것들이 땅에서 솟아오르면서 소환 마법진을 구축했던 것 같습니다."

"그렇다면 땅에서 바위 같은 것이 난데없이 솟아오르는 것을 발견하면 그곳에 소환 마법진이 생긴다고 간주해도 좋다는 의미입니까?"

케릭스의 설명을 듣고 있던 기사 중 하나가 질문하자 케릭스는 고개를 끄덕였다.

"네. 혹 시간을 두고 땅에서 바위가 솟아오르는 것을 발견하면 지체말고 그곳을 중심으로 대피령을 내려야 할 겁니다."

"땅에서 솟아오른다면 그것을 미리 발견해서 마법진을 파괴할 수도 있다는 의미로도 들리는데?"

이번에는 랜드리크가 질문했다.

"예. 일단은 단순하게 말하면 그렇습니다. 하지만 그것을 파괴하기 위해서는 7서클 이상의 마법사가 필요하기 때문에 쉽게 생각할 수는 없습니다."

"7서클!!"

"네. 아니면 6서클 이상의 마법사가 적어도 두세 사람 이상이 필요하다고 봅니다."

"그런 말도 안 되는! 궁정 마법사 전부를 모아야 하나를 간신히 파괴할 수 있다는 소리지 않는가!"

　다른 나라라면 몰라도 데라즈에는 드래곤 나이트의 수가 많은 것에 반비례하여 마법사의 수가 지극히 적었다.

　사람들이 경악하는 사이 케릭스는 한쪽 구석에서 멀뚱하니 자신을 바라보고만 있는 카이스에게 눈짓을 했다. 그것은 미리 카이스와 사전에 협의한 바를 밝혀도 되겠느냐는 질문의 눈빛이었다. 물론 서로 사전에 이야기해서 밝히는 쪽이 도움이 될 것이라는 데에 의견의 일치를 보긴 했지만 마지막 한 가지 절차가 남았기에 그러는 것이다.

　카이스가 고개를 끄덕이는 것을 보고 케릭스는 입을 열었다.

　“여기서 한 가지, 출처를 추궁하시지 않는다는 약속을 해주신다는 조건 하에 드리고 싶은 말씀이 있습니다.”

　“출처를 추궁하지 않는다라? 이유를 물어도 되겠는가?”

　궁정 기사단 총단장이 제일 먼저 케릭스에게 물었다.

　“그것 역시 말씀드릴 수가 없습니다. 그런 조건 하에 저도 전해 받은 사실이므로 약속해 주시지 않는다면 더 이상의 언급은 할 수가 없습니다.”

　“흐음.”

　“케릭스 틴들랜드, 자네가 지금은 비록 키세 나이트의 자리에 있지 아니하나, 이전에는 분명 국왕과 검에 맹세한 데라즈의 기사였다는 것은 알고 있겠지?”

　키세 나이트 단장인 시엘 랜드리크는 케릭스에게 그가 어떤 입장에 있는 것인지를 분명히 밝히길 바라며 물었다. 케릭스가 출처를 대지 않겠다고 한 것이 어떤 다른 생각이 있어서 그런 것은 아닌가 염려했기 때문이다.

　“예. 비록 출처는 밝히지 못하나 이 정보를 제공한 자가 절대 데라즈에 해를 끼치거나, 또한 그런 위험을 가지고 있는 자가 아님을 제 목숨을 걸고 맹세할 수 있습니다."

"좋네. 이 건에 대해서는 여기에 있는 모든 이가 다 함구할 것일세."

"출처만 추궁하지 않으시면 됩니다."

"알겠네. 무슨 이야기를 하기 위해 그리 거창한지는 모르겠지만 그것은 자네가 조사한 것으로 해두지."

"감사합니다. 그럼 말씀드리겠습니다. 단도직입적으로 밝혀서, 이 소환 마법진은 장소를 불문하고 나타나지만 적어도 이 데라즈에서만큼은 그 장소가 절대 전 지역을 총망라하지는 않을 것입니다."

"그건 무슨 소린가?"

"데라즈에서 제일 처음 소환 마법진이 나타난 곳은 스파다와 국경을 마주하고 있는 포스틴 성 근방이었습니다. 혹 다른 지역에서 소환 마법진이 나타난다고 해도 그것은 내부 지방이 아니라 포스틴과 마찬가지로 국경 지대에 국한될 것이란 소리입니다."

"어떤 이유에서?"

차마 질문을 하기 위해 나서지 못하는 다른 기사들도 같은 의문을 가지고 있는 듯 기사단장의 질문에 동의를 표하고 있었다.

"우리 데라즈는 드래곤의 땅 위에 세워져 있습니다. 이미 우리 모두가 알고 있듯이 드래곤들의 숲 드로니안에는 몬스터들이 거의 서식하지 않습니다. 서로가 반드시 상극인 것은 아니라고 하지만, 적어도 드래곤들은 몬스터들에게 있어서 껄끄러운 존재인 것은 확실하지요."

기사들도 그 말에는 납득을 했는지 고개를 끄덕인다.

지금 케릭스가 한 말은 카이스와 함께 집으로 돌아가면서 그에게로부터 들은 이야기였다. 어떻게 하면 데라즈를 몬스터들의 손에서 구원할 수 있는지에 대해서 케릭스가 고뇌하자 카이스가 가볍게 한 말이었던 것이다.

그 이유에 대해서 카이스는 정말 단순하게 한마디를 했을 뿐이다. 이 곳이 드래곤들의 땅이기 때문이라고.

"그렇다면 제일 안전한 장소는 드로니안이라는 소리가 되는군."

"예, 사실 그렇습니다. 일단 말씀드린 것처럼 한동안은 해당 국경 지역 인근 부락에서 주민들을 대피시키는 방안이 인명 피해를 줄일 수 있는 가장 좋은 방법이라고 할 수 있습니다."

하지만 그것이 가장 좋은 방법이라고는 해도 손쉽게 해결할 수 있는 일은 아니다. 국경 지역의 마을들과 성의 수도 수지만 이제 막 짧은 봄이 시작되려고 하는 이때, 사람들이 언제 나타날지 모르는 몬스터들 때문에 삶의 터전을 버리고 쉽게 떠나려고는 하지 않을 것임에 틀림이 없기 때문이다.

거기에 또 하나, 설사 무사히 사람들을 피신시킨다고 해도 그 후의 일이 더 문제가 된다. 포기한 농지에서 나오는 수확물들은 모두 데라즈를 위한 것들이다. 한 해의 농사를 전부 망치게 되는 경우 피신한 사람들은 물론이요, 데라즈 전체에 그 영향이 미칠 수가 있다.

하지만 모두 일단 '살아남는 것' 이 중요하다라는 명제를 위해서라면 얼마든지 그것을 시행할 수도 있는 법이다.

"문제는 데라즈 내에서 일어날 수 있는 몬스터들의 소환을 막는 것으로 끝나는 것이 아닙니다."

기사들이 나름대로는 어떻게든 해결 방법이 있겠다며 안도의 한숨을 쉬기 시작할 때 케릭스가 찬물을 끼얹었다.

"데라즈 내에서 몬스터들이 소환되지 않는다고는 해도 몬스터들의 손아귀에서 안전하지는 못합니다. 그들은 데라즈가 드래곤들의 땅이기에 분명 이곳으로 몰려올 것입니다."

두 번째로 끼얹어진 찬물 역시 카이스로부터 전해 들은 말이었다. 카이스는 지금 케릭스가 기사들을 안심시키는 말을 했다가 찬물을 끼얹은 것과 똑같이 케릭스가 조금 안도의 한숨을 내쉬는 순간 너무 마음을 놓는 건 곤란하다며 한 말이다.

"지상에서 몬스터들에게 대항할 수 있는 가장 강력한 생물은 바로 드래곤입니다. 그 드래곤들이 가득 모여 있는 곳이 바로 우리 데라즈입니다. 그들이 이 중간계를 손에 넣으려 한다면 데라즈는 반드시 쓰러트려야 할 적이 되는 셈입니다."

안타깝지만 그것이 현실이었다.

"그들의 목적이 정확히 무엇인지는 알 수가 없습니다. 하지만 스파다의 상황이 그들이 무엇을 하려는지 짐작하게 합니다. 제가 목격한 몇몇 스파다의 마을은 차마 눈 뜨고는 볼 수 없을 정도의 상황에 처해 있었습니다. 저는 눌리안의 토리안 성에서 스파다 쪽으로 쳐들어오는 몬스터들과 상대한 경험이 있습니다. 눌리안에서는 아직 스파다나 엘렌데이크 같은 소환 마법진이 나타난 적이 없었던 것으로 알고 있습니다만, 스파다 쪽에서 몰려온 몬스터들 때문에 토리안 성은 쑥대밭이 되어 있었습니다. 그런 상황은 이미 포스틴 성에서 그대로 재현되었습니다. 이미 그들의 손이 데라즈에 미치고 있다는 증거입니다."

케릭스가 한마디한마디 더해갈 때마다 기사들의 얼굴에 서리기 시작한 먹구름은 점점 짙어지고 있었다.

"다행히 우리는 그것을 준비할 시간이 있습니다. 최대한 인명 손실을 막고 우리 땅을, 데라즈를 몬스터들의 손아귀에서 지켜야 합니다. 엘렌데이크에서부터 스파다까지 동행한 친구와 함께 저희가 목격한 모든 몬스터들에 대한 정보를 여러분께 알려 드릴 것입니다. 최대한 알고 있는 모든 것을 알려 드릴 테니 그에 대한 방책을 함께 생각해 보았으면 합니다."

케릭스는 일단 기본적인 설명을 마쳤다.

하지만 그가 말한 것처럼 할 일은 너무나 많았다.

몬스터들의 생김새를 설명하고 그것들이 무엇에 약한지 카이스의 지식에 의존해 최대한 사람들에게 알려야 한다. 카이스에겐 귀찮은 일일 수도 있지만 이미 그도 동의한 일이었다.

하나 케릭스가 카이스의 능력을 십분 활용한다고 해도 그것에는 분명 한계가 있다. 그것은 케릭스 본인의 정신력 문제이기 때문이다.

그리고 그는 아직……

"케릭스, 자네 아직 돌아와서 아버님과 대면도 하지 못했다고 들었네. 잠시 시간을 줄 터이니……."

랜드리크는 그렇게 말하며 하이리안의 앞으로 케릭스를 불렀다.

"시간이 촉박하긴 하지만 부자가 상봉할 시간 정도는 있네."

"감사합니다, 랜드리크님."

카이스의 주위로 기사들이 옹기종기 모여드는 것을 뒤로하고 케릭스는 앞장서는 하이리안의 뒤를 따라 회의실 옆의 작은 방으로 자리를 옮겼다.

단단한 목재로 된 문이 쿵 소리와 함께 닫히자 시끄러운 소리들이 잦아들고 고요함이 두 사람을 감쌌다.

털썩— 하고 하이리안이 자리에 앉았다. 케릭스는 어찌할까 고민하다가 하이리안의 반대편에 자리를 잡았다.

"건강해 보이는구나."

몇 달 만에 만나는 부자의 대화는 말문을 열지 못하는 아들 대신 아버지의 안부 인사로 시작됐다.

"걱정해 주신 덕분입니다."

"사내자식이라고 밖으로 내놓고 키웠더니 인사 한번 참 제대로 하는

구나.”

“죄송… 합니다. 건강하셨습니까?”

“보시다시피.”

건조하다면 건조한 대화가 흘러간다.

하지만 그 말 뒤로 두 사람은 아무 말 없이 서로를 바라보기만 할 뿐이었다.

케릭스는 무슨 말부터 해야 할지 고민하고 있었다.

키세 나이트로 복귀하지 않겠다면 돌아오지 말라는 말을 들었다. 그런데 지금 그는 결심조차 굳히지 못한 채 아버지의 앞에 앉아 있었다.

몇 번의 죽을 고비를 넘길 때마다 가족들의 얼굴이, 아버지의 얼굴이 눈앞을 스쳐 지나갔다. 게다가 절대 보기 힘들 것이라 생각했던 아버지의 얼굴을 이렇게 쉽게 마주 대하리라고는 생각지 못했기에 케릭스는 또한 당황하고 있었다.

한참의 시간이 흐른 뒤에 먼저 입을 열은 것은 역시나 아버지였다.

“네가 집을 나갔다고 들었을 때…….”

하이리안의 말에 케릭스는 순간 아버지의 시선을 피했다.

“어딜 가든 데라즈 여기저기를 떠돌겠거니 해서 굳이 찾지 않았다. 찾지 않아도 여기저기에서 네 소식이 들려올 것이라 생각했지.”

아마도 케릭스가 데라즈를 떠나지 않았다면 실제 그랬을 것이다.

키세 나이트로서 데라즈 구석구석을 다녔고, 데라즈 어딜 가든지 파견나가 있는 키세 나이트나 혹 이전에 그를 봤던 사람이 얼굴을 기억하고 소식을 전했을 테니까 말이다.

“그런데 어느 날인가 네 소식이 딱 끊기더구나. 그래서 네가 데라즈를 떴다는 것을 알았다.”

실제 찾지 않았다고는 하지만 케릭스가 지난 길을 확인하고 있었던 것은 사실인 듯했다.

"금세 돌아오겠거니 했는데 겨울이 지나도록 소식 한 장이 없었지."

"죄송합니다."

"무엇을 하고 다녔는지 물으면 대답할 테냐?"

"…용병들 틈에 끼어 있었습니다. 그들과 함께 일을 했지요."

"용병?"

하이리안은 너무나 의외의 대답을 듣고 되물었다.

그저 여기저기를 떠돌았겠거니라고만 생각하고 있었기 때문이다. 드래곤과 계약하기 싫어 기사 직까지 반납하고 집을 나갔던 아들이다. 그런 아들이 본래 자신이 하던 일, 즉 몬스터를 사냥하는 일을 하며 생활했으리라고는 생각하지 않았던 것이다.

"처음엔 그저 뱃삯을 아낄 생각으로 시작했습니다. 가진 것이라고는 검 한 자루밖에 없었고 할 줄 아는 것은 몬스터를 잡는 재주밖에 없었으니까요."

어머니의 과보호와 필이라는 다재다능한 집사가 있는 탓에 키세 나이트로서 교육을 받으러 갈 때까지만 해도 자신의 옷 한 번 빨아본 적 없는 도련님이었던 케릭스다. 물론 그것은 모든 신경이 키세 나이트가 되는 데만 쏠려 있었기 때문이지만 결과는 마찬가지. 키세 나이트가 되어서 그나마 자신의 옷가지를 챙기고 사소한 일들을 배웠을 뿐, 키세 나이트로 있을 때조차 그는 자신이 그날 끼니를 이을 먹을 것 하나 걱정해 본 적이 없었다.

그런 케릭스가 오로지 먹고살기 위해 용병 일을 했다고 하니 하이리안으로서는 기가 막힐 노릇이다.

"그런 와중에 만난 사람들이 용병들이었습니다. 할 줄 아는 게 그것뿐이니 입에 풀칠하고 하루 몸을 누일 곳을 마련하는 방법이 용병 일을 하는 것뿐이더군요. 게다가 이리저리 다니기도 좋았고요. 용병들은 어차피 떠돌이니까요."

"그래, 주린 배를 채우기 위해 일을 해보니 감상이 어떻더냐."

"글쎄요. 어딜 가도 결국 같은 일을 하게 되나 보다… 그런 생각을 했었습니다."

하이리안이 의도한 답변과는 조금 차이가 있는 답변이었지만 하이리안은 굳이 그것을 정정하려 하지 않았다. 아들의 답변에서 느껴지는 것이 있었기 때문이다.

"집을 떠나면 다른 일을 할 수 있을 것이라 생각했었구나."

"조금은요."

결국 케릭스의 입가에 미소가 걸린다.

한심했던 자신의 행동 때문이었다. 집을 떠나봐야 결국 그는 자신의 한계에서 벗어나지 못했던 것이다.

"하지만 여러 곳을 다니면서 데라즈와는 언어도, 문화도 다른 곳까지 가보니 시야가 넓어지는 것을 느꼈습니다."

"같지만 다르다… 라는 의미냐? 아니면 반대?"

"네, 어떤 면에서는 양쪽 모두겠죠."

후우~ 하고 하이리안은 깊이 숨을 내쉬었다. 아마도 하이리안 역시 긴장을 하고 있었던 모양이다.

"그래서 다시 키세 나이트로서 설 준비는 되었으냐?"

"……."

하이리안의 질문에 케릭스는 순간 입을 다물었다. 무엇이라고 대답을 해야 할까?

"내가 네게 드래곤과 계약하여 키세 나이트로 내 앞에 설 결심이 들지 않으면 두 번 다시 나타나지 마라고 했던 말은 기억하고 있는 것이냐?"

“기억하고 있습니다.”

“그렇다면 이미 결심을 하고 돌아온 것이라고 생각하는데, 아니었나?”

아들을 궁지로 몰 생각은 아니었지만 어느새 하이리안의 목소리엔 고압적인 기운이 들어가 있었다. 서로 같은 길을 선택하여 올곧게 같은 길을 걸어나가고 있었기에 두 사람은 그렇게 사이가 나쁘지도, 또한 아주 친밀하지도 않았다. 아버지와 아들보다는 오히려 선배 기사와 후배 기사 같은 느낌이 더욱 강했다. 하지만 지금 케릭스의 앞에 있는 사람은 선배 기사가 아니라 ‘아버지’로서의 하이리안이었다.

“아직… 결심이 서지 않았습니다.”

“……”

“하지만 드래곤과 계약하지 않겠다는 말은 철회하겠습니다.”

“……”

“타국에 있으면서 여러 가지 상황에 처하고, 눌리안의 상황을 보고 제일 먼저 떠올른 것은 데라즈의, 이곳의 일이었습니다. 다 필요없다고 나라마저 등지고 빈손으로 떠났었는데 말입니다. 아버님께서 들으시면 한심스럽다고 하실진 모르겠습니다.”

“한심하다고 생각하다니 말도 되지 않아. 네 눈엔 이곳에서 전전긍긍하고 있는 기사들이 한심스럽게 보이는 거냐?”

“절대 그렇지 않습니다. 다만 떨쳐 내고자 해도, 잊어버리겠다고 해도 결국에 저라는 인간을 구축하고 있는 것은 아주 단순한 것이었다는 겁니다.”

“단순한 것?”

“예. 그것은 기사로서의 명예와 마음가짐. 어떤 위치에서 무엇을 하든, 어릴 때부터 머리 속에 자리잡고 있던 것은 어떤 방법으로든지, 어느 위치에 있든지, 기사로서 맹세한 바, 국왕과 나라와 가족과 그리고 나를 지키는 것……. 그동안 여러 가지 생각을 해봤고, 여러 가지 경험을 해봤지만 저라는 존재는 결국 원점으로 돌아오더군요.”

아들의 고백을 들으며 하이리안은 숨을 죽였다.

케릭스는 지금 그저 단순한 기사도를 운운하는 것이 아니다. 그것은 좀 더 기사라는 단어가 가진 본질적인 의미에 대한 것인지도 모른다.

“위험한 순간이 오자 제일 먼저 떠오른 것이 기사로서의 자신이었습니다. 어떻게 하면 기사로서 충실할 수 있는가, 어떻게 하면 지금 이 순간 한 사람의 기사로서 충실해질 수 있는가 하는 것들……. 그래서 돌아왔습니다.”

케릭스는 이제 조금 더 당당하게 고개를 들었다.

검푸른 하이리안의 눈은 케릭스의 그것과 거의 같은 색으로 빛나며 자신을 바라보고 있었다. 그 눈 역시 한 사람의 기사의 눈이었다.

“방법이 조금 다를 수는 있습니다. 하지만 적어도 저는 기사의 마음가짐을 가지고 돌아왔습니다. 그리고 두 번 다시 그 마음을 저버리지 않을 겁니다. 지금은… 적어도 지금은 그런 상태입니다.”

“…….”

“키세 나이트로의 복귀는 아직 생각해 보지 않았습니다. 지금으로서는 일단 그렇습니다. 하지만 전 기사로서 그 명예를 걸고 싸우려고 합니다. 이것으로는 안 되는 걸까요?”

애처롭게 자신을 바라보는 아들, 그리고 마치 딴사람인 듯한 분위기를 풍기고 있는 아들을 바라보는 아버지.

이제 아들은 아버지의 판결을 기다리고 있었다.

“많이… 자랐구나.”

“…….”

“기사라는 것이 단순하게 생각하면 한없이 단순해지고, 복잡하게 생각하면 한없이 복잡해지지. 형식과 명예와 현실. 그것에 언제나 짓눌려 사는 것이 우리 기사들이다. 거기에 우리 키세 나이트는 또한 드래곤과 의 계약이라는 제약이 하나 더 걸려 있지. 하지만 꼭 짓눌려 있는 것만은 아니야. 우린 명예와 형식, 그리고 현실과 함께 살아가는 거다. 무겁지만 평생을 같이할 것이지. 몸에 두른 옷처럼 눈에 보이지는 않지만 주위에 있는 공기처럼 숨 쉬는 동안은 평생 함께하는 것들이다.”

지금 케릭스는 형식은 취하지 않았으나 기사의 명예를 걸겠다고 말했 다.

“네 말이 무슨 뜻인지는 알았다. 단, 이것만은 알아두길 바란다. 지금 랜드리크 경께서는 너를 당장에라도 드로니안으로 보내거나, 기사단에 있는 드래곤과 계약을 해서 현직에 복귀시키실 생각을 하고 계신다. 그 것을 거절하는 한 이번 일에 네가 어떤 위치에 서게 될지 장담할 수가 없 다. 네가 형식과 일반적인 방법을 배제하고 택한 길이 무엇인지 나는 그 것까지는 파악하지 못하겠다. 하지만 그것이 올바른 길이라고 네가 생각 하는 이상 내가 밀어붙인다고 어떻게 되진 않을 것이라고 생각한다.”

“예.”

“그래도 정말 상관없다는 거냐?”

“그렇습니다. 그것은 각오하고 있습니다.”

“후우. 너는 어릴 때부터 왠지 말을 잘 듣는 듯하면서도 제멋대로 구 는 말썽쟁이였지. 내가 널 위해 해줄 수 있는 것은 그저 약간의 시간을 더 달라고 하는 정도뿐이다. 그 이후의 일은 알아서 하도록 해. 너도 이 제 성인이다. 그리고 내가 집에 잘 돌아가지 못하는 것을 감안해서 종종 집에 들러 네 어머니를 찾아뵙도록 해라. 네가 없는 동안 가뜩이나 약했 던 몸이 더욱 쇠약해지셨다.”

“명심하겠습니다.”

감사합니다, 아버지라고 소리를 높이지 않은 것은 목구멍까지 치밀어 오른 감격 때문일지도 모른다. 말은 차가운 척하지만 결국에는 아들에 대한 배려를 잊지 않는다.

차갑게 말했던 과거의 태도가 분명 곁에 서려 있긴 하지만 이전의 말이 어떤 이유에서 나온 것인지 이제는 이해가 될 것 같았다. 누군가의 말대로 자신이 조금이나마 어른이 되었기 때문일까?

차가운 말에서 온정이 느껴지는 것은 그만큼 케릭스가 아버지를 이해할 수 있게 되었기 때문일지도 모른다.

"여러모로 정말 죄송합니다, 아버님."

"알면 됐다. 서둘러야겠구나. 아, 그렇지. 밖에 있는 네 동행자라는 사람은 어찌 된 인연으로 만난 거냐?"

그제야 다른 것에 생각이 미친 하이리안은 제일 궁금했던 것 중 하나를 아들에게 물었다.

"용병 생활을 하다 만난 친구입니다. 친구라고 하기엔 저보다 나이가 많지만요. 몬스터에 대한 지식이나 경험에 있어 웬만한 키세 나이트보다 훨씬 조예가 깊고 현명한 친구입니다."

"눌리안 사람이냐?"

"글쎄요. 그것은 잘……."

드래곤입니다라고 말할 수는 없기에 케릭스는 애매하게 말꼬리를 흐렸다.

"출신도 모르면서 덥석덥석 잘도 믿는구나."

"제 생명의 은인입니다. 그것도 몇 번씩이나요. 저 사람이 없었으면 아마도 저는 이 자리에 서지 못했을 것입니다. 생명의 은인을 믿지 못한다면 그건 인간이라고 할 수 없을 겁니다. 안 그렇습니까?"

"무슨 말인지는 알았다. 그저 아버지의 노파심이라고 생각해라."

“죄송합니다.”

몇 개월 만에 만난 아들과 아버지의 대화는 그렇게 케릭스가 생각한 것보다 훨씬 부드럽게 이어졌다.

또 무슨 말을 더해야 할까 고민하던 케릭스는 문득 머리 속에 떠오른 것을 말했다.

“아버님, 한 가지 묻고 싶은 것이 있습니다.”

“무엇이냐.”

“드래곤과… 계약한 드래곤과 진정한 친구가 될 수 있을까요?”

“당연히 될 수 있지. 너는 네가 지금까지 계약한 드래곤들을 도대체 무엇이라 생각한 거냐? 계약으로 편하게 부려먹을 수 있는 종? 설마 그렇게 생각해서 계약을 안 하겠다고 했던 것은 아니겠지?”

“아하하……..”

정곡을 그대로 찔린 케릭스는 웃음으로 얼버무릴 수밖에 없었다.

“설마 했더니 그런 생각을 하는 바보가 또 있었구나. 세상에는 한쪽이 다른 한쪽을 위해 일방적으로 희생한다느니 일방적으로 한쪽만을 위한다느니 하는 일방통행은 없다. 적어도 나는 그렇게 생각한다. 흔히 어머니의 사랑이 아이들을 위한 일방적인 사랑이라고들 하지. 하지만 그런 어머니와 아버지는 아이들이 자라는 모습에서, 그리고 부모인 자신을 믿고 따르며 그 앞에서 미소 지어주는 것을 더할 나위 없는 보상으로 생각한다. 자기 만족이라고 부를 수도 있겠지만, 분명 주는 것이 있고 받는 것이 있어. 드래곤도 마찬가지다. 예전의 미루론도 그랬지만 지금의 임샤론에게도 나는 내가 할 수 있는 최대한의 애정으로 보답을 하고 있다고 생각한다. 미루론이 죽었을 때 그의 옆에 있었으니 알 수 있었을 것이다. 미루론이 불행해 보이더냐?”

눈앞에 레드 드래곤이 투명하게 변하여 사그라져 가는 광경이 환영처럼 떠올랐다.

만족한 얼굴의 레드 드래곤 미루론, 그저 어렸던 케릭스로서는 슬프기만 했지만 앞에 서 있던 아버지는 어떤 기분이었을까?

어떤 기분으로 미루론을 보냈던 것일까?

"아니요… 아니었습니다."

"우리와는 전혀 다른 생물이기에 우리가 모르는 무엇인가가 그들에게는 있을 것이다. 나는 그렇게 믿는다. 비록 눈으로 확인할 수는 없어도 그들에게도 분명 우리에게서 받아가는 것이 있다고 말이다."

"……"

자신은 너무나 이기적이었다. 그렇게 표현할 수밖에 없다.

그저, 자신이 그들의 일방적인 '봉사'를 받고 있었다고 생각했다.

"나도 한때 그런 의문을 품었던 때가 있었지만 지금은 그렇지 않다. 그것이 내가 드래곤과 계약하여 그들과 함께 전장에 나갈 수 있는 이유다."

"죄송합니다, 아버지."

"네가 죄송하다고 해야 할 상대는 내가 아니라 너와 지금까지 계약했던 드래곤들이다."

"알고 있습니다."

눈에서 한줄기 눈물이 흘러내리고 있었다.

마음 한구석에 자리잡고 있던 아자리안에 대한 추억과 죄책감이 그 눈물에 섞여 녹아내리고 있었다.

아자리안은 절대 케릭스를 원망하며 죽지 않았다.

아니, 오히려 그 반대였다.

그녀는 케릭스의 목숨을 구한 것이 기쁘다고 말했다. 감사한다고 말했다. 그저 좀 더 함께하지 못하는 것을 안타까워했었다.

　죽음이라는 단어에 눈과 귀가 막혀 그 마음을 받아주지 못했던 것은 케릭스 자신이었다. 자신밖에 생각하지 못했던, 이기적인 케릭스의 마음이 아자리안의 마음을 이해해 주지 않았었다.

　"살다 보면, 이런 저런 일이 있는 법이다. 이제라도 깨달았다면 늦지 않은 것이고, 설사 깨닫지 못해서 모른 채 살아가도 큰 탈은 없다. 넌 그저 생각이 조금 많았던 것뿐이다."

　귓가에 들려오는 따스함이 가득 담긴 아버지의 목소리가 케릭스를 위로하고 있었다. 그래도 눈물은 끊임없이 흘러내렸다. 오랫동안 쌓여 있던 감정이 눈물로 변했기 때문이리라.

　언젠가 답변을 듣게 될 것이라고 생각했었다. 아니면 깨닫게 되리라 생각했다.

　하지만 직접적인 답변이 아니어도, 그리고 설사 그 답변이 정확하게 무엇인지 몰라도 상관이 없다.

　자신이 무엇인가 드래곤들에게 보답하고 있다는 사실을 믿으면 되는 것이다.

　드래곤들이 그 끝을 알 수 없는 애정으로 기사들을 대하듯이.

　있는 그대로의 진실을.

제31장

마음이 가는 길

새벽 안개가 서서히 옅어질 무렵, 토리안 성의 하루는 그 새벽 안개를 말끔히 사라지게 하는 횃불을 높이 올리면서 시작된다.

몬스터들의 대대적인 습격을 받았던 기억은 사람들의 머리 속에, 그리고 몸에 아직도 강렬하게 남아 있지만 따스해지는 기온과 함께 우울하던 포스틴 성의 공기는 아침 햇살을 받아 사라지는 안개처럼 천천히 사그라지고 있었다.

한때는 무너졌었지만 이제 다시 높이 쌓이고 있는 성벽의 한쪽 위에 잿빛의 머리카락을 길게 휘날리며 먼 곳을 바라보고 있는 아름다운 소녀가 있었다.

바람에 흩날리고 있는 머리카락과 분홍빛이 비치는 아름다운 피부가 없었더라면 석상이라고 해도 믿을 정도로 그녀는 그 자리에 꼼짝도 하지 않고 서 있었다.

매일 새벽부터 아침까지 언제나 같은 자리에 서 있는 아름다운 소녀는 어느새 토리안 성에 체류하고 있는 용병들과 이제 하나둘씩 집을 찾아 돌아오고 있는 토리안 성 사람들에게 명물로 떠오르고 있었다. 물론 본인은 전혀 그런 것을 알 리 없지만 말이다.

아침이 되면 석상과도 같은 아름다운 소녀는 인간으로 되돌아온다. 그리고 그 시간을 알리는 것은 성벽을 울리는 우렁찬 어느 용병의 목소리다.

"어이~ 슈틴, 우리 공주님~"

"……."

"슈티~인."

몇 번을 불러야만 공주님은 고개를 돌려 내려다본다.

"왜?"

공주님치고는 대답이 너무나 간소한 데다 거칠다.

"아침 식사 시간이다. 밥 먹자."

"안 먹어."

"왜 안 먹어. 이거 그래도 어제 근처에서 잡은 녀석을 밤새 피를 빼 훈제까지 해둔 거라고, 독도 다 빠졌고."

"그래도 안 먹어. 도마뱀 고기를 먹느니 오크 고기를 먹겠어. 아까부터 지독한 도마뱀 비린내가 진동하고 있다고. 코가 마비되는 것 같아. 안 먹어."

슈틴은 고개를 팩 하고 돌려 버렸다. 애써 고기를 구해온 린슨이 무안해지는 순간이다. 하지만 그는 다음 순간 손 안에 남은 먹음직(!)스러운 고깃덩어리를 들고서 입맛을 다셨다.

"뭐, 안 먹겠다면 적당히 우리가 먹지 뭐. 어이~ 식사나 하자고!"

린슨의 말에 뒤에서 기다리고 있던 빈즈를 비롯한 친구들이 일제히 식사 준비를 시작했다. 음식을 가지고 슈틴이 한두 번 투정부린 것이 아니기에 모두 그것에는 꽤나 익숙해져 있었다.

물론 그러다가 쓰러지면 어쩌나 해서 몇몇은 몰래 이것저것 슈틴이 싫어하지 않는 음식물들을 구해오지만 말이다. 하지만 사실 그게 그렇게 쉬운 일이 아니다. 토리안 성의 상황은 이제 많이 호전되어 있었지만 주변의 작은 동물들이 모조리 몬스터들에게 잡아 먹히는 바람에 식량 사정은 그다지 좋지 않았기 때문이다.

아직 봄 작물이 자라 먹을 정도가 되기엔 시간이 필요했으니 결국 남은 것은 삼삼오오 짝을 지어 토리안 성의 근처를 배회하고 있는 몬스터들뿐. 그 몬스터들을 습격해서 그들을 잡아다가 독을 제거하여 먹는 것이 유일하게 육류를 섭취할 수 있는 방법이었다.

몇몇 몬스터는 아무리 피를 빼고 훈제를 해도 독성이 강해서 입에 댈 수 없었지만 그중 몇, 특히 크고 사나워서 잡기는 힘들지만 일단 잡으면 대량의 고기를 얻을 수 있는 리자드맨은 상당히 쓸모가 있어서 용병들 사이에서는 인기 품목의 몬스터 중 하나로 자리잡을 정도였다. 리자드맨 한 마리를 잡으면 적어도 장정 20~30명이 하루 이틀을 날 수 있는 식량이 되기 때문이다.

얼마 전까지만 해도 몬스터의 사체는 불에 태워 버리고 말았지만, 식량이 부족한 토리안 성에서는 이제 몬스터는 곧 고기! 라는 인식이 팽배해 있었다. 그런 사정 때문에 이제는 오히려 용병들이 튼튼하게 생긴 그러나 살은 연하게 보이는 몬스터들을 사냥하러 눈이 벌게져서 찾아다니는 형편이었다.

"하아. 이제는 아예 저러고 내려오지도 않으니 걱정이구먼."

핸슨이 훈제 고기 한 점을 입에 넣고 씹으며 말하자 아인들도 동감한다는 듯이 고개를 끄덕였다.

"우리 공주님이 그동안 많이 참았지. 암암."

아인은 말을 하면서도 계속 우물우물 먹을 것을 입에서 떼지 않는다.

"거참, 좀 삼키고 말을 해요. 튀잖아."

"뭐, 어때."

그리고 또 우물우물 하는 아인.

"하기사 시간이 조금만 지나면 바로 데라즈로 가자고 난리치지 않을까 생각했는데 말이야. 의외야, 의외."

"그건 그렇지. 당장에라도 뛰어가자면 그걸 어떻게 말리나 했었는데 말이야. 다행이라고 해야겠지. 하지만 왠지 불안해."

폭풍 전의 고요라는 단어를 모두 실감하고 있었다.

물론 그 모두라는 말에서 엘레프는 제외되어 있다. 그는 케릭스가 떠난 후 반쯤은 실의에 빠져 있는 슈틴의 옆에서 떠날 줄을 모르고 있었다.

핸슨이나 아인, 리링, 린슨, 빈즈들은 오히려 그런 의미에서 엘레프를 더 걱정하고 있었다.

"슬슬 한 달 반쯤 되어가나?"

"아마도."

빈즈의 말에 린슨이 고개를 끄덕이며 대답했다.

"여기서 데라즈까지 제일 직선 거리를 선택한다면 얼마나 걸릴까?"

"글쎄? 이 주에서 삼 주 정도 걸릴까?"

토리안은 눌리안에서만 따지자면 상당히 변경에 속하지만 그만큼 데라즈와도 무척 가까운 거리에 위치해 있다. 다만 케릭스가 말했던 것처럼 데라즈의 수도인 민튼까지는 꽤 먼 거리가 되긴 하지만 말이다.

"말을 구한다면 조금 더 빠르겠지만, 이 와중에 말을 구하는 것도 하늘의 별 따기라서 쉽지 않을 거야."

사실 말을 구할 만한 돈도 없었다.

먹을 것과 입을 것은 어떻게든 반자급자족으로 충족시키고 있지만 상황이 상황이다 보니 약속된 임금을 제대로 받을 수 있을지도 문제였다.

"뭐, 돈을 떼먹지 않고 제대로 쳐주기만 해도 어느 정도는 되겠지만, 요즘처럼 말 값이 비싸서는 아마 택도 없을 거야. 그러느니 차라리 천천히 걸어서 가는 게 좋겠지."

성벽 위에 있는 슈틴, 그리고 그녀에게서 얼마 떨어지지 않은 곳에 있는 엘레프를 보며 린슨은 한숨을 내쉬었다.

슈틴은 분명 데라즈로 갈 날만 기다리고 있는 것임에 틀림이 없었다. 다만, 그럼 가볼까? 하고 운을 떼주는 사람이 없기에 저렇게 그저 하염없이 기다리고 있는 것이리라.

하지만 핸슨을 비롯한 일행에게도 나름대로의 사정은 있었다.

토리안에서는 분명 그들을 고용하고 임금을 약속했다.

말하자면 그들은 지금 한창 일하는 중인 것이다. 하지만 데라즈에서는 아무도 용병을 기다리지도, 고용해 주지도 않는다. 한여름이나 가을쯤 되면 눌리안에서 데라즈로 수출되는 여러 가지 상품 등을 운반하는 상인들이 용병들을 고용하지만 지금은 그런 때도 아니다.

다시 말해서 일행이 슈틴과 함께 가려면 지금 하는 일을 완전히 포기하고 단순한 '유람' 또는 여행을 해야 한다는 의미가 된다. 돈과 일을 찾아다니는 용병들에게 있어서 단순한 여행이나 유람만큼 쓸모없는 단어는 없을 것이다.

"예전에 데라즈에 갔었을 때도 강을 건너는 배를 호위하는 일을 하면서 갔던 게 고작이었어. 아! 그러고 보니 돌아올 때 인원이 몇 빠져서 강가에서 어슬렁거리는 녀석을 잡은 게 바로 케릭스 녀석이었지."

빈즈는 이전의 기억을 떠올리며 감회가 새롭다는 듯이 말했다.

"그러고 보니 그 녀석하고 알게 된 지 일 년도 안 되었는데 꽤나 오래 같이 지낸 것 같은 기분이 든다니까."

"그만큼 존재감이 확실하지. 그런데 본인은 전혀 그것을 모르는 것 같단 말이야."

빈즈의 말을 듣고 린슨도 한마디 거들었다.

"모르는 게 아니라 모르는 척하는 걸지도 몰라."

핸슨이 무뚝뚝한 목소리로 말했다.

"녀석은 뭐, 잘은 모르겠지만 원래가 기사인지 뭔지 그렇고, 그런 입장이니 어디서든 눈에 띄는 짓은 하고 싶지 않았던 것일지도 모르지. 결국엔 스파다로 훌쩍 떠나 버린 것도 그렇고, 사실은 우리 같은 용병하고는 어울리지 말았어야 한다고 생각하고 있을지도 몰라. 결국 기사니 귀족이니 하는 나부랭이들은 다 같은 거라고."

"하하. 설마요."

빈즈는 핸슨의 말을 가볍게 부정했다.

"그런 녀석이 아니라는 것쯤은 우리 모두 잘 알고 있지 않습니까? 그 녀석은 뭐랄까… 그렇죠. 세상을 대하는 게 조금 서툰 것뿐이 아닐까요?"

"글쎄. 생각하기 나름이겠지만……."

핸슨은 빈즈의 말에 시큰둥한 얼굴로 대꾸했다. 때문에 계속 케릭스의 역성을 들던 빈즈가 조금 뻘쭘해지려는 찰나, 타닥타닥 장작 타는 소리 사이로 손가락 쪼오옥 빠는 지극히 원초적인 소리가 들려왔다.

"저런 또 핸슨의 정 떼기가 나오는구만. 거참, 사람이 빤히 보이는 공갈을 잘도 친단 말이야."

아인이 손에 남은 마지막 고기 조각을 입에 털어 넣으며 말했다.

"더러워."

"더럽긴. 아직 한 번도 탈난 적 없어."

아인은 그렇게 말하며 다시 한 번 손가락을 쪽쪽 빨았다.

“으… 내가 저 꼴 이제 안 보나 했더니…….”

핸슨이 팩 하고 돌아앉아 그대로 드러누워 버렸다.

“다들 잘 알아둬. 케릭스 녀석을 찾느니 어쩌니 하면서 데라즈에 갈 생각은 꿈도 꾸지 마. 그 녀석하고 우린 사는 세계가 다른 거야. 괜히 우리가 기껏 다시 기사니 뭐니 하고 있는 녀석에게 가봐야 어중떠중이 용병들이 가서 기대는 것으로밖에는 안 보인다고. 그러니까 괜한 생각 하지 마.”

“그게 무슨 말이야!!”

핸슨이 케릭스에 대한 이야기를 꺼내자마자 조금 멀리 있던 슈틴이 득달같이 달려와 따졌다.

“기대다니! 케릭스가 언제 그런 말을 했지?”

슈틴은 정색을 하며 따졌지만 핸슨은 콧방귀를 꼈다.

“흥. 그럼, 지 고향으로 돌아간 녀석이 우리가 줄줄 찾아가면 어서 옵쇼~ 하고 덩실덩실 춤이라도 출 것 같아? 말도 안 되는 소리.”

“아니야! 케릭스는 절대 그렇지 않아! 일이 끝나면 찾아오겠다고 엘레프에게 말했다고 했어.”

“글쎄? 원래 떠나는 사람은 다 그런 법이지. 좋게 말하고 좋은 기억만을 남기려고 하는 거야. 나중에 찾아가 봐. 틀림없이 떨떠름하게 대할 거야. 귀족 나부랭이들이 하는 일이 다 그런 법이지.”

“그렇지 않아!”

슈틴은 분한 마음에 발을 번쩍 들어 옆에 있던 장작더미를 걷어찼다.

“자자~그만. 슈틴.”

눈에 눈물이 그렁그렁 차 오른 슈틴을 아인이 토닥이며 말렸다.

“그러니까 말이야, 슈틴. 핸슨은 괜히 저러는 거라고. 핸슨의 말을 해석하자면 괜히 마음 다잡고 다시 고향으로 간 케릭스는 생각하지 마라,

괜히 우리가 찾아가면 민폐다~ 라는 소리야. 핸슨이 말이지, 입이 좀 삐 뚤어져서 말이야. 저럴 때는 잘 해석해서 들어야 하는 법이지. 암암."

"시끄러워, 아인! 내가 언제 그렇게 말했어!"

핸슨이 버럭 화를 냈지만 아무도 그 말을 진심으로 받아들이지 않았 다.

용병이라는 것은 그렇다. 언제 누구와 만날지, 그리고 언제 누구와 헤 어질지 모른다. 그것은 단순히 길이 엇갈려서일 수도 있고, 다른 일을 맡 게 되어서일 수도 있고, 정착을 해서일 수도 있고, 또한 죽음 때문일 수 도 있다.

떠난 사람에게는 미련을 두지 않는다. 특히 그 누군가가 미래를 위해 자신에게 가장 좋은 길이라 여겨지는 길을 찾아 떠난 경우에는 말이다.

특히 핸슨이 슈틴에게 그렇게 말한 이유는 아인이 말한 이유 말고도 또 다른 이유가 있었다. 케릭스가 아무리 뛰어난 기술을 가졌고, 카이스 가 아무리 뛰어난 정령사라 해도, 그들 단둘이서 몬스터들과 얼마나 대 항할 수 있을지 미심쩍었기 때문이다.

말은 이렇게 하지만 지금 어딘가에서 그 둘이 차가운 시체가 되어 누 워 있을지도 모르는 노릇이다.

"흐음. 그런데 말이지."

한껏 거드름을 피우며 핸슨의 대변자인 것처럼 말하던 아인이 무엇인 가 생각났다는 듯이 말을 꺼냈다.

"잊은 게 있는데 말이야, 핸슨, 우리는 사실 슈틴에게 고용된 몸이라 고. 그러니까 슈틴이 케릭스를 찾으러 가자! 그러면 따라가야 하지. 안 그래, 핸슨?"

"……?!"

씨익 하고 입을 양 귀밑까지 찢어가며 싱글거리는 아인의 얼굴을 보고 핸슨은 뭐라 대답도 못하고 소리없는 아우성을 칠 수밖에 없었다.

"호호호호. 아주 싫지?"

"아인!"

"암암암, 무척 싫겠지만 우린 따라가야 한다고, 슈틴이 가자고 하면. 그럼그럼. 가야 하고말고! 원래 용병이란 고용주가 원하는 대로 해야 한다고~"

"하. 하하하하하."

"푸하하하하!"

"큭큭큭."

아인과 핸슨의 말도 안 되는 만담(?)을 들으며 린슨과 빈즈, 리링은 그만 웃음을 터뜨려 버렸다.

"그렇지! 용병은 계약을 잊으면 안 되니까. 암암~ 고용주가 가자는 데로 가야지 어쩌겠어. 싫어도 어쩔 수 없다는 말씀~"

"푸하하하! 아인, 그만 해. 핸슨의 머리 위에서 김이 모락모락 끓어오른다고. 크하하하!"

리링이 배꼽을 잡고 웃으며 두 사람 앞에서 구른다.

"하하하."

"풋. 푸하핫!"

그렇게 배를 부여잡고 웃음을 터뜨리고 있는 일행을 보다 보니 슈틴의 눈에 그렁이던 눈물도 어느새 사라져 버렸다. 말은 차갑게 했지만 핸슨 역시 악의가 있어 그렇게 말하지는 않았다는 사실을 깨달았기 때문이다.

슈틴은 자박자박 걸어가 자신이 흐트러뜨린 장작더미를 하나하나 들어 올려 다시 얌전히 쌓아놓고는 입을 열었다.

"데라즈에 가고 싶어."

"……"

핸슨은 아무 말 없이 그런 슈틴을 바라보았다.

"케릭스는 늦어도 두 달 후엔 데라즈로 간다고 했어. 데라즈까지 얼마나 걸릴지 모르지만 지금 출발하면 비슷하게 도착할 거라고 생각해."

"케릭스가 아직 데라즈에 도착하지 않았으면 어떻게 하려고."

"가보면 알아. 난 케릭스가 어디 있는지 찾아낼 수 있으니까. 우리 오빠도 마찬가지고."

흔들림없는 두 눈이 핸슨의 눈동자 위에 떠오른다. 아무리 말려도 소용이 없다고 그 눈동자는 말하고 있다.

"만일 케릭스가 우리를 반기지 않는다면 어떻게 하려고?"

"그렇지 않아."

"만일, 아주 만일의 경우지만 케릭스에게… 안 좋은 일이 있다면 어떻게 할 거냐."

후우 하고 핸슨은 한숨을 내쉬며 대답하려는 슈틴의 입을 가로막고 계속 말했다.

"물론 케릭스는 어지간한 용병보다는 훨씬 뛰어난 솜씨를 가지고 있고 네 오빠에게도 특이한 능력이 있다는 것은 알고 있지만, 그래도 만약의 경우가 있는 법이다. 안 그래?"

"절대 그렇지 않아!"

슈틴은 단호하게 말했다.

"오빠가 옆에 있어. 오빠는 무슨 일이 있어도 케릭스를 지킬 거야. 그렇게 약속했고 우린 절대 약속을 어기지 않아. 무슨 일이 있어도! 그건 절대 용납되지 않는 일이야."

카이스에 대한 이야기가 묘하게 '우리' 라는 단어로 옮겨가 있었지만 엘레프를 제외하고는 모두 그 말이 무슨 말인지 잘 깨닫지 못했다. 슈틴 역시 카이스와 마찬가지로 드래곤이라는 것을 알고 있는 린슨마저도 말이다. 그는 드래곤에 대해서는 잘 알지 못하는 보통의 사람이니까.

"절대 무사할 거야. 난 알고 있어. 그러니까 데라즈로 가자."

예전의 슈틴이었다면 핸슨들이 반대 의견을 입에 올린 순간 엘레프만 데리고 달랑 떠나 버렸을 것이다. 하지만 그동안 슈틴은 많은 경험을 하면서 좀 더 인간다워져 있었던 모양이다.

그녀는 핸슨들과 함께 가기를 원했다. 동료들이기에, 함께 서로의 목숨을 걸고 싸운 둘도 없는 동료들이기에…….

결심을 다진 슈틴을 바라보고 있던 핸슨의 얼굴이 천천히 풀어지기 시작했다.

"슈틴."

거칠고 커다란 손가락이 슈틴의 보드라운 뺨에 살짝 닿았다.

"우리가 용병이라는 것을 잊고 있구나. 그럴 땐 그냥 데라즈로 갈 테니 따라와! 라고 하면 되는 거야. 넌 우리 고용주니까. 아참, 그러려면 린슨하고 빈즈도 고용을 해야겠구나. 그렇지?"

"핸슨!"

"하지만 거기에 더해서, 나는 너를 내 딸처럼 생각하고 있단다. 뭐, 아빠처럼은 못하고 있지만 마음이 그렇다는 거야. 그러니까 그냥 조금 어리광을 부려도 좋은 거야."

"고마워!"

슈틴이 순간 핸슨에게 달려들어 그의 두터운 목을 와락 껴안았다.

핸슨은 돌연한 슈틴의 행동에 놀라면서도 인자한, 정말 아버지 같은 표정으로 슈틴의 등을 토닥였다.

"그래, 가자. 네가 원한다면 어디든 못 가겠니."

"거봐. 핸슨이 저렇다니까."

아인이 뒤에서 한소리 했지만 핸슨은 얼굴만 조금 붉힌 채 계속 슈틴의 등을 토닥였다.

그렇게 그들 일행의 데라즈 행은 케릭스가 그들을 떠난 지 한 달 반 후 결정되었다.

*   *   *

데라즈의 키세 나이트들이 가장 사랑하는 장소를 꼽으라면 역시 그들의 요람인 장미관을 꼽을 것이다.

거친 기사들과는 이미지가 맞지 않는 듯하지만 장미와 기사라는 조금은 로맨틱한 상상을 불러일으키기에 충분한 장미관은 여러 의미에서 키세 나이트들의 마음의 고향이 되어왔다.

키세 나이트가 되길 바라며 견습 기사로서 첫발을 내딛는 곳도 장미관의 드넓은 훈련장이며, 그들이 키세 나이트가 되어 훈련을 받는 곳 역시 장미관의 넓은 훈련장이다. 그리고 최종적으로 그들이 키세 나이트로서 국왕의 임명을 받게 되는 곳 역시 장미관이며, 나날의 생활을 해나가는 장소 역시 장미관이다.

때문에 장미관은 키세 나이트들뿐만 아니라 언젠가 키세 나이트들과 결혼하여 신분 상승을 노리는 데라즈의 모든 평민 아가씨들에게도 일종의 동경의 대상으로 자리잡고 있기도 하다.

하지만 최근의 장미관은 그런 로맨틱한 분위기 대신 멀리서 보아도 어지간한 사람들은 다가가지도 못할 정도로 살벌한 분위기를 풍기고 있었다.

여유라고는 한 움큼도 찾아볼 수 없는 기사들과 그런 기사들을 보좌하기 위해 바쁘게 뛰어다니는 견습 기사들, 그들 모두에게서 긴장감이 팽배하여 장미관 전체가 가시를 세우고 있는 듯한 분위기였다.

그 장미관의 제일 상층에서부터 아래층까지 걸어 내려오는 남자가 있었다.

보폭이 일정한 시원스러운 발걸음 소리로 계단을 울리며 내려오던 남자는 일층에 도착하자마자 깊은 숨을 내쉬었다. 한숨이라기보다는 뭔가 큰일을 치러내고 내쉬는 안도의 숨 같은 것이었다.

"조금은 지치는군."

그는 조그맣게 혼잣말을 하며 닫혀 있던 문을 두드렸다.

"카이스 씨, 접니다."

"……."

예상했던 대로 대답은 돌아오지 않았다. 하지만 그는 그대로 문을 열고 안으로 들어갔다. 안에는 또 다른 남자 하나가 창밖을 내다보고 있었다. 밖에는 기사들과 견습 기사들이 바쁘게 돌아다니고 있지만, 그것을 쳐다보는 사람은 긴장감이라고는 한 올도 찾아볼 수 없을 정도로 느긋하게 늘어져 있었다.

"따분하시죠?"

힐끔— 카이스가 문을 열고 들어온 남자, 케릭스에게 눈길을 옮겼다.

"뭐 별로. 한가해서 좋은데."

"하하. 주변을 좀 돌아다니셔도 괜찮습니다. 뭐, 기사단원은 아니지만 일단은 장미관 내 숙식을 허락받았기 때문에 장미관을 포함하여 이 주변은 자유롭게 돌아다니셔도 되니까요."

"쓸데없이 뭐 하러 돌아다녀."

퉁명스럽게 돌아오는 대답을 들으며 케릭스는 너털웃음을 지을 수밖에 없었다.

키세 나이트 단장 랜드리크의 부탁에 따라 두 사람은 케릭스의 본집이 아닌 장미관 내에 머물고 있었다. 사실 말이 부탁이지 명령이나 다름없었다.

 케릭스는 적어도 카이스만큼은 자신의 집에서 기거할 수 있도록 해달라고 요청했지만 그 요청은 가볍게 묵살되었다. 주요 참고인으로서 반드시 장미관 내에 머물러 달라는 명령이 하달되었기 때문이다.

 현직 키세 나이트는 아니지만 케릭스는 그 몸에 배어 있는 기사 근성 때문인지 결국 그 명령에 따르고 말았다. 물론 카이스를 설득하는 것은 그의 몫이 되어버렸지만 말이다. 다행히도 카이스는 케릭스가 장미관에 머문다고 하자 이유도 묻지 않고 그대로 케릭스와 함께 기거하는 데 찬성했다. 하지만 케릭스 입장에서는 사실 반쯤은 구금된 것이나 마찬가지기에 카이스에게 미안한 마음을 느끼고 있었다.

 "죄송합니다, 여러모로."

 "뭐가?"

 "이곳까지 동행해 주셨는데, 이런 곳에 계시게 해서요."

 "이런 곳이라니? 여기 장미관인지 뭔지를 말하는 건가?"

 "아무래도 불편하지 않겠습니까? 이곳은 제가 쓰던 방이라 비좁고 또……."

 우물우물 변명 아닌 변명을 하는 케릭스의 말을 카이스는 가볍게 막으며 말했다.

 "상관없어. 어디든 편히 쉴 수 있는 곳이면 되는 거지. 그리고 네 말대로라면 여긴 원래 네가 기거하던 곳이잖아. 이전에 이곳에 있을 때 불편했나?"

 "아, 아닙니다. 설마요. 여긴 제 집이나 마찬가지인걸요."

 "그렇다면 된 거잖아. 정말이지 쓸데없는 것 가지고 신경 쓰지 말라고. 그러니까 심심하면 픽픽 쓰러지는 거야. 긴장은 필요할 때 한순간이면 돼. 그전까지는 편하게, 마음 편~하게 먹으라고."

"하. 아하하하."

케릭스는 그만 웃음을 터뜨리고 말았다. 거기에는 약간의 안도감도 섞여 있었다. 그가 언급한 것은 장미관 자체의 편안함이 아니라 출입을 제한당한 채 한곳에 묶여 있게 된 그들의 처지에 대한 것이었다. 혹 이런 부자유스러운 처지에 카이스가 불만을 가지게 되진 않았을까 하는 걱정을 했던 것이지만 카이스는 너무나도 가볍게 그런 불안을 일소해 버렸다.

"그건 그렇고, 볼일은 다 끝났나?"

"아? 예. 일단은 끝났습니다. 또 언제 불려갈지 모르지만."

"귀찮게 하는군. 한번 말하면 알아들어야지 사람을 계속 오라 가라 하고, 너희 인간들에겐 학습 능력이라는 게 없는 건가?"

"그런 게 아니라 설사 알고 있다 하더라도 거듭해서 재확인하려는 것입니다."

"왜?"

"그래야 안심이 되니까요."

케릭스의 말에 카이스가 이해하지 못하겠다는 표정을 짓는다.

"어째서 몬스터들에 대해 듣고 또 듣는 게 안심이 된다는 거지? 정말 도통 이해할 수가 없어."

"모르는 것보다는 알고 있는 쪽이 대처할 방법을 연구하는 데 도움이 되니까요. 언제 어디서 나타날지 모르는 적이지 않습니까? 그렇다면 수많은 몬스터에 대한 지식을 십분 활용해서 준비하고 또 준비할 수밖에 없습니다."

케릭스가 나름대로의 설명을 하고 있지만 카이스는 역시 이해하지 못하겠다는 얼굴이다.

"카이스 씨와 같은 드래곤, 그러니까 미지의 존재에 대한 두려움이라는 것에 그리 익숙하지 않은 드래곤들은 어떨지 모르지만, 적어도 인간은 그렇습니다. 바로 문밖에 있을 텐데 그 적이 어떤 상대인지 알지 못한다면 당연히 두려워질 수밖에 없지요.”

“흐음…….”

이해를 한 것인지 못한 것인지 알 수는 없지만 카이스의 질문은 거기서 멈추었다.

“이런 여유도 나름대로 나쁘지는 않습니다만 저로서는 조금 지루하군요.”

“지루해?”

“계속 이곳저곳을 돌아다녔던 후유증이랄까요? 이렇게 좁은 곳에서 아래위층만 다람쥐 쳇바퀴 돌듯 왔다 갔다 하려니 말입니다.”

“나는 한 백 년 넘게 꼼짝도 하지 않고 앉아 있었던 적도 있는데?”

“하하하.”

그것은 당신이 드래곤이니까, 라고는 차마 말하지 못하고 케릭스는 그저 웃을 수밖에 없었다. 그렇게 생각하면 카이스가 케릭스의 예상과는 달리 이 좁은 케릭스의 방에서 일주일 이상 한 발자국도 나가지 않은 채로 있으면서도 지루하다느니 하는 말을 전혀 하지 않는 것도 이해가 간다.

따져 보면 카이스와 만난 이 후로 이렇게 마음 편하게 한곳에 오랫동안 머물렀던 적도 없었다. 언제나 급하게 어디론가 발걸음을 옮기곤 했으니 말이다.

“아직까지는 데라즈 내에선 지난번 같은 그런 일이 일어났다는 보고는 없어서 다행입니다. 다른 곳은 어떤지 알 수 없지만.”

“다른 곳이라… 알아낼 방법이 있긴 하지만.”

카이스가 머리를 긁적이며 하는 말에 케릭스는 깜짝 놀라 되물었다.

"알아낼 방법이 있는 겁니까?"

"있긴 한데, 쓰면 주변이 소란스러워질 것 같아서 같이지."

"아. 그, 그렇군요."

굳이 설명하지 않아도 케릭스는 카이스가 말하는 주변이라는 것이 어떤 것인지 알아챘다. 그렇지 않아도 장미관으로 올 때 카이스는 다 좋은데 주변에 눈이 너무 많다고 말했기 때문이다. 그것은 아마도 드래곤들일 것이라고 케릭스는 생각했다.

"게다가 상대방이 누군지는 모르지만 내 존재를 알아챌 수도 있지. 그만한 마법 소환진을 만들어내는 존재이니만큼 나와 비등한 수준의 마법을 쓸 수 있는 존재임에는 틀림이 없을 거다."

카이스의 말은 어떤 면에서는 미지의 적에 대한 중요한 정보가 될 수도 있었지만, 반면 그 미지의 적이 위험한 적이 될 수도 있다는 것을 암시하는 말이기도 했다.

"그리고 이것은 단순한 짐작이지만 마법진이 나타난 곳이 어디가 되든 간에 목적지는 아마도, 아니, 틀림없이 이곳이 될 거다."

전황에 관한 정보는 들은 그대로 모두 카이스에게 말해 왔지만 카이스가 저렇게 대놓고 데라즈가 그 목표가 될 것이라고 말한 것은 처음이다.

"말했잖아, 이곳은 드래곤들에게 바쳐진 땅이라고. 인간들은 조금 잘못 생각하고 있는 것 같은데, 드래곤들에게 좋은 땅은 마계의 몬스터들에게도 좋은 땅이다. 중간계를 가운데 두고 환수계와 마계가 갈려 있긴 하지만 환수계와 마계는 전혀 다른 성질을 띠는 반대되는 세계가 아니다. 환수계의 드래곤들이나 또 다른 환수들은 실질적으로 중간계에서 그리 오래 버틸 수 없어, 스스로 중간계에 적응하지 않는 이상은."

"그렇다면……."

"스스로 적응하지 않고 버티려면 자신들이 머물기 가장 좋은 땅을 찾을 수밖에 없겠지. 그 머물기 가장 좋은 땅은 인간들이 사는 대지 중에서도 특이할 정도로 마나의 기운이 많이 쌓여 있는 곳 또는 불안정할 정도로 뒤틀려 있는 곳, 이렇게 두 곳이 된다. 하지만 이전의 그 엘렌데이크처럼 지나치게 화속성이 강하면 기질이 맞지 않는 몬스터의 경우 오래 견디기 힘드니까 결국엔 마나의 기운이 많이 쌓인 곳을 찾게 되어 있다.”

“그렇게 따지면 몬스터들은 마계에 있는 것이 가장 좋은 것이잖습니까.”

“맞아.”

“그럼 어째서…….”

“그것까지는 나도 몰라. 하지만 고대로부터 전해 내려오는 지식 속에 섞여 있는 역사 중엔 마계의 몬스터들이 중간계를 집어삼키려고 시도했던 때가 있었다. 나는 드래곤들에게 구전되는 역사를 성인식 때 모두 물려받았지만 그 역사는 어디까지나 드래곤들이 주가 된 역사다. 우리에게 있어 인간들을 주로 하는 역사는 존재하지 않아. 그것은 인간들도 마찬가지지. 그것을 기준으로 말할 때, 아주 가끔 마계의 누군가가 마계에 만족하지 못하고 중간계를 넘보는 일이 있었다. 드래곤들의 입장에서 보면 말도 안 되는 이야기지만 실제로 있어왔던 일이지. 가장 가까운 예로는 다크 드래곤 로드인 카이스터스님께서 인간과 계약하여 중간계에 그 모습을 드러내셨던 바로 그때의 일이다.”

“…….”

“마계의 몬스터들이 나타났기 때문에 로드께서 중간계에 모습을 드러내신 것인지, 아니면 로드께서 인간과 계약을 맺고 중간계에 나타났기 때문에 마계의 것들이 중간계에 진출하려 했던 것인지는 지금도 알 수 없어. 그런 것을 논하는 것은 닭이 먼저냐 계란이 먼저냐 따위를 논하는 것만큼 쓸모없는 일이다.”

말하는 사람이 인간이 아니기에 그의 말은 더욱더 차갑게 들린다. 마치 신이 눈앞에 있어 나는 세상을 만들었을 뿐 그 후의 일은 너희가 직접 처리할 일이며 너희 몫이다, 라고 옆으로 내밀어 버린 느낌이랄까?

케릭스는 지금 그런 기분이다.

"하지만 그때 로드께서는 인간과 계약을 맺고 중간계에 계셨다. 그리고 지금은 내가 중간계에 있지. 바로 너와 계약을 맺고."

"……."

"마치 누군가 예전부터 이렇게 되도록 미리 내정해 둔 것처럼이랄까."

카이스의 말은 마치 얼음의 벽 너머에서 내밀어진 구원의 손 같은 느낌으로 케릭스에게 다가왔다. 그것은 얼음의 벽 너머에서 내밀어진 것치고는 아주 놀랄 만큼 따사로운 것이었다.

"뭐, 내가 드래곤 로드가 아니라는 점이 조금 다르군. 하지만……."

그리 먼 일은 아니니까. 대략은 같은 조건이야라는 말은 케릭스의 귓가에 들릴락 말락 하는 아주 작은 목소리였다. 카이스의 뒷말이 잘 들리지 않은 이유는 조금 전부터 위에서 아래로 거칠게 계단을 뛰어 내려오는 소리 때문이었다.

발소리는 점점 가까워지다가 이내 그들이 있는 방문이 거칠게 벌컥 열리는 순간 끝이 났다.

"케릭스!"

"무슨 일이야, 셰샤크."

"눌리안에 이변이 일어났다!"

셰샤크의 얼굴에는 명백하게 충격이라는 두 글자가 떠올라 있었다.

"뭐?"

"조금 전에 보고가 올라왔다. 눌리안 쪽에서 피난민들이 미친 듯이 몰려들고 있다고 해. 몬스터들이 갑작스럽게 나타나 마을과 논밭을 파괴하고 사람들을 살육했다고 피난민들이 증언하고 있대!"

"그런!"

"정확한 것은 우리가 가봐야 할 듯하다. 같이 가겠어? 목격담을 듣고 제대로 판단할 사람이 필요해. 허락은 내가 받아두었다. 마즈렉도 준비하고 있어."

"물론 가겠어. 카이스 씨는 어쩌시겠습니까?"

"그쪽도 원한다면 같이 가도 좋아."

셰샤크는 아마도 미리 카이스에 대한 허락까지 받아놓은 모양이다.

"이 녀석이 간다면 나도 가지."

"좋아. 준비하고 나와."

"알았어."

셰샤크가 달려나가자마자 케릭스 역시 황급히 짐을 챙겨 들었다. 짐이라고 해봐야 비상 식량이 조금 든 가방 하나뿐이다. 그것과 검을 집어 들고 케릭스는 셰샤크의 뒤를 따라 나갔다.

카이스가 그 뒤를 따라오며 케릭스에게 소리쳐 물었다.

"드래곤이 몇이나 있지?"

"예?"

"놀고 있는 드래곤들이 있을 텐데?"

"정확하게는 모르겠지만 분명 있을 겁니다. 왜 그러십니까?"

"눌리안까지 달려갈 참인가?"

"셰샤크와 마즈렉의 신세를 질 것 같아서 아무 말 안 했습니다만."

"돌아올 때는 지칠지도 모른다."

"괜찮으시겠습니까?"

"뭐가? 대략의 이유는 네가 적당히 둘러대면 되잖아."

거짓을 말하지 않는 드래곤치고는 상당히 유연한 사고방식이라는 생각에 케릭스는 빙긋 웃었다.

"그러면 부탁드립니다."

"알았다."

그리고 잠시 후, 장미관 내 드래곤들의 휴식 장소에서는 작은 소란이 일어났다. 계약자도 없는 드래곤 중 몇이 갑자기 날뛰기 시작했기 때문이다.

"우앗! 도대체 무슨 일이야?"

떠날 준비를 하고 있던 마즈렉을 보고 세샤크가 물었다. 하지만 마즈렉 역시 이유를 알 수 없는 탓에 신경질적으로 고개를 저었다.

"몰라!"

날뛰는 드래곤들을 진정시키기 위해 몇몇 키세 나이트가 손을 쓰고 있었지만 드래곤들은 안정치 못하고 계속 소란을 피우고 있었다.

"케릭스는?"

"오고 있어."

"라웬, 두 사람이 타게 되겠지만 힘내주길 바란다."

힘껏 날갯짓을 하는 라웬에게 마즈렉은 다독이듯 말을 걸었지만 라웬은 평소와는 달리 상당히 흥분해 있었다.

'도대체 왜 이러는 거지?'

흥분한 드래곤들의 아우성은 잠시 후 두 사람이 그곳에 모습을 드러내는 순간 잠잠해졌다.

"이쪽인가?"

척척, 안내도 받지 않고 카이스는 한 마리의 드래곤에게 다가갔다.

"자, 잠시만 기다려 주십시오. 여기 있는 드래곤들은……."

드래곤들을 관리하고 있는 관리장이 나와 카이스의 앞을 막아섰지만 카이스는 막무가내로 그의 저지를 뚫고 앞으로 나아갔다.

"네가 좋겠군. 부탁한다."

그리고 잠시 후 모여 있던 키세 나이트들의 두 눈이 놀람으로 화등잔만해져서 튀어나오지 않을까 걱정되는 장면이 연출되었다.

계약의 상대가 아니면 거의 곁을 허락하지 않는 드래곤이 카이스 앞에 고개를 숙였기 때문이다.

"도, 도대체 어떻게 된 거지?"

말이 입에서 나오지 않을 정도로 의외의 상황이기 때문일까? 마즈렉은 뚫어져라 카이스가 하는 행동을 바라보며 셰샤크에게 물었다. 하지만 셰샤크는 마즈렉만큼의 여유는 없는지 그의 질문이 귀에 들리지 않는 모양이다.

"정말이지, 이럴 땐 나보다 훨씬 막무가내라니까."

놀라다 못해 심장이 입 밖으로 튀어나오기라도 할 것 같은 표정으로 굳어져 있는 사람들 사이로 케릭스가 등장했다.

먼저 뛰어나온 것은 케릭스이건만 카이스가 훨씬 발이 빨랐던 것이다.

휘익― 하고 수십 개의 눈동자가 케릭스에게 모아진다.

모두의 눈동자가 '도대체 이게 어떻게 된 일이야! 설명을 해봐!' 라고 그에게 묻고 있었다.

"아, 그러니까… 너무 놀라지 않으셔도 좋습니다. 카이스 씨는 에… 정령사라서 말이죠."

그들의 눈빛세례를 맞으며 케릭스는 결국 궁여지책으로 이전부터 써먹어 오던 핑계를 대고 말았다.

"아무래도 라웬이나 리리스너의 신세를 지면 미안하니까. 카이스 씨가 다른 드래곤들에게 조금… 부탁을 하겠다고 하기에 그러시라고 했지. 놀랐다면 미안해."

설명을 들었지만 아무래도 납득이 가지 않는다.

그도 그럴 것이 키세 나이트로서 잔뼈가 굵은 사람들이라 해도 계약자도 없는 드래곤들에게 함부로 다가가지는 못하기 때문이다.

하물며 드래곤들이 계약자도 아닌 상대에게 고개를 숙인다니 말도 안 되는 이야기인 것이다. 적어도 그들이 아는 한 말이다.

"무슨 소란입니까, 이게 도대체."

"그러니까 아까 말씀드린 대로입니다."

케릭스에게 관리장이 다가와 물었지만 케릭스로서는 이미 했던 말을 되풀이하는 것밖에는 방법이 없었다.

"카이스 씨는 그러니까, 알기 쉽게 말씀드리면 최고의 정령사라서 말씀입니다. 계약을 하지 않고도 일종의 '부탁' 을 할 수 있다고 하시더군요. 자세한 것은 저도 잘 알 수가 없어서 뭐라 말씀드리지는 못합니다. 단지 아무 일 없이 되돌아올 테니 그렇게 보고해 주시면 감사드리겠습니다. 셰샤크, 마즈렉, 언제 떠나면 되지?"

"아. 지, 지금 곧."

"지금… 바로 떠나기는 해야 하는데."

아직도 놀람이 가시지 않은 두 사람은 대답을 하면서도 여전히 카이스를 바라보고 있었다.

그들의 눈이 만일 카이스가 아니라 케릭스에게 향해 있었다면 케릭스가 어울리지 않게 거짓말을 하고 있다는 사실을 눈치 챘을지도 모른다. 그만큼 그들은 케릭스와 오랜 시간을 보내온 사이니까 말이다. 하지만 두 사람 모두 카이스에게 정신이 팔려 있어 케릭스가 거짓말을 하고 있다는 사실을 바로 알아채지는 못했다.

"케릭스."

"네, 카이스 씨."

"저 녀석은 렉시온이다. 저 녀석이 너와 함께 가겠다고 하는군."

"아! 알겠습니다."

카이스는 가볍게 한 말이었지만 그 말을 들은 키세 나이트들은 놀라 그 자리에서 엉덩방아를 찧을 정도였다. 아무도 가르쳐 주지 않은, 계약 자만 들을 수 있는 드래곤의 이름을 카이스가 말하고 있으니 말이다.

물론 여기에 있는 드래곤들은 현재 계약자가 없지만 이전에 다른 기사 들과 계약을 했던 드래곤들임으로 몇몇 사람들에게는 그 이름이 알려져 있다. 하지만 과연 그 이름들을 카이스가 들을 기회가 있었던가? 그들은 필사적으로 자신에게 되묻고 있었다.

다른 키세 나이트들이 당황하고 있는 동안 케릭스는 척척 카이스가 가 리킨 드래곤 앞으로 걸어가고 있었다. 어차피 일은 벌어졌고, 제일 좋은 방법은 줄행랑을 치는 것뿐이다. 물론 돌아와서 수습할 생각을 하니 뒷 골이 다 땡해왔지만 엎어진 물을 되담을 수도, 설사 가능하다고 해도 그 럴 시간이 없다.

"잘 부탁해, 렉시온."

윤기가 도는 붉은 비늘을 가진 레드 드래곤이 알았다는 듯이 날개를 퍼덕인다.

「다크 드래곤의 계약자에게 봉사하게 된 것을 나 렉시온은 영광으로 생각한다.」

문득 머리 속으로 들려오는 드래곤의 목소리를 듣고 케릭스는 깜짝 놀 랐다. 아무리 다크 드래곤인 카이스의 명에 따라 케릭스를 등에 태우게 되었다 해도 계약도 하지 않은 드래곤이 자신에게 목소리를 들려줄 것이 라고는 생각지 않았기 때문이다.

"고맙다, 렉시온."

천천히 렉시온의 등 위에 오르며 케릭스는 묘한 기분을 느꼈다. 이렇 게 드래곤의 등에 오르는 것 자체가 아주 오랜만의 일이었기 때문이다.

하지만 그 묘한 기분은 결코 거부감이라던가, 부담감 같은 것은 아니었다.

이전의, 아주 오래전의 일도 아니다. 두 번 다시 드래곤 위에는 타지 않으리라 다짐했던 때도 있었다. 그런데 지금 케릭스는 너무나 편한 마음으로 레드 드래곤 렉시온에게 몸을 의지하고 있다.

이런 편한 마음은 다만 카이스와 계약을 한 탓만은 아닐 것이다. 이전에 미처 깨닫지 못했던 것을 마음속에 갈무리했기 때문일 것이다.

'지금이라면 아자리안에게도 고맙다는 말을 할 수 있어.'

몸을 지탱하기 위해 레드 드래곤의 목에 감아둔 그삐를 한 손에 굳게 쥐는 순간 건너편에서 화악 하고 바람이 불어왔다. 눈을 돌리니 카이스가 블루 드래곤과 함께 하늘로 날아오르는 모습이 보였다.

"꾸물거리지 말고 출발하자."

"네! 카이스 씨. 가자, 렉시온."

기분 좋은 바람이 얼굴을 감싸고 몸이 가볍게 공중으로 떠오른다.

날아오르는 두 사람을 따라 다른 키세 나이트들도 황급히 그들의 뒤를 따랐다. 여러 마리의 드래곤이 한꺼번에 장미관을 날아오르는 장관이 펼쳐졌다.

왕국을 위해 드래곤과 함께 하늘로 날아오르고 있는 케릭스의 마음은 더할 나위 없이 감격으로 가득 차 있었다.

＊　　　　＊　　　　＊

데라즈의 수도를 떠나 말로 가면 일주일이 넘게 걸릴 거리지만 드래곤에 의지해 하늘을 날고 있는 키세 나이트들은 이틀 만에 눌리안과의 국경선이 되는 리하라 강의 푸른 띠를 눈앞에 두고 있었다.

목적지는 라킨스, 이전에 케릭스가 눌리안으로 떠나기 위해 도착했던 바로 그 마을이다.

이전에는 떠나기 위해서 왔지만 이번에는 지키기 위해서 왔으니 그 목적은 크게 다른 셈이다.

멀리서 보아도 사람들의 움직임이 한눈에 들어올 정도로 많은 사람이 라킨스 주변에 몰려 있는 것이 보였다.

앞서 가던 마즈렉이 강하하라는 손짓을 해 보이고 그를 따라서 키세 나이트들이 일제히 드래곤과 함께 기수를 내리기 시작했다. 일행의 중간쯤에 위치하고 있던 케릭스와 카이스도 마찬가지로 그들을 따라 강하하기 시작했다.

피난해 온 사람들이 마을 주위에 천막을 치고 조그맣게 불을 피워 올리는 모습이 눈에 들어왔다.

키세 나이트들이 하나둘씩 지면에 내려앉기 시작하자 그들을 발견한 사람들이 환호성을 지르기 시작했다. 대부분이 눌리안 사람들이긴 했지만 데라즈 가까이에 위치한 마을에 사는 사람들이기에 그들의 대부분은 키세 나이트의 명성을 잘 알고 있었기 때문이다.

"우와~ 진짜 키세 나이트다!"

어린아이들이 겁도 없이 제일 먼저 달려든다. 몇몇 기사가 그들을 안아 올리자 어머니들이 흙이 묻은 손으로 무엇을 하냐며 야단을 치기도 했지만 기사들은 그런 것은 아랑곳하지 않았다.

"다친 곳 없니, 꼬마야?"

"웅!"

먼 거리를 날아온 데다 수면을 취하기 위해 잠시 내려 눈을 붙이다말다시피 한 채이기에 모두 눈 밑이 조금씩 거뭇거뭇하긴 했지만 쉬고 있을 틈은 없었다.

“자, 꼬마야. 형들은 이제부터 저쪽으로 가서 사람들을 도와야 하거든?”

“네!”

아이가 달려드는 통에 셰샤크의 머리카락엔 진흙이 묻어 있었지만 그는 그것을 굳이 털어내려 하지 않았다. 아이가 무안해할지도 모른다는 생각 때문이다.

“서두릅시다. 일단 케릭스!”

“응?”

마즈렉은 제일 먼저 케릭스를 불렀다.

“넌 이곳에서 탐문 조사를 해줘.”

“탐문 조사라……. 하지만 강의 나루터 쪽에 가봐야 하지 않을까?”

“그렇긴 하지만 그건 일단 우리에게 맡겨줘. 무엇보다 소환진에서 나온 몬스터들에 대해 네가 제일 많은 경험을 가지고 있잖아? 그 경험을 살려서 이들이 설명하는 것이 어떤 몬스터들인지 잘 파악하는 게 급해. 그게 얼마나 중요한지는 잘 알고 있지 않아?”

“그렇지.”

“급한 와중에 봤기 때문에 횡설수설할지도 몰라. 그중에서 정확한 정보를 골라내는 것은 그만큼 몬스터들을 많이 본 네가 적임이라고 생각해. 게다가 네가 타고 온 드래곤은 너와 계약한 것도 아니잖아. 전투는 무리일지도 몰라.”

꼭 그렇지만은 않다고 말하려다가 케릭스는 고개를 끄덕였다. 어차피 이쪽 일도 누군가 해야 할 일이었고, 마즈렉이 말하는 것처럼 자신이 적임자라는 것도 일리가 있다고 생각했기 때문이다.

“맡겨줘.”

“그럼 부탁한다.”

마즈렉은 케릭스의 어깨를 한 번 쳐주고는 다른 기사들을 불렀다. 곧 몇몇의 기사가 다시 드래곤들과 함께 하늘로 날아오르고 마즈렉은 남은 기사들과 함께 마을 쪽으로 달려갔다.

자연스럽게 그 자리에는 케릭스의 동행인 카이스만이 그들이 타고 온 드래곤들과 오도카니 남았다.

"카이스 씨, 저와 함께 탐문 조사를 좀 해주시겠습니까?"

케릭스가 막 카이스에게 말을 하였으나 카이스는 무슨 말인가를 드래곤들에게 전하고 있었다. 카이스의 말을 들은 드래곤 두 마리는 고개를 끄덕이더니 이내 하늘로 날아올랐다.

"피곤할 텐데 쉬도록 하지 왜……."

"네 친구들을 도우라고 말해 뒀는데 뭐가 잘못되기라도 했나?"

"아, 그런 것은 아닙니다만."

"어차피 쉬지 못하는 것은 다른 드래곤들도 마찬가지야. 저들이라고 가만히 앉아서 쉬고 싶은 마음이 없겠어. 그건 그렇고 탐문 조사라니?"

"사람들이 목격한 몬스터들에 대해서 조사를 하는 겁니다."

"뭐 하러?"

"어떤 몬스터들이 소환되었는지를 알아야 대처하기 쉬우니까요."

조금 답답하지만 케릭스는 다시 한 번 카이스에게 설명했다.

"그놈의 확인 참 여러 번 하게 하는군."

"어떤 몬스터들이었는지만 조사하면 됩니다. 아니면 마법진이 나타났을 당시 가까이 있던 사람들이 있으면 그때의 상황이 어땠는지 알아내면 더 좋겠지요. 그럼 부탁드립니다."

그렇게 말하고 케릭스는 사람들이 모여 있는 쪽으로 걸어갔다.

군이 부르지 않아도 사람들은 케릭스의 주위로 모여들고 있었다. 대부분이 젊다. 어린아이들도 꽤 많이 섞여 있었지만 거동이 불편해 보이는 늙은 사람들은 눈에 많이 띄지 않았다.

도망쳐 오는 데 급급했기 때문이리라.

케릭스는 제일 먼저 약간 나이 든 남자에게 다가갔다.

"저는 케릭스라고 합니다."

일단 이름부터 말하며 케릭스는 남자가 대답하기를 기다렸다. 피곤에 지쳐 있기에 낯선 사람을 경계하는 듯했기 때문이다.

"요룬이라 불러주쇼."

"마을 사람들과 함께 피난을 오신 겁니까, 요룬 씨?"

케릭스의 질문에 요룬이라 이름을 밝힌 남자는 잠시 케릭스를 노려보다가 주춤주춤 근처에 쌓아둔 자신의 짐 앞에 주저앉았다. 케릭스 역시 그 옆에 자리를 잡았다. 이야기가 긴 모양이다.

"그렇소이다. 네스안이라는 마을에서 왔지. 저기 건너편에 조그만 산 등성이를 넘어가면 있는 마을이지."

"저어, 촌장님."

누군가 요룬에게 묽은 수프가 담겨진 나무 그릇을 내밀었다.

케릭스는 자신이 사람을 잘 선택했다고 생각했다. 한마을의 촌장이라면 적어도 다른 사람들보다는 좀 더 냉정하게 상황을 설명해 줄 수 있을 테니까 말이다.

"실례 좀 하겠소이다, 기사 양반."

"시간은 많으니 천천히 드십시오. 그리고 케릭스라고 불러주시면 좋겠습니다."

후루룩 수프를 들이키는 촌장을 지켜보며 케릭스는 조용히 기다렸다. 그런 그의 팔에 꼬마 여자 아이 하나가 고개를 내밀며 매달린다.

"이름이 뭐니?"

"미야."

"그래, 예쁜 이름이구나, 미야."

케릭스는 구정물이 묻어 얼굴이 까만 여자 아이를 안아 올려 품에 안았다.

"다친 곳은 없니, 미야?"

"여기!"

여자 아이는 대뜸 팔을 내밀었다. 작은 상처에서 피가 흘러나와 이미 딱지를 만들고 있는 것이 보였다. 케릭스는 허리에 매고 있던 가방에서 작은 가죽 물통을 꺼내 상처에 묻어 있는 흙을 씻어 내렸다.

"상처는 깨끗이 해야 빨리 나아. 또 상처에 뭐가 묻으면 꼭 깨끗하게 씻어야 한다. 알았지?"

"응."

케릭스가 하던 양을 빤히 쳐다보던 촌장은 후루룹거리며 먹던 수프 그릇을 내려놓고 그에게 물었다.

"뭐가 듣고 싶소?"

"어떤 일이 있었는지, 그리고 어떤 몬스터들을 보셨는지 알려주십시오."

"말해 주면 댁들이 우리 마을까지 가서 몬스터들을 죽여줄 거요?"

"가능하다면요."

사실은 불가능한 일이지만 케릭스는 그렇게 대답했다.

"흥, 웃기는 소리 하지 마쇼. 당신들은 우리를 이쪽에 건너오게는 해 줬지만 한 사람도 저 리하라 강을 넘어가진 않더구만."

"명령을 받아야 하니까요. 그 점은 양해해 주십시오. 하지만 이곳에 있는 한은 여러분을 지켜 드릴 겁니다."

서글픈 현실이지만 더 이상의 거짓을 말할 수는 없다. 자신들은 데라즈의 기사들이고, 이 사람들은 데라즈가 아니라 강 건너 눌리안 사람들이다.

"마을 사람들 전부가 피난 나온 건가요?"

"반도 못 나왔소이다. 몸이 불편하신 우리 어머니도 두고 올 수밖에 없었소."

"마을에서 고용한 용병들은 없었습니까?"

"다 죽었소. 몬스터가 한두 마리여야지."

그렇게 말하는 촌장의 얼굴이 어두워진다.

"얼마나 많이 기어나왔는지 끝도 안 보였소."

"언제부터 몬스터들이 마을을 덮친 겁니까?"

"덮치긴, 아니, 덮쳤다고 해도 되겠군. 그놈들은 땅에서 솟아났소. 마을의 사분지 일쯤이 그놈들이 기어나오면서 파괴됐지. 멀쩡하게 자기 집 침대 위에서 자다가 아무것도 모르고 죽은 사람들도 있소이다. 그나마 발 빠른 어른들은 애들을 안고 뛰어나오기는 했으나 땅에서 밑도 끝도 없이 기어나오는 몬스터들의 손아귀에 걸리면 그대로 끝이었소."

"언제쯤이었습니까?"

어떤 몬스터들을 보신 겁니까? 라는 질문이 바로 목구멍까지 솟아올랐지만 케릭스는 그 질문은 조금 뒤로 미루기로 했다. 지금 촌장은 나름대로 어떤 면에서는 그에게 고해 성사라도 하는 기분으로 말하고 있는 듯했기 때문이다. 주변을 둘러싸고 있는 사람들도 아마도 그 마을 출신인 듯 얼굴이 어두웠다.

"새벽녘이었지. 마을 근처에서 보초를 서던 용병들이 발견하고 마을로 달려왔소이다. 뭐, 그때쯤에는 이미 마을은 초토화되었지. 우린 그냥 도망치는 데 급급했소. 용병 몇 하고 마을 청년들이 여자들하고 애들을 구해내려 하다가 용병들은 다 죽고, 마을 청년들도 반 이상 죽었지. 끔찍했소."

"어떤… 몬스터들을 봤는지 기억하십니까?"

"정확히는 모르겠소이다. 우린 도망치기 급해 뒤도 돌아보지 못했으니까."

"오크 비슷한 것들하고 생전 처음 보는 것도 있었습니다."

주위에 있던 사람들 중 하나가 말을 꺼냈다. 그러자 몇몇 청년이 입을 열기 시작했다.

"긴 촉수를 가진 몬스터에게 내 친구가 끌려갔어요."

"눈이 벌건 놈들도 있었는데 발톱 길이가 팔뚝 길이만했어. 늑대 머리를 하고 있었는데 두 발로 걸어 다녔지. 어찌나 빠른지 말이야, 순식간에 마을이 쑥대밭이 되었어. 마구간에서 끌어내던 말을 덮치는 사이 나는 간신히 빠져나올 수 있었다고. 사실 어떻게 도망친 것인지 지금도 꿈만 같아."

"맞아. 방앗간 집의 샘도 그놈들에게 당했어."

"도마뱀 비슷한 놈들도 있었는데 크기가 사람 두 배만했지."

케릭스는 그들이 말하는 것을 하나도 놓치지 않고 듣기 위해 귀를 기울였다.

'리자드맨에 오크, 웨어울프 같은 것들도 있고, 그렇다면 대충 스파다 쪽에서 봤던 것들하고 비슷한 셈인가?

하나같이 대하기 힘든 중?대형의 흉포한 몬스터들이다.

날짜를 계산해 보니 소환진에서 몬스터들이 나오기 시작한 것이 벌써 나흘이 넘었다. 오늘로써 닷새째. 자잘한 몬스터들도 분명 있었겠지만 사람들은 자신들을 덮친 몬스터들이 남긴 그 강렬한 충격만을 기억하고 있었다. 하지만 그것만으로도 충분하다 못해 넘칠 지경이다. 황망한 와중에 인간들의 뇌리에 강렬한 인상을 남긴 몬스터들이라는 것은 마법진을 통해 소환된 몬스터들의 주축이 그들이라는 의미도 되기 때문이다.

하지만 한 가지 더, 케릭스에겐 궁금한 것이 있었다.

중?대형의 몬스터들, 하나같이 한 마리 한 마리의 이동 능력이 인간의 그것을 상회한다.

'그들의 이동 속도를 생각하면 벌써 리하라 강을 건너오고도 남았을 텐데.'

하지만 분명 리하라 강은 아직 몬스터들의 손아귀에서 무사한 듯하다. 그렇다면 누군가 중간에서 그들을 막고 있다는 소리가 된다. 그리고 그 이외의 가정은 그들의 목적지가 데라즈가 아닐지도 모른다는 것. 하지만 카이스는 몬스터들이 분명 데라즈로 올 것이라고 했다.

'지난번에 도착했던 마을은 이곳에서 좀 더 하류로 내려간 곳이었기 때문에 이 부근의 지리는 지도로밖에는 확인이 불가능하군.'

직접 확인할 수 있다면 몬스터들이 마을 사람들을 제대로 쫓아오지 못한 이유를 금세 알 수 있었을 것이다.

"상당한 수였던 것 같은데, 무사히 리하라 강을 건너셨으니 다행입니다."

"우리야 그놈들을 피해서 조금 빙 돌아왔으니까. 아무리 몬스터들이라고 해도 우린 이 동네 토박이라는 거요, 기사 양반. 도망치는 길이라면 얼마든지 찾아낼 수 있지. 하지만……."

촌장이 말하다 말고 입을 다문다. 그것은 뭔가 숨기는 것이 있는 듯한 켕기는 얼굴이었다.

"하지만?"

"…우리는 산을 타는 대신에 작은 계곡 쪽으로 도망쳤소. 그 근처에 작은 성이 하나 있는데, 아마 놈들은 그곳으로 들이닥쳤을 거야. 우리 마을 사람들 중에 그곳에 친인척이 있는 사람이 몇 있어서 말을 타고 알리러 갔지. 그 몬스터들이 우리를 따라오지 않은 걸로 봐서는 분명 그 친구들을 뒤쫓아갔을 텐데⋯⋯."

촌장의 어두운 얼굴은 단순하게 삶의 터전을 잃고 가족과 친지와 마을 사람들을 잃었다는 절망감에서 오는 것이 아니었다. 도망치며, 자신들 대신 다른 마을, 다른 성의 사람들이 그들을 대신하여 희생되었을지도 모른다는 커다란 죄책감 때문이었다.

마을 사람 중 몇 명이 말을 타고 알리러 가지 않았다면, 그들을 쫓는 대신 촌장의 일행을 뒤쫓았다면 지금쯤 이들은 이 세상 사람이 아니었을 것이다.

하지만 결과적으로 살아남은 것은 바로 마을 사람들과 촌장이다.

"몬스터들의 지각은 우리의 그것과는 다를 수밖에 없습니다. 그들이 방향을 틀어 다른 성으로 갔다면 무엇인가 다른 목적이 있었을 겁니다."

위로가 될지 모르지만 케릭스는 촌장에게 그렇게 말했다.

무엇인가 촌장은 그것에 대한 위로의 말을, 아니면 자신의 잘못에 대한 면죄부를 받고 싶었는지도 모른다.

케릭스는 촌장과 같은 입장에 처한 사람들을 몇 번이나 보아왔다. 살아남기 위해 숨어 있는 동안 몬스터들에게 희생당하는 동료의 비명 소리를 들어야 했던 사람도, 그에 대한 죄책감 때문에 잠들지 못하는 사람들도, 아이를 살리기 위해 아이를 숨겨두고 뛰어나왔다가 막상 자신은 살고 아이는 발각되어 살해된 경우에 처한 사람들도 모두 비슷한 얼굴을 하고 있었다.

자신은 살아남았고, 자신의 아이, 부모, 친인척, 친구, 그리고 마을 사람들은 살아남지 못했기 때문에 말이다.

"몬스터들이 내가 아니라 그들을 죽였다면, 그들이 아니라 나를 죽였다면 하고 자꾸 생각해 봐야 아무런 결과도 얻을 수 없습니다. 그들에게 왜 인간을 죽이냐고 항의하는 것이나 다름없는 일이죠. 살아남은 사람들에게는 살아남은 사람들밖에는 할 수 없는 일이 기다리고 있습니다. 안 그런가요?"

건조한 말들뿐이었지만 그래도 촌장의 얼굴은 조금씩 누그러져 갔다. 케릭스의 말이 그가 바라던 바로 그 위로로 들려왔기 때문일 것이다. 적나라한 위로의 말을 대놓고 듣고 싶었던 것이 아니었다. 만일 케릭스가 그런 말을 한마디라도 했다면 촌장의 상처 입은 양심을 위로하기는커녕 더 더욱 그 상처를 헤집는 꼴이 되었을 것이다.

케릭스는 그저 몬스터들은 사람들과는 다르다 말하고 있을 뿐이다. 그저 그것만으로도 충분했다.

"일단 촌장님께서는 이곳에 피난 온 사람들 중에 다른 마을 사람들이 얼마나 있는지, 그리고 그쪽 마을 상황은 어떤지 좀 알아봐 주실 수 있겠습니까? 저도 계속 탐문, 아니, 물어보며 다니겠지만 저 혼자만의 힘으로는 부족할 것 같아서 말입니다."

조그마한 마을의 촌장이지만 근처에서라면 분명 이리저리 인맥이 있을 것이라는 계산을 하며 케릭스는 그에게 부탁했다. 물론 그 이외에 촌장이 망연자실하게 그냥 멍하니 앉아 있는 것을 막으려는 속셈도 있었다.

촌장이 넋을 놓고 있으면 될 일도 제대로 되지 않는다. 이런 상황에서는 그가 마치 대단한 능력이라도 가지고 있는 사람처럼 조금 치켜세워 주는 것도 나쁘지 않다.

그리고 촌장은 그런 케릭스의 속셈에 글자 그대로 깨끗하게 넘어가 버렸다.

"아, 물론이오, 기사 양반. 다른 건 몰라도 그건 충분히 할 수 있소이다."

"기사 양반보다는 케릭스가 좋습니다."

"흥. 거야 당신 사정이고."

"주변에 있던 다른 마을 사람들을 발견하면 꼭 알려주십시오. 저는 잠시 강가 쪽으로 갔다가 다시 올 테니까요."

일단은 기본적으로 알아낸 사항을 보고해야겠기에 케릭스는 카이스를 찾았다. 그는 짐작대로 사람들에게 탐문을 하는 대신 조금 가지가 굵은 나무 위에 올라 늘어지게 잠을 청하고 있었다. 그냥 두어도 자신을 못 찾아올 리는 없고 해서 그대로 케릭스는 강가로 발걸음을 옮겼다.

마즈렉을 찾아 일단 알아낸 사항을 간단히 보고한 후에 선착장 쪽으로 시선을 돌렸다. 아직도 눌리안에서 도망쳐 오는 사람이 있는지 몇몇 사람이 힘겹게 짐과 사람들을 배 위에서 끌어 올리고 있었다. 평소라면 선착장에 대기 용이한 큰 배를 사용하기 때문에 굳이 끌어 올릴 필요도 없었겠지만, 급한 나머지 작은 크기의 배를 타고 온 탓이다.

케릭스는 자연스럽게 그쪽으로 발걸음을 옮겼다. 도움이 필요해 보였기 때문이다.

"이쪽으로 밧줄을 주십시오."

힘겹게 밧줄을 잡아당기고 있던 남자는 조금 의심스러운 얼굴을 하면서도 묵묵히 밧줄 끝을 내밀었다. 구령에 맞추어 밧줄을 잡아당기자 묵직한 포대 하나가 밧줄 끝에 걸려 끌려온다. 생긴 것으로 보아서는 곡식이 들어 있는 듯했다.

케릭스는 열심히 밧줄을 잡아당기며 눈을 건너편 기슭 쪽으로 돌렸다.

리하라 강은 데라즈와 눌리안의 확실한 국경선으로 넓고 깊었다. 지금도 옅은 안개가 끼어 건너편의 기슭이 잘 보이지 않을 정도다.

'아직 해가 다 떠오르지 않아서 그런 걸까?

안개는 시야를 가리고, 가려진 시야는 사람들에게 두려움이라는 감정을 불러일으킨다.

　강을 건너온 눌리안 사람들 때문에 라킨스 사람들 역시 몬스터들에 대한 두려움에 떨고 있었다. 주변에 만연해 있는 그 두려움은 공포가 되고, 사람들의 마음을 얼어붙게 만든다.

　"안개가 걷히질 않는군요."

　케릭스가 조금이라도 기분을 전환시키기 위해 사람들에게 말을 걸었지만 그들의 입은 조개처럼 닫혀진 채 열리지 않았다.

　"흐음. 건너편에 누군가 더 있습니까?"

　그저 간단한 옷가지, 건식량 조금, 아니면 아예 입고 있던 옷밖에 없는 사람들과는 달리 지금 케릭스가 돕고 있는 사람은 꽤나 짐을 많이 챙겨온 듯싶다. 그렇다면 일행이 더 있을지도 모른다는 생각이 들었다.

　"없습니다. 우리가 마지막이니까."

　남자의 말에 케릭스는 황급히 다시 건너편 쪽으로 고개를 돌렸다. 정확하게 보이는 것은 아니지만 분명 무엇인가 조금 전 그 안개 속에서 움직였다.

　"그런데 저쪽 기슭에 아직 뭔가……."

　케릭스는 한쪽 손을 올려 건너편을 가리켜 보였다.

　"우리가 마지막이 아닐 가능성은 분명 있지만, 적어도 우리가 도망쳐 오는 동안에는 뒤를 따라오는 사람은 한 사람도 못 봤습니다. 그리고 말해 두지만 우린 조금 더 상류 쪽에서 왔습니다. 저기 보이는 기슭에 누가 있는지는 모르죠."

　"흐음."

　하지만 분명 케릭스의 눈에는 안개 너머 누군가 왔다 갔다 하는 것이 보였다. 하지만 케릭스가 발을 구르며 조급해해 봐야 강 건너에 있는 사람을 도와줄 방법도 없고, 그 사람이 더 빨리 건너올 수 있는 것도 아니다.

그것을 걱정하느니 지금 선착장을 차지하고 있는 작은 배에서 짐을 내리게 하는 쪽이 낫다.

"일단 얼른 옮기도록 해야겠군요."

케릭스는 다른 밧줄에 달려들었다. 그때 케릭스의 귓가로 조금 큰 물소리가 들려왔다. 하지만 그저 그것은 평범한 물소리에 지나지 않았기에 케릭스를 비롯하여 그곳에 있던 어느 누구도 신경을 쓰지 않았다. 설사 몬스터들이 나타난다 해도 멀지 않은 곳에 사람들이 웅성거리고 있다. 정말로 몬스터가 나타난다면 분명 기사들과 사람들이 달려올 것이니 걱정할 필요가 없었다.

두 개째의 곡식 더미를 작은 배에서 끌어 올린 직후, 케릭스는 다시 한 번 배 쪽으로 손을 내밀었다.

"우앗!"

강 위에 떠 있던 배가 순간 요동치며 나무 기둥에 부딪쳤다.

"으아앗!"

촤아아— 하는 커다란 물소리가 나무 기둥 부러지는 소리와 함께 고요하게 깔려 있던 안개를 흐트러뜨리며 사방으로 울려 퍼졌다.

그리고 그 물소리가 울려 퍼지기 바로 직전, 마을 밖에서 그때까지 여유만만하게 나무 위에서 잠을 청하고 있던 카이스의 눈이 전조도 없이 번쩍 뜨였다.

그의 계약자에게 위험이 닥쳐오고 있었다.

제32장

선전포고

마을은 소란스러웠다.

라스킨은 그리 작은 마을은 아니지만 그렇다고 그리 큰 마을도 아니다. 인접해 있는 리하라 강을 넘어 데라즈에서 눌리안으로 갈 수 있는 나루터가 있기 때문에 나름대로 많은 사람들이 라스킨을 거쳐 지나가긴 하지만 '관문'이라 불릴 정도의 크기는 아닌 것이다.

그렇게 조용하던 마을이 지금은 상당히 소란스러워져 있었다. 마을과 나루터가 들어선 이래로 가장 많은 사람들이 모여 있기 때문이다.

라스킨에서 살던 사람들은 삼삼오오 모여 강을 건너 피난해 온 눌리안 사람들을 바라보고 있었다. 예전부터 눌리안과 교류가 많았던 곳이기에 타국인에 대한 거부감은 없다 해도 이렇게 한꺼번에 많은 눌리안 사람들을 대하자니 그들의 눈초리는 그리 부드럽지만은 않았다.

순식간에 고향을 잃은 눌리안 사람들의 처지는 불쌍하고 안되기도 하고 측은하기도 했지만 갑작스럽게 몰려오는 그들에게 지금 당장 머물 곳과 그들 모두가 배부르게 먹을 수 있는 음식을 제공할 수 없기 때문이다.

하지만 살겠다고 도망쳐 온 사람들을 내칠 수도 없는 노릇, 그래서 라스킨은 이례적인 소란스러움 속에 푹 싸여 있었다.

그러나 마을 전체를 가득 채우고 있는 소란스러움은 한쪽 구석에서부터 커다란 소리를 내며 무너져 내리기 시작했다.

콰아앙—!

"우, 우앗!"

"으아악!!"

무언가 와르르 무너져 내리는 소리와 함께 사람들의 날카로운 비명 소리가 하늘을 찔렀다.

그 소리에 몇몇 사람이 황급히 선착장으로 뛰어갔다. 그들은 나무로 만들어진 튼튼한 선착장이 흔들리고 있는 것을 볼 수 있었다.

귀를 울리는 커다란 소음은 튼튼하게 만들어졌던 선착장에 단단하고 무거운 무언가가 부딪치며 나는 소리였다.

콰앙—!

다시 한 번 큰 소리와 함께 선착장이 흔들렸다. 다음 순간, 작은 배가 닿아 있던 선착장이 콰지직 소리를 내며 사방으로 나무 조각 파편을 날렸다.

안정되게 몸을 지탱해 주고 있던 단단한 바닥이 무너져 내리는 순간 미처 피하지 못한 사람들의 비명 소리가 다시 한 번 리하라 강 위에 쌓여 있는 안개를 위로 퍼져 나갔다.

"우아악!"

"아악!"

비명을 지르는 그들의 모습에 사람들은 기사들을 불러댔다.

"기사님! 이, 이쪽으로 와보십쇼!!"

"기사님! 선착장이… 선착장이!!"

미친 듯이 사람들을 불러대는 소리에 조금 멀리 떨어져 있던 키세 나이트들이 한둘씩 황급히 달려오기 시작했다.

"으—"

케릭스는 이마 위에서 흘러내리는 피 때문에 순간 눈을 감았다.

조금 전 발 밑이 무너져 내리며 작은 나무 조각 하나가 이마 위를 스치며 날카로운 통증과 함께 상처를 남겼는데, 그 상처가 생각보다 깊었던 모양이다. 운 좋게 눈을 찔리진 않았지만 이내 꼭 감은 눈 사이로 주르륵 흘러내리는 액체가 스며들기 시작했다.

하지만 문제는 눈 사이로 스며들고 있는 피가 아니었다.

"빌어먹을."

케릭스는 자신의 다리 쪽에 매달려 있는 그 무엇인가를 향해 욕지거리를 내뱉었다.

그것은 오른쪽 다리 전체를 감싸듯이 휘감겨 있었다. 의심할 필요도 없이 그것은 몬스터였다.

'아주 여러 가지 방법으로 끌려 내려가 보는군.'

이쯤 되면 웃음밖에 나오지 않는다.

엘렌데이크에서부터 시작된 아래로 끌려 내려가기 기록이 이번에는 강바닥으로 끌려 내려가기로 이어지는가 보다.

하지만 상황은 케릭스가 쓴웃음을 지을 겨를도 주지 않았다.

"사, 살려줘!!"

"우아악!!"

케릭스는 선착장을 지탱하고 있던 기둥에 매달려 있었지만 그의 한 팔에는 함께 짐을 끌어 올리던 남자가 매달려 있었다.

하지만 몇 년 동안 차곡차곡 물기를 머금고 있던 기둥은 그만큼 미끈

거려서 매달려 있는 것만으로도 힘이 들었다.

피가 스며들지 않은 한쪽 눈을 뜨고 자신의 팔에 매달려 있는 남자의 옷자락을 손가락에 단단히 휘감았다.

"힘을 내요! 곧 사람들이 올 겁니다!!"

"우아아― 사, 살려줘!!"

케릭스가 자신의 팔에 매달린 남자를 격려하는 순간, 그 바로 옆에서 한 사람이 꼬르륵 물속으로 가라앉아 버렸다. 그 바람에 물결이 바다에 이는 파도처럼 일어나 케릭스와 그의 팔에 매달려 있던 남자를 덮쳤다. 몬스터의 힘이 너무나 센 탓이었다. 그 바람에 물은 좀 먹었지만 눈가에 스며들어 있던 피가 씻겨져 나가 케릭스는 간신히 눈을 뜰 수 있었다.

"우악!! 다, 다리에 뭐가 감겼어! 으아아아!!"

케릭스에게 매달려 있던 남자는 더욱 크게 비명을 질러대기 시작했다.

"잡아당겨!! 끌어당긴다고!! 몬스터가 날 죽일 거야!! 죽일 거야!!"

패닉 상태에 빠진 남자가 히스테릭하게 괴성을 질러대는 것을 보며 케릭스는 그의 옷을 휘감고 있는 손가락에 힘을 주어 단단히 주먹을 쥐었다.

"괜찮아요! 위험하긴 하지만 촉수의 크기로 봐서는 어린 놈입니다. 견딜 수 있어요! 이건 메리아리아(수십 개의 팔에 두부를 딱딱한 껍질로 감싸고 있는 몬스터로 물에 서식한다. 물속에 있다가 지나가는 배들을 습격해 인간과 동물들을 노리는 거대 몬스터)가 분명합니다! 이놈은 끈질기지는 못해요. 조금만 더 버티면 살 수 있어요!"

케릭스는 큰 소리로 남자에게 말했다. 미친 듯이 비명을 지르던 남자는 '어린 놈'이란 소리에 퍼뜩 눈을 떴다.

"하, 하지만 아, 아래서 당기고 있는데……."

"진짜 큰 놈이면 우리 둘 다 벌써 잡아 먹혔을 겁니다."

이미 한 사람이 희생당하긴 했지만 케릭스의 말은 사실이었다.

진짜 성체의 메리아리아라면 이런 기둥에 매달릴 만한 시간도 주지 않고 물속으로 끌고 들어갔을 것이다.

"이봐! 힘내! 곧 끌어 올려줄게!"

어느새 사람들이 선착장으로 달려와서 그들을 구하기 위해 동분서주하고 있었다. 긴 창의 사정 거리에 있는 메리아리아의 촉수가 순식간에 잘려 나갔다.

하지만 케릭스가 매달려 있는 선착장의 끄트머리 나무 기둥까지는 그 창이 닿지 않았다.

"밧줄을 가져와!"

세샤크의 목소리가 케릭스의 귀에 들려왔다. 케릭스는 반가움에 그의 이름을 부르며 활짝 웃었다.

"어이, 세샤크!"

"여유만만하시구먼."

"군소리 말고 어서 꺼내줘. 팔에서 힘이 빠지려고 해. 작은 놈이긴 하지만 힘이 꽤 세단 말이야."

"조금만 기다… 우왓!!"

대답을 하다 말고 세샤크는 뒤에서 불어오는 돌풍에 물가 근처까지 밀려갔다.

"우아아앗—"

여기저기서 갑작스럽게 불어닥친 돌풍에 당황하며 미끄러져 넘어지는 소리가 들려왔다.

살을 에이는 찬바람은 사라졌지만, 그들에게 불어온 돌풍은 겨울의 바람보다 훨씬 더 강하고 무거운 압박감을 느끼게 했다.

"웬 돌풍이야! 젠장!"

“우웃.”

“마이디아!”

그 돌풍 사이로 귀에 익숙하다 못해 기억에 남아 있는 바람의 정령의 이름이 들려왔다.

“으아아아악!”

고막을 찢어버릴 것 같은 남자의 비명 소리가 케릭스의 한쪽 팔에서 들려왔다.

주위에서 우오오오 하는 경악과 감탄이 묘하게 섞인 소리가 그 뒤를 따랐다.

“우, 우아! 물이— 물이— 물이!!”

그저 넘실거리던 강물이 마치 살아 있는 것처럼 움직이고 있었다. 다리에 휘감겨 있던 촉수들은 어느새 깨끗하게 잘려 나가 버렸다.

메리아리아의 촉수들을 잘라 내버린 물줄기가 이번에는 자유로워진 케릭스의 팔다리에 휘감겼다. 그리고 그 물줄기는 천천히 케릭스를 비롯하여 물에 빠져 있던 다른 사람들까지 모두 뭍으로 밀어 올렸다.

“사, 살았다!!”

“물이 움직였어!!”

사람들은 살았다는 안도감을 느끼는 것과 동시에 마치 살아 있는 것처럼 움직이던 물에 대한 공포심으로 덜덜 떨기 시작했다.

“얼른 위로 피신시켜! 메리아리아는 다리가 길다고!”

몇몇 사람과 키세 나이트들이 물에 빠졌다가 건져진 네 명에게 일제히 달려들었다.

케릭스는 돌풍에 물가까지 밀려와 있던 세샤크의 손을 잡고 기울어져 있는 강턱을 타고 위로 올라갔다.

“고맙다.”

“……”

케릭스가 고맙다는 말을 하는데도 셰샤크는 굳은 얼굴로 뭔가 질문이 있는 표정을 하고 있었다.

“왜?”

“놀라지도 않냐?”

“응?”

“방금 전의 그 현상.”

“아… 아아.”

순간 케릭스는 주변으로 시선이 갔다. 카이스가 마법을 쓰거나 정령을 부리는 것에 익숙했던 탓에 아무렇지도 않게 셰샤크의 손을 잡고 강둑 위로 올라왔다. 하지만 주변의 상황은 온통 난리 법석인 상태.

그중에서 태연한 얼굴을 하고 있는 것은 케릭스와 조금 떨어진 곳에 있는 카이스뿐이다. 그 둘을 제외한 나머지 사람들은 패닉 상태가 되어 소란을 피우고 있었다.

“내 눈으로 보고도 믿기 어려운데 너 혼자만 아무렇지도 않은 얼굴이야! 도대체 어떻게 된 거지?”

“그게 그러니까…….”

사람들은 당황해서 그저 서로에게 물이 움직였어! 움직였다고~ 라는 소리를 되풀이하며 그 궁금증을 풀려 했지만 답이 나올 리 없었다.

케릭스는 어찌할까 잠시 생각하다가 이전에 이미 한 번 써먹었던 핑계를 대기로 했다. 둘러대려 해도 이미 카이스는 마법을 써버린 뒤다. 아니, 정확하게는 정령을 부린 것이지만. 결국 케릭스는 있는 그대로 대답을 하기로 했다.

“정령술 같은 거야. 카이스 씨는 정령을 아주 잘 다루니까.”

“에?”

자연스럽게 케릭스는 카이스가 서 있는 곳으로 고개를 돌렸다. 카이스는 케릭스를 향해 그리 한심해서 어디다 써먹겠냐라는 표정을 하고 있었다.

"정령술 같은 거라니……."

"내게 물어도 그렇게밖에는 대답 못해. 난 정령술사가 아니니까."

"아무리 그래도 그렇지, 저런 정령술을 쓰는 정령술사가 있다는 소린 전혀 들어보지 못했다고!"

"나도 못 들어봤어, 직접 만날 때까지는."

셰샤크는 반쯤은 공황 상태에 빠져 머리를 뒤흔들기 시작했다. 그런 셰샤크를 보고 케릭스는 쓴웃음을 짓고 말았다.

"사람들에게도 그렇게 말해 둬. 괜한 혼란을 일으킬 수는 없으니까. 차라리 이쪽에 실력 좋은 정령사가 있다는 것을 알게 되면 다들 진정할 거야."

"그건 맞는 말이다만. 후우."

케릭스조차도 몇 번이나 실체를 보고 나서야 인정하게 되었으니 딱 한 번 경험한 사람에게 진정하라고 해봐야 소용이 없다.

"멍청하게."

쯧— 하고 혀 차는 소리가 들려왔다. 카이스였다.

"죄송합니다. 수고를 끼쳤네요."

"내가 멍청하다고 한 것은 물에 빠진 걸 말하는 게 아니다."

"예?"

"잘 보라고."

그러면서 카이스는 케릭스가 방금 빠져나온 리하라 강 쪽으로 턱짓을 했다.

"강 건너에 있어서 별로 신경 쓰지 않았는데, 놈들이 강을 건너려 하고 있다."

카이스의 말에 케릭스는 물론 머리를 쥐어뜯기 직전의 셰샤크까지 놀라 강 쪽으로 눈을 돌렸다.

"아침도 아니고 저녁 무렵이 다 되어가는데 저 안개가 말이나 된다고 생각해?"

"하, 하지만… 몬스터들이 이 안개를 일으키고 강을 건너려 한다니 그건 말도 안 돼."

셰샤크가 말도 안 된다며 반박했다.

"물론 몬스터들 중에는 안개랑 비슷한 것을 뿜어대는 놈들이 있긴 하지. 하지만 그런 놈들은 안개를 이용해서 사람들의 눈을 속이고 강을 건널 만한 몬스터들이 아니야. 안 그래, 케릭스?"

"그렇긴 하지만, 이 경우에는……."

케릭스가 알고 있는 한 마법 소환진에서 나온 몬스터들은 한 종류가 아니었다. 그들 중에는 안개를 뿜어내고, 그들이 안개를 뿜어내도록 수작을 부리는 몬스터가 있을지도 모른다. 무엇보다도 서로 같이 있는 것이 이상할 정도의 몬스터들이 함께 어울려 다니고 있었다.

케릭스는 그런 광경을 벌써 몇 번이나 목격했다.

"분명 안개나 안개와 비슷한 것을 만들어내는 몬스터들이 있어. 그들 중 대부분이 자기 몸을 숨기기 위해 그런 짓을 하지만, 혹시 그런 몬스터들을 조종할 수 있는 지능이 높은 몬스터가 존재한다고 가정을 해보면……."

하지만 이런 케릭스의 의견에 셰샤크는 반대 의견을 내놓았다.

"나도 그런 몬스터들이 있다는 것은 알아. 그리고 때로는 몬스터들끼리 인간처럼 무리를 짓고 연합 전술을 펴는 때도 있다는 것도. 하지만 오크나 리자드맨처럼 힘이 센 몬스터들이 기껏해야 안개를 내뿜어서 몸을 숨기는 작은 몬스터들을 이용하다니, 그런 일은 본 적도 들은 적도 없다고.”

“하지만 저놈들은 조금 달라. 충분히 가능성이 있다고 봐.”

케릭스가 온몸에서 물을 뚝뚝 흘리며 세샤크와 설전을 벌이는 동안 카이스는 날카로운 눈으로 안개가 가득 들어차 있는 강 쪽을 바라보고 있었다.

잠시 한숨을 돌리려는 찰나, 그는 분명 온몸에 소름이 돋을 정도의 살기를 느꼈다. 그리고 무엇보다도 그의 계약자를 향한 강렬한 살기를 감지했었다.

케릭스를 붙들고 있던 메리아리아는 처치해 버렸지만, 그가 감지한 살기는 하찮은 메리아리아 따위가 아니었다.

‘도대체 뭐지?

난생처음 초조함이라는 감정이 카이스의 흔들림없던 마음속으로 스멀스멀 스며들었다. 차라리 본체로 돌아가 이곳에 ‘드래곤’이 있다는 사실을 건너편 기슭에 있는 놈들에게 알리고 싶은 생각마저 들었다.

하지만 근본적으로 카이스를 초조하게 만드는 것은 저 강 건너편에 진을 치고 있는 몬스터들이 아니었다. 카이스가 지금 느끼고 있는 나쁜 예감은 그렇게 단순한 것이 아닌, 좀 더 근원적인 불쾌감과 위기감 같은 것으로 이에 카이스의 모든 감각이 경종을 울리고 있었다.

“어이어이. 케릭스는 홀딱 젖었잖아. 세샤크, 입씨름은 그 정도로 하고 일단 케릭스는 몸을 말리도록 해. 강 가까이 있는 민가에는 퇴소령을 내려뒀어. 일단 이 정도면 되지 않을까 싶은데.”

케릭스와 세샤크가 한참 입씨름을 하는 가운데 마즈렉이 끼어들며 중재를 했다.

“케릭스의 말이 맞든 맞지 않든, 미리미리 준비는 해두어야 하니까.

그리고 케릭스 아까 부탁한 것은?"

마즈렉은 케릭스에게 천 조각을 하나 내밀며 물었다. 누군가 급하게 보드라운 천을 찢어 붕대 대용으로 만든 천 조각이었다. 그것을 받아 들고서야 케릭스는 이마에서 다시 피가 흘러내리고 있다는 것을 깨달았다.

"아. 고맙다, 마즈렉. 그리고 퇴소령을 내린 건 잘했다고 생각해. 운이 좋은 건지 나쁜 건지 저 몬스터들의 소환 마법진이 제일 처음 나타났던 마을의 촌장을 만났다. 그 촌장의 이야기가 확실하다면 놈들은 거의 일직선에 가까운 루트로 데라즈를 향해 오고 있어. 사람들을 좀 더 멀리까지 피신시켜야 해. 놈들은 특히 마을이나 성같이 사람들이 많은 곳을 노리고 있는 것 같아."

"빨리 사람들을 좀 더 멀리까지 피난시키는 게 좋을 것 같다."

"네?"

"놈들이 움직이기 시작했다."

카이스가 강가 쪽을 가리키며 말했다. 그의 말에 도두 강 쪽으로 눈을 돌렸지만 그들의 눈에는 그저 안개가 껴 있는 것으로밖에는 보이지 않았다.

하지만 그 사람들 중 몇 명이, 정확하게는 키세 나이트들이 반응하기 시작했다.

눈에는 보이지 않지만 육감으로 느껴지는 살기와 그것으로 인한 긴박감.

케릭스와 세샤크 역시 강 건너편에 있는 몬스터들이 내뿜고 있는 살기를 확실히 느낄 수 있었다. 그 둘은 조용히 시선을 주고받았다.

이럴 때 강 건너편에 몬스터가 있다고 섣부르게 입에 올리는 것은 금물이다. 사람들이 미처 다 피난을 하기 전에 혼란이 일어나면 곤란하기 때문이다.

“마즈렉에게 전하고 오겠어. 커드, 시닉, 강가 쪽에 아직 남아 있는 사람이 있는지 살피고 혹 남아 있는 사람들이 있으면 피신시키도록.”

세샤크가 눈에 보이는 키세 나이트들에게 명령을 내렸다.

“서둘러야겠어.”

세샤크의 말에 케릭스는 고개를 끄덕였다.

명령을 받은 키세 나이트들이 재빨리 움직이기 시작했다.

카이스는 그런 키세 나이트들의 움직임을 지켜보다가 케릭스 쪽으로 다가왔다.

“여기서 놈들과 한판 붙는 건 괜한 소모전이 될 거다. 수가 너무 많아. 여긴 몸을 은폐할 장소도 없고 대항하여 싸울 인원도 현저하게 적다.”

“게다가 당장 이곳에서 어떻게 해서든 후퇴를 한다고 해도 그 이후도 문제가 됩니다. 가까운 곳에는 큰 성이 없으니까요.”

케릭스는 한숨을 폭 내쉬었다.

“너…….”

“예?”

“피 냄새가 가시지 않는다 했더니 상처가 깊었던 모양이군.”

“에? 아아.”

케릭스가 이마에 대고 있던 천 조각은 이미 새빨갛게 물들어 있었다. 그것을 보고 카이스는 가볍게 회복 주문을 외웠다.

“힐링(Healing).”

인식하는 순간 쿡쿡 쑤셔오던 상처가 카이스의 한마디에 순식간에 나아버렸다. 직접적으로 카이스가 회복 마법을 쓰는 것을 본 적이 없는 케릭스는 순간 말을 잃었다.

“…….”

“말해 두지만, 아무리 회복 마법이라 해도 원래대로 되돌릴 수 없는 경우도 있다. 회복 마법이 가능하다고 해서 몸을 함부로 굴릴 생각은 하지 마."

"…감사 …합니다."

매순간 경험하지만 매번 놀라고 마는 카이스의 능력에 케릭스는 가까스로 감사의 말을 입에 올릴 수 있었다.

"일일이 신경 쓰게 하지 말라고 했는데, 여전히 학습 능력이 떨어져."

"별거 아닌 상처였는데, 죄송합니다."

"그런 것이라면 조금만 조심했어도 피할 수 있는 거다."

고쳐 주긴 했지만 그것이 꽤나 쑥스러웠는지 카이스는 케릭스를 계속 구박했다.

"저어… 다른 사람들을 치료해 달라고 부탁한다면……."

"길 가다가 그 자리에 쓰러져서 꼼짝 못하고 죽고 싶다면 얼마든지 해 줄 수 있다."

"예?"

"자신의 한계를 알란 소리다."

케릭스를 찍소리도 못하게 만들어 버린 카이스는 가볍게 몸을 돌려 앞장을 섰다.

"마법에 의존할 생각을 하는 것보다는 지금의 이 사태를 어떻게 해야 할지에 대해 조금이라도 더 생각해 보는 쪽이 좋아. 저 상태라면 몬스터들은 오늘 밤 안에 모두 강을 건너올 테니까."

하늘에 남아 있는 태양은 아직까지는 높은 곳에 걸려 있지만 어느새 천천히 내려와 산등성이에 걸려 버릴 것이다.

시간은 언제나 그렇듯이 그것을 인식해 버린 순간부터 서너 배는 빠르게 흘러가 버린다.

남아 있는 시간은 겨우 반나절, 아니, 그보다 더 짧디짧은 시간.

살아남을 방법을, 모두 함께 살아남을 방법을 찾아내야 했다.

*　　　　*　　　　*

가파르지는 않지만 험한 산길을 따라 사람들이 줄을 이어 걸어가고 있었다.

어떤 사람은 자신의 상체만한 짐을 짊어지고, 어떤 사람은 짐을 잔뜩 실은 당나귀를 끌고 사람 하나 걸어가기 힘든 산길을 힘겹게 걸어갔다.

허튼말 한마디로도 체력이 낭비된다고 생각한 탓일까? 산길을 걸어가는 사람들 중 어느 누구도 농담 한마디 입에 담지 않았다. 각양각색의 얼굴로 묵묵히 앞 사람의 뒤를 따라 걸었다.

그렇게 한참을 걸어가던 중에 맨 앞에서 길 안내를 하던 사람이 발걸음을 멈추었다.

"오늘은 이 부근에서 야영을 하도록 하지."

조금 높이가 있는 산등성이를 올라가다가 대략 중턱은 조금 넘긴 위치에 도착하자 핸슨은 결정을 내렸다.

"산을 넘어가면 해가 완전히 져버릴 거다. 그러니 오늘은 이곳에서 쉬는 게 좋겠어."

털썩 하고 커다란 바위 위에 널브러진 핸슨은 헉헉 하며 가쁜 숨을 몰아 내쉬며 말했다.

"그렇게 하지. 산길이 보기엔 만만했는데 무지 힘들어. 으으."

아인은 등에 지고 있던 짐을 땅바닥에 내팽개치며 핸슨과 마찬가지로 그 자리에 털썩 주저앉았다. 그는 아직도 아래쪽에서 걸어오고 있는 사람들의 줄을 바라보았다.

원래는 핸슨과 아인, 리링과 린슨, 빈즈, 그리고 슈틴과 엘레프의 단출

한 여행이 될 것이라 생각했던 터였다. 하지만 지금 아인의 눈에 비친 사람들의 줄은 스무 명은 훨씬 넘어 거의 서른 명에 가까울 정도의 인원으로 만들어진, 나름대로 길고 긴 줄이었다.

"하이고, 줄줄이 사탕으로 오는구만."

줄지어 걸어오는 사람들에 대한 아인의 감상에 핸슨도 한마디 덧붙였다.

"거참, 이렇게 강행군을 하는데 떨어지지도 않고 잘도 따라오네."

"떨어질 거면 애초에 떨어져 나갔겠지. 하아, 어쩌다가 이런 대인원이 되어버렸는지……."

아인은 고개를 절레절레 흔들며 말했다.

"어쩌다가는 무슨 어쩌다가야. 아인 당신이 괜스레 우리가 데라즈로 간다고 떠벌려서 그런 거지. 다들 생각하는 건 비슷하다고."

아인이나 핸슨처럼 거친 숨을 내쉬며 등장한 빈즈가 나무 그늘 밑에 털썩 하고 주저앉으며 말했다. 빈즈는 숨을 몰아 내쉬면서도 구시렁구시렁 아인을 향해 불만을 늘어놓았다.

"입을 꼭 다물고 있었으면 조용히 느긋하게 여행할 수 있어 좋았을 텐데, 다 아인 당신 탓이라고."

"내가 뭘?"

"흥! 발뺌하는 것은 여전하군."

"발뺌을 안 하면 아인이 아니지."

조금 늦게 도착한 린슨은 자신의 단짝인 빈즈의 의견에 무조건 동감이라는 얼굴을 하고 있었다.

"하지만 아무리 생각해도 놀라워."

린슨은 좁은 길을 따라 줄줄 올라오는 것을 사람들을 보며 말했다. 그러자 빈즈가 그게 무슨 뜻인지 물었다.

“놀랍다니, 뭐가?”

“음… 뭐랄까. 저 사람들 우리가 그저 데라즈로 누군갈 만나러 간다는 이야기 하나만 듣고 우릴 따라나선 거잖아.”

“그게 뭐?”

빈즈는 뭘 그런 것에 새삼스럽게 놀라워하는지 이해할 수가 없었다.

“빈즈, 너부터가 그러니까 내가 뭘 놀라워하는지 알 수가 없는 거라고.”

“빙빙 돌리지 말고 말해. 무슨 소리를 하고 싶어서 그러는 거야?”

“맞아. 하고 싶은 말이 있으면 확실히 말해, 빙빙 돌리지 말고.”

답답한 것은 마찬가지였는지 핸슨도 린슨을 다그쳤다. 린슨은 답답해하는 세 남자를 보며 한숨을 내쉬었다. 말을 하라고는 하지만 분명 자신이 그 대답을 하면 그건 당연한 건데? 라고 할 것이 틀림없을 것이다.

“그러니까 애초에 시점이 너무 다르다고, 이 문제는.”

“시점이고 뭐고 다 때려치우고 말을 해, 말을!”

아인이 손에 들고 있던 당나귀 채찍을 마구 흔들어댔다. 인내심이 한계에 도달한 모양이다.

“그러니까 간단하게 말해서 말이지, 저 뒤에서 줄줄 따라오는 녀석들의 생각은 딱 하나잖아. 데라즈에 가면 절대적으로 안전할 것이라 믿고 있다는 점.”

“그게 뭐?”

“당연한 소리잖아.”

“그게 뭐가 어떻다고 신기해해?”

역시나 세 사람의 대답은 린슨이 예상한 그대로였다.

“그러니까 나는 말이지, 그렇게 당연하게 믿고 있다는 자체가 신기한 거라고.”

"믿고 자시고를 떠나서 사실이니까 어쩔 수 없잖아. 자네도 모르는 게 아니잖아, 린슨. 나와 함께 데라즈에도 갔었고."

빈즈야말로 린슨이 정말로 너무나 새삼스럽게 왜 그러는지 이해가 잘 되지 않았다.

"알고는 있었지. 하지만 상황이 상황인만큼 앞으로 어떻게 될지도 모르는데 무작정 따라나설 수 있다는 게 신기해. 물론 나도 데라즈의 키세 나이트에 대한 이야기는 들었어. 하지만 아무래도 슈테른은 여기서도 한참 멀리 있는 나라니까 대부분의 이야기는 좀 더 부풀려져 들려오는 것이라 생각해 왔으니까 말이야."

"부풀려지든 말든, 그건 실제로 여행을 해보면 알아. 그러면 다른 어느 곳보다도 데라즈 쪽이 단연 안전하다는 것을 알 수 있지. 몬스터와 마주치는 횟수 자체가 적으니까 그만큼 생존율도 높다고."

빈즈는 이미 이 이야기는 더 이상 논의할 가치도 없다고 생각한 모양이다.

"이전에는 잠깐 들른 정도였으니까 그렇다 치고, 이번에야말로 가서 직접 확인해 보면 되잖아. 그건 그렇고 말이야, 우리 아가씨는 어디에 있는 거야? 한참 전에 앞으로 뛰어나갔던 것 같은데."

빈즈의 말대로 그들 일행의 줄에는 슈틴과 엘레프의 모습이 보이지 않았다.

"정찰을 하러 갔으니까 곧 오겠지. 우리가 바로 따라붙지 않으면 으레 돌아오잖아."

핸슨은 어느새 등에 지고 있던 짐 속에서 두툼한 망토를 꺼내 바닥에 깔고 있었다.

"대충 가볍게 요기하고 한숨 잠이나 자두자고."

"맞아. 우리 공주님 뒤를 따라가려면 내일도 오늘처럼 꽁지가 빠져라 뛰어야 할 거 아니야."

일행이 한꺼번에 가지 못하고 뱀꼬리처럼 길게 한 줄로 늘어져 있는 이유가 바로 문제의 공주님, 즉 슈틴 때문이었다. 뭐가 그리 급한지 발걸음이 느린 사람은 따라잡을 수 없을 정도의 무시무시한 속도로 앞장서고 있었던 것이다.

그러다가 뒤따라오는 사람들이 어느 순간 말을 멈추고 따라오지 않으면 돌아와서 한숨을 돌리며 기다리고 휴식을 취한 다음 사람들이 깨어나기 전에 이미 다시 앞장서서 달리고 있었다. 어쩔 수 없이 핸슨 일행은 그런 슈틴과 슈틴 옆에 찰싹 달라붙어 있는 엘레프를 미친 듯이 뒤쫓고 있는 것이다.

뒤에 처진 사람들이 하나둘씩 도착해서 꾸물꾸물 야영할 준비를 하는 동안 그들보다 훨씬 앞장서 있던 슈틴은 산 정상까지 도달해 있었다.

초저녁이 되면서 바람의 방향이 변하고 있었다.

"슈틴님, 오늘은 중턱쯤에서 쉴 모양입니다. 움직임이 멈췄네요."

"그럴 것이라 생각했어. 올라오다가 꽤 큰 공터를 하나 봤으니까, 핸슨이라면 놓치지 않았겠지. 거기서 쉬지 못하면 산을 넘어야 하는데 그러면 새벽이나 돼야 쉴 수 있을 테니까."

슈틴은 옆에 삐죽하니 솟아 있는 바위 위로 훌쩍 뛰어올라 갔다.

아래를 내려다보니 내일 하루 종일 뚫고 지나가야 할 수해가 한눈에 펼쳐져 있었다. 대부분의 나무들이 침엽수인 탓에 수해는 짙푸른 녹음을 그대로 간직하고 있었다.

나무들이 침엽수로 바뀌고 있다는 사실은 점점 더 북쪽으로 이동하고 있다는 의미이다.

"뒤에 쓸데없이 붙은 사람들만 없었으면 그때 그냥 국경을 넘어가 버렸을 텐데."

슈틴은 초조한 듯이 입술을 깨물었다.

"얼마 안 있으면 국경을 넘으실 수 있을 겁니다. 무엇을 그리 조급해하십니까, 슈틴님."

"조급해하는 게 아니야."

"……?"

"뭔가 기분이 이상해."

"무슨 말씀이신지?"

"나도 잘 모르겠어. 하지만 뭔가 분명 이상한 일이 벌어지고 있는 것 같아. 그렇게 느껴져."

"몬스터들이 늘어난 것은 사실이니 확실히 현재 중간계의 상태가 그리 좋은 것은 아니겠지요."

"아니, 그것 말고도 뭔가 이상한 일이 있어."

그렇게 말하며 슈틴은 저 멀리 수해 너머로 보이는 강줄기에 시선을 고정시켰다.

넓은 강폭을 자랑하는 리하라 강은 멀리서 보아도 뚜렷이 그 줄기가 보일 정도로 커다란 강이다. 그렇기에 눌리안과 데라즈를 구분 짓는 국경선이 되기도 한다.

"나는 원래 중간계에서 마법 쓰는 것에 제약을 받고 있지만, 지금은 그 제약과 상관없이 마법을 쓰고 싶지 않아. 아니, 그런 마음 자체가 안 들어."

"그런……."

"뭔가 기분 나쁜 것이 중간계에 와 있어. 내가 힘을 쓰면 분명히 더 안 좋아질 것 같은 느낌이 들어."

드래곤들 중에서 예언의 힘을 가진 드래곤은 극히 적다.

몇천 년을 사는 드래곤들의 세대에서도 한 세대에 하나 있을까 말까

할 정도다. 물론 슈틴에게는 그런 예지 능력 따위는 없다.

그렇기에 지금 그녀가 느끼고 있는 것은 단순한 예감에 지나지 않을 것이다. 하지만 단순한 예감이라고 하기엔 지나치게 현실감이 있었다.

"뭔가 안 좋은 일이 생길지도 몰라."

그저 가볍게 빗나가는 예감이기를 슈틴은 마음속으로 빌고 있었다.

설사 정말로 안 좋은 일이 일어날지라도 부디 멀리 있는 케릭스만큼은 안전하기를 그녀는 기원하고 있었다.

＊　　　　　＊　　　　　＊

마즈렉은 보통의 경우 거의 표정 변화가 없다. 정말 심각한 상황이 아닌 이상 절대 인상을 찌푸리는 법도 없다. 하지만 그런 마즈렉 카리안이 지금, 미간에 잔뜩 주름을 잡고 인상을 쓰고 있었다.

그와 대화를 나누고 있는 사람은 같은 키세 나이트이자 오랜 친구인 세샤크였다. 본래대로였다면 비록 지휘권은 없다 해도 케릭스를 불러 함께 의논을 했겠지만 이번만큼은 두 사람 모두 케릭스의 눈을 피해 모였다. 케릭스가 없는 자리에서 매듭 지어야 할 한 가지 문제가 있었기 때문이다.

"이런 판단이 옳은 걸까?"

"현재로서는 최선의 방법이라고 생각해. 이곳에서 수도까지는 분명 꽤 먼 거리다. 하지만 저 몬스터들의 진행 속도가 말로 전속력을 냈을 때의 절반 정도라고만 생각해도 수도까지 가는 데는 얼마 걸리지 않아. 무엇보다 제일 큰 문제점은 이곳에서 수도까지 가는 길 중간에 커다란 마을이나 성이 몇 개 되지 않는다는 점이다."

세샤크는 넓은 탁자에 펴놓은 지도 위에 손가락으로 주욱— 일직선을 그으며 말했다.

"도망쳐 온 사람들의 말을 그대로 믿는다 치면, 놈들은 성에서 성으로 이동하면서 어디론가를 향해 가고 있어. 거기에 케릭스 녀석이 철썩같이 믿고 있는 저 시커먼 녀석의 의견을 십분 받아들인다면, 결론적으로 놈들의 최종 목적은 데라즈의 함락이 되는 셈이다."

"하지만 그게 진짜인지 어떻게 판단하지? 확실하지 않잖아."

마즈렉은 톡톡, 손가락으로 넓게 펼쳐진 지도를 두드리며 말했다.

"케릭스를 못 믿는 게 아니라 그 카이스라는 남자의 정체를 알 수가 없기 때문이다. 물론 케릭스가 그렇게 전적으로 믿는 사람이라면 틀림없는 사람이긴 하겠지만, 그 사람의 출신이나 나이 등 개인적인 이야기만 나오면 얼버무리는 케릭스의 태도도 조금은 수상해."

카이스에 대해 부정적인 평가를 하며 마즈렉은 고개를 흔들었다.

"수상한 점이 없는 것은 아니지만 일단 하나는 확실하니까 난 믿어볼까 해."

"뭐가 확실하다는 거야?"

마즈렉에 비해 세샤크는 조금은 긍정적인 평가를 하고 있는 것 같았다.

"간단하잖아? 적어도 몬스터가 아닌 사람임에는 틀림이 없잖아? 애초에 몬스터들의 입에 사람의 목을 들이대려는 미친놈이 아니고서야 헛소리를 할 리 없다라는 것이 내 생각이다. 무엇보다 언뜻 듣기엔 아무래도 이해 가지 않을 정도로 차원이 다른 이야기를 하고 있다는 점이 오히려 진실성을 가중시키고 있달까."

"뭔 소리야?"

"어이어이, 마즈렉. 머리가 안 돌아가냐? 네가 나한테 뭔 소리냐고 묻는 경우가 다 있고."

셰샤크는 살다 보니 별일도 다 있다며 웃었다.

"그래, 안 돌아간다. 답답해서 미치겠어. 놈들은 강 건너에 있고 그 수도 파악하기 힘들다. 그런데 우리는 기사 몇 사람뿐이지. 하지만 몬스터 놈들은 데라즈 전체를 노린다고 해. 바늘로 댐에 난 구멍을 막는 것도 아니고, 날달걀로 바위를 치는 것도 아니고, 뭘 어떻게 해야 하는 건지 감이 안 잡히잖아. 그러니 케릭스나 그 남자의 말을 믿고 싶지 않은 것도 어쩔 수 없는 거라고."

"흐응. 평소에는 냉정하고 이성적인데다 합리적이고 기타 등등 그런 성격이라 그런가? 황당한 이야기로 몰아붙이는 건?"

"당연하잖아."

"후우. 마즈렉, 나는 말이야. 케릭스나 그 남자의 말이 네가 쉽게 이해 못할 정도로 황당함의 극치를 달리기 때문에 오히려 진짜일 수도 있다고 생각하는 거야."

"……."

"몬스터들이 갑자기 땅바닥에서 마구 솟아올라 사람들을 죽이고 있다. 그 수는 말할 것도 없고 몬스터조차 이전에 보지 못했던 것들이 잔뜩! 게다가 알 만한 몬스터도 이상하게 우리가 아는 것보다 훨씬 세다. 이미 이것만으로도 우리의 상식을 뛰어넘었다고."

셰샤크의 말 그대로였다.

지금까지 경험했던 어떤 몬스터와도 다른 압도적으로 강한 몬스터들, 그리고 태어나서 단 한 번도 보지 못한, 몬스터 도감에조차 실려 있을까 말까 한 이상한 몬스터들, 그리고 설상가상으로 그 몬스터들은 갑작스럽게 땅에서 솟아 나온다고 한다.

몬스터들의 습격을 미리 알고 준비할 시간도 없이 죄없는 사람들이, 자기 몸을 지킬 힘조차 없는 어린아이들이 목숨을 잃고 있다.

"그러니까 앞뒤 근거도 없는 말이라 해서 그게 진실이 아니라고 무작정 판단해 버릴 수는 없다고 본다. 오히려 놈들이 데라즈를 노리고 있다는 말에 난 더욱 신빙성이 있다고 생각해. 그렇지! 네 말대로 증거가 필요하다면 멀리 생각할 것도 없어. 스파다를 보면 되잖아."

세샤크의 지적에 마즈렉은 순간 기억 저편에 밀어둔 채 잊고 있었던 사실을 떠올렸다.

눈앞의 상황이 너무나 절망적이기에, 그것에 정신이 팔려 스파다의 상황에 대해선 전혀 생각도 하지 않고 있었다.

"그렇군. 그 공주의 말대로라면 스파다는 정말로 몬스터들에게 나라를 유린당한 것이지."

"이제야 머리가 좀 돌아가나?"

현실이라는 이름의 진실을 아무런 거리낌 없이 직면한다는 것은 생각보다도 훨씬 어려운 일이다. 특히 그것이 자신과 직접적인 관련이 없는 경우에는 더 더욱 그렇다.

일단 스파다의 상황을 떠올리자 마즈렉의 얼굴은 더할 나위 없이 진지하게 굳어져 갔다. 굳이 수식어도 필요없다. 스파다는 글자 그대로 몬스터들의 왕국이 되어 있으니까 말이다. 그리고 지금 눌리안도, 그들의 왕국 데라즈도 스파다와 같은 처지에 처할지도 모르는 상황에 놓여 있다.

마즈렉과 세샤크는 라스킨에 파견되어 있던 지방 관리와 함께 피난 계획을 세웠다.

근처의 모든 사람들과 눌리안에서 피난 온 사람들을 전부 인솔하여 근거리에 있는 클레어 남작의 영지까지 '일시적인 후퇴'를 결정한 것이다. 그런 결정을 내린 이유는 라스킨이 리하라 강을 제외하면 몬스터들의 발을 일시적이라도 묶을 만한 장해물을 가지고 있지 않은 지역인데다가, 상대적으로 작은 마을이기에 파견되어 온 키세 나이트들과 마을의 몇몇

청장년을 제외하면 제대로 된 전투 인원이 없다는 판단 때문이었다.

몬스터에 대항하여 싸우려 해도 병사들이든 키세 나이트든 그들과 맞서 싸울 많은 인원이 필요하다. 키세 나이트 몇 사람만으로 많은 사람들을 지킬 수는 없는 것이다. 결국엔 그 전투 인원이 상주하고 있는 곳으로 옮겨갈 수밖에 없다. 그렇게 정해진 곳이 바로 근거리에 있는 클레어 남작의 성이었다. 대몬스터전을 대비한 튼튼한 성벽과 다수의 사병들을 보유하고 있는 클레어 남작이라면 어느 정도의 지원만 있다면 충분히 몬스터들과 맞서 싸울 수 있을 것이다.

하지만 이런 결정은 단순히 결정한다고 바로 실행되는 것이 아니다. 아무리 데라즈를 대표하는 키세 나이트들이지만, 영주의 신분에 비할 수는 없다. 피난을 위해 가장 적절한 방법과 장소를 찾아내 보고서를 써 올리면 기사단에서 그 보고서를 받아 검토한 후 국왕의 승인을 받아야만 비로소 그 계획을 실행할 수 있는 것이다.

일단은 케릭스와 카이스가 말한 대로 몬스터들과 대등하게 싸울 수 있는 '성벽' 과 '인원' 을 갖추고 있는 곳을 선택하여 결정을 내렸다. 하지만 그것은 엄밀히 따지면 라스킨을 몬스터들에게 내주고 클레어 남작령까지 후퇴한다는 의미도 된다.

과연 직접적으로 아직 충돌이 일어난 것도 아닌데 이렇게 다짜고짜 후퇴를 해야 한다는 보고서를 위에서 곱게 보아줄지도 문제였다. 그래서 마즈렉은 이미 결정된 사안을 놓고 계속 고민을 하고 있었던 것이다.

"위에서 뭐라고 하면 지금 내가 말한 것처럼 스파다를 떠올리라고 하면 되는 것이지."

"후우."

"한숨 쉬지 마. 기운 빠져. 그건 그렇고, 보고서를 가지고 갈 사람은 정한 거야?"

"아직. 처음에는 케릭스를 보내려고 했는데, 괜스레 이런 보고서를 들고 가면 그 불똥이 녀석에게 튈 것 같아서 망설이는 중이다."

"누가 가져가든 마찬가지일걸?"

"그건 그렇지. 하지만 기본적으로 나는 움직일 수 없고 너를 보낼 수도 없어. 레드 드래곤의 수가 적으니까."

당장에라도 몬스터와 싸우게 되는 경우 레드 드래곤의 월등한 화력이 반드시 필요하다.

"하지만 그렇다고 해서 다른 동료들을 보낼 수도 없지. 그래서 케릭스를 염두에 둔 건데……."

굳이 레드 드래곤을 가진 기사가 아니더라도 중요한 전력이 되는 기사들을 함부로 보낼 수는 없다, 더군다나 강 저쪽에서 언제 몬스터들이 쳐들어올지 모르는 상황에서는 더 더욱. 그렇게 따졌을 때 일의 중요성을 잘 알고 있는 것은 물론이요, 현재로서는 드래곤과 계약하지 않은 케릭스가 보고서를 전달할 가장 적절한 인물일 수밖에 없었다.

"네가 그렇게 판단했다면 설사 수도로 돌아가서 어떤 이야기를 듣게 되든 케릭스는 별말하지 않을 거다. 이렇게 말하긴 뭐하지만, 케릭스 스스로도 본인이 다시 키세 나이트로 복귀하지 않고 있는 것에 대한 일말의 자책감이라던가, 미안한 마음도 있을 테니까."

"그걸 알고 있으니까 말을 꺼내기가 힘든 거야. 그리고 케릭스를 보내면 그도 함께 따라갈 테고. 인정하고 싶진 않지만 그가 상당히 뛰어난 정령술사임에는 틀림이 없는 것 같아. 그런 정령술사라면 분명 확실한 전력이 될 테니까."

어떻게 보면 상당히 이기적인 말이었다. 케릭스를 혼자 보내는 것은 전력에 어떠한 손실도 주지 않는다. 현재 시점에서는 말이다. 하지만 그를 보내면 십중팔구 카이스가 따라가게 되어 있다.

“어느 쪽이든 결국에는 손실을 가져올 수밖에 없어. 다른 동료를 보내든 케릭스를 보내든 말이야. 어차피 어느 쪽을 보내도 전력 손실을 걱정해야 한다면, 정체 모를 정령술사를 믿느니 우리 동료를 믿어야 하지 않겠어?”

셰샤크는 마즈렉의 망설임에 쐐기를 박았다.

“시간이 더 지체되면 좋지 않아. 지금 당장이라도 케릭스를 보내자고. 그리고 우린 여기서 일단 대기하면서 상부의 지시를 기다리자고.”

“역시 그쪽이 옳은 거겠지?”

“옳고 그름을 따져서 어디에 쓰려고. 중요한 것은 우리가 사람들을 구하기 위해서 이곳에 왔다는 거야. 임무를 완수하기 위해서 최선의 길을 찾는 것이 우리가 할 일이다.”

“그래.”

마즈렉은 셰샤크의 말을 듣고 결심을 굳혔다.

오랜만에 만나서, 또한 오랜만에 함께 행동하게 된 친구를 다시 떠나보내는 것에는 아쉬움이 있다. 하지만 지금은 그런 것을 따질 단계가 아니었다.

“어떻게 할래? 케릭스에겐 내가 갈까?”

“아니야. 내가 직접 전해야지. 일단 책임자는 나니까.”

돌돌 말아 붉은 양초로 봉한 양피지를 들고 마즈렉은 자리에서 일어났다. 그들이 이야기를 나눈 시간은 얼마 되지 않지만 그 짧은 시간도 사실은 지체해서는 안 될 시간이었기 때문이다.

“그저 모든 것이 잘되기만을 바랄 뿐이야.”

마즈렉은 셰샤크에게 그리고 자기 자신에게 가장 바라는 말을, 가장 원하는 말을 들려주었다.

　　　　　*　　　　　*　　　　　*

　"마즈렉 카리안의 보고서를 가지고 왔습니다."

　자신의 앞을 막아서는 보초병에게 케릭스는 붉은색의 인장이 찍힌 양피지를 들어 보이며 말했다. 이전에는 지급받은 키세 나이트의 검을 보이는 것으로 가볍게 통과되었지만 지금은 그렇지 못하기 때문이다.

　마즈렉의 부탁인 동시에 명령을 받은 케릭스는 보고서를 들고 카이스와 함께 수도로 돌아왔다. 라스킨으로 갔을 때와 마찬가지로 드래곤을 타고 돌아오는 데 걸린 시간은 단 이틀, 그것도 말이 이틀이지 실질적으로는 하루 반나절 만에 돌아왔던 것이다. 갈 때는 중간에 잠시 휴식을 취했지만, 올 때는 그 시간마저 아까워한 케릭스의 고집 때문이었다.

　"랜드리크 기사단장님을 뵙고 싶습니다."

　"지금 기사단장님께서는 부재중이십니다."

　"그럼 기다리겠습니다."

　"시간이 좀 걸릴 겁니다."

　보초병은 딱딱한 얼굴로 대답했다. 그 대답하는 어조가 아무래도 조금 수상하게 생각된 케릭스는 그에게 물었다.

　"무슨 급한 일로 자리를 비우셨습니까?"

　"왕궁에 가서서 이틀째 돌아오지 않고 계십니다."

　보초병의 말에 케릭스는 잠시 고개를 갸웃했다. 기사단장이 왕궁을 드나드는 일은 매일 정해진 일과다. 하지만 기사단장이 왕궁에 가서 이틀째 돌아오지 않을 정도라면 분명 무언가 큰일이 일어났다는 의미가 된다.

　"제가 가지고 온 보고서도 시급을 다투는 일입니다. 기사단장님께 연락을 주시면 감사드리겠습니다."

보초병에게 그 정도의 권한이 있을 리는 없지만 일단 케릭스는 자신이 할 수 있는 일은 해야겠다는 생각에서 그렇게 말했다.

"일단 들어가 보시오. 안에 부관님은 계시는 듯했으니까."

"감사합니다."

장미관 입구에서 시간을 지체한 케릭스는 황급히 안으로 뛰어들어 갔다. 장미관 내부에 대해서는 속속들이 알고 있는 케릭스는 거침없이 기사단장실로 찾아갔다. 기사단장의 부관이라면 케릭스보다 일 년 정도 위의 선배 기사가 맡고 있을 터였다.

"레이슨님 계십니까?"

닫혀 있는 문을 두드리며 케릭스는 커다랗게 선배 기사의 이름을 불렀다. 안에서는 곧 들어오라는 대답이 들려왔다.

"마즈렉 카리안의 보고서를 가지고 왔습니다."

"아아. 수고했어, 케릭스."

부관인 레이슨은 고개도 들지 않은 채 케릭스에게 보고서를 둘 곳을 손가락으로 가리켰다.

"그쪽에 둬. 그리고 가서 좀 쉬도록 해. 곧 다른 일이 있을 테니까."

"급한 보고서입니다. 바로 기사단장님께 전해야 합니다."

"응? 아아, 알았어. 오시면 바로 보시도록 조처하지."

대답은 족족 하지만 레이슨은 여전히 얼굴도 들지 않는다. 초조해진 케릭스는 레이슨이 앉아 있는 책상 앞까지 다가가 보고서를 내밀었다.

"라스킨의 상황이 좋지 않습니다. 제가 이곳에 도착하는 데 걸린 이틀 동안 라스킨에선 이미 무슨 일이 일어났을지도 모릅니다."

"그쪽에서 큰일이 있었다면 봉화 연락이라도 왔을 거야. 그쪽에서 봉화가 떴다는 보고는 받지 못했으니 문제없을 거다."

"그러니까 더욱더 기민하게 대처를 해야……."

“그만!”

레이슨은 일의 시급함을 호소하려던 케릭스의 말을 가로막았다.

쾅—

그때까지 무엇인가 바쁘게 손을 움직이고 있던 레이슨이 커다란 탁자를 치며 자리에서 일어났다.

“아무것도 모르는 민간인은 기다리라고 하면 기다리는 거다! 지금은 라스킨에 신경 쓸 겨를이 없어. 불만이면 당장 드로이안에 가서 드래곤과 계약하고 돌아와 키세 나이트로 복귀해라. 그럴 생각이 없으면 보고서를 두고 썩 나가!”

“레이슨님.”

갑작스럽게 화를 내는 레이슨을 보고 케릭스는 입을 다물 수밖에 없었다. 그가 말한 대로 현재의 케릭스의 위치는 정말로 민간인에 지나지 않는다. 민간인에게는 함부로 흘릴 수 없는 정보라는 것이 있기 마련이다. 이전에는 키세 나이트였던 그이기에 더 더욱 그 말에 토를 달 수가 없었다.

“후우.”

갑작스럽게 흥분했던 게 미안했는지 레이슨은 고개를 절레절레 저으며 다시 자리에 주저앉았다.

“미안하군. 조금 신경이 날카로워져 있어서.”

“아닙니다. 제가 주제넘게…….”

“정말로 안타까운 일이지만 현재로서는 라스킨에 보낸 기사들을 전부 불러들여야 할지도 모른다.”

“네?”

“…하기사 자네에게 굳이 숨길 이유는 없군. 스파다에서 페이라인 공주 일행을 호위해 온 것은 자네였으니까. 조금 전에 내가 했던 말은 잊어

주게."

"도대체 무슨 일입니까?"

"……."

숨길 이유가 없다고 하면서도 레이슨은 말을 꺼내는 것을 망설이고 있었다. 하지만 라스킨을 포기한다는 말까지 들어버린 참이다. 이대로 얌전히 그렇습니까? 하고 물러날 수는 없었다.

"스파다에서……."

"스파다 쪽에서도 몬스터들이 오고 있는 겁니까?"

"그런 단순한 정도라면 굳이 이 난리가 나지도 않았겠지."

순식간에 레이슨의 안색이 어두워지는 것을 보고 케릭스의 가슴 한 켠이 싸늘해졌다.

"자네가 데려온 페이라인 공주의 말에 의하면 정체 불명의 어떤 남자가 몬스터와 함께 나타났고, 스파다 국왕이 그를 재상으로 임명했다지?"

"그렇습니다."

"그래서 스파다는 몬스터 왕국이 되었다고."

"맞습니다."

"그 몬스터 왕국이 된 스파다에서 선전포고를 해왔다. 더불어 페이라인 공주의 신변도 인도해 달라고 요구했다. 물론 페이라인 공주를 호위해 온 두 사람의 기사 역시 마찬가지다."

"네?"

"페이라인 공주가 한 말이 사실이라는 것이 확실히 밝혀진 셈이지."

"……."

케릭스는 할 말을 잃었다.

"게다가 스파다에선 페이라인 공주와 그 호위 기사의 신변을 단순하게 인도해 달라고 한 것이 아니야."

“그럼?”

“그들의 시체를 인수하겠다고 했다. 정확하게 말하자면 말이지. 말도 안 되는 소리지만, 스파다에선 왕자와 공주들이 국왕에게 반기를 들어 반역을 했기 때문에 세자와 공주들을 전부 처형했다고 하네. 그러니 페이라인 공주는 반역자니까 그 시체를 요구한다, 라는 의미랄까.”

“반역이라니… 그런 말도 안 되는 일이 어떻게 있을 수 있습니까. 그래서 어떻게 돼가고 있는 겁니까?”

“어떻게 돼가긴, 그 때문에 지금 왕궁은 발칵 뒤집혔다. 랜드리크님께서도 이틀째 왕궁에 불려가 계시지. 어떤 결론이 나올지 모르지만, 시체를 인도해 달라고 하면서 시체를 인도해 주면 선전포고를 거두어들이겠단 소리는 한마디도 없었으니, 앞뒤가 맞지 않아. 결국엔 시체를 인도하든 말든 쳐들어오겠다고 하는 것이나 다름없다.”

“……”

“사정이 이렇게 되었으니 지금 눌리안에 나타난 몬스터들이나 라스킨의 사정을 봐주고 자시고 할 여력이 없다. 자네도 진정한 기사라면 당장 드래곤을 찾아 계약을 맺고 복귀하게. 지금 그게 자네가 할 수 있는 가장 최선의 방법이다.”

레이슨은 케릭스에게 할 수 있는 말은 다 했다고 판단했는지 다시 원래 하던 일로 손을 뻗었다.

“라스킨 쪽은 랜드리크님께서 오시면 어떻게 할지 확실히 결정이 날 거다. 그때까지 대기하고 있도록 하게.”

“……”

“말해 두지만 지금 한 이야기는 절대 자네의 가족에게도 말해서는 안 돼.”

“알고 있습니다.”

"그럼 가보게. 나는 랜드리크님이 오시기 전까지 일을 다 끝내놔야 하니까."

케릭스는 결국 쫓겨나다시피 레이슨의 방을 나섰다.

방금 들은 이야기에 머리가 텅 비어버린 것만 같았다. 몬스터들이 왕국 하나를 순식간에 집어삼키고, 이제 정말로 카이스의 말 그대로 데라즈를 노리고 있는 것이다.

"하지만 이렇게 빨리……."

카이스 말을 전적으로 신뢰하고 있는 케릭스로서는 그것이 언제가 되든, 분명 이변이 일어날 것이라고 생각해 왔다. 하지만 아무리 생각해도 너무 빨랐다.

자신이 페이라인 공주를 데리고 돌아온 지 한 달은커녕 이제 겨우 십여 일을 가까스로 넘긴 상태다. 물론 페이라인 공주의 말에 따르면 스파다가 몬스터들의 손아귀에 넘어간 것은 이미 한참 전의 일이다.

'도대체 무슨 일이 일어나려고 하는 거지?'

누구에게 물어도 답이 나올 수 없는 질문이 머리 속에 떠오른다.

'어째서, 왜! 몬스터들이…….'

공존이라고 말할 수는 없지만, 지금까지 몬스터와 인간들은 서로 묘하게 겹쳐지면서도 경계선이 존재하는 땅 위에서 살아왔다. 때로는 몬스터가 인간을 사냥하고, 때로는 인간이 몬스터를 사냥하면서 말이다.

하지만 지나온 긴 역사 속에서도 몬스터가 인간들의 왕국을 점령하고, 인간들이 세운 왕국을 향해 선전포고를 해온 적은 없었다. 수차례 있었던 몬스터 대란 때도 그저 보통 때보다 훨씬 많은 수의 몬스터들이 나났을 뿐이다.

새하얘진 머리로 무의식 중에 발걸음을 옮겨 숙소로 돌아온 케릭스를 무표정한 얼굴로 창밖을 바라보고 있던 카이스가 맞아들였다.

"머리가 어질어질할 정도로 무슨 생각을 그렇게 하는 거야?"

"……."

"이곳의 인간들 대부분이 비슷한 상태인 듯한데."

"카이스 씨."

"……?

"믿으실 수 있겠습니까?"

"뭘?"

"스파다가 선전포고를 해왔답니다."

"그게 뭐?"

"몬스터들의 왕국이 인간의 왕국에 선전포고를 해왔습니다."

"……."

여기에서 카이스가 그래서 '그게 뭐? 싸우면 되잖아' 라고 말해 버렸다면 분명 케릭스는 절망해 버렸을 것이다. 하지만 카이스는 그렇게 하지 않았다.

"카이스 씨가 말한 대로 그들은 데라즈를 노리고 있는 겁니다."

"정말로 몬스터들이 중간계를 노린다면 데라즈부터 함락시켜야 하지. 그들에 대항할 수 있는 세력을 가진 곳은 이곳뿐이니까."

"……."

"하지만 정말로 일어나다니 놀랍군."

"어떻게 이런 일이 일어날 수 있죠? 상대는 몬스텁니다. 수년간 몬스터와 싸워왔지만 그들에게 인간 세상을, 왕국 하나를 멸망시킬 수 있을 정도의 힘이 있다고는 생각해 본 적이 없습니다."

"중간계의 몬스터들이라면 그렇지. 하지만 마계의 것들이라면 가능해. 다만……."

"다만?"

“누군가 그 계기를 만든 자가 있는 것이 틀림없다.”

“계기라뇨?”

“몬스터들이 중간계를 노리게 만든 계기를 제공한 자가 있을 것이란 이야기다. 쉽게 예를 든다면 우리 드래곤들이 그렇다. 우린 인간들이 측정할 수 없는 힘을 가지고 있지. 하지만 우리는 우리가 가진 힘을 잘 알고 있고, 그 힘이 어떻게 중간계에 작용할지도 잘 알고 있다. 마음만 먹으면 얼마든지 환수계를 벗어나 중간계를 유린할 수 있어. 하지만 그렇겐 하지 않는다.”

조용한 목소리로 설명하는 카이스의 얼굴엔 예전에는 볼 수 없던 묘한 표정이 떠올라 있었다. 그것은 정말로 인간이 지을 수 있는 그런 표정이 아니었다.

“그럴 이유가 전혀 없기 때문이다. 존재하는 것 자체로 우린 만족해. 인간보다 훨씬 긴 수명, 인간보다 훨씬 뛰어난 능력, 그 능력을 십분 발휘하며 살 수 있는 세계, 그 어떤 것도 부족함을 느낄 것이 없다. 부족한 것이 없는데 굳이 중간계로 나올 이유가 없지. 사실 부족함이라는 감정 자체를 느낄 이유도 거의 없다. 존재하는 것 자체로 만족스러우니까. 다만 예외가 있어.”

“어떤 예외입니까?”

“나와 같은 경우다.”

새카만 카이스의 눈이 케릭스의 눈에 정면으로 부딪쳐 온다. 그것은 숨이 막힐 듯한 압박감으로 케릭스를 짓눌러 왔다.

“나는 인간인 너와 계약하여 네 의지와 감정에 반응하여 움직이고 있지. 이것은 보통의 드래곤들과는 전혀 다른 행동을 하고 있는 셈이다.”

카이스의 말을 듣고 케릭스는 지금 카이스가 자신에게 한 말이 무엇인가 열쇠가 되는 말이라는 것을 깨달았다.

“누군가 몬스터와 계약을 한 자가 있다는 겁니까?”

“글쎄?”

카이스의 답변은 애매모호했지만 케릭스의 사고는 이미 멀리까지 날아가고 있었다.

“페이라인 공주님이 한 말 중에 몬스터와 함께 나타난 인간이 있었다고 했었죠.”

“그랬지.”

“그 사람의 외모가 카이스 씨와 비슷해서 놀라기도 했었고요.”

“…….”

“그가 몬스터와 계약한 인간일지도 모르겠군요.”

“몬스터들은 우리 드래곤들보다 훨씬 더 부정적인 사고를 가지고 있다. 그렇게 단순하게 인간의 사고에 영향을 받는다고는 생각할 수 없어.”

“하지만 당신은 저와 계약을 했기 때문에 지금 이 자리에 있는 게 아닙니까?”

“너무 단순하게 생각하지는 말았으면 좋겠는데.”

“그렇게 생각하도록 유도한 건 당신입니다!”

“그러니까 단순하게만 생각하지 말고 전체를 보고 좀 더 포괄적으로 생각해 보란 소리다. 몬스터들을 움직이는 것은 부정적인 욕구다. 하지만 종이 다른 그 포악한 몬스터들을 한번에 움직일 수 있는 존재는 절대 인간일 수가 없지. 무슨 소리인지 알겠나?”

“…….”

카이스는 도대체 무슨 말을 하고 싶은 것일까? 들으면 들을수록 케릭스의 머리는 혼란스러워지고 있었다.

“몬스터들은 힘에 지배를 받는다. 그리고 그 힘은 이성을 잃은 몬스터들마저도 단번에 복종시킬 수 있을 정도다."

"마계에 그런 힘을 가진 존재가 있다는 말씀입니까?"

"……."

대답을 이끌어 내놓고 카이스는 입을 다물어 버린다.

"말씀을 해주십시오. 당신의 말 한마디가 인간들을 구할 수 있을지도 모릅니다!"

"난 별로, 인간 세상을 구하기 위해 너와 계약한 건 아니야."

"그럼 지금 왜 그런 말을 하는 겁니까? 차라리 아무 말도 하지 않는 쪽이 낫습니다. 전 카이스 씨의 말을 듣고 뭔가 실마리가 있지 않을까 하는 생각을 했습니다. 그렇게 생각하게 만든 건 당신이라구요!"

"흥분하지 마."

"흥분할 수밖에 없지 않습니까?!"

케릭스는 정말로 화가 나기 시작했다.

"흥분해 봐야 내가 알려줄 수 있는 것은 아니다."

"……!!"

"나는 거짓을 말하지 않는다. 그러니까 말할 수 없는 부분에 대해서는 입을 다물 수밖에 없어. 하지만 또 모르지. 그 상대가 직접 네 눈앞에 나타난다면, 그리고 그가 직접 그것을 입에 담는다면 상황은 달라진다."

카이스의 말에는 손톱만큼의 거짓도 없다. 그는 드래곤이니까 너무나 당연한 사실이다.

"내가 확실히 말할 수 있는 것은 단지 이것뿐이다. 우리 환수계의 드래곤에게 있어 중간계에 간섭하지 말라는 규칙 같은 것은 없다. 네가 그들에 맞서 싸우겠다면 도움을 주겠다. 나는 그렇게 계약했으니까."

계약이라는 단어가 케릭스의 귀에 무겁게 덮어씌워진다. 답답하긴 하지만, 든든한 보루가 옆에 주어진 기분이었다. 그것은 세상이 끝날 위기에서도 함께 맞서 싸워주겠다는 그런 의미의 말이었기 때문이다.

카이스가 숨기고 있는, 입에 담지 못한다는 그 어떤 사실이 몬스터 왕국이 되어버린 스파다의 중심에 있다. 그것만큼은 틀림없는 사실이었다.

"해답이 바로 눈앞에 있는데 그 바로 앞에서 쾅 하고 문이 닫혀 버린 기분입니다."

"정답이군."

"그렇게 쉽게 말하지 마십시오. 전 천국과 지옥을 동시에 오가는 기분이라구요."

머리를 흐트러뜨리며 케릭스는 신음 소리를 내뱉었다.

"결과적으로 상황은 아무것도 변하지 않았습니다."

"이 사태를 해결할 열쇠라도 찾아서 영웅이 되고 싶은 건가?"

"그런 생각은 해본 적도 없습니다."

"그럼 왜 그렇게 고뇌하는 거지? 네가 머리를 쥐어뜯으며 고뇌해 봤자 바뀌는 건 별로 없을 텐데."

"저도 잘 모르겠습니다."

"모르겠는데도 행동할 수가 있는 건가, 인간은?"

"모르니까 알기 위해 발악을 하는 거겠죠."

"하하하하."

갑작스럽게 카이스가 웃음을 터뜨렸다. 케릭스는 답답하다 못해서 정말로 머리를 쥐어뜯고 싶은 심정인데 말이다.

"왜 웃으십니까?"

"재미있으니까."

"뭐가요? 제가 발을 동동 구르면서 난리 법석을 떠는 게 그렇게 즐겁습니까?"

"아니, 그저 재미있을 뿐이야. 인간이라는 존재는 너무나 흥미로워."

카이스가 진심으로 순수하게 즐거워하고 있다는 것쯤은 이제 말하지 않아도 알 수 있었다. 하지만 그 때문에 케릭스는 조금 화가 나버렸다.

"너무 인간 인간 하지 마세요. 가끔은 카이스 씨가 그렇게 인간의 모습을 하고 있는 것 자체가 이상하게 느껴진단 말입니다."

"이상해?"

"네. 인간의 모습을 하고 있는 다른 존재라는 것이 너무 두드러지게 보인달까요. 인간의 모습을 하고 있는 다른 존재에게 인간임을 비난받고 있는 기분, 그것도 제가 대표가 돼서 모든 비난을 한꺼번에 받고 있는 뭐, 그런 느낌이 들 때가 있단 말입니다."

"그럼 새나 말이나 뭐, 그런 쪽으로 가볼까? 드물지만 그런 모습으로 폴리모프한 채로 중간계를 둘러보는 경우도 있는데."

"진심으로 들려서 더욱 기분 나쁩니다."

"하하하. 나는 진심인데."

상황은 더할 나위 없이 나쁜데도 기분은 어느새 묘하게 가벼워져 있었다.

그런 케릭스를 보며 카이스는 조금 더 그가 기분 좋을 말을 해주기로 했다.

"나는 드래곤이지만 앞날을 예언할 수는 없다. 앞으로 어떤 일이 벌어질지 알아낼 방법도 없지. 하지만 때때로 예언이 아닌 사실을 조금 일찍 말해 줄 수는 있어."

"……?"

"머지않아 도착할 거야."

"누가요?"

"며칠 전만 해도 가물가물했는데 이제는 확실히 느껴지고 있으니까."

"그러니까 누가… 아!"

카이스를 다그치려던 케릭스의 머리 속에 그가 누구를 말하고 있는 것인지 떠올랐다.

"확실히 국경을 넘어서 데라즈에 접어들었다. 카이스터스님의 땅이어서 그런지 마법을 쓰지 않아도 느껴지는군."

"위험할 텐데……."

"기쁜가?"

"……."

기쁜 것인지 그렇지 않은 것인지 알 길 없는 묘한 표정이 케릭스의 얼굴에 떠오르고 있었다. 그것은 희미한 홍조와 함께 떠오르고 있었지만 케릭스 자신은 그것을 깨닫지 못했다.

다만 카이스의 눈엔 확연히 보일 뿐이었다.

제33장

기사와 용병

장미관이 소란스러워졌다.

드래곤들의 임시 처소는 물론이요, 장미관의 비어 있던 방까지도 빼곡히 사람들이 들어찼다. 창고에는 차곡차곡 물자들이 쌓이고, 넓은 훈련장에는 막사가 발 디딜 틈도 없이 세워졌다. 일 년 중의 어느 날도 이렇게 장미관에 사람이 가득 들어찬 적은 없었다. 비상시를 제외한다면 말이다.

데라즈에 스파다의 선전포고장이 도착한 지 일주일 후, 데라즈의 국왕은 중대한 결정을 내렸다.

"스파다의 페이라인 폰 글랜티나 스파디안 공주의 증언대로, 스파다는 이미 인간만의 왕국이 아님을 우리는 확인할 수 있었소."

며칠 밤을 샌 듯한 피곤함이 어려 있는 얼굴로 국왕은 무거운 입을 열었다.

"사방에서 나타나는 마계의 몬스터들이 인간계를 노리고 있음이 분명

해진 이 시점에, 어찌 우리 데라즈가 도움을 요청해 온 우방국의 공주를 몬스터들의 손아귀에 내어줄 수 있겠는가!"

데라즈의 국왕 리파즈 2세는 평소엔 극히 말을 아끼는 사람이었다. 약관의 나이에 왕위에 올라 이제 제위 20여 년을 맞고 있는 국왕은 사려 깊은 성격으로 현왕이라는 칭호를 받고 있을 정도였다. 하지만 오늘은 평소에 보였던 그 부드러운 표정은 완전히 사라져 있었다.

"오랫동안 스파다는 우리의 우방국이었소. 하나 이번의 결정은 단순히 우방국의 위기를 구원한다는 차원의 것만은 아님을 분명하게 밝히오. 몬스터들은 이미 한 나라를 완전히 그들의 손아귀에 넣었고, 이제 우리 데라즈를 노리고 있소. 우리 데라즈는 건국왕 데라즈 키세리언 때부터 이 땅을 몬스터로부터 온전하게 지켜왔소. 이 땅의 모든 사람들과 드래곤들과 신께서 우리에게 부여하신 이 땅을 위해!!"

날카로운 안광이 긴장감으로 가득 차 있는 알현실 전체에 뿌려졌다.

"짐은 데라즈의 모든 이들에게 대몬스터 전쟁을 선포하는 바, 데라즈인으로서의 명예를 걸고 신의 이름으로 끝까지 싸울 것을 명하오."

엄숙한 국왕의 선포는 곧 데라즈의 구석구석까지 퍼져 나갔다.

이후 키세 나이트 전 기사단원들에게 소집령이 내려졌다. 휴가를 갔던 사람은 물론이요, 일시적인 휴직 상태에 있던 사람들, 심지어는 나이가 들어 은퇴를 청한 사람들의 퇴직서조차 보류되었다.

"기사들이여, 데라즈의 깃발 아래 모여라! 국왕과 나라를 위해 그 명예를 걸고 싸워야 할 때가 왔다!"

길게 설명할 것도 없었다.

스파다는 이미 몬스터들의 손아귀에 떨어졌고, 사방에서 인간의 생명을 위협하는 위험한 몬스터들이 출몰하고 있었다. 그러니까 우리가 나서야 한다라는 말을 덧붙일 필요도 없었다. 명예를 걸고, 인간으로서, 그리고 이 중간계의 주인으로서라고 거창하게 표제를 붙일 필요도 없었다.

선전포고장을 가지고 온 스파다의 사신이 말이나 드래곤이 아닌 와이번이라는 몬스터를 타고 나타났을 때부터 기사들은, 아니, 사람들은 그들 앞에 닥쳐온 위험이 어떤 것인지 온몸으로 생생하게 느낄 수 있었다.

겨우내 얼어 있던 땅이 녹아가고, 이제 파릇파릇하게 새싹이 돋아나고 있던 대지 위에는, 땅을 갈고 곡식을 뿌리기 위한 곡괭이 대신 검과 창과 활을 든 사람들이 모여들고 있었다.

그렇게 데라즈의 모든 사람들이 국왕의 명에 따라 대몬스터 전쟁을 준비하는 와중에 딱 한 사람, 아니, 딱 한 마리의 드래곤만은 바쁘게 움직이는 인간들을 바라보며 그들과는 전혀 다른 느긋한 표정으로 중얼거리고 있었다.

"인간들이란 무엇인가 하려 할 때는 꼭 저렇게 야단법석을 떨며 이런저런 이유를 붙여야 직성이 풀리는가 보군."

카이스는 누가 들으면 인간을 모욕하려는 것이냐고 화를 낼 수 있을 정도의 말을 너무나 태연자약하게 내뱉고 있었다.

"데라즈인으로서의 명예? 신의 이름? 그런 것이 왜 필요한 것인지 이해할 수 없어. 결국엔 살아남기 위해서 싸우는 것일 뿐인데."

"카이스 씨……."

"왜? 내가 틀린 말 했나?"

"아니요. 그런 것이 아니라……."

"그럼 뭐가 이상해서 그런 얼굴을 하고 있는 건가."

"이상해서가 아니라 그러니까… 아아, 참 설명하기가 난감하네요."

케릭스는 현재 장미관을 떠나 근처의 여관에 머물고 있었다. 정식으로 키세 나이트로서 복귀할 뜻이 없는 이상 복귀한 키세 나이트들에게 자리를 내주어야 했기 때문이다. 하지만 본가로 귀가하는 것이 허락된 것도 아니라 이렇게 근처에 자리를 잡을 수밖에 없었다.

"드래곤인 당신에게 인간들의 감정 같은 것을 어떻게 말해야 할지 잘 모르겠습니다. 하지만 우리에게는 국왕폐하의 말 한마디 한마디가 힘이 됩니다."

"흐응."

"카이스 씨의 말대로 분명 우리는 살기 위해 싸우는 겁니다. 거기에 조금 인간으로서의 형식이 추가되는 것? 그런 식이라면 이해하실 수 있겠습니까?"

"글쎄?"

"데라즈의 키세 나이트는 건국왕 데라즈 키세리언의 뜻을 이어받아 국왕과 나라를 위해 몬스터와 싸우는 드래곤 나이트라고 말해집니다."

"이어받아?"

"네. 인간들을 위해서 인간들을 위협하는 몬스터와 싸울 사명을 받들고 있는 것이죠."

"그러니까 같은 말이잖아. 살아남기 위해서 싸운다, 라는."

"하하하. 네, 일단은 분명 살아남기 위해 싸우는 것이긴 합니다. 하지만 조금 달라요. 단도직입적으로 말씀드려서 저는 지금 당신에게 부탁해서 어디론가 멀리 떠나 버릴 수도 있습니다. 예를 들어서 스파다를 넘어 루나드 왕국이나 린슨 씨의 고향인 슈테른이라던가 어딘가 몬스터의 위협이 적은 곳으로 떠나서 제 몸의 안전을 도모할 수도 있겠지요."

케릭스의 말을 들은 카이스의 눈이 순간 반짝인다. 마치 내가 왜 그 생각을 진작에 하지 못했을까 하는 표정이었다.

"지금 이상한 생각 하셨죠?"

"별로."

이상한 게 아니라 당연히 할 수 있는 생각을 한 것뿐이기에 카이스는 단호하게 대답한다.

"하지만 설사 카이스 씨가 가자고 해도 전 절대로 이곳을 떠날 생각이 없습니다. 앞으로 제 목숨에 어떤 위험이 닥쳐온다 해도 제 가족들을, 국왕 폐하를, 그리고 데라즈의 사람들을 위해서 싸울 테니까요. 저는 각오가 되어 있습니다."

"그건 다른 사람들을 위해서 네 목숨을 버리겠다는 의미인가?"

"네. 단순히 자신의 목숨이 아까워서, 자신의 안위가 걱정돼서, 단순히 살아남기 위해서만 싸우는 게 아닙니다. 저를 포함한 데라즈의 기사들 모두 그런 의무와 사명을 가지고 있는 겁니다."

"너무 복잡하게 생각하는 경향이 있군, 너를 포함한 인간은."

"그렇게 말씀하시면 이렇게 답할 수밖에 없군요. 인간이란 원래 그런 존재이니까라구요."

케릭스는 카이스에게 대답한 뒤 창밖으로 눈을 돌렸다. 창밖에서는 장미관이 한눈에 들어왔다. 장미관으로 끊임없이 사람들이 드나드는 모습도 보인다.

사실은 지금 이곳에서 이렇게 마냥 기다리고 있느니 라스킨으로 달려가고 싶었다. 실제적으로 기사도 아닌 입장에서야 그렇게 하려고 한다면 할 수도 있었지만, 그에겐 이곳에 남아서 대기라하는 부탁의 모양을 하고 있는 명령이 내려져 있었다.

머리 속 깊이 박혀 있는 기사로서의 근성이 그 뿌리를 단단히 하고 있는 이상 설사 그것이 부탁의 형식을 취하고 있다 해도 따를 수밖에 없는 것이다.

"라스킨이 걱정입니다."

"왜?"

"추가 지원도 없이 지금 몇 명의 기사와 영주의 사병들만이 몬스터에 대항하고 있을 테니까요. 친구들이 혹 다치지 않았을까 걱정됩니다.”

“흐응. 키세 나이트란 다른 사람들을 위해 목숨을 바칠 각오를 하고 있다며? 그렇다면 그들이 혹 몬스터와 싸워 다치거나 죽더라도 그들에게는 하나 거리낄 것 없는 명예로운 죽음이지 않나?”

“네. 하지만 친구로서, 동료로서 걱정되는 마음은 당연히 가질 수밖에 없지요.”

“어려워. 아니, 복잡해.”

카이스는 고개를 절레절레 흔들고 있었지만 케릭스는 그것도 나름대로 좋은 현상이라 생각하고 있었다. 케릭스가 드래곤인 카이스에게 여러 가지 궁금증을 가지고 그를 이해하려 하는 만큼 카이스도 마찬가지였기 때문이다.

물론 카이스는 케릭스가 설명하는 모든 것을 완벽하게 이해하고 받아들이지는 않는다. 하지만 적어도 자기 자신의 기준과 다르다고 비난을 일삼거나 하지는 않는다. 드래곤과 인간이 어떻게 다른가에 대해서 납득을 하고 있는 것이다. 그러면서도 무엇인가 궁금한 게 있으면 지탄없이, 때로는 케릭스조차 깜짝 놀랄 통찰력을 보이며 인간을 이해해 나가고 있었다.

자신이 카이스에 대해 알아 나가는 만큼 그도 좀 더 자신과 인간에 대해 여러 가지를 알고 받아들여 주었으면 하는 것이 케릭스의 작은 소망 중 하나였다.

“하지만 그다지 부정적인 느낌은 받을 수 없는 것을 보니, 역시 재미를 느끼고 계신 건가요?”

“에?”

“가끔 보면 당신에겐 저도, 인간도, 그리고 중간계의 모든 것이 너무나 흥미로와 견딜 수 없는 게 아닐까 하는 생각이 들어서요.”

“흐응.”

케릭스의 짐작은 거의 백 퍼센트 카이스의 생각을 꿰뚫고 있는 말이었지만 카이스는 그것을 내색하지 않았다.

“그런 것을 분석하는 데 쓸데없이 시간 보내지 말고 여유롭게 쉴 수 있을 때 충분하게 쉬도록 해. 적어도 나 카이스의 계약자인 이상 몬스터 따위와 싸우다가 픽픽 쓰러지는 꼴은 없도록 하라고.”

“하하하. 네, 알겠습니다.”

카이스와는 달리 케릭스는 인간이다.

아무리 마음 편하게 있으려 해도 머리 속에서는 오만 가지 생각들이 떠올라 그를 괴롭힌다. 하지만 알겠다고 대답하며 고개를 끄덕인다. 그가 자신을 걱정하고 있다는 것을 너무나 잘 알고 있기 때문이다.

하지만 상황은 케릭스가 마음 편하게 있을 만한 상태로 돌아가지 않고 있었다. 모든 것이 일촉즉발, 한시도 마음을 놓을 수 없는 것이 현실이었다.

이틀 후, 긴 나팔 소리와 함께 국왕의 칙서를 손에 든 시엘 랜드리크 기사단장이 장미관으로 돌아왔다.

오랜 습관대로 케릭스도 장미관 쪽에서 들려오는 나팔 소리에 자리에서 벌떡 일어났다.

긴장 어린 케릭스의 표정을 보고 카이스가 물었다.

“무슨 일이지?”

“출전을 알리는 나팔 소립니다.”

대답을 하는 둥 마는 둥 하며 케릭스는 주변에 흩어져 있던 옷가지며 무기들을 챙기기 시작했다.

“뭘 하려는 건가?”

"출전 명령이 내려졌으니 저도 짐을 꾸려야지요."

"너한테 내려진 것도 아니잖아."

"제게 내려진 것은 아니지만, 일단 짐을 싸놓고 장미관에 가보려고 합니다. 이렇게 죽치고 앉아서 기다릴 수만은 없으니까요. 적어도 라스킨으로라도 보내달라고 요청해 볼 생각입니다."

"그렇게 가고 싶으면 차라리 저 녀석들이 말하는 대로 정식으로 복귀하면 되잖나."

"……."

카이스의 말에 케릭스가 물끄러미 그의 얼굴을 쳐다본다.

"아직은 복귀할 수 없습니다."

"왜?"

"한 가지, 아직 모자라는 것이 있습니다."

"이유도 많군."

"전 당신에게서 듣고 싶은 말이 하나 있습니다. 그 대답을 들을 때까지는, 아니, 듣는 것이 아니라 깨달음도 좋습니다. 그걸 알 때까지는 정식 복귀를 할 생각이 없습니다."

"무슨 대답? 아니, 그걸 떠나서 자네가 역설하던 기사의 명예는 어떻게 하고?"

"그건 때가 되면 당신에게 물을 겁니다. 그리고 굳이 키세 나이트의 이름을 받지 않아도 전 드래곤 나이트입니다. 무엇보다 저는 당신의 계약자니까요. 그러니 형식 같은 것은 중요하지 않다고 생각합니다."

"그거야 사실이지만."

쩝하고 카이스는 입맛을 다신다.

그동안 겪어왔던 케릭스라는 인간은 이럴 때는 정말이지 어떻게 해도 이해가 되지 않는다는 것을 알고 있기 때문이다.

“잠시 기다려 주십시오. 장미관에 다녀올…….”

똑똑─

케릭스가 추슬러 놓은 짐을 내려놓고 막 몸을 돌리려는 순간, 누군가 그들이 묵고 있는 여관방의 문을 두드렸다.

“누구십니까?”

“들어가도 되겠나?”

묵직한 목소리가 문밖에서 들려왔다. 오랜만에 듣는 목소리이긴 하지만 분명 그 목소리는 절대 다른 사람으로 착각할 수 없는 목소리였다.

“아버님!”

케릭스는 벌컥 문을 열며 소리쳤다.

“호들갑 떨지 말아라. 내가 찾아오는 게 그렇게 놀라운 일이냐?”

“아, 아닙니다.”

케릭스의 아버지 하이리안 틴들랜드는 잠시 그 자리에 서서 아들의 머리끝부터 발끝까지 찬찬히 살펴보았다. 마치 오랫동안 보지 못할 것처럼 말이다.

“아버님.”

“들어가자. 날 여기에 세워놓을 거냐?”

“아닙니다. 들어오십시오!”

갑작스런 아버지의 방문에 놀란 케릭스는 황급히 안으로 한발 물러나 아버지를 맞아들였다.

방 한쪽 구석에 앉아 있던 카이스는 힐끔 한 번 쳐다보기만 할 뿐, 자리에서 일어나지도 않는다.

“이전에 한 번 보셨죠, 카이스 씨?”

여전히 카이스는 고개를 까닥할 뿐이다.

“그리고 보니 직접 인사드린 적은 없었군요. 이쪽은 제 생명의 은인이

자 평생의 친구인 카이스 씨입니다. 카이스 씨, 이쪽은 제 아버님이십니다."

"만나서 반갑소, 틴들랜드 씨."

웬일인지 카이스는 정확하게 하이리안의 성을 입에 담으며 인사를 했다. 태도는 여전히 불량(?)하지만 말이다.

"쉬고 있던 모양인데 잠시 실례하겠소이다."

일단 겉으로 보기엔 연장자인 하이리안이 먼저 카이스에게 양해를 구했다. 어떻게 보면 참으로 예의없어 보이긴 하지만 지금은 그런 것이 그다지 중요하지 않은 듯 하이리안은 그다지 신경 쓰지 않았다.

"잠시 아들에게 할 이야기가 있어서 왔소. 자리를 비워줄 수 있겠소?"

"저 녀석에게 할 말이 비밀이 아닌 이상에야 굳이 내가 자리를 비워야 할 이유라도 있소이까?"

카이스의 말에 하이리안이 케릭스 쪽으로 시선을 돌렸다. 어떻게 하겠는지 선택하라는 뜻이었다.

"말씀드렸다시피 카이스 씨는 제 평생의 친구입니다. 카이스 씨가 들어선 안 될 이야기가 아니라면……."

"뭐, 네가 그렇게 말한다면 아무래도 좋다."

하이리안은 케릭스가 권한 의자에 앉으며 대답했다. 그에게 있어 카이스는 아무래도 좋은 인물이니 신경을 쓰지 않기로 한 듯했다.

"그동안 푹 쉬었느냐?"

"예, 걱정해 주신 덕에."

"집에라도 한번 들르지 않고. 네 어머니가 섭섭해하셨다."

"죄송합니다. 대기하고 있으라는 말을 들어서."

"답답한 것은 여전하구나. 사람이 너무 고지식해도 못쓴다. 넌 융통성이 있는 듯하면서 묘한 구석에서 지나치게 고지식해."

“노력하겠습니다.”

후우— 하고 하이리안은 한숨을 내쉰다.

“그래, 시간을 아끼도록 하자꾸나. 길을 떠나기 전에 집에 한번 들러서 네 어머니께 얼굴이라도 보여야 할 테니까 말이다. 일단 이것을 받아라.”

하이리안은 허리춤에 매달고 있던 검에 손을 댔다. 그때까지는 깨닫지 못했지만 그의 허리에는 검이 한 자루가 아니라 두 자루가 매어 있었다.

천천히 매듭을 푼 하이리안은 검 하나를 케릭스의 앞에 내밀었다.

“이건…….”

두 손으로 검을 받아 든 케릭스는 말을 잇지 못했다.

그 검은 그가 작년에 이곳을 떠나며 장미관의 앞에 놓고 떠났던 바로 그 검이었기 때문이다.

“아버님! 저는 아직…….”

“말을 끝까지 들어라.”

“…….”

“랜드리크님 이하 여러 사람과 상의를 했다. 물론 지금 상황이 상황인지라 거의 요청이나 다름없었지만, 일단은 네 복직은 조금 더 미뤄두기로 했다.”

“아버님.”

“하지만 지금은 한 사람이라도 손이 필요한 실정이다. 네가 페이라인 공주를 호위하여 온 것에 대한 공은 인정받고 있는 터라 다행이었다. 하지만 키세 나이트로의 복귀는 네가 원하지 않고 있는 데다가, 드래곤과 계약하지 않은 키세 나이트란 있을 수 없는 일이니 정식 복귀는 말이 안 되는 소리고, 그래서 일단 수련 기사들과 함께 종기사로서 이번 일정에 참여하라는 명이 내려졌다.”

수련 기사란 말이 기사지 정식으로 기사의 서임을 받은 자들은 아니다. 드문 일이긴 하지만 이번처럼 인원이 많이 필요한 경우, 수련 기사들에게 임시 기사 직을 내리고 키세 나이트들의 보좌를 하도록 하는 경우가 있다.

지금 하이리안은 케릭스에게 그 신분을 감수하라는 이야기를 하고 있는 것이다.

"너에겐 스파다를 여행하며 쌓인 경험과 이번에 맞서 싸워야 할 몬스터들에 대한 지식과 경험이 있다. 물론 이미 다른 기사들에게 모든 것을 알려주었다고 하지만 실제 몸으로 체험한 경험은 무엇보다도 값진 것들이다. 그런 인재가 있는데 기사단에서 널 자유롭게 둘 리가 없지 않느냐."

"……."

"네 위치에 불만이 있을 수는 있지만 적어도 넌 어떤 방법으로든 이번 일에 몸담을 생각을 하고 있고, 그것을 위한 최선책이라고 생각하면 된다."

하이리안은 케릭스가 대답을 하지 않는 것이 종기사의 신분을 감수하라는 명령 때문이라고 생각했는지 조금 더 설명을 붙였다.

"사실 종기사에겐 명령권도 발언권도 없다. 이전의 네 신분과는 확연히 차이가 있는 것이지. 하지만 너는 네가 가지고 있는 지식과 경험이 있다는 것을 잊지 마라. 비록 그 위치에 있다 하더라도 그저 단순하게 뒤에서 다른 기사들을 보좌하는 것으로 머물게 하지는 않을 거다."

"아버님, 전 불만이 있는 것이 아닙니다."

케릭스는 가까스로 입을 열었다.

"그저 감사할 따름입니다."

잦아드는 목소리엔 어느덧 물기가 어려 있었다.

아무런 신분도 보장해 주지 않고 무조건 따르라는 명령이 내려온다고 해도 케릭스는 아무 말 하지 않고 따라갈 생각이었다. 그런데 그의 아버지 하이리안은 그에게 조금이라도 제대로 된 자리를 마련하기 위해 노력한 것이다.

"과분할 정도입니다, 지금의 제게는."

스스로도 억지를 부리고 있었다는 것을 너무나도 잘 알기에 그는 아버지의 배려가 더 더욱 감사했다. 그리고 그런 아버지의 배려와 청원을 거두어들여 준 기사단에도 감사할 따름이었다.

"지나치게 자신을 비하할 필요는 없다. 스스로의 가치가 어느 정도인지를 알고, 그 가치에 걸맞는 자신감을 가지는 것도 기사가 갖추어야 할 점이다. 그리고 그 검은 특별히 랜드리크님께서 배려해 주신 덕에 다시네게 하사된 것이다. 그것은 언제든 드래곤과 계약한 후 키세 나이트로 복귀할 것을 의미하는 것이니 소중히 다루거라."

"정말, 드릴 말씀이 없습니다."

"말은 무슨. 서둘러라. 오후에는 대대적인 기사단 이동이 있을 것이다. 그전에 집에 한번 다녀오도록 해라. 지난번과는 달리 이번엔 어디로 가는지도 확실하다만, 네 어머니를 안심시켜 드려야 할 것이다."

"예, 알겠습니다. 아! 아버님, 혹 가능하다면 라스킨으로 갈 수 있을까요? 아무래도 마즈렉들이 걱정됩니다."

"네가 갈 곳은 레지나다. 선택의 여지가 없다. 정찰을 나갔던 기사들이 레지나 쪽으로 움직이고 있는 다수의 몬스터들을 발견했다고 보고해 왔다. 지금 전 기사단의 삼분의 이가 레지나로 떠날 차비를 하고 있다."

레지나는 지난번에 케릭스가 스파다를 넘어오며 택했던 포스틴 성과는 거리가 좀 있는 또 다른 국경 지역이다. 이전의 일정에 시간적인 여유가 있었다면 당연하게 선택했을, 스파다와 데라즈를 연결하는 중요한 지역이었다. 거리상으로는 데라즈의 수도보다는 토리안 성이 가까울 정도로 먼 곳이다.

몬스터들이 일부러 어려운 길을 선택하지 않는 이상 가파른 산맥이나 넓고 깊은 강 같은 장애물이 있는 지역으로 올 리는 없다. 그렇다면 인간들이 이용하는 곳을 통해 올 가능성이 크다. 그리고 이미 정찰조가 몬스터들이 레지나 쪽으로 이동하는 것을 확인한 이상 그곳으로 전력을 이동시키는 것은 당연한 일이다.

어떻게 보면 몬스터들이 각지로 나누어져 산발적인 습격을 하지 않고, 마치 인간들의 군대처럼 전열을 이루어 한 지역으로 오고 있다는 것이 고마울 지경이다.

"하지만 저는 라스킨 쪽이 아무래도……."

기사단의 삼분의 이가 레지나 쪽으로 움직인다면 더 더욱 케릭스는 자신의 절친한 친구들을 돕고 싶은 심정이다. 하지만 하이리안은 고개를 저었다.

"네게는 선택의 여지가 없다고 말했을 텐데? 그리고 라스킨 쪽은 불행 중 다행으로 상황이 호전되었다고 하니 너무 걱정할 필요 없다. 오늘 새벽에 보고가 들어왔는데, 리하라 강 유역에 모여 있던 몬스터들이 어디론가 이동을 시작했다고 한다. 강을 건너는 몬스터들도 조금은 있지만 대부분 동쪽으로 움직이는 듯하다고 한다."

"동쪽이요? 그럼 스파다로 가는 겁니까?"

"거리는 멀지만 아마도 그렇겠지. 스파다에서 선전포고를 해왔다는 전갈을 이미 눌리안 쪽에도 띄웠다. 그쪽에서 어떻게 대응할지는 모르지만 현재로서는 데라즈를 지키는 것만으로도 벅찬 입장이기 때문에 더 이상은 신경 쓸 수가 없다. 차라리 이대로 몬스터들이 스파다 쪽으로 가주는 쪽이 오히려 낫다고 생각할 정도니까."

몬스터들이 한 지역으로 모이게 되면 그만큼 대응하기에 힘겨워지지만 다른 의미로는 그곳에 있는 몬스터들만을 상대하면 되기 때문에 다른 지역에 인원을 분산시키지 않고 전력의 집중화를 꾀할 수 있다.

"마즈렉이나 셰샤크는 라스킨 쪽의 일이 안정되는 대로 역시 레지나 쪽으로 이동하도록 명령서를 보냈으니 그곳에서 만나도록 해라."

"알겠습니다."

"내 볼일은 끝났다. 해가 정오에 이르면 제1진이 레지나를 향해 떠날 것이다. 저녁 무렵에는 보급대대와 함께 종기사들이 함께 떠날 테니 그때까지 장미관으로 오도록 해라. 가서 미뉴익 보급대대장을 찾아가면 네가 할 일을 일러줄 것이다."

"1진과 함께 갈 수는 없는 겁니까?"

케릭의 말에 하이리안은 한숨을 내쉬었다. 아들의 성격상 분명 이의를 표할 것이라 생각했던 것이다.

"그렇게 말할 줄 알았다. 하지만 특례란 것은 어쩔 수 없는 한계를 가지는 법이다. 도착한 이후에는 어떻게 될지 나도 잘 모른다. 하지만 보급대의 호위도 중요한 일이다. 보급대대 없이 어찌 전쟁을 할 수 있겠느냐. 네가 맡게 될 일은 레지나로 파견되는 모든 기사들을 위한 일이다."

"…알겠습니다."

하이리안의 말에는 틀린 것이 하나도 없었다.

케릭스는 분명 특례를 받았고, 특례를 받은 이상은 그에 따를 수밖에 없다.

"아버님께서도 레지나로 가십니까?"

"아니, 나는 수도에 남아야 한다. 랜드리크님께서 직접 기사단을 이끌고 레지나로 가신다."

하이리안의 목소리에는 다른 기사들과 함께 직접 레지나로 떠나지 못하는 안타까움이 배어 있었다. 제1진에 합류하지 못하는 것으로도 안타까움을 느꼈던 케릭스로서는 그런 하이리안의 심정을 절절히 느낄 수 있었다.

"예, 알겠습니다."

케릭스는 마음을 담아 대답했다, 수도에 남는 아버님의 몫까지 다하겠다는 각오를 다지면서.

용건을 마친 하이리안이 천천히 자리에서 일어서며 말했다.

"케릭스."

"네?"

"몸조심해라."

"예, 아버님께서도 부디."

"네게 검을 다시 내리고, 종기사로서 기사단에 합류시킨 것에 대해서 모든 사람들이 찬성한 것은 아니다. 분명 달갑지 않게 여기고 있는 사람도 있다. 이번에 너는 마지막 기회를 받은 것이라고 생각해라."

몸조심하라는 인사까지 해놓고, 하이리안은 아들의 안위를 걱정하며 말을 이었다.

"알겠습니다. 아버님을 실망시키지 않도록, 그리고 제게 기회를 주신 분들을 실망시키지 않도록 열심히 하겠습니다."

이전과는 분명 마음가짐이 다르다. 그런 케릭스의 진심은 짧은 단어 하나하나에 실려 하이리안에게도 전해지고 있었다.

돌아온 이후 처음으로 하이리안은 아들의 어깨를 감싸 안았다.

"무훈을 빈다."

"감사합니다."

짧은 포옹이 어색한 듯, 하이리안은 아들의 어깨에서 손을 재빠르게 거두어들였다. 그 자리에 카이스가 있다는 것을 잠시 잊고 있다가 깨달은 모양이었다.

자리를 뜨기 전에 하이리안은 카이스를 향해 시선을 돌렸다.

불량한 태도에 정체 모를 인물이지만, 아들이 믿고 있는 인물이다. 그리고 적어도 그가 아는 한 아들이 데라즈로 돌아온 이후부터 저 정체 모를 청년은 계속 아들의 곁에 있어왔다. 그것을 떠올리고 하이리안은 예의를 갖추어 카이스에게 말을 걸었다.

"불초한 아들을 잘 부탁하오."

그 진심 어린 말이 카이스에게 어떤 영향을 주었는지는 알 수 없지만 하이리안이 처음 말을 걸었을 때와는 달리 이번에는 조금 더 제대로 된 대답이 돌아왔다.

"내 이름을 걸고 맹세하지. 당신의 아들은 절대, 무사히 당신에게 돌아올 것이오."

카이스가 드래곤이라는 사실을 알 길이 없는 하이리안으로서는 카이스의 말이 조금은 이상하게 들렸다. 신의 이름을 걸고, 또는 자신의 명예를 걸고 맹세하는 경우는 있지만 자신의 이름을 걸고 맹세하다니 역시 이상한 청년이군, 이라는 생각이 들었지만 그것을 겉으로 표현하지는 않았다.

적어도 자신의 이름이라도 걸고 맹세한다니 믿을 도리밖에 없다. 그리고 지금은 조그마한 지푸라기라도 잡아 아들에게 내밀어주고 싶은 심정이니 말이다.

케릭스의 기분은 굳이 말할 거리도 없다. 드래곤인 카이스가 하는 말은 절대적이다. 그는 드래곤의 이름을 걸고 자신을 지키겠다고 맹세한 것이다. 그것이 진실이며 분명 실현될 것임을 케릭스는 너무나 잘 알고 있다. 때문에 그 말을 하이리안에게 들려준 카이스에게 너무나 고마운 마음이 들었다.

"당신의 말, 잘 기억하고 있겠소. 자, 그럼 이만 가봐야겠구나."

하이리안이 왔던 때와 다름없이 가볍게 발걸음을 돌리려는 순간, 문득 잠시 잊고 있던 사실이 떠오른 케릭스가 황급히 그를 붙들었다.

"아버님!"

"왜 그러느냐."

"부탁드릴 것이 있습니다!"

"……?"

"혹시 장미관으로 저를 찾아오는 용병 일행이 있을지도 모릅니다."

"용병?"

"눌리안에서 함께 동행했던 사람들인데 그들 중 몇이 절 찾아올 것입니다."

"그들에게 네 이야기를 해둔 것이냐?"

"정확하게는 일행 중 한 명에게만 했습니다. 다만……."

"무슨 이야기를 했기에 예까지 찾아오게 하는 거냐!"

아들이 용병 생활을 했다는 것 자체에 거부감을 느끼고 있던 하이리안은 짜증스러운 목소리로 화를 냈다.

"그런 말씀은 그들에게 실례입니다. 용병이라 해서 정체를 모를이라니, 말도 안 됩니다. 아버님, 그들은 저와 함께 생사고락을 함께한 동료들입니다. 소속없이 떠도는 용병이라 하지만 모두 돈스터들에 대해서는 우리 기사들 이상으로 전문적인 지식을 가지고 있는 실력있는 자들입니다."

"단지 돈만을 위해 자신의 목숨을 아까워하지 않고 내돌리는 사람들이 아니냐."

"저 역시 돈을 위해 용병 일을 했습니다. 그럼 저도 돈만을 위해 자신의 목숨을 아까워하지 않고 내던진 사람입니까?"

“비약하지 마라! 너는 그들과는 다른 신분을 가진 사람이다.”

“신분이 무슨 소용이 있습니까? 그들 역시 자신의 목숨을 걸고 사람들을 위해 몬스터와 싸우는 사람들입니다. 그저 방법과 형식이 조금 다를 뿐입니다. 방금 하신 말씀은 취소해 주십시오!”

애써 화기애애해했던 분위기가 순식간에 험악해졌다.

하지만 하이리안은 자신의 말을 철회할 생각은 손톱만큼도 없었다.

“그런 생각을 가지고 있으니 키세 나이트로 복귀하는 데 망설임을 가지는 거다. 여기저기 떠돌며 무엇을 배웠나 했더니 그런 쓸데없는!!”

“그렇지 않습니다, 아버님. 이해하지 못하시겠습니까?!”

“내게 그런 사람들을 받아들이란 소리는 하지 말아라. 나는 내가 기사인 것에 명예와 긍지를 가지고 있는 사람이다!”

“아버님!”

“듣기 싫다.”

“전 기사와 용병이 같다라고 말한 게 아닙니다.”

“너를 찾아오는 사람이 있다면 네 친구로서 대접은 하겠다. 하지만 그들을 기사처럼 대할 것이라 생각하진 말아라. 그리고 머리 속에서 그런 생각은 깨끗이 지워 버리고 오너라. 네가 말한 것처럼 넌 기사다. 스스로 말한 것에 오점을 더하지 말아라.”

“아버님!”

“잘 다녀오너라.”

하이리안은 인상을 굳힌 채 케릭스를 뿌리치고 그대로 밖으로 나가 버렸다.

뒤에 남은 케릭스는 미간을 찌푸리며 털썩 주저앉았다.

“하아.”

“부자가 똑같아.”

“······.”

“서로 한마디도 양보하려 들지 않으니 대화가 될 수가 없지.”

“양보할 수 있는 차원의 것이 아니니 어쩔 수 없습니다. 하지만 슈틴 양에 대해서 말씀드리지 못한 것은 아무래도 걸리는군요.”

하이리안과의 갈등은 아무리 화해를 해도 또다시 발생하고 만다. 하지만 이전의 갈등이 풀렸듯이 언젠가는 지금 생긴 갈등도 해결될 것이라 생각하기로 했다. 직접 슈틴과 함께 동료들을 만나게 되면 아무리 고지식한 아버지라 해도 이해해 줄 것이라고 말이다.

“굳이 이야기할 필요도 없었어. 그 아이는 네가 어딜 가든 정확하게 널 찾아올 테니까 말이지.”

“······.”

“내가 그 아이를 감지했다면 그 아이 역시 내 기운을 느꼈을 테니 길을 헤맬 염려는 없다. 사실 널 찾는 것이겠지만. 음, 말하자면 나는 표지판, 아니, 푯대라고 해야 하나?”

하이리안 때문에 잔뜩 어두워졌던 마음이 카이스의 밝은 목소리 때문인지 조금씩 밝아져 온다. 카이스 나름대로 케릭스를 위로하고 있는 것인지도 모른다.

“흐음. 확실히 많이 가까워졌다. 레지나가 어딘지는 모르겠지만 국경 근처라고 했으니 아마도 그곳으로 오게 될 거다.”

“벌써 그 정도까지 와 있는 겁니까?”

“우리가 이동을 하게 되니까 그 아이도 중간에 방향을 틀어야 할 거야. 국경선에서 이제 꽤 들어와 있으니까.”

“혹, 슈틴 양에게 무슨 안 좋은 일이 있으면 그런 것도 아실 수 있습니까?”

“흐음. 어느 정도는. 하지만 이곳에서 안 좋은 일이 일어난다고 해봐야 그 아이에겐 아무런 상관이 없을 테니 그리 걱정할 것은 없다.”

“그건 물론 알고 있지만.”

슈틴이 드래곤이라는 것을 알고는 있지만 이상하게 카이스를 대하는 것과 슈틴을 대하는 케릭스의 마음에는 차이가 있었다. 그것은 슈틴이 자신을 바라보는 눈빛 때문일까?

그녀가 자신에게 어떤 마음을 품고 있는지는 알고 있다. 그런 그녀에게 대답조차 해주지 못하고 도망치듯 떠나온 것 역시. 그것은 어디까지나 슈틴의 안전을 위해 한 행동이었지만 계속 신경이 쓰여왔었다. 그런데 이제 얼마 후면 그녀를 만날 수 있다고 한다.

‘과연 슈틴 양에게 난 어떤 얼굴을 해 보여야 할지……’

기다려지면서도 또한 두려운 마음이 엄습한다.

“궁상떨지 말고 일어나라. 서둘러야 한다고 들었는데?”

“아, 그렇지요.”

카이스가 주위를 환기시키자 케릭스도 재빨리 반응했다. 걱정할 것과 생각할 것, 고려해야 할 것들이 주위에 산재되어 있다. 그런 고민에 빠져 있을 시간은 지금의 케릭스에겐 전혀 주어져 있지 않다.

“어머님을 뵙고 오려면 빠듯하겠군요. 일단 아침 식사부터 하고 출발하지요.”

“뭐, 어딜 가든 나야 기꺼이 따라갈 테니까 원하는 대로 하라고.”

케릭스는 꾸려놓았던 짐을 어깨에 짊어지고 조금 전에 하이리안에게서 전해 받은 검을 손에 들었다.

“검이 하나 더 생기고 말았군요.”

“예비용이라 생각하라고.”

카이스는 문을 열고 밖으로 나갔다. 케릭스는 그런 카이스를 보고 따스한 미소를 지으며 말했다.

"카이스 씨?"

"왜?"

"여러모로 감사합니다."

"새삼스럽군."

"여러 번 말씀드려도 부족한 것 같아서요."

"말은 아껴야 하는 법이다. 나와 내 동족들에게 있어서 말은 그런 것이지."

말에 힘을 실어 발동되는 언령 마법을 쓰는 드래곤들이기에 그들에게 있어서 말은 정말로 아끼고 아껴야 하는 것일지도 모른다.

"말은 언제나 그대로 이루어진다."

진지한 카이스의 말을 들으며 케릭스는 며칠간 묵었던 여관을 뒤로하고 집으로 향했다.

다시 돌아오겠다는 말을 전하기 위해, 혹은 돌아오지 못할 때를 대비하여.

이별이란 그렇게, 언제나 두 가지의 의미를 동시에 내포하는 단어인 것이다.

*   *   *

여행이란 나름대로 즐거운 것이다. 그 목적지가 어디가 되든, 함께 여행하는 동료들과 같이 시간을 보내고, 어려운 일이 닥치면 모두 함께 힘을 모아 해결하고, 결국엔 원하는 목적지에 다다름으로써 보람을 찾는다.

그러니까 아주 보통의 여행이라면 이런 설명이 딱 들어맞는다. 하지만 때로 여행은 말이 여행이지 그저 행군, 또는 도주, 또는 이동이라고밖에 이름 붙일 수 없는 경우가 있다. 바로 지금의 여행이 그런 것이었다.

"어이, 서둘러! 날이 어두워지기 전까진 꼭 마을을 찾아야 한다고."

"나귀들이 너무 지쳤어! 젠장! 우리는 더 못 가! 가고 싶으면 당신들 마음대로 해!"

"무슨 소리야. 이런 곳에서 야영을 하다가는 어디선가 오크들이 떼로 몰려들어 잠자는 네 녀석의 목을 딸지도 모르잖아."

"아아, 말도 안 되는 소리 하지 마. 여긴 테라즈라고, 테라즈. 드래곤 나이트들이 득실득실한 나라란 말이야. 무엇보다 우리가 테라즈로 들어와서 제대로 된 몬스터 하나 만난 적이 있나? 없지? 그러니까 좀 쉬어도 돼."

사람들이 옥신각신 떠들고 있었다. 서른 명 남짓해 보이는 일행의 몰골은 누가 보면 어디서 거지 집단이 떠돌고 있는 것이 아닐까 할 정도로 지저분하고 볼썽사나웠다. 몬스터가 아니라 사람들하고 마주치면, 그 사람들이 놀라 도망칠 정도로 말이다. 나름대로 여행을 떠나올 때만 해도 좀 궁상맞기는 해도 볼썽사나울 정도는 아니었던 그들이지만 잠시의 여유조차 없던 오랜 시간의 여행으로 더러움과 함께 피로가 온몸에 쌓여 버린 탓이다.

사람들이 다투기 시작한 지도 벌써 이틀째에 접어든다. 리하라 강의 어찌어찌 무사히 넘어왔지만 그들의 예상과는 달리 일행이 쉴 만한 마을이 눈에 띄지 않았기 때문이다.

그 이유는 다름이 아니라 이 여행자 일행의 선봉을 맡고 있는 한 소녀가 길이란 길은 전부 무시한 채 정말 일직선으로 어디론가 마구 달려가고 있었기 때문이다. 결국 제대로 된 휴식을 취하지 못한 사람들이 '반란'을 일으키게 된 것도 무리는 아니었다.

"어이, 이봐! 테라즈에 오면 누군갈 찾아간다며? 도대체 우린 어디로

가고 있는 거지? 응?"

소란스럽게 떠들던 일행 중 하나가 그들과는 달리 옆쪽으로 조금 떨어진 자리에서 멀뚱히 서 있는 사람들에게 그들이 갈 목적지를 물었다. 그것 역시 며칠째 반복되고 있는 일이었다.

"난 따라오라고 한 적 없어. 내가 갈 곳은 정해져 있고, 따라오는 것을 말리지 않았을 뿐이니까 당신들 마음대로 해."

항상 같은 대답이지만, 질리지도 않는 기색으로 슈틴은 또박또박 대답했다. 그러면 대부분의 경우 질문한 남자는 군소리를 중얼중얼 내뱉으며 돌아서곤 했다. 하지만 오늘은 조금 달랐다.

"그래! 따라온 건 우리 마음이긴 한데, 그럼 좀 천천히라도 가란 말이야. 나귀들도 지쳤고 사람들은 더욱 그래. 당신들도 지쳐 보이긴 마찬가지인데, 어디 마을에라도 들러서 좀 쉬다 가자고. 삼 일 전에는 근처에 마을이 있는데도 거들떠보지도 않기에 목적지가 멀지 않았다 싶었지. 그런데 그 이후로 내리 이렇게 산만 뒤집고 다니고 있잖아!"

"별로 쉬고 싶은 생각은 없어."

"이봐!!"

남자가 화가 나서 주먹을 불끈 쥐어 올리는 순간 옆에 있던 린슨과 빈즈가 각각 남자의 오른팔과 왼팔에 달려들었다.

"어이, 이봐. 적당히 해."

"놔!"

"그럼 댁이야말로 그 주먹에 쥔 힘이나 푸시지."

"웃기지 마! 당신들이 도대체 무슨 생각을 하고 있는지 오늘은 좀 들어야겠어!"

"별 생각 같은 거 없어. 난 단지 하루라도 빨리 만나고 싶을 뿐이야. 리링, 이제 좀 괜찮은 거야?"

슈틴은 고개를 돌려 옆에 앉아 있던 리링을 돌아다보았다. 이미 자신에게 주먹을 불끈 쥐어 올린 남자는 안중에도 없는 모양이었다.

나름대로 모두 체력에는 자신이 있는 사람들이지만, 뒤를 줄줄 따라온 사람들이 지쳤듯이 슈틴 일행도 나름대로 지쳐 있었다. 그중에서도 특히 일행 중 가장 체력이 약한 리링과 나이가 있는 핸슨이 고생을 하고 있었다.

"발은 어때?"

"괜찮습니다. 적당히 치료는 된 상태니까요."

발에 가늘게 찢은 천을 감아주고 있던 엘레프가 리링을 대신하여 대답했다. 다른 사람이 알지 못하게 정령들을 불러 치유력을 높여준 것뿐이지만, 그것만으로도 효과가 꽤 있는 모양이다.

"그럼 됐어. 가자."

"어이, 이봐!! 이대로 그냥 또 갈 셈이야?"

린슨과 빈즈에게 양팔이 잡힌 남자가 큰 소리로 항의했지만 슈틴은 그를 돌아보지 않았다.

"당신들, 사실은 미친 거 아니야? 응!!"

"아아. 거참, 그만 좀 하라니까. 우리도 좀 쉬었으면 하지만 어쩔 수가 없다고. 우리 공주님이 그냥 가야 한다고 말하는 이상은 말이지."

리링이 엘레프의 부축을 받고 일어서자 슈틴은 엘레프가 들고 있던 짐 하나를 손에 들었다.

"우린 못 가! 가려면 반나절만이라도 좋으니 좀 쉬자고!"

남자가 계속 목소리를 높이며 떠들어댔다. 그 순간이었다.

"좀 조용히 해!!"

그때까지만 해도 아무런 표정 없이 있던 슈틴이 소리를 질렀다.

"슈틴님?"

"가만히 있어봐, 엘레프!"

조금 전과는 달리 얼굴에 묘한 흥분마저 떠올리기 시작한 슈틴은 손에 들고 있던 짐을 내동댕이치고 앞으로 달려나가기 시작했다.

"뭐가 어떻게 된 거야? 갑자기 슈틴이 왜 저래?"

아인이 황당함을 숨기지 않으며 물었다.

지금까지 슈틴이 벌이는 여러 가지 기행에 익숙해져 있는 사람들이지만 저렇게 갑자기 어디론가 마구 뛰어가는 것은 본 적이 없었다.

"저도 갑자기 왜 그러시는지…… 아!"

엘레프 역시 이상하다는 얼굴을 하고 있었는데 그의 표정에도 역시 갑자기 묘하게 생기가 돌기 시작했다. 마치 시원한 물이라도 한껏 뿌려진 식물처럼 말이다.

"뭐야?"

"연락이 왔습니다."

"에엑?"

황당하기 그지없다. 아니, 정말로 외마디 괴성을 질러 버릴 정도로 말이다. 이 허허벌판에, 자신들이 도대체 어디를 어떻게 오고 있는지도 모르는데 연락이 왔다니, 정말로 놀라서 턱이 빠질 지경이다.

"그게 무슨 소리야?"

핸슨 역시 아인과 표정이 별반 다르지 않다.

"연락이 왔다구요. 저보다 피의 연결이 있는 슈틴님이 먼저 느끼신 겁니다."

"피? 그건 또 뭔 소리야? 설마에 설마지만, 그 시커먼 양반이 뭐라도 어떻게 한 거야?"

"아, 예, 카이스님이 보내신 겁니다."

"도대체 뭘 보냈다는 거야? 그참—!"

핸슨의 시선이 엘레프를 떠나 저 앞으로 달려나간 슈틴에게 옮겨갔다. 그녀는 지금도 쑥쑥 앞으로 달려나가고 있었다. 발에 걸리는 돌부리는 뛰어넘고 앞을 방해하는 풀들과 잡목들을 놀랄 만한 속도로 피해가면서.

"정말이지 정령술사라는 것은 별걸 다 할 수 있는 모양이군."

사실은 그것과 다르다는 것을 너무나 잘 알고 있는 엘레프지만 굳이 그것을 입에 담는 수고는 하지 않았다. 데라즈에 접어들었을 무렵부터, 자신과는 달리 슈틴이 카이스의 기운을 느끼기 시작했다는 것은 잘 알고 있던 터였다. 카이스가 머물고 있는 곳은 바로 그곳에 케릭스도 있다는 의미가 된다. 그 때문에 슈틴은 더 더욱 강행군을 해왔던 것이다.

항의하다 말고 먼 산을 바라보게 된 남자를 어떻게 설득한 것인지 모르지만 빈즈와 린슨도 엘레프 쪽으로 다가왔다.

"뭐가 어떻게 되긴 되나 보구만?"

"그게 말이지, 그 시커먼 놈한테서 연락이 왔다네."

"하아?"

"정말?"

남자를 설득하느라 엘레프의 목소리를 듣지 못한 두 사람 역시 황당함을 숨기지 못했다.

"편하다고 해야 되는 건지, 뭔가 이상하다고 해야 하는 건지 도통 모르겠네."

빈즈는 이마를 문지르며 중얼거렸다.

그리고 얼마 지나지 않아 앞으로 쑥쑥 뛰어가던 슈틴이 갑자기 한자리에 멈춰 서서 하늘을 향해 손을 내밀었다. 순간 아무것도 없는 공간에 화악— 하고 불꽃이 피어올랐다. 멀리 있는 사람들에겐 그저 불꽃으로밖에는 보이지 않겠지만 슈틴의 두 손에는 붉으면서도 투명하게 타오르는 불꽃에 휩싸인 새 한 마리가 앉아 있었다.

불꽃의 정령이었다.

잠시 후 그녀는 자신의 맨손 위에서 화르륵 타오르고 있던 불꽃의 새를 하늘로 날려 보내고 너무나 밝아진 표정으로 일행에게 돌아왔다. 그리고 하늘로 날아올랐던 새는 눈 깜짝할 사이에 공기 중으로 완전히 사라졌다.

무슨 연락이냐고 사람들이 묻기도 전에 그녀는 환한 목소리로 말했다.

"오빠와 케릭스가 다른 곳으로 이동할 거야! 우리도 그쪽으로 가면 곧 만날 수 있어!"

"에엑―!"

"여기서 좀 더 동쪽으로 가면 돼. 어쩌면 우리가 먼저 도착할지도 몰라. 레지나란 곳이야."

"……."

핸슨들은 할 말을 잃었다. 데라즈에 접어들어 거의 일직선으로 북서쪽으로 향하고 있던 그들이었다. 그런데 갑자기 방향을 틀겠다고 하는 것이다.

"자! 빨리 가자!"

"잠깐! 잠깐!"

핸슨이 서두르는 그녀를 말렸다.

"도대체 말이지, 중간 과정은 싹 빼먹고 결론부터 말하지 말아줘. 어이, 엘레프. 지도 있지? 여기가 어딘지 대충 알 수 있겠어? 그리고 그 레지나인지 뭔지도 어디쯤 있는 건지 좀 정확하게 알아보자고."

"나는 지금 출발했으면 좋겠는데?"

"기다려, 슈틴. 지금까지야 아무 말도 안 했지만, 조 목적지가 갑자기 바뀌면 저 인간들이 뭐라고 할지 몰라. 알아듣겠니?"

"내가 따라오라고 한 게 아니니까 책임질 이유는 없어."

"그래, 그건 알겠는데. 그래도 말이지 그러는 게 아니야. 저들은 살겠다고 우리를 따라왔는데 무작정 내팽개치는 것은 인간의 도리가 아니라고."

"……."

나에겐 인간의 도리 따위 지킬 필요가 없다고 말하지 않은 것이 그나마 다행이었다. 슈틴도 나름대로 인간이라는 것은 어떻게 행동해야 하는지 배워온 까닭이다.

"너는 괜찮을지 모르지만, 나는 아주아주 굉~장히 피곤하다고. 그런데 여기서 진로까지 바꿔야 한다면 좀 쉰 다음 다시 길을 떠나도 나쁘지 않아. 알겠니, 슈틴? 그리고 저들을 어떻게 할지에 대해서도 좀 결정해 보자. 여기서 다시 또 어디론가 멀리 가야 한다면 저들이 걸리적거릴지도 몰라. 너도 계속 이런 저런 싫은 소리를 듣기 싫지?"

"……."

"핸슨 말이 맞아, 슈틴. 차라리 저들은 삼 일 전에 봤던 마을 쪽으로 가라고 말해 놓고 우리만 따로 출발하는 게 좋을지도 몰라. 어이, 아인. 저 사람들한테 오늘은 이 근처에서 쉬겠다고 말해 둬. 근처에 샘 하나 없는 게 좀 아쉽긴 하지만 뭐, 두 다리 뻗고 자는 데는 오히려 나은 것 같으니까."

빈즈도 핸슨의 말을 거들었다.

"하지만……."

"우리보다는 덜하지만 너도 조금은 피곤해 보인다. 케릭스를 만났을 때 예쁘게 보여야 할 거 아니야."

빈즈는 결정적으로 슈틴의 마음을 동요하게 할 이름을 살짝 끼워 넣었다. 아니나 다를까, 슈틴은 너무나도 쉽게 그 미끼를 물어버렸다.

"내가… 그렇게 보여?"

“그래. 그 뭐랄까, 체력적인 문제보다는 정신적인 문제랄까? 뭐, 그런 것이지.”

그녀가 그동안 어딘지 모르게 초조해 보였던 것은 사실이기에 빈즈가 거짓을 말하는 것은 아니었다. 다만 카이스의 연락을 받고 나서 지금까지의 그 초조함이 어디론가 사라져 버리긴 했지만 말이다.

“알았어. 그럼 쉬고 가.”

“자자, 공주님 허락이 떨어졌으니까 서두르자고. 엘레프, 아까 내가 말했던 거 들었지?”

“들었습니다.”

“그럼 확인부터 하고, 아인! 얼른 가서 이야기 좀 해봐. 저들이 원하는 확실한 목적지가 나왔으니까 가서 어떻게 할 건지 결정을 보고 오라고. 자! 서두르자고!”

핸슨의 말에 린슨은 주변에서 장작으로 쓸 만한 것을 주우러 가고, 아인은 빈즈와 함께 옆에 떨어져 있던 사람들 쪽으로 걸어갔다. 리링은 짐을 조금 풀고 먹을 것을 꺼내기 시작했다. 그들이 제각각 할 일을 시작한 것을 확인한 핸슨은 슈틴에게로 다시 돌아왔다.

“슈틴.”

“응?”

“그런데 아까 그 불꽃은 도대체 어떻게 된 거지? 정령술사는 그런 것도 할 수 있는 건가?”

씨익— 웃으며 핸슨이 슈틴에게 물었다. 아마도 그 불꽃의 정체가 가장 궁금했던 사람은 핸슨이었던 모양이다.

“응.”

“……”

아무래도 슈틴은 핸슨의 호기심을 만족할 만한 답을 들려주기엔 역시 소질이 부족한 모양이다.

*　　　　*　　　　*

　데라즈의 남동부 지방, 스파다의 국경선 근처에 위치하고 있는 레지나는 데라즈의 여러 국경 지역 중에서도 특히 무역이 활발한 지역이다.

　데라즈의 경우 눌리안 쪽의 국경선은 대하(大河) 리하라이고, 그 이외에 스파다를 포함한 다른 나라들은 지나칠 정도로 울창한 숲이나 험준한 산맥 등으로 막혀 있는 탓에 무역상들이 왔다 갔다 할 정도로 길이 좋은 지점은 정말 양손에 모두 꼽힐 정도로 적은 숫자밖에 없다. 물론 리하라 위로는 언제든지 배가 다니고 있지만, 리하라가 너무 커다란 강이기에 몬스터들도 많아 위험 부담이 크다.

　그에 비하면 레지나는 데라즈에 이런 땅이 있을 수도 있구나 하고 데라즈 사람들조차 놀랄 정도의 평지였다. 그런 사정이다 보니 레지나는 자연스럽게 무역의 중심지로 자리잡고 있었다. 이 레지나의 소유주는 데라즈에서도 둘째라면 서러워할 테로더 공작가다. 대부분이 평지이기 때문에 농작물의 수확도 좋아 데라즈에서는 상당히 살기 좋은 지역으로 손꼽히는 곳이다.

　일단 레지나는 정확하게 말하면 레지나 평원이라는 그 지역 전체를 일컫는 이름이었지만 보통의 경우 외곽에 있는 영주인 테로더 공작가의 성을 포함한 화려한 도시 자체를 일컫는 지명으로 알려져 있었다.

　언제나 많은 사람들이 북적거리며 말과 짐마차가 하루에 수십, 수백 차례씩 드나드는 레지나. 분명 봄이 한창인 데라즈의 어느 지역보다도 훨씬 바쁘게 움직이며 많은 사람들이 드나들어야 할 시기다. 하지만 지금 레지나는 쥐 죽은 듯이 고요했다.

성 근처에 위치하고 ㅇ... ...을에는 개미 새끼 한 다리 보이지 않고, 거대한 성문은 굳게 닫힌 채 사람의 출입을 금하고 있었다. 언제나 스파다 산의 질 좋은 양모가 산더미처럼 쌓여 있던 성안의 시장들도 썰렁하기만 했다. 북적거리던 상인들은 어디론가 사라지고 온몸에서 긴장감을 풀풀 풍기고 있는 병사들만이 그 자리를 채우고 있었다.

레지나에 키세 나이트들이 도착하고 영주의 사병들에게 경계 근무령이 떨어진 것은 지금으로부터 일주일 전. 그때부터 주변의 사람들을 좀 더 안전한 곳까지 피신시키고 상가들을 철수시키며 정신없이 전투 준비를 해왔다.

사람들이 많이 오가던 곳이기에 상인들을 습격할지도 모르는 몬스터들을 막기 위해 이곳 레지나의 영주 테로더 공작가엔 근처에서 징집된 영주민들 이외에 돈을 주고 고용한 병사들의 수가 꽤 많이 있었다. 말하자면 용병들이 있었던 것이다. 물론 다른 곳의 용병들과는 조금 다르게 이곳의 용병들은 오랜 기간 동안 공작가의 병사로서 몸담고 있었기 때문에, 거칠고 제멋대로이기보다는 좀 더 훈련된 전문적인 직업 군인으로서 역할을 담당하고 있었다.

평소에는 그 사병들만으로 충분했던 레지나였지만 지금은 근처에 있는 젊은 영주민들 중에서 많은 수를 병사로 징집해야만 했다. 먹고사는 터전이 되는 땅을 지켜야 하는 영주민들은 징집령이 내려지자마자 앞을 다투어 모여들었다. 그래서일까? 평소엔 순박하기만 했던 그들의 얼굴이 지금은 언제 자신들의 목숨과 삶, 터전을 앗아가 버릴지 모르는 몬스터들에 대한 긴장감으로 한껏 굳어져 있었다.

그 수많은 영주민 중에서 며칠 전 영주군으로 징집된 병사 중 하나가 마침 순찰을 돌고 있었다. 긴장감 때문에 온몸의 감각이 곤두서 있던 병사는 시장이 잔뜩 들어서 있던, 지금은 병사들의 막사로 가득 들어선 광

장 쪽에서 들려오는 드래곤의 길고 긴 울음소리에 순간 발걸음을 멈추었
다. 혹 무슨 일이 생긴 건 아닌가 해서이다. 하지만 성의 어디에도 소란
스러운 기미는 없었다. 그것을 확인한 병사는 다시 걸음을 옮겼다.

지금 레지나에는 레지나가 세워진 이래 가장 많은 수의 드래곤들이 동
시에 그 성안에서 커다란 날개를 접고 안식의 때를 보내고 있었다. 그 드
래곤들이 눈을 감고 휴식을 취하는 사이 그들의 계약자인 인간들은 잠을
이루지 못하고 연일 회의에 시달리고 있었다.

"오늘 정찰을 나갔던 곳은 이곳까지입니다. 거리상으로 봤을 때 대략
말로 달려 하루 정도의 거리입니다."

"벌써 그곳까지 왔다는 말이오! 이런. 아직 보급대가 도착하기 전인
데……."

"보급대의 경우 내일 오후 늦게면 도착할 것이라고 합니다. 예정보다
하루쯤 빨리 도착하게 된다고 하더군요. 일단은 보급대대 중 제1진이긴
합니다만."

가장 큰 역할을 맡게 되는 것은 키세 나이트들이지만, 적의 수가 수이
니만큼 키세 나이트만으로는 해결이 되지 않는다.

이번의 경우 키세 나이트들 이외에 일반 병사들이나 기사들에 의한 수
성전을 염두에 두고 있는 이상 여러 가지 많은 무기들과 장비들을 필요
로 하게 된다. 데라즈에서도 유수의 부자인 테로더 공작가라면 어느 정
도는 충분히 버틸 수 있지만 이번의 경우 선전포고를 받았을 정도이니
국왕이 그것을 지원하는 것은 당연한 일이다. 게다가 보급대대엔 그런
물자만이 오는 것이 아니다. 국왕 직속의 기사단이 그들과 함께 오게 된
다. 게다가 그 뒤를 따라 국왕의 명령을 받은 다른 영주들이 군사들을 이
끌고 오게 될 것이다.

"선봉을 맡고 있는 몬스터들은 다행히도 우리가 그동안 계속 상대했

던 평범한 종류의 몬스터들이었습니다. 중심이 되는 몬스터들은 오크들과 리자드맨들이고, 그 뒤를 여러 종류의 몬스터들이 따라오며 이동하고 있었습니다."

정찰을 맡았던 기사는 팔과 이마에 부상을 입어 하얀 붕대를 감고 있었지만 또렷한 목소리로 자신이 보았던 것을 계속 보고했다.

"그들의 이동 속도로 유추해 보건대 선봉을 맡고 있는 와이번들과 오크, 리자드맨들이 모레 낮이나 밤에 도착하고, 그 이외의 몬스터들이 다음날 아침 정도 도착할 것이라고 예상됩니다."

기사의 보고를 듣고 있던 다른 기사들과 기사단장, 테로더 공작의 입에서 절로 신음 소리가 흘러나왔다. 설사 1진을 무사히 막는다 해도 2진이 숨을 고르기도 전에 도착한다는 이야기가 되기 때문이다.

총지휘권을 가지고 있는 테로더 공작은 그의 곁에 앉아 있는 랜드리크 키세 나이트 단장에게 물었다.

"아무래도 1진의 경우에는 성에 도착하기 전에 치는 것이 좋을 듯합니다. 일단 그들을 선제 공격하여 전열을 흐트러뜨리면 2진이 도착하기 전까지 시간을 벌 수가 있을 겁니다. 보급대대가 도착하는 시간은 내일 오후입니다. 2진이 성까지 도달하게 될 시간 동안 충분히 준비를 마칠 수 있지 않겠습니까?"

"문제는 2진 이후입니다. 몬스터들의 종류가 다양하다면 속도가 느린 거대한 몬스터들, 즉 틴들랜드 경의 아들이 보고한 몬스터들은 그 이후에 도착할 수도 있으니까요. 그들을 상대하기 위해서는 무엇보다 키세 나이트들이 필요합니다. 키세 나이트들의 수는 한정되어 있고, 한 사람도 섣부르게 움직일 수는 없습니다. 1진을 쉽게 격파할 수 있다면 다행이지만 그렇지 않은 경우 돌이킬 수 없는 상황을 불러올지도 모릅니다."

몬스터들을 상대하는 데 있어 키세 나이트들이 일당백의 능력을 가진 가장 최적의 전력임은 틀림이 없다. 하지만 이들을 언제 어떻게 투입하느냐에 따라서 이번 전쟁의 승패가 결정된다.

"하지만 1진과 함께 이동하고 있는 와이번들은 아무래도 기병들이나 보병들이 상대하기엔 무리가 있습니다. 키세 나이트가 필요합니다."

한쪽은 전력을 보존하기 위해서, 한쪽은 현실적인 상황에 맞추어 두 사람의 입장이 팽팽하게 대립되었다. 하지만 테로더 공작의 말은 분명 틀림없는 사실이며 최적의 판단이다.

결국 랜드리크는 테로더 공작의 제안에 고개를 끄덕일 수밖에 없었다.

키세 나이트가 중요한 전력이라면 수성전을 벌여야 할 기사들과 공작의 사병 역시 중요한 전력이다.

"일단 키세 나이트들 중 이분의 일을 내보내도록 하겠습니다."

현재 레지나에 집결된 키세 나이트의 수는 70여 명. 랜드리크의 입장에서는 나름대로 최대한의 양보를 한 셈이다.

"그들을 서포트할 수 있을 기병들을 차출해 주십시오."

테로더 공작가에는 기사단이라고까지는 이름 붙일 수 없지만 분명 오랜 시간 동안 훈련받은 기병들이 있었다.

"좋소이다. 50기를 내어주겠소."

"라스킨에 파견되었던 키세 나이트들이 도착한다면 좀 더 수를 늘릴 수 있을지도 모르겠습니다. 그럼 이번 작전의 지휘관을 누구에게 맡길지를……."

랜드리크 경과 테로더 공작은 작전의 세부 사항에 대한 의논을 시작했다.

작전 지휘관이 결정되면 그 이후에는 전투를 벌일, 즉 몬스터들과 조우할 지점에 대한 논의가 이루어질 것이다.

결국 밤늦도록 테로더 공작의 사실에서는 불이 꺼지지 않았다.

같은 시간, 라스틴에서 그리 멀지 않은 지점에까지 다다라 있었던 보급대대 1진은 전날 밤새도록 행군했던 것과는 달리 눈앞에 있는 낮은 구릉 앞에 멈추어 서 있었다.

말이 보급대대이지 실제로는 물자보다는 전력 보충대나 다름없었다. 궁정 기사단 중 두 개의 기사단에 소속된 약 200명의 기사들이 제1진을 이루고 있는 주축이었기 때문이다. 그리고 그 일행 속에는 종기사의 신분으로 그들을 따르고 있는 케릭스와 카이스가 섞여 있었다.

"무슨 일이지? 어째서 행군을 멈추라고 하는 건가?"

일행을 이끌고 있던 궁정 제1기사단장이 그들의 행군을 멈추게 한 사람을 찾았다. 그 장본인은 다름 아닌 케릭스와 카이스였다.

케릭스는 가볍게 예를 표하며 1기사단장에게 말했다.

"앞쪽의 구릉 너머에 몬스터들이 있습니다."

"뭐라고?"

"이쪽에 있는 카이스 씨는 정령사입니다. 그의 정령들이 건너편에 몬스터들이 있는 것을 알려왔다고 합니다."

실제로는 정령들이 아니라 몬스터들의 기운을 느낀 카이스가 직접 말한 것이지만, 사실을 말할 수 없기에 케릭스는 그렇게 둘러댔다.

"어째서 저 위치에 몬스터들이 있다는 건가? 몬스터들은 스파다 쪽에서 오고 있다고 보고 받았는데!"

"어디서 나타난 것인지는 알 수 없습니다. 하지만 꽤 많은 숫자입니다."

기사단장의 얼굴이 순식간에 구겨진다.

하루라도 빨리 레지나에 도착하기 위해서 무리한 행군을 되풀이하고 있던 터다. 아무리 보통 사람들과는 달리 강인한 체력을 가지고 있는 기사들이라 해도, 몇 날 며칠을 달려온 터라 상당히 지쳐 있는 상태다. 그런데 앞쪽에 몬스터들이 포진해 있다고 한다.

"난감한 사태군. 클리더!"

기사단장은 급히 부관을 불렀다.

"정찰을 내보내라. 수는 셋, 적의 수와 위치를 확인해."

"알겠습니다."

"잠시 기다려 주십시오!"

케릭스가 기사단장의 앞을 막아섰다.

"무슨 일인가."

"정말 외람된 말씀이라는 것은 알고 있습니다만, 저 몬스터들은 저희에게 맡겨주시지 않겠습니까?"

"뭐라고?"

기사단장은 케릭스가 현재 종기사의 신분이긴 하지만 틴들랜드 경의 아들이며 이전에는 키세 나이트라는 것을 알고 있는 터다.

"카이스 씨는 정령사입니다. 분명 몬스터들의 수가 적지 않다는 것은 알고 있지만, 정령술이라면 어떻게 그 방도를 찾을 수 있을 듯합니다. 단장님을 포함한 기사 분들은 레지나까지 무사히 도착해야 하는 중요한 전력입니다. 지칠 대로 지쳐 있는 상태에서 저 몬스터들과 일전을 벌이는 것은 무리입니다."

기사단장의 시선이 뒤쪽에 멀찍이 떨어져 있는 카이스에게 돌아갔다.

"어떻게 보시면 제가 정신 나간 소리를 하고 있다 생각하실 수도 있습니다만, 설사 실패하더라도 지금 상황에서는 크게 달라질 게 없습니다. 잠시 휴식을 취한다 생각하시고 이곳에서 기다려 주실 수는 없을까요?"

글자 그대로, 기사단장은 케릭스와 카이스를 미친 게 아닌가 하는 얼굴로 쳐다보고 있었다.

"이보게. 아무리 자네가 이전에 키세 나이트였다고 하지만 지금은 드래곤도 없지 않은가."

"저는 단지 카이스 씨의 호위를 위해 따라갈 겁니다."

"하지만……."

"부탁드립니다."

기사단장의 미간에 생긴 주름이 더 더욱 깊어졌다.

아무리 케릭스의 말이 사실이라고 해도 케릭스는 어엿한 귀족 집안의 장남이다. 그것도 키세 나이트인 틴들랜드 경의. 그런 인물에게 이런 미친 듯한 행동을 허락하는 것이 과연 올바른 판단인가 고뇌했다.

"상부에는 제 단독 행동이라고 보고하셔도 좋습니다. 허락해 주십시오. 아니, 그저 잠시만 이곳에서 기다려 주십시오."

"……."

케릭스의 말을 듣고도 기사단장은 계속 대답하지 않고 입을 굳게 다물고 있었다. 그의 말대로 케릭스가 실패한다 해도 기사단에는 변함이 없다. 그리고 성공하는 경우는—도대체 어떻게 하겠다는 것인지는 알 수 없지만—병력을 온전하게 보존할 수 있다.

하지만…….

"믿어도 되겠나?"

"네, 믿어주십시오."

"자네에게 무슨 일이 생기면 자네 아버님을 뵐 낯이 없네."

"저는 싸우기 위해 이 자리에 온 것입니다. 목숨을 온전히 보전하려 했다면 애초에 기사의 검을 잡지도 않았을 것입니다. 제가 전장에서 죽는다면 그것이야말로 아버님이 바라시는 가장 명예로운 죽음일 겁니다."

"…허가하지."

가까스로 기사단장의 허가가 떨어졌다.

케릭스는 그의 허가를 받자마자 뒤도 돌아보지 않고 카이스에게 달려 갔다.

"이봐! 말을 타고 가야지."

"말은 방해가 됩니다."

주인에게 버림받은 말 두 필이 울음소리를 내기도 전에 두 사람은 훌쩍 앞으로 뛰어나갔다.

200여 명의 기사단을 뒤로하고 앞으로 달려나가며 카이스가 말했다.

"믿어달라니, 그렇게 자신있나?"

"불가능하다면 당신이 그렇게 말했을 리가 없지 않습니까?"

"정신을 잃고 쓰려져도 난 책임 안 져."

"정신을 잃고 쓰러지면 적어도 질질 끌고는 와주실 거 아닙니까?"

"……."

몬스터들의 기척을 읽어낸 카이스가 처음으로 그 사실을 알렸을 때, 케릭스가 제일 먼저 물은 것은 그들을 카이스의 힘으로 처리할 수 있을지에 대해서였다.

카이스의 대답은 물론 그렇다였다. 다만 언제나 그렇듯이 조건이 붙긴 했지만 말이다.

"그렇죠?"

"왠지 점점 능구렁이가 되어가는 것 같군."

"다만 걱정되는 것은 레지나에 도착하고 난 후입니다. 이곳에서 이렇게 전력을 쏟는 것이 과연 옳은 판단일지……."

뛰어가면서도 케릭스는 할 말은 다 하고 있었다. 숨이 점점 차오고 있긴 하지만, 이런 것쯤은 이전에 비하면 아무것도 아니었다.

"그건 그때 가서 생각해. 지금은 저 앞에 있는 놈들에다가 신경을 쏟으라고."

“네.”

짧게 대답하며 케릭스는 속도를 좀 더 올렸다.

구릉이라고는 하지만 침엽수들이 빼곡하게 들어서 있는 곳이다. 저 구릉을 통과하는 데는 제법 시간이 걸릴지도 모른다.

“저번에…….”

“……?”

“좀 과격하다고 말한 그 정령.”

“라스티아?”

“그 정령이면 될까요?”

“흐음, 아마도.”

라스티아는 카이스의 명을 따르는 바람의 정령 중에서도 가장 호전적인 정령이다. 평소에는 그 위력을 줄여 사역시키고 있지만 이번에야말로 정령의 힘을 그대로 이용해야 할지도 모른다.

“마법 쪽이 좋을지도 모르겠는데.”

정령에 마나를 실어 운용하는 경우 그 파괴력은 훨씬 배가된다.

“일단은 귀찮은 시선을 좀 차단해야겠어. 아무리 밤이라지만 달이 밝으니까. 포그(Fog: 안개).”

스펠 따위는 필요로 하지 않는 드래곤의 용언 마법이 순식간에 주변에 짙은 안개를 피워 올렸다. 아마 뒤에서 볼 때는 갑작스럽게 주변에 안개가 끼기 시작하는 것으로 보일 것이다.

안개가 짙어짐에 따라 케릭스의 숨도 가빠진다.

‘안 돼, 벌써부터 이러면.’

깊이 숨을 들이키며 케릭스는 전속력으로 구릉을 올라가기 시작했다. 카이스가 불러낸 안개는 케릭스의 등 뒤에까지 짙은 장벽을 만들며 따라오고 있었다.

“놈들을 유인한다. 익스플로젼(Explosion: 폭발)!”

쿠웅— 하고 대지와 함께 케릭스의 몸이 흔들렸다.

순간 바로 옆에 뛰고 있던 카이스가 케릭스의 팔을 붙들었다.

“떨어지지 않게 매달려라.”

무엇인가 펼쳐지는 소리가 나더니 다음 순간 케릭스의 발이 땅에서 떨어졌다.

“웃—”

위를 올려다본 케릭스의 시야를 검은색의 피막이 한껏 가려 버렸다. 인간의 몸에 돋아난 검은색의 날개는 새카만 밤하늘보다 더욱 어두운 기운을 사방으로 내뿜으며 희미한 자국을 남겼다.

날개를 한 번 펄럭일 때마다 카이스는 빠른 속도로 구릉의 나무들을 넘어가기 시작했다. 그것을 감추어주는 것은 이미 안개라고 부를 수준을 넘어서 구릉 전체를 감싸고 있는 짙은 안개의 벽. 그 한 치 앞도 보이지 않는 안개의 벽을 카이스는 아무렇지도 않게 뚫고 지나갔다.

“에모리안!”

케릭스를 잡고 있던 손이 하나 더 느는 순간 공중에 떠 있던 케릭스의 밑에 펼쳐져 있는 숲에 이변이 일어났다.

쿠르르르르릉—

강렬한 충격이 케릭스의 머리를 스치고 지나갔다. 마치 커다란 해머로 머리를 얻어맞은 것 같은 기분이었다. 순간 카이스의 팔을 잡고 있던 손에 힘이 빠진다. 하지만 단단하게 케릭스를 붙들고 있는 카이스의 손은 변함없이 케릭스의 팔을 붙들고 있었다.

“내려간다. 정신 차려!”

“네!”

고개를 흔들고 눈을 깜박이며 케릭스는 멍한 머리를 어떻게든 추슬렀다. 아직 몬스터들에게는 아무런 충격도 주지 않은 상태다.

땅의 흔들림에 영향을 받은 안개가 소용돌이치고 있는 중심으로 카이스는 천천히 내려갔다. 어느새 케릭스의 발이 지면에 사뿐히 닿았다.

"자, 이번엔 마음껏 뛰어놀아라!"

휘이이잉— 하는 바람 소리가 케릭스의 귀에 들려왔다. 정신을 차린 케릭스의 눈에 들어온 것은 마치 거친 지진과 폭풍우가 한꺼번에 스쳐 지나간 듯한 참상이었다. 빽빽하게 들어차 하늘을 향하고 있어야 할 나무들이 케릭스와 카이스가 내려앉은 곳을 중심으로 사방으로 쓰러져 있었다.

쐐애액—!

바람 소리가 더욱 세게 들려와 케릭스의 귀를 어지럽혔다. 고개도 들 수 없을 정도의 강풍이지만 신기하게도 케릭스의 머리카락 한 올조차 그 바람의 영향을 받지 않고 있었다. 길게 허리까지 늘어뜨려져 있는 카이스의 머리카락도 마찬가지다.

아름드리는 아니지만 몇 년 동안 그 굵기를 더해가며 자랐던 나무들이 뿌리째 뽑혀 나와 주변에 두터운 벽을 만들며 회전한다. 인간이라면 절대 살아생전에 단 한 번도 볼 수 없을 무시무시한 광경이 케릭스의 눈앞에서 펼쳐지고 있었다.

"라스티아! 가라!"

날카롭게 벼려낸 칼날보다도 더욱 섬뜩한 표정을 짓고 있는 카이스의 목소리가 그 회오리바람에게 명령을 내리는 순간 회오리에 휩쓸려 있던 나무들이 한 방향으로 틀어져, 폭우나 우박보다도 더욱 빠르고 강하게 쏟아져 나가기 시작했다.

콰드드드득—

나무와 나무들이 부딪치는 소리 사이사이로 희미하게 몬스터들의 괴성이 들려오기 시작했다. 케릭스의 귀는 이미 바람의 정령 라스티아와 라스티아가 날려 보내고 있는 나무들의 비명 소리에 완전히 점령당해 있었다. 몬스터들의 괴성이 자장가처럼 들려올 정도로.

그 위에 카이스는 좀 더 강력한 언령 마법의 폭우를 때려 부었다.

"윈드 미티어 샤워(Wind Meteor Shower)!"

바람의 정령이 환희의 비명을 내지르는 소리일까?

귀를 찢을 듯한 날카로운 소리가 길게 하늘을 질러 나간다. 그 소리가 끝나는 지점에서부터 무형의 칼날이 수백 수천, 아니, 수만 개로 나뉘어 하늘에서 쏟아져 내린다. 그것이 만약 눈에 보이는 것이었다면, 아마도 저 멀리서도 보일 아름다운 유성우(流星雨)처럼 비추어졌을 것이다.

다만 그것은 공기 중에서 타버리는 유성이 아니라 무시무시한 파괴력을 지닌, 지상에 강림한 파괴의 신의 발자취와 같은 것이었다.

안개의 벽이 사라진 후 구릉을 넘기 시작한 기사들은 도대체 이 작은 구릉에서 무슨 일이 일어났는지 전혀 판단을 내릴 수 없었다. 그들이 올라온 구릉의 꼭대기에서부터 반대편의 나무들이 거의 모두 뿌리째 뽑히거나 무엇인가 알 수 없는 힘에 의해 패어 나가 꺾여지고 산산조각나 있었기 때문이다.

그럼에도 불구하고 주변에는 그 나무들에서 꺾여 나가고 패어지고 산산조각난 잔재가 단 하나도 보이지 않았다.

"단장님, 도대체 여기서 무슨 일이 일어난 겁니까? 정령사의 힘이 이렇게 강한 것입니까?"

"내게 묻지 마라."

대답하는 기사단장의 얼굴 역시 새파랗게 질려 있었다. 하지만 잠시 뒤에 그는 자신보다 더 새파랗게, 아니, 거의 새하얀 안색을 하고 있는 사람을 찾아낼 수 있었다.

"몬스터들은 모조리 처리했습니다. 다만 보시기엔 좀……."

가쁜 숨을 내쉬며 말하고 있는 남자는 다름 아닌 케릭스, 그런 그를 부축하고 있는 것은 아무렇지도 않은 멀쩡한 얼굴로 뻣뻣하게 서 있는 카이스였다.

"도대체가……."

호위를 맡겠다고 달려나간 케릭스는 거의 초주검 상태로 보이는데 정작 정령술사라 했던 남자는 아무렇지도 않은 것이 너무나 이상했다. 그것을 정상적인 상황이라 볼 사람은 천지를 뒤져 봐도 절대로 단 한 명도 나오지 않을 것이다.

"대답은 사양하겠소."

지쳐 쓰러지기 직전의 케릭스를 카이스는 가볍게 어깨 위에 얹으며 말했다.

"아. 그리고 기왕이면 조금 돌아갑시다. 몬스터들의 피는 끈적하고 악취가 심해서 별로 밟고 싶지 않으니까."

"……."

"한동안 이 근처는 얼씬도 못할 거요. 근처의 사람들이 고생을 좀 하겠지."

기사단장이 카이스와 대화(?)를 나누는 동안 앞서 나갔던 기사들이 경악한 얼굴로 하나둘씩 돌아왔다.

"다, 단장님! 저곳에……!!"

말을 잇지 못하는 그들을 보고 기사단장은 반쯤 흰색이 섞인 눈썹을 하늘 높이 치켜 올렸다. 저 앞에는, 구릉의 아래에는 도대체 어떤 상황이 펼쳐져 있는 걸까?

순간 바람이 바뀌며 구릉 위에 있는 기사들 쪽으로 미지근한 바람이

불어왔다. 분명 시원한 바람이 불어와야 하건만 그 바람은 그렇지 못했
다.

“우욱—”

“우엑!”

순간 주변 여기저기에서 욕지거리가 들려왔다.

뭐라 표현할 수 없는 지독한 악취와 함께 강렬한 비린내를 품고 있는
바람이 그들 사이를 스쳐 지나가고 있었다.

손을 들어 코를 막은 기사단장은 두려워하며 앞으로 나아가려 하지 않
는 말을 재촉해 구릉을 내려가기 시작했다. 그들이 보이지 않는 곳에서
무슨 일이 일어났는지 직접 확인하고 싶었기 때문이다.

하늘에 떠 있는 달이 휘영청하게 빛나며 밝은 빛을 뿌리고 있어 시야
확보에는 전혀 무리가 없었다. 오히려 지나치게 밝게 느껴질 정도다. 그
리고 그 차갑고 무기질 감촉의 푸른 달빛은 기사단장이 그렇게 확인하고
싶어하던 그 현장을 하나도 남김없이, 몬스터의 손가락 끝에 삐죽하니
달려 있는 손톱에서부터 나뭇조각의 파편에 쓸려 떨어져 나간 발끝까지
모조리 비춰주었다.

아무리 기사들이라고는 하지만, 그들이라고 해서 이런 참상에 익숙해
질 리는 없다.

지금까지 누가 이렇게 한꺼번에 많은 몬스터의 사체, 아니, 이미 사체
라고 부를 수도 없는 쪼개지고, 잘려 나가고, 짓이겨지고, 다져진 잔해를
볼 수 있었을까?

나무들의 파편에 통째로 머리가 날아간 몬스터는 나무에 가려진 부분
만이 간신히 그 형태를 유지하고 있고 나머지 부분에는 하나도 남김없이
빼곡하니 거칠게 찢겨져 나간 나뭇조각들이 박혀 있었다.

몬스터들에게서 흘러나온 피는 그들의 사체에 박힌 나뭇조각들을 녹

이고 있는 것도 있었다. 발을 대면 녹아버릴 맹독성의 피다.

부글부글대며 땅이 녹고 있었다.

"신이시여—"

어째서 갑자기 신의 이름을 찾고 싶어졌는지 기사단장은 알 수 없었다.

눈앞에 벌어진 참상이 과연 인간의 힘에 의해 일어날 수 있는 것일까? 이것은 신의 분노에 의해 이루어진 것으로밖에는 보이지 않았다. 하지만 분명 이것은 저 '정령술사' 한 명이 만들어낸 참상이었다.

그들의 눈앞에 벌어진 참상에 놀라 그 자리에 얼어붙어 못 박혀 있는 사이, 하늘 한 켠이 뿌옇게 밝아오기 시작했다.

새벽의 미명이 그렇게 부드럽게 느껴진 적이 또 있을까.

기사들이 하나둘씩 그 몬스터들의 시체 밭을 피해 구릉을 내려가기 시작했다. 그들 중 어느 누구도 입을 여는 자가 없었다. 그들의 목적지엔 저것보다 훨씬 더 많은 몬스터들이 기다리고 있을 것이다. 하지만 지금 이 순간 그들에겐 그들을 기다리고 있을 몬스터들 따위는 단 한 마리도 떠오르지 않았다. 죽을 때까지 절대 기억에서 지워 버릴 수 없을 지옥의 모형을 보고 온 기분이었던 것이다.

한 명, 두 명, 그리고 세 명… 앞으로 앞으로 행군해 나가는 기사들이 그들의 한쪽 옆에 치우쳐 있는 두 필의 말 쪽에 순간순간 시선을 멈춘다.

떠오르는 저 부드러운 햇살이 그들에게 비추어지는 것조차 부자연스럽게 느껴진다.

물 흐르듯 어깨에서 등으로 흘러내리는 검은 머리가 조금 전에 목격했던 진득한 몬스터들의 피처럼 느껴진다. 그 긴 흑발의 남자가 한 손으로 고삐를 쥐고 있는 말 위에는 완전히 탈진해 말등에 묶여 있다시피 한 케릭스가 있었다.

처음에는 그들을 걱정한 기사들이 주위를 호위하고 있었지만 어느 사이 기사들은 그들을 피해 한쪽으로 몰려가 있었다.

두려움이 그들을 지배하고 있었다.

분명 눈에 보이는 것은 보통의 평범해 보이는 사람들이다.

양쪽 모두 수도의 거리에 나가면 모든 여자들이 한 번쯤은 돌아볼 만한 외모를 가지고 있긴 하지만, 그래도 그건 어디까지나 인간적인 보통의 얼굴이다.

눈, 코, 입, 어느 것 하나 다른 것이 없다.

하지만 기사들 중 어느 누구도, 그들이 정말로 인간인가 하는 생각을 감히 할 수 있는 자는 없었다. 그들이 함께 동행하고 있는 자들은 지옥에서 올라온, 절대 인간일 수 없는 신이 보낸 사신일지도 모른다는 생각이 등골을 엄습해 오고 있었다.

앞으로 만날 몬스터들보다 케릭스와 카이스가 더욱 두려웠다.

케릭스를 묶어둔 말의 고삐를 잡고 때때로 말을 재촉하며 가고 있는 카이스에겐 그런 인간들의 부정적인 감정이 거북스럽게 느껴지고 있었다.

'좀 심했나? 아니, 너무 많이 심했던 건가?

그는 단순히 케릭스가 언급한 바람의 정령이 좀 자기 멋대로 날뛰게 했을 뿐이다. 물론 거기에 확실한 처리를 위해 마법을 쓰긴 했지만 말이다. 케릭스가 라스티아의 이름을 꺼내지 않았다면 아마도 다른 정령을 쓰거나 마법을 이용해서 처리했을 것이다.

"쳇. 다 네 녀석 책임이다."

수십 명의 인간이 내뿜고 있는 부정적인 감정이 차곡차곡 보이지 않는 거미줄처럼 카이스의 마음속에 쌓여갔다.

하늘은 밝아오고 있는데 주변만이 아직도 어두운 밤인 것 같다.

카이스는 하늘을 바라보며 중얼거렸다.

"이런, 슈틴이 근처까지 와 있었군. 이렇게 힘을 썼으니 무슨 일이 일어난 게 아닌가 해서 난리 법석이 일어났겠는걸."

히죽— 하고 순간 입술 끝이 올라간다.

그런 카이스의 표정을 우연치 않게 읽어낸 기사 몇이 히익— 하고 짧은 비명을 지르며 말고삐를 잡아당기는 바람에 기사단 사이에서 작은 소란이 일었다.

하지만 카이스는 그런 것에는 아무런 관심이 없었다. 그는 단지 지금 정신을 잃은 케릭스가 빨리 눈을 뜨고 일어나 자신의 마음속에 쌓여가고 있는 이 어두운 감정을 몰아내 주길 바랄 뿐이었다.

카이스는 우직하게, 하지만 생기있게 발산되는 케릭스의 감정을 절실하게 필요로 하고 있었다.

제34장

암흑의 드래곤

"류인, 자네는 부하들을 데리고 우회하여 뒤를 노려라. 테리프! 사이 버크! 어디 있나!"

"여기 있습니다!"

"나는 중앙을 맡는다. 테리프 자네는 왼쪽, 사이버크 자네는 오른쪽, 각각의 선봉을 맡는다."

레지나에서 말로 반나절 거리. 기병들은 새벽 일찍 출발했다. 드래곤 과 함께 움직일 수 있는 키세 나이트들은 시간을 맞추기 위해 그보다 두 시간 정도 늦게 출발했고, 목적지는 이제 눈앞에 있었다.

하늘을 날고 있는 드래곤들의 아래 땅 위로는 기병 60기가 대기하고 있다.

그들의 목표는 몬스터들의 대군단에서 훌쩍 떨어져 선봉대(?)를 맡고 있는 약 3, 400여 마리의 몬스터 군단이다.

어제의 보고로는 말로 하루 거리라고 했지만 그들의 이동 속도를 감안하여 그 반에 해당하는 위치에서 그들이 도착하면 일제히 습격을 감행할 계획이었다. 그 습격에 동원된 사람들은 키세 나이트가 선봉대장을 포함하여 38기, 기병이 당초 예상보다 늘어 60기.

일 대 일은커녕 일 대 삼 또는 사가 될지도 모르는 불리하다면 불리한 인원이다. 하지만 기본적으로 키세 나이트들이 몬스터들에 한해 일 대 다의 능력을 가지고 있기에 그렇게 불리하지만은 않은 셈이다.

다만 매복하여 적을 노린다는 전술을 구사할 수 없는 것이 안타까울 뿐이다.

드래곤들이 몬스터의 기척을 느끼듯이, 몬스터들도 근거리에 있는 드래곤들의 기척을 느낄 수 있기 때문이다. 때문에 언제나 키세 나이트와 몬스터의 싸움은 정면충돌로 시작하여 정면충돌로 끝난다.

"와이번들을 제일 먼저 처리한다."

선봉대장을 맡은 키세 나이트는 올해 마흔 살에 접어든 중년의 노련한 기사 베론트였다. 그에게는 젊은 시절 지금과는 비교할 수는 없지만, 몬스터 대란이 일어났던 해 대규모의 작전에 참여하여 혁혁한 성과를 거뒀던 경험이 있었다.

현재 키세 나이트들의 주력을 이루고 있는 20, 30대 초반의 기사들에게는 불행히도 이렇게 대규모의 몬스터 집단을 상대해 본 경험이 거의 전무하다시피 했기에, 나이는 조금 들었지만 집단전의 경험이 있는 그가 선봉대장에 선발되었던 것이다.

한번에 많아야 10기. 그 이상이 한꺼번에 동원되는 작전 같은 것은 그들의 경험에는 존재하지 않는다.

"무엇보다 중요한 것은 서로의 거리를 확보해야 한다. 실제 전투에 들어가게 되면 대화를 통한 의사 소통은 거의 불가능하게 된다. 수신호를 확인하는 것도 힘들지 모른다. 가능한 수신호를 여러 번 반복하여 의사를 전달하도록 한다.”

“알겠습니다!”

긴장된 얼굴을 한 기사들이 복창했다.

“서로의 브레스에 영향을 입지 않도록 주의하고, 각자 암기해 둔 수신 호를 다시 한 번 암기해 보고 서로 확인 작업을 거치도록. 그리고 알텍 대장.”

“네.”

베론트는 기병들의 우두머리인 기사에게 마지막 당부를 했다.

“전열을 흐트러뜨리지 말고 무리에서 이탈하는 몬스터들만을 상대하시오. 절대 키세 나이트들보다 앞서선 안 됩니다, 브레스에 휘말릴 위험이 있으니까.”

“명심하겠습니다. 무리에서 흩어져 나오는 놈들은 절대 놓치지 않겠습니다.”

“베론트 대장님! 놈들이 구릉을 넘어옵니다!”

정찰을 위해 하늘을 날고 있던 기사에게서 연락이 들어온 모양이었다.

“알겠네.”

베론트는 허리에서 검을 뽑아 들었다. 그것을 보고 기사들도 일제히 자신의 검을 뽑아 하늘 높이 쳐들었다.

“키세 나이트의 명예와 긍지를 걸고 놈들을 섬멸한다! 우리 주군과 왕국의 안녕을 위하여!”

베론트의 선창에 따라 기사들이 한목소리로 외쳤다. 우렁찬 목소리는 흔들림없는 그들의 의지를 대변해 주고 있었다.

“신의 가호가 함께하기를.”

베론트의 말을 뒤로하고 기사들은 제각각 자신의 드래곤에게로 달려 갔다. 베론트 역시 그들의 뒤를 따라 20여 년간 함께한 자신의 드래곤에게 다가가 그의 등에 올라탔다.

새하얀 비늘이 하늘 높이 떠오른 태양 빛을 반사하며 눈부시게 빛났다.

그는 드래곤의 목을 두드리며 말을 걸었다.

"잘 부탁한다, 피오린."

베론트의 말에 피오린이 그에 대답하여 길게 울부짖는다.

"전 기사 출진!!"

선두를 맡은 베론트와 피오린이 제일 먼저 하늘로 날아올랐다. 뒤를 이어 드래곤들이 날개를 퍼덕이며 날아오른다.

말에 타고 있던 기병들이 그 장관을 바라보며 칼과 창을 흔들면서 환호했다. 하늘을 뒤덮은 듯한 드래곤들의 날개는 데라즈의 희망이었다.

그들은 그렇게 승리를 확신하며 목이 터져라 환호성을 질렀다.

*   *   *

태양이 머리 위를 훌쩍 넘어 떠올라 있는 아래로 그림자를 한껏 줄여가며 걸어가고 있는 사람들이 있었다.

머리는 며칠간이나 감지 못해 엉켜 있고, 갈색 피부에는 흙먼지가 켜가 되어 쌓여가고 있다. 옷에서는 땀 냄새와 먼지가 풀풀 일어나고, 입에서는 단내와 쓴내가 연거푸 풍겨 나왔다.

하지만 그들의 발걸음은 단 한 순간도 늘어지지 않고 경쾌하게 이어지고 있었다.

"이제 한 반나절 조금 더 가면 되려나?"

핸슨은 먼지로 새카매진 손으로 눈가에 그늘을 만들고 하늘을 쳐다보았다.

"아마도. 평지가 나오기 시작하면 레지나에 접어드는 것이라고 들었으니까."

빈즈는 나지막하게 솟아올라 와 있는 야산들과 구릉들을 바라보며 말했다. 확실히 앞으로 가면 갈수록 산들의 높이는 낮아지고 구릉들의 수는 적어지고 있었다.

"저녁때쯤이면 적어도 레지나에 도착할 수 있겠지. 그 무슨 성인지 하는 곳엔 밤이면 충분히 들어갈 수 있을 거야."

"그렇다면 여기서 가볍게 요기나 할까? 저쪽에 시냇물도 하나 있으니 오랜만에 좀 얼굴도 씻어보자고."

핸슨의 손짓에 사람들이 하나둘 손에 든 짐을 나무 그늘 밑에 내려놓기 시작했다. 하지만 그들의 느릿한 행동을 정면에서 가로막는 목소리가 있었다.

"왜! 조금 더 가면 된다면서 여기서 쉬려는 거야?"

목소리의 주인공 역시 켜켜이 먼지가 쌓여 있는 옷이라던가 헝클어져 있는 머리카락에서는 주변 사람들과 별다를 바가 없다. 하지만 한 가지 다른 것이 있었다.

"그냥 가."

반짝이는 선명한 회색 빛의 눈동자. 그녀의 눈동자는 어린아이가 흔들어대고 있는 조그마한 방울처럼 쉴 새 없이 흔들리며, 구슬이 굴러가는 듯한 아름다운 빛의 단편을 주변에 뿌리고 있었다.

"슈틴, 고집 부리지 마. 전에도 말했잖아? 이제 곧 케릭스를 만나는데 예쁘게 하고 가야지."

"같은 소리 자꾸 하지 마! 이젠 속지 않아! 케릭스라면 내가 어떤 모습을 하고 있어도 아무 말 안 할 거야. 뭐라고 하면 그때 깨끗이 씻고 옷도 갈아입으면 돼. 지금은 만나는 게 중요하단 말이야!"

“…….”

똑같은 말을 이용해 몇 번이나 휴식 시간을 만들어온 탓일까? 슈틴은 이제 린슨이나 빈즈의 말에 고개를 끄덕여 주지 않았다.

“그래도 말이지, 쉴 수 있을 때 쉬어야 해. 너는 상관이 없다 생각하고 있지만 적어도 우리는 안 그렇다고.”

아인이 일단 설득에 나섰지만 슈틴을 납득시키지 못했다.

“가서 쉬면 되잖아! 이제 얼마 안 남았는데.”

아인의 잘 돌아가는 세 치의 혀도 아무래도 이번에는 통용되지가 않는다. 그러자 리링이 나섰다.

“그러니까 더 더욱! 우린 여기서 조금 한숨을 돌리고, 먹을 것도 좀 챙겨 먹고, 씻기도 하고, 옷도 갈아입어야 해. 적어도 이렇게 지저분한 거지 꼴을 하고 갈 순 없어. 혹시나 케릭스에게 폐가 되면 안 되니까. 그놈은 상관하지 않을 거다, 분명. 우리도 알고 있어. 하지만 말이야, 거기엔 케릭스의 가족이라던가, 친구들이라던가 그런 사람들이 있을 거 아냐?”

“…….”

“그래, 리링 말이 맞아. 적어도 케릭스한테 지저분한 거지들이 찾아왔더라 하는 소리는 듣게 할 수 없어. 아마 케릭스에게 말이 전해지기는커녕 성문조차 통과할 수 없을지도 모르는 일이지. 암암. 좀 큰 성 같은 데서는 몰골이 고약하면 절대 성문 안에 들여보내 주지 않으니까.”

린슨도 얼른 끼어들어 슈틴을 설득했다.

“특히 데라즈에는 우리 같은 용병들이 별로 없다고 들었으니까. 우리가 가서 용병입네~ 해도 수상한 놈들이 왔네 하고 잡아서 감옥에 처넣을지도 모르지.”

“정말 그래, 엘레프?”

손에 손을 잡고 릴레이로 들어오는 설득에 슈틴의 자신만만하던 태도가 조금 누그러졌다. 그녀는 엘레프에게 진실 여부를 물었다. 그러자 엘레프는 고개를 끄덕이며 대답했다.

"가능성은 있습니다. 전에 한 번 비슷한 일이 있지 않았습니까? 어떤 마을에서던가, 그런 꼴로 마을에 들어오지 말라며 입구에서 쫓겨났던."

"헤에……."

순간 슈틴과 엘레프를 제외한 나머지 사람들이 그런 적도 있었냐는 묘한 눈빛으로 두 사람에게 눈을 모았다. 물론 부끄러움 같은 것에 전혀 아랑곳하지 않는 엘레프는 그들의 감탄사에 긍정의 의미로 고개를 끄덕였다.

"정말로 쫓겨났었지요. 마을 어귀까지도 들어가지 못했습니다. 당시에 저와 슈틴님은 여기저기 정말로 정처없이 떠돌아다니고 있었으니까요."

"……."

순간 핸슨과 다른 사람들은 말을 잃었다. 넘겨짚기라기보다는 거의 우스갯소리로 한 말에 엘레프가 너무나 진지하게 대답했기 때문이다.

그리고 그들의 몰골이 얼마나 한심했길래 성이 아닌 마을에서조차 금족령을 받았을지를 상상해 보고는 대폭소를 터뜨렸다.

"푸하하하하!"

"으하하하하!"

미친 듯이 웃어젖히는 사람들을 보며 엘레프와 슈틴은 그게 뭐가 그렇게 웃을 일인지 잠시 고개를 갸우뚱거렸다.

"으하하하! 그런 경험도 있었군. 자자, 그러니까 얼른 저 시내에 가서 좀 깨끗이 씻고 그래. 알겠지, 슈틴?"

"으응……."

내키지는 않지만 일단은 정말로 그럴지도 모르겠다고 생각한 슈틴이 고개를 끄덕였다. 아니, 끄덕이려 했다.

"……?"

먼지가 묻어 조금은 더러워졌지만 그래도 새하얀 턱 선이 아래쪽으로 향하다가 순간 방향을 돌렸다.

"왜 그래?"

갑자기 무시무시한 표정이 되어버린 슈틴을 보고 아인이 물었다.

"또 연락인지 뭔지 그런 거라도 온 거야?"

"아니, 그런 게 아니야."

"그럼?"

"…엘레프, 느꼈어?"

"네. 카이스님의 힘이로군요, 그것도 상당히 강력한."

"오빠가 이렇게 강력한 마법을 쓰다니… 분명 무슨 일이 일어난 거야!"

"무슨 소리들을 하고 있는 거야? 너희는 가끔 이상한 소리들을 잘하는데, 제발 설명이라도 해보라고."

아인이 투덜거렸다. 하지만 슈틴은 그런 아인의 말에는 귀조차 기울이지 않았다.

"오빠가 중간계에서 힘을 쓰는 이유는 하나뿐이야. 케릭스에게 무슨 일이 일어난 거라고!"

"어, 어이, 슈틴!!"

"쉬고 싶으면 마음대로 쉬어! 난 그렇게 못해! 가봐야겠어!!"

슈틴은 손에 들고 있던 짐도 던져 버리고 마구 뛰어가기 시작했다. 그 방향은 그들이 가려던 목적지에서 약간 벗어난 길이었다.

"슈틴!!"

다른 사람들도 엉거주춤 지면에 내렸던 몸을 일으켜 슈틴을 따라가기 시작했다.

"기다려!! 같이 가!!"

지친 다리를 다시 당겨 있는 대로 보폭을 늘려 마구 뛰어가는 남자들.

멀리서 보면 정말이지 정신 나간 사람들로밖에는 보이지 않을 광경이
었다.

*   *   *

두 마리의 와이번이 한꺼번에 한쪽 날개를 잃고 땅으로 추락했다.

타오르는 레드 드래곤의 브레스에 실버 드래곤의 강력한 바람이 실려
뿜어지는 순간 지면에 있던 몬스터들의 몸이 이글이글, 악취를 풍기며
타오르기 시작했다.

한쪽에서 드래곤의 브레스를 피해 머리 털이 타오르기 시작한 오크 몇
마리가 뛰어나오자 몇 명의 기병들이 합심하여 그들에게 길고 날카로운
창을 오크의 몸에 찔러 넣었다.

"전열을 정비하라!"

기병대장이 깃발이 매어져 있는 창을 들고 소리치는 순간 그의 바로
뒤쪽으로 날개를 잃은 와이번이 한 마리 떨어졌다.

순간 기병대장의 말이 놀라 날카로운 말 울음소리를 냈다.

"대장님!!"

놀란 말이 요동치는 바람에 바닥으로 떨어진 기병대장에게 붉게 충혈
된 눈을 부라리며 날개 잃은 와이번이 덤벼들었다.

기병대장은 황급히 바닥에 떨어지며 손에서 놓친 창을 들어 올렸다.

키아아아아!

기병대장이 엉겁결에 들어 올린 창 끝이 우연인지 행운인지 와이번의

눈에 박혔다.

“대장님을 구해라!!”

누군가의 호령이 떨어지자마자 기병들이 일제히 와이번을 향해 달려들었다. 한쪽 눈을 잃은 와이번이 요동쳤지만 긴 창을 가진 여러 명의 기병들에겐 상대가 되지 않았다. 와이번은 온몸에 구멍이 잔뜩 난 후에야 한쪽밖에 남지 않은 날개를 바닥에 늘어뜨렸다.

부축을 받고 일어난 기병대장은 눈살을 찌푸리며 와이번의 눈을 꿰뚫어 버린 창을 뽑아냈다.

“전열을 정비하라고 했지 않았나!!”

그는 몬스터의 피에 젖은 깃발이 달려 있는 창을 다시 고쳐 잡고 소리쳤다. 와이번 한 마리의 숨통을 끊었다고 끝나는 일이 아니다. 그의 말에 기병들이 다시 일사불란하게 움직였다. 비록 국왕으로부터 직위를 받은 기사는 아니지만 데라즈 굴지의 공작 테로더의 기병이라는 자긍심이 그들에게는 있었다. 몬스터만을 전담하는 키세 나이트보다는 못하다 해도 그들에게는 충분히 몬스터와 싸워온 경험이 있는 것이다.

“무리를 벗어나는 몬스터는 한 마리도 놓치지 마라!”

“예!”

다시 말에 오른 기병대장의 눈에는 여전히 하늘을 날며 활약하는 키세 나이트들의 모습이 보였다. 집단전에는 익숙하지 않다며, 서포트를 부탁받았다고 들었지만 정말이지 흐트러짐없이 움직이는 그들의 기술에는 감탄을 거듭할 따름이었다.

둘 혹은 셋씩 짝을 이루어 와이번을 공격하고 다른 조들이 지상에 있는 몬스터들에게 일제히 브레스를 쏜다.

간혹 기병들의 어깨에, 말의 갈기에 하늘에서부터 붉은색의 물방울이 떨어지고는 했지만 아직 한 사람의 키세 나이트도 지면으로 내려앉지는 않았다. 다시금 키세 나이트라는 자들이 얼마나 대단하고 믿을 만한 존재인지를 각인시켜 주는 순간이었다. 말로만 들었던 것은 아니다. 지금까지 몇 번이나 키세 나이트들이 싸우는 것을 보아왔지만, 이렇게 많은 수의 기사들이 일사불란하게 움직이는 것은 정말이지 장관이었다.

"대장님! 키세 나이트 하나가 내려오고 있습니다!"

부하 하나가 보고를 해왔다.

"뭐라고? 모두 호위할 준비를 해라! 부상을 입었을지도 모른다!"

조금 전까지 단 한 사람의 키세 나이트도 땅으로 내려오지 않은 것을 확인하며 고개를 끄덕이고 있던 그로서는 놀랄 수밖에 없는 일이었다. 하지만 다행히 그의 우려는 빗나간 모양인지 기병대장의 근처로 내려온 키세 나이트는 상처 하나 없이 팔팔해 보였다.

"무슨 일입니까?"

황급히 다가가 묻는 기병대장에게 땅으로 내려온 키세 나이트는 딱 한 마디만 던졌다.

"뒤로 물러나십시오!"

기병대장이 황급히 뒤로 물러나며 기병들에게 뒤로 후퇴할 것을 명하는 순간, 또 한 사람의 키세 나이트가 땅으로 내려왔다. 처음에는 눈치 채지 못했지만 내려온 드래곤 두 마리는 다 황금빛의 비늘을 가진 골드 드래곤들이었다.

기병들이 뒤로 물러선 것을 확인한 기사들은 자리를 확보하자 그들이 가지고 있던 검을 땅에 꽂으며 외쳤다.

"대지의 뜻과 함께하는 자 렉스루안! 그대 계약자가 원한다. 랜드 쉐이크(Land Shake)!"

"대지의 뜻과 함께하는 자 코디안! 그대의 계약자의 뜻에 따르라! 퀘이크(Quake)!"

날개를 편 골드 드래곤들의 길고 긴 울음소리가 그들의 계약자의 명이 끝나기 무섭게 이어지고 다음 순간 우르르르 하는 소리와 함께 땅이 흔들렸다.

땅 깊숙한 곳에 잠들어 있던 대지의 신이 화를 내며 그 모습을 드러낼 것 같은 커다란 소리와 흔들림이었다. 흙바닥이 갈라지자 몇몇 몬스터가 그 갈라진 사이로 빠지는 모습이 보였다. 아비규환 상태에 빠진 몬스터들이 귀를 찢어내는 괴성을 지르며 날뛰었지만 흔들리는 땅 위에서 제대로 몸을 가눌 수 있는 몬스터는 없었다.

다만 희한한 것은 그 무서운 땅의 흔들림이 키세 나이트들이 검을 꽂은 그 자리에서부터 몬스터들이 있는 곳에서만 일어나고 있다는 것이었다. 기병들이 서 있는 곳은 털끝만큼의 진동조차 전해지지 않았다.

잠시 후 땅의 흔들림이 멈추며 갈라졌던 땅이 제자리로 돌아가기 시작했다. 하지만 땅은 원래대로 돌아가도, 그 사이로 빠져 들어간 몬스터들까지 돌아오진 않았다. 오히려 갈라진 땅이 합쳐지며 그 사이에 낀 몬스터들이 멀쩡한 다른 몬스터들의 발에 짓밟히고 있었다.

주변을 뒤덮고 있던 몬스터들의 수는 이제 거의 반으로 줄어 있었다. 나머지 반은 불에 타 죽거나, 실버 드래곤의 브레스에 온몸에 상처를 입고 쓰러지거나 지면의 틈으로 사라지거나 그 사이에 끼어 있었다.

몬스터들의 수가 현격하게 줄자 뒤에 있던 기병들이 환호성을 지르기 시작했다.

어느덧 하늘을 날고 있던 와이번들도 거의 다 사라져 있었다. 마지막 남아 있던 와이번 세 마리가 하늘에서 추락하기 시작하자 나머지 키세 나이트들도 하나둘씩 땅으로 내려왔다. 그들은 남은 몬스터들을 둘러싸는 형태로 내려앉아 전면에서 몬스터들을 압박하기 시작했다.

골드 드래곤들과 함께 이상한 기술을 선보인 기사들도 앞으로 달려나갔다.

성난 드래곤들의 브레스가 연거푸 몬스터들에게 쏟아 부어지고, 브레스를 다 쓴 드래곤들은 검을 뽑아 든 기사들의 옆 혹은 뒤에서 그들을 호위하며 그들의 날카로운 이빨과 발톱으로 몬스터들을 물거나 후려쳤다.

기사대장은 그들의 모습을 보고 있다가 명령을 내렸다. 끓어오르는 피가 뒤에서 뒷짐 지고 구경만 하는 자신을 용납하지 못했다. 무리에서 벗어나는 몬스터들만을 상대하고 있을 수만은 없다고 생각했다.

"키세 나이트들을 도울 때가 왔다! 공격 개시!!"

우렁찬 고함 소리와 함께 기사들이 전열을 이루어 돌격해 갔다. 다른 키세 나이트들이 말릴 틈도 없었다. 사실 키세 나이트들 역시 자신의 앞에 있는 몬스터들을 해치우기에 급급한 상황이었다.

몬스터들의 수가 반으로 줄었다고는 하지만 아직 그들이 처치하기엔 한없이 많은 숫자였다. 정확한 숫자를 셀 틈 같은 것은 없었다. 어림짐작으로 대략 400~500마리가 아닐까 했을 뿐이다. 특히 살아남은 몬스터들은 브레스를 피해갈 정도로 재빠른 놈들이거나, 땅의 흔들림에도 아랑곳하지 않고 동료 몬스터들의 머리와 몸을 밟고서 살아난 놈들이다. 또한 이미 보고되었던 것처럼 한 마리 한 마리 모두가 이미 알고 있는 몬스터들보다 훨씬 크고 힘도 셌다.

그중 가장 힘에 겨운 상대는 역시 남아 있는 몬스터들의 대부분을 차지하고 있는 오크였다. 오크는 다른 몬스터들과는 달리 원래부터 조악하나마 무기를 만들고 사용할 줄 아는 몬스터다. 그런데 지금 그들의 투박한 손에는 조악한 몽둥이 대신 분명히 인간이 만들었음직한 날카로운 도끼와 해머 같은 무기들이 들려 있었다.

수비보다는 공격에 치우친 무장을 하고 있는 키세 나이트들이기에 방패를 들고 있는 자가 드물었다. 오크들이 휘둘러 대는 해머를 막아내기에 키세 나이트들이 들고 있는 날카로운 검은 너무나 약해 보였다.

하지만 키세 나이트들은 스피드와 정확성으로 몬스터들의 해머와 도끼를 피하며 그들의 급소를 공격하고 있었다. 사정이 딱해진 쪽은 키세 나이트들이 그들의 돌격을 저지할 틈도 없이 몬스터들을 향해 창을 세우고 뛰어든 기병들이었다. 처음의 돌격 때야 말의 스피드가 힘으로 변환되어 단창에 몬스터의 목줄기를 꿰뚫었지만 그 이후가 문제였다.

몬스터들의 해머가 용서없이 말들에게 퍼부어지고 놀란 말들은 주인을 땅에 떨어뜨리거나 몬스터들의 도끼에 다리를 잃고 그 자리에 엎어져버렸다. 미처 몸을 피하지 못하고 말 아래 깔리거나 자세를 잡기도 전에 달려드는 몬스터들의 도끼에 하나둘씩 기병들은 목숨을 잃어갔다.

"후, 후퇴!"

기병대장이 황급히 후퇴를 명했지만 그것을 제대로 이행한 기병들은 얼마 되지 않았다. 그나마 뒤로 물러서려는 기병들이 탄 말에 오크들이 우악스럽게 달려들어 그들을 말에서 끌어내렸다.

"우, 우아악!"

"크악!"

처음에는 몬스터들의 비명만이 들려오던 것이 이제 그 사이사이로 인간의 비명 소리가 섞여들고 있었다. 키세 나이트들 중 몇이 그들을 보고 도우러 달려가려 했지만 그것도 쉽지 않았다.

어째서 키세 나이트들이 시키는 대로 무리에서 빠져나오는 몬스터들만을 상대하지 못했나 하고 후회해 봐야 이미 늦어도 너무 늦어버렸던 것이다.

"후퇴! 후퇴하라!"

명령을 내리는 기병대장 역시 몬스터의 해머에 맞은 말이 쓰러지는 바람에 땅으로 떨어지며 부상을 입은 상태였다. 그는 이미 잃어버린 창 대신 검을 뽑아 들고 몬스터들을 상대하고 있었다.

눈앞에는 녹색의 비늘을 빛내고 있는 리자드맨이 서 있었다.

"죽일 놈들!"

발에 밟히는 것은 조금 전 자신의 눈앞에서 쓰러진 부하들 중 하나, 그의 몸에서 흘러나온 피가 자신의 심장 위에서 흘러내리는 기분이다.

"네놈을 죽이기 전엔 절대 돌아가지 않는다!"

이미 부하들에게는 후퇴 명령을 내렸지만 그는 이 자리에서 물러설 수가 없었다. 공포심 때문도 아니다. 분명 오싹한 공포감이 온몸을 지배하고 있지만, 아무리 무서워도 눈앞의 몬스터만큼은 죽여야 했다.

판단을 그르친 자신이 책임을 져야 한다고 그는 생각하고 있었다.

"덤벼라!!"

크르르르─

벌어진 입 사이에서 투명한 녹색의 타액이 툭툭 떨어진다. 그 타액은 바닥에 죽어 있는 부하의 갑옷에 떨어져 부글부글 소리를 내며 그것을 녹이고 있었다.

물리면 틀림없이 죽는다! 라고 그는 생각했다.

"으아아아아!!"

두 손으로 검을 쥐고 그는 앞으로 돌진해 갔다. 리자드맨이 저 큰 입을 벌리기 전에, 날카로운 발톱이 있는 발로 자신을 붙들기 전에 그 심장을 찌르기 위해!

"우, 우앗!"

하지만 검을 잡고 있는 손에는 아무런 느낌도 오지 않았다. 몬스터가 피한 것인가 해서 고개를 돌리려는 순간 위에서 무엇인가 그의 이마에 떨어졌다.

"크악!!"

타는 듯한 아픔이 이마를 찔렀다. 황급히 고개를 들자 드래곤 한 마리가 자신을 공격하려던 리자드맨을 앞발로 잡은 채 하늘로 날아오르고 있는 것이 보였다. 끌려 올라간 리자드맨의 입에서 떨어진 타액이 그의 이마를 태운 것이다. 다음 순간 드래곤은 용서없이 잡고 있던 리자드맨을 하늘에서 그대로 떨어뜨려 버렸다.

꽥액 소리를 낼 틈도 없이 리자드맨은 몬스터들의 머리 위로 떨어져 다른 몬스터와 함께 뒹굴었다.

"알텍! 어서 부하들과 함께 피하시오!"

누군가 그의 팔을 잡아당긴다. 선봉대장인 베론트였다.

"어째서 명령을 어긴 거요!"

"죄송합니다!"

"그 이마에 떨어진 타액은 바로 씻어내지 않으면 뼛속까지……."

말을 다 마치지도 못하고 베론트는 자신을 향해 달려드는 오크 한 마리를 베어 넘겼다. 눈 깜짝할 사이에 일어난 일이었다.

"어서 피하시오!"

"알겠습니다!"

타는 듯한 이마를 손으로 감싸쥐고 기병대장은 발걸음을 옮겼다.

발에 걸리는 것은 때로는 몬스터들의 시체, 때로는 부하들의 시체로 한 걸음도 평탄하게 나아갈 수 없었다.

"후퇴!"

그는 있는 힘껏 목이 찢어져라 소리를 지르며 앞으로 앞으로 나아갔다.

절망감이 온몸을 휘감았다. 방금 전에 자신을 구했던 베론트 역시 부상을 입고 있었다.

팔과 목덜미에서 붉은 피가 흘러내리고 있던 그를 자신의 두 눈으로 똑똑히 보았다.

　분명 그들은 인원수에 비해 혁혁한 성과를 거두고는 있다. 하지만 이 절망감은 이 몬스터들이 단순한 선봉대에 지나지 않는다는 사실에서 오고 있었다.

　이길 수 있을까? 하는 마음과 그래도 키세 나이트들이 있다는 안도감, 이 두 가지 감정이 몸속에서 미친 듯이 요동치고 발광한다.

　"몬스터들이 도망친다! 뒤를 따르지 마라! 그대로 도주하게 해!"

　뒤에서 베론트의 목소리가 들려왔다.

　아무래도 몬스터들도 불리하다는 판단을 내린 듯했다. 하지만 그 또한 놀랄 일이었다. 그들이 지금 상대하고 있는 것은 인간이 아니라 몬스터들이다. 몬스터들이란 동료가 죽든 말든, 자신의 몸이 어떻게 되든 말든 눈앞의 인간에게 달려드는 존재다. 적어도 알텍이 아는 몬스터들은 그랬다.

　그러나 지금 그들과 싸우고 있는 몬스터들은 집단을 이루어, 섞여 있을 리 없는 사나운 몬스터들이 함께 부대를 이루어 쳐들어왔다. 게다가 전투가 불리해지자 후퇴하고 있는 것이다.

　'우리가 싸우고 있는 것은 정말로 몬스터들이 맞는 건가?'

　눈앞이 새카맣게 어두워진다.

　앞으로 쓰러지는 그의 몸을 누군가 부축하는 것이 느껴졌다.

　"몬스터들이 정말… 로 후퇴하고 있는 건가?"

　누군지도 모를 사람에게 그는 그렇게 물었다.

　"네."

　"……."

　이마가 뜨겁다. 아니, 미칠 듯이 아프다. 가능하다면 칼로 쑤셔 도려내 버리고 싶을 정도로 아프다.

“대장님!! 정신 차리십시오!!”

“대장님!!”

자신을 부르는 소리가 귓가에서 점점 멀어져 갔다.

“대장님!!”

절망감과 두려움, 그리고 아픔, 그 모든 것이 그의 몸을 무겁게 내리누르고 있었다.

＊　　　　＊　　　　＊

“키세 나이트 총 38명 중 사망 1명, 중상 6명, 경상 21명, 기병 총 60명 중 사망 27명, 중상 12명, 경상 24명 이상입니다.”

데라즈의 대몬스터 전쟁의 첫 승리로 기록되는 전투의 결과는 자못 우울한 것이었다. 기병의 손실은 어느 정도 예상했지만 키세 나이트도 사망자 한 명이 기록되었기 때문이다. 물론 기병의 손실 자체가 크다는 것도 문제였다. 그것에 대해서는 기병대장의 오판이 즈요 원인이 된 것으로 밝혀졌고, 기병대장 알텍은 강등 처분을 받았다.

명령 불복종은 크나큰 죄이지만 기병대의 손실이 큰 현재로서는 비교적 경미한 부상을 입은 알텍도 귀중한 인적 자원이었기 때문이다.

“아무리 몬스터의 수가 많고 그들의 힘이 상상을 초월했다고는 하나 키세 나이트에서 중상이 여섯이나 나올 줄은 몰랐습니다.”

테로더 공작이 주름진 이마를 문지르며 말했다.

다른 때라면 그것이 약간의 비아냥으로 들렸을지도 모르지만 지금은 그런 상황이 아니었다. 자신이 몇 년 동안 훈련시키고 키워온 기병의 사망률이 그들이 상대했던 몬스터들이 얼마나 강력한 적인지를 인식시켜 주었기 때문이다.

이미 전선 기지화된 레지나의 거대한 성엔 여기저기서 슬픈 울음소리가 들려오고 있었다.

일반인들은 거의 모두 철수시킨 상태였지만, 병사들이나 기병들, 기사들이나 기타 귀족들의 식생활을 책임지고 있는 부녀자들은 남아 있었다. 그들의 대부분이 병사들과 기병들의 가족들이었다.

틀림없이 승리하고 무사히 돌아오리라 생각했던 가족들이 싸늘한 주검이 되어 돌아온 것이다. 그 이외에도 팔다리를 잃거나 언제 죽을지 모르는 중상을 입고 돌아온 사람도 태반이다. 경상을 입은 사람도 실제로는 중상에 가깝다. 무사하다고 기록된 사람들마저 자잘한 상처를 입고 있었던 것이다.

그 슬픈 울음소리 가운데는 인간의 것이 아닌 것도 섞여 있었다. 바로 계약자를 잃은 드래곤의 울음소리였다.

사망자로 기록된 그 키세 나이트는 자신의 드래곤에게 마지막으로 해주어야 할 의무도 이행하지 못한 채 세상을 달리했다. 슬퍼하는 드래곤의 그 깊은 우울은 주체할 길이 없었다. 그 드래곤의 슬픔은 주변의 드래곤들에게도 전해져 그들이 모여 있는 커다란 광장엔 더할 나위 없는 슬픔이 흘러넘치고 있었다.

기록은 승리지만 그 결과는 슬픔을 자아내고 있었다.

"도망친 몬스터는 대략 100여 마리 정도로 대부분이 오크입니다. 주목할 점은 그들이 인간의 손으로 벼려진 무기들을 사용하였다는 것입니다."

선봉대장이었던 베론트는 격전지에서 수집해 온 몇 가지 무기들을 그 증거물로 제시했다. 틀림없이 인간의 손으로 만들어진 것이었다.

"하지만 인간들을 위해 만들어진 것이 아니라는 점이 극히 수상합니다. 이 무기들의 크기를 봐도 그렇습니다. 이런 무기들을 자유롭게 다루기 위해서는 상당한 거구가 아니면 힘들겠지요. 몬스터들의 무기들은 거의 모두 이 정도의 크기와 중량을 가지고 있었습니다."

베론트는 중량감있어 보이는 철퇴를 들어 보이며 말했다.

"특히 힘들었던 것이 이 무기들 때문이었습니다. 검으로 막아내기엔 지나치게 무겁지요."

"키세 나이트들에게 방패를 지참하도록 해야겠군요."

"네. 하지만 단순한 것은 안 됩니다. 적어도 철판을 덧대어 무겁더라도 강도와 두께를 더해야 할 것으로 생각됩니다."

"몬스터들의 본진은 어디까지 와 있소?"

"어제 저 선봉대가 와 있던 지점까지 전진해 있습니다. 그 이후의 움직임은 없는 것으로 보고받았습니다."

"하루 빨리 보급대대와 다른 키세 나이트들이 도착해야 할 텐데."

"라스킨 쪽에 파견되었던 키세 나이트들은 내일 아침에 도착할 예정입니다. 총 13명입니다. 그리고 수도에 남아 있던 키세 나이트들 중 64명이 곧 출발할 예정입니다. 현재 이곳에 주둔하고 있는 키세 나이트가 전투 불능 상태의 인원을 제외하고 저를 포함해 69명이니 총 146명입니다. 기타 다른 지역에 나가 있는 키세 나이트들은 그들의 임무를 마치는 즉시 레지나로 직행하도록 명령서를 하달해 두었습니다. 대략 40여 명 정도가 될 예정입니다."

정확한 숫자가 나오지 못하는 이유는 그들 중 혹 부상을 입었거나 파견되었던 지역에 남아 있게 될 수도 있기 때문이다.

레지나에서 몬스터들에 대항하는 것이 현재 가장 중요한 일이지만, 그렇다고 해서 당장 몬스터에게 시달리고 있을 사람들을 마냥 방치할 수는 없는 것이다. 또한 수도에서 수도 방위의 임무를 띠고 있는 키세 나이트들을 전부 레지나로 급행하게 할 수도 없다. 만일의 경우를 대비해야 하기 때문이다.

정말 만일의 경우 이 레지나가 뚫릴 경우 데라즈의 넓은 대지는 그대로 몬스터들의 손아귀에 남김없이 떨어지게 된다. 그 만약의 경우가 발생했을 때 적어도 국왕만큼은 지켜야 하는 것이다.

똑똑—

심각하게 회의가 진행되는 도중 굳게 닫혀 있던 문에서 소리가 났다.

"회의 중에 죄송합니다. 지금 성문에 보급대대의 제1대대가 도착하였기에 보고드립니다."

기다리던 소식이었다.

테로더 공작과 시엘 랜드리크 키세 나이트 단장은 반가운 소식을 듣고 자리에서 일어났다. 보통 때라면 보급대대장이 그들을 찾아올 때까지 기다리겠지만 지금은 그런 상황이 아니었다.

"정말 듣던 중 반가운 소식이군요. 궁정 기사단도 함께 파견된다고 하였으니, 얼마나 다행입니까."

"그렇습니다."

테로더 공작의 말에 랜드리크는 고개를 끄덕이며 대답했다. 하지만 랜드리크의 머리 속에서는 도착할 영주군들이나 궁정 기사단이 그리 도움이 되지 않을 것이라는 예상이 떠오르고 있었다.

기사는 아니라지만 오랜 기간 훈련받은 기병들이 속절없이 몬스터들의 발 밑에 쓰러졌다. 그들보다는 분명 수준이 위일 궁정 기사단은 그나마 도움이 될지도 모르지만, 기타 영주군들은 오히려 사망자 수만 늘리게 될지도 모른다는 생각이 들었기 때문이다.

하지만 랜드리크는 그런 어두운 생각을 애써 지웠다.

'곧 일어날 전투는 단순한 육박전만이 아니야. 이 성을 십분 활용하여 공성전을 벌여야 해. 그들은 분명 도움이 되겠지.'

필요하던 것들이 하나둘씩 도착하고 있다.

상황은 그렇게 나쁜 것만이 아니다. 적어도 그렇게 믿고 움직여야 했다.

"뭐라고요? 오는 와중에 몬스터들을 만났다는 말씀입니까?"

궁정 기사단 제1기사단장 메이른 로킨 경은 어두운 얼굴로 고개를 끄덕였다.

"그들의 수는? 기사단의 피해는 어느 정도입니까?"

"피해는 없습니다. 다행이지요."

"……!!"

로킨과 랜드리크, 그리고 테로더 공작이 마주 서 대화를 나누고 있는 곳은 공작의 집무실도, 회의실도 아니었다. 반가운 마음에 테로더 공작과 랜드리크 공작은 기사단이 머물 숙소에까지 찾아와 있었다.

"정말 다행입니다!"

몬스터와 조우했음에도 불구하고 아무런 피해가 없었다니 정말로 다행이었다. 하지만 두 사람이 놀랄 일은 그 다음부터였다.

"그들의 수는 글쎄요, 대략 300마리? 더 될 수도 있고 안 될 수도 있습니다."

"그렇게 많은 몬스터들과 싸웠는데 아무런 피해가 없단 말씀입니까?"

이것은 듣던 중 반가운 소식 정도가 아니다. 조금 전에 400~500마리의 몬스터들과 싸워 키세 나이트까지 사망한 결과를 가져왔던 것에 비하면 놀라다 못해 경악할 일인 것이다.

궁정 기사단의 수준이 그렇게 높을 것이라고는 생각하지 못했던 랜드리크는 놀라다 못해 심장이 입에서 튀어나올 지경이었고, 테로더 공작은 최고의 기사들을 맞이하게 되었다는 생각으로 들떴다. 하지만 로킨의 다음 말은 그들이 잘못 들은 것이 아닌가 하는 의심을 자아내게 만들었다.

"우리가 한 것이 아니오. 그 몬스터들은 랜드리크 경의 부하인 케릭스 틴들랜드와 그의 동행이 해낸 것이니까."

말을 하고 있는 스스로도 믿을 수 없다는 눈치였지만 사실은 사실이었다.

"무슨 소립니까? 케릭스 틴들랜드? 그 하이리안 경의 아들을 말하는 겁니까? 그는 지금 어디 있습니까?"

"아직 의식 불명 상태입니다. 무엇이 어찌 된 것인지는 저희로서도 알 수 없으니 직접 문의를 해보심이 어떠십니까? 그의 동행인은 아무 말도 하지 않고 있습니다. 랜드리크 경의 부하이니 아마도 말을 꺼낼지도 모르지요."

"어디 있습니까?"

랜드리크는 당장에라도 뛰어갈 태세다.

"아마도 의원들이 있는 곳으로 데려갔겠지요."

로킨의 말에 랜드리크는 뒤도 돌아보지 않고 달려갔다.

한편 케릭스와 카이스는 로킨의 말과는 조금 다르게 광장 근처에 세워져 있는 키세 나이트들의 막사 한쪽에서 조용히 쉬고 있었다. 일단은 쉬고 있는 것이지만, 실제로는 카이스가 갖은 방법을 다 써가며 케릭스가 의식을 차리도록 손을 쓰고 있는 것이었다.

"젠장. 왜 저렇게 음울하게들 울어대는 거지!"

케릭스의 머리 위에 손을 대고 그에게 마나를 불어넣고 있던 카이스는 짜증이 잔뜩 섞인 말을 내뱉었다.

이곳에 도착할 때부터, 아니, 그전부터 그의 심기는 상당히 불편했다. 함께 동행해 온 기사들이 자신들을 향해 발산하고 있는 그 어둡고 무거운 기운이 하루 종일 켜켜이 쌓인 탓이었다. 그런데 레지나에 도착하고 나니 이번에는 드래곤들이 죄다 우울증에라도 걸렸는지 울어대고 있었다.

"아아, 이대로 있다가는 다 뒤집어엎어 버리고 말겠어."

드래곤답지 않은 말을 열심히 내뱉으며 카이스는 계속 케릭스에게 마나를 불어넣었다. 이런 방법이 얼마나 효과가 있는지는 스스로도 확신하고 있는 것은 아니다. 다만 이렇게 했을 때 조금 더 일찍 깨어났던 경험이 있으니 계속 해볼 따름이다.

"으음……."

그렇게 한참을 달라붙어 있던 성과가 있는지 정신을 잃고 쓰러진 후 처음으로 케릭스의 입에서 신음 소리 비슷한 것이 흘러나왔다.

"케릭스, 정신 차렸으면 눈을 떠. 귀찮아죽겠으니, 어서!"

역시나 언제나 느긋한 드래곤치고는 상당히 안달복달해 댄다. 그런 카이스의 마음 씀씀이(?)가 전해진 것인지 아니면 적당히 깨어날 때가 되어서 그런 것인지 카이스의 푸른색 눈동자가 조금씩 커졌다.

케릭스는 무겁다 못해서 다시 감아버리고 싶은 눈꺼풀을 있는 힘을 다해 한두 번 더 깜박여 보았다. 그러는 와중에 눈꺼풀에 쌓여 있던 것 같은 무거운 기운이 조금씩 사라졌다.

"정신이 드나?"

"카… 이스 씨?"

"그럼 내가 아니면 누가 네 옆에 있을 것 같아서 물어?"

"제가 오랫동안 깨어나질 못한 겁니까?"

"그래, 목적지다, 벌써."

"아—!"

짧은 감탄사를 입에 올리며 케릭스는 몸을 일으키려고 노력했다. 다행히도 생각했던 것과는 달리 몸은 상당히 가뿐했다.

"이런, 죄송합니다."

"일어났으니 됐다. 일어설 수 있으면 나가자. 아까부터 시끄러워서 견딜 수가 없어."

"예?"

"안 들리냐?"

그렇게 말하며 카이스는 고갯짓을 해 보였다. 그제야 멍하게 있던 케릭스의 귀에도 구슬픈 드래곤들의 울음소리가 들려왔다. 그 울음소리는 이제는 마음속에 덮어두고 있던 기억 속에 있는 그것과 아주 흡사한, 아니, 거의 같은 소리였다.

"누군가… 계약자를 잃었군요."

케릭스는 기억 속의 그 구슬픈 울음소리를 현실 속에서 다시 듣는 기분이었다.

"그런 것을 구분하다니, 너도 참 특이한 인간이라니까. 매번 다시 느끼게 하다니 그것도 재주다. 아무튼 나가보자. 나 혼자 가면 분명 저지당할 것이 틀림없으니 네가 필요해. 진정시켜야지."

"방… 법이 있는 겁니까?"

"무슨?"

"아, 예전에는……."

그랬다. 예전에는 아무래도 방법이 없었다. 그래서 행해진 것이 조건부 계약. 드래곤을 구슬려 그와 일정한 조건 하에 계약을 맺는 것이었다. 바로 케릭스 본인이 그렇게 했었다. 그리고 그 계약 후, 케릭스는 그 드래곤이 뜻하는 바를 들어주었다. 그것이 케릭스가 드래곤 킬러라는 오명을 얻은 가장 큰 이유 중 하나가 되었다. 왜냐하면 그 드래곤은 죽음을 원했으니 말이다.

“무슨 말을 하려는 것인지는 잘 모르겠지만, 아무래도 상관없으니 적당히 걸치고 나와라. 밤이 되니 꽤 쌀쌀해졌다.”

카이스의 말을 듣고 나서야 케릭스는 자신의 몸 위에 따스한 담요가 덮여 있다는 것을 알아챘다. 말은 퉁명스럽게 하지만 결국 자신을 생각해 주고 있는 것이다.

“잠시만 기다리세요.”

머리는 조금 멍하지만 몸은 가뿐한 덕에 케릭스는 가볍게 일어나 두터운 망토를 어깨에 걸쳤다.

막사를 나서니 카이스의 말대로 꽤나 쌀쌀한 바람이 목덜미를 스치고 지나갔다. 하지만 그 쌀쌀함은 단순히 날씨 문제만은 아니었다. 여기저기서 느껴지는 우울한 기운이 공기를 더욱 차갑고 을씨년스럽게 만들고 있었다.

드래곤들의 울음소리 때문에 미처 들려오지 않았던 흐느끼는 여인네의 목소리라던가, 아들의 이름을 부르는 늙은 농부의 목소리까지…….

카이스와 케릭스는 아무 말 없이 그들 사이를 지나 드래곤들에게 다가갔다. 그들을 저지하려던 한 키세 나이트가 케릭스의 얼굴을 보더니 아무 말 없이 길을 내주었다. 이전에 케릭스가 주인을 잃었던 드래곤과 했던 계약의 결말을 지켜봤던 사람 중의 하나였기 때문일지도 모른다.

드래곤들은 밤이슬이 아직 내리기 전의 폭신한 흙의 감촉이 그대로 살아 있는 광장에 수도 없이 내려앉아 있었다. 장미관에 있는 드래곤들의 보금자리를 제외하고 이렇게 많은 드래곤들이 한자리에 모이는 일은 아마도 그다지 없을 것이다.

그리고 지금 그 드래곤들은 고개를 축 늘어뜨린 드래곤 한 마리를 향해 그 커다란 몸체가 어울리지 않을 정도로 옹기종기 모여 있었다. 그 사이사이엔 자신의 드래곤을 걱정하는 키세 나이트들이 부상에도 아랑곳하지 않고 곁을 지키는 모습도 보였다.

케릭스와 카이스가 그 곁으로 다가가자 한참을 그렇게 모여 있던 드래곤들에게 변화가 일어났다. 한 마리씩 무거운 몸체를 비켜 길을 만들어 내기 시작한 것이다. 그것도 사람 하나가 지나갈 만한 길이 아닌 거대한 드래곤이라도 지나갈 수 있을 만한 커다란 길을 말이다.

차례차례 하늘 높이 들었던 머리를 내리며 드래곤들이 카이스를 향해 예를 올린다. 물론 사람들, 키세 나이트들은 도대체 무슨 일이 벌어지고 있는지 이해하지 못하고 있었다.

이윽고 카이스와 케릭스가 계약자를 잃은 드래곤의 앞에 다다랐을 때, 드래곤들은 자신들이 만든 길을 다시 차곡차곡 메우고 벽을 만들었다. 그 사이사이에 있던 키세 나이트들은 무슨 일이 벌어질 것인가 궁금해하며 고개를 빼꼼히 내밀었다.

그중에서 처음 케릭스의 길을 막으려 했던 기사처럼 예전의 케릭스의 전적을 알고 있던 기사 하나가 케릭스에게 다가왔다.

"안 돼! 케릭스, 저 드래곤은 아직 어리다. 그에게 죽음을 허락해선 안 돼!"

"이번에는 그렇게 하려는 것이 아닙니다. 그저……."

케릭스 역시 카이스가 어떤 방법을 쓸지 모르기에 말끝을 흐렸다. 그 사이 카이스는 계약자를 잃고 생기를 잃어가는 드래곤에게 바싹 다가가고 있었다.

카이스가 가까이 다가가자 다른 드래곤들과는 달리 머리를 내리지 않고 있던 드래곤이 그제야 카이스를 알아본 듯 구슬픈 울음소리를 내며 머리를 내렸다.

"슬픔은 전염된다, 류키넨."

카이스의 목소리를 들은 몇몇 기사가 흠칫하며 숨을 삼켰다. 한 번도 들어본 일이 없을 드래곤의 이름을 너무나 자연스럽게 불렀기 때문이다. 그중에는 얼마 전 카이스와 케릭스가 장미관에서 저지른 드래곤 탈취(?) 사건을 목격한 사람도 있었지만 그렇지 않은 사람도 있었다.

"류키녠, 너는 인간과 계약을 맺어 그와 함께 그의 유한한 시간을 보냈다. 너는 완전히 그 계약을 이행했다. 이제 인간과 맺은 계약은 해지되었다."

조용조용한 목소리였다, 아무런 힘도 실리지 않은 듯한.

하지만 그것은 드래곤이 말하는 진실의 힘이 담긴 용언.

"너는 이제 자유의 몸이다. 류키녠, 드로니안으로 돌아가라. 다만 네게 뜻이 있다면 이곳에서 네 전 계약자의 원을 조금 더 이행해도 좋다. 어느 쪽을 택하겠는가."

류키녠이 살짝 입을 벌리고 무엇인가 카이스에게 말하는 듯한 모습을 보였다. 다른 이에겐 그저 류키녠이 입을 벌리고 숨을 내쉬는 것으로밖에는 보이지 않았지만.

"그런가? 좋다. 전투에 나가면 내 명령에 따라라. 편히 쉬거라."

카이스의 손이 류키녠의 이마에 살짝 닿았다가 떨어지자 류키녠은 날개를 활짝 펴고 그 아름다운 몸체를 쭈욱 폈다. 순간 류키녠의 죽어 있던 비늘의 색이 화악— 하고 불이 붙은 듯이 새빨갛게 타오르며 주변에 아름다운 달빛을 반사해 내기 시작했다.

그 아름다운 모습을 케릭스는 넋을 잃고 바라보았다.

자신은 그저 죽음으로밖에는 드래곤의 소원을 이루어주지 못했다. 하지만 지금 카이스는 계약자를 잃은 드래곤에게 새로운 생명을 주고 있었다.

눈물이, 말라 있던 눈에서 한줄기 살며시, 그리고 조용하게 흘러내린다.

무엇인가, 상대방은 사라지고 없지만, 그에게서 용서를 받은 기분이었다. 따스하게, 가슴속에 죽어 있던 기억이 포근한 온기를 내뿜으며 살아난다.

하지만 그런 감상에 잠겨 있던 케릭스에게 카이스는 입술을 삐죽이며 돌을 던진다.

"뭐야, 넌. 기껏 음울한 걸 달래놨더니 왜 질질 울어?"

"아닙니다."

자신의 눈에서 눈물이 흘러나왔다는 자각도 없던 케릭스는 황급히 소매로 눈물 자국을 지웠다.

"그저… 기뻐서요."

"거참, 울면서 기쁘다고 하니. 인간들이란 표현을 참 이상하게도 하는군."

케릭스로부터 전해져 오는 감정이 결코 부정적인 것이 아님을 느낀 카이스는 심술궂은 얼굴이 되어버렸다. 온몸에 휘감겨 있던 모든 부정적인 인간들의 감정이 케릭스의 저 묘한 기쁨으로 깨끗하게 풀어져 내리는 기분이었다.

'역시 이쪽이 훨씬 좋군.'

스스로 즐기고 있다는 것을 깨닫고 있는 것인지 아닌지 굳이 따지려 하지도 않았다. 그저 카이스는 가볍게 발걸음을 돌렸다.

인간과 함께 있는 것은 결코 즐겁지만은 않지만 케릭스와 함께 있는 것은 괜찮다고 생각하면서.

늦은 밤, 케릭스는 키세 나이트 기사단장 시엘 랜드리크의 호출을 받았다. 황급히 그를 찾으려던 랜드리크가 결국 병사에서 그를 찾아내지 못하자 사람들을 푼 것이다. 호출 명령은 케릭스와 그의 동행에게 동시에 내려졌지만 카이스는 그것을 가볍게 거부했다. 자신은 그의 부하가 아니라며 말이다.

결국 랜드리크의 앞에 앉게 된 것은 케릭스 혼자. 그에겐 당연하게 어떻게 그가 몬스터들을 몰살시켰는지에 대한 질문이 던져졌다.

"정령… 술이란 겁니다."

"자세히 설명해 보게."

"그게 저도 잘 몰라서요. 죄송합니다, 랜드리크님."

"죄송하다고 될 일이 아니야!"

쾅― 하고 랜드리크는 답답한 마음에 책상을 내려쳤다.

"하지만 정말로 저도 설명드리고 싶어도 아는 것이 없습니다. 정령을 부리는 것은 카이스 씨의 힘입니다. 이곳에 필요한 전력을 그런 곳에서 낭비해서는 안 된다는 판단 하에 제가 카이스 씨에게 부탁했고, 카이스 씨는 그것을 들어주셨을 뿐입니다."

랜드리크의 거듭되는 질문에도 케릭스는 같은 말을 되풀이할 뿐, 그 이외의 말은 일절 하지 않았다.

"지금 나는, 우리가, 아니, 데라즈를 포함한 이 대륙에서 인간들이 살아남을 수 있는가 없는가에 대한 이야기를 하고 있는 걸세. 이래도 대답하지 못하겠나? 명령 불복종죄로 처벌받아도 상관없다는 건가?"

"처벌하시겠다면 받을 수밖에 없겠지요. 정말로 저는 알지 못합니다. 하지만 카이스 씨는 제 친구일 뿐 키세 나이트의 일원도, 데라즈 사람도 아니지요. 다만 이것만은 약속드릴 수 있을 겁니다."

"무엇을?"

"다가올 전투에서 저는 절대 이곳을 떠나지 않을 겁니다."

"그게 무슨 소린가? 기사가 전장을 떠나지 않는 것은 당연한 이치다."

"제가 이곳을 떠나지 않으면 제 친구 역시 떠나지 않습니다. 힘이 필요하게 되면 저는 또다시 제 친구에게 부탁할 겁니다. 그리고 제 친구는 절대 제 부탁을 거절하지 않을 테고요. 이것으로는 안 되겠습니까?"

케릭스의 말은 다시 말하면 카이스의 그 힘을 전력에 포함시키고자 한다면 입을 다물어달라는 의미가 된다. 그것을 알아들은 랜드리크는 끄응하고 신음 소리를 내며 이맛살을 찌푸렸다. 눈으로 본 것은 아니지만, 증인들이 수도 없이 많다.

그 능력이 어떤 것이든 간에 초진에서 키세 나이트의 사망자가 나올 정도로 강한 몬스터들을 단숨에 해치워 버릴 수 있는 소중한 전력. 랜드리크는 그것을 절대 포기할 수 없었다.

한참 한숨을 내쉬던 랜드리크는 결국 케릭스의 고집에 손을 들었다.

"좋네, 좋아. 그 친구에 대해선 관여하지 않도록 하지. 그리고 자네에겐 모든 전투에 참가할 수 있는 권한을 주겠네. 그리고 절대 모든 상황이 끝날 때까지 이 성을 떠나지 말 것을 명령하는 바이네."

"감사합니다."

케릭스는 랜드리크가 말한 뜻밖의 명령에 너무나 감격해 고개를 숙였다. 모든 전투에 참가할 수 있는 권한을 준다는 것은 상당히 억압적인 명령으로 해석할 수도 있지만, 다른 면으로는 그가 원한다면 언제든 어떤 작전에든 가담할 수 있다는 의미도 되었다. 현재의 입장에서 그보다 더 좋은 조건은 없을지도 모른다.

"하지만 한 가지만 더 묻겠네. 그 드래곤 사건은 어떻게 된 건가? 자네의 친구가 계약이 해지되었다고 말하자 드래곤이 화색을 되찾았다고 들었는데."

"글쎄요?"

"그것도 말할 수 없는 것인가?"

"아니요. 그저 제 친구는 그에게 계약이 완전히 이행되었다는 것을 이

해시켰을 뿐이라고 생각합니다. 저는 그런 생각은 해보지 못했기에 이전의 일이 부끄러울 따름입니다."

드래곤과 키세 나이트는 계약을 나눌 때 서로의 유한한 시간을 공유할 것을 맹세한다. 그것은 인간이 불시에 목숨을 잃어 계약의 해지를 선언하지 않아도 계약이 완전히 이행되었음을 의미한다. 다만 키세 나이트들은 그것을 몰랐을 뿐이다. 아니, 그것이 진실임을 드래곤들에게 깨닫도록 할 수 없었을 뿐이다. 키세 나이트는 인간이고, 드래곤에게 말을 걸수 있는 것은 계약자가 아니라면 같은 드래곤밖에 없으니까.

그리고 지금 이 자리에서 그 사실을 알고 이해 할 수 있는 것은 환수계의 드래곤과 계약한 케릭스뿐이었다.

다음날, 보급대대가 곧 도착할 것이라는 전령이 레지나에 도착했다. 또한 근처 영주들과 그들이 거느린 종기사와 병사들도 한 무리씩 속속들이 앞을 다투어 하루 이틀 사이에 도착하기 시작했다.

처음엔 어째서 이렇게 거창한 명령서가 국왕에게서 날아왔는지 의아해하던 영주들도 레지나 성에 도착해 이미 한차례 벌어졌던 전투에 대해 전해 듣고는 모두 긴장감에 사로잡혔다.

가볍게 보통 때보다 좀 더 많은 수의 몬스터가 쳐들어온 정도로 생각했는데 레지나에 도착해 좀 더 상세한 정보를 전해 듣고서야 그들에게 닥친 위기가 생존권이니 하는 거창한 단어로는 꾸며지지 않는 좀 더 원초적인, 생명에 직결되는 문제라는 것을 깨달았던 것이다.

몇 되지 않는 궁정 마법사들도 레지나에 뒤늦게나마 도착했다. 그들이 늦게 도착한 이유는 바로 레지나까지 직접 출전하겠다는 국왕을 만류하느라 시간을 보냈던 탓이다. 국가의 위기 상황에 안전한 곳에서 몸을 보전하며 앉아 있을 수만은 없다는 국왕에게, 국왕이 있어야 나라가 있는 것이라며 필사적으로 말렸던 것이다.

그 이외에 사람들이 목마르게 기다리던 나머지 키세 나이트들도 속속 도착했다. 수도에서는 원래 예상했던 수보다 훨씬 많은 수의 키세 나이트가 수도 방위를 위해 남아 있던 하이리안 틴들랜드 경의 인도 아래 레지나에 도착했다. 국왕의 새로운 명령을 받은 것이다.

물론 케릭스가 애타게 그 소식을 알고 싶어하던, 라스킨에 파견되었던 그의 친구들 역시 다음날 레지나에 도착했다. 몬스터와의 싸움보다는 다른 것으로 좀 더 힘든 시간을 보냈는지 마즈렉은 상당히 신경질적이 되어 있었다. 하지만 무사한 케릭스의 얼굴을 보자 마음이 편해지는지 금세 원래의 얼굴로 돌아갔다. 세샤크는 물론 언제나처럼 활달한 모습으로 나타났다.

그들 역시 다른 이에게 케릭스와 카이스에 얽힌 이야기들을 전해 들었지만 섣부르게 케릭스에게 그것의 사실 여부를 묻는 우를 범하지는 않았다. 케릭스가 그에 대한 언급을 피하고 있다면 분명 무슨 이유가 있을 것이라고 생각했기 때문이다. 다만 그들이 의문을 느끼고 있는 것은 케릭스 본인보다는 카이스의 정체에 대한 것이었다.

다수의 몬스터를 정령술만으로 초토화시킬 수 있었다는 것만으로도 놀라 자빠질 지경인데 계약자를 잃고 돌아온 드래곤을 그들이 알 수 없는 방법으로 기사회생(?)시켰다고 하니 말이다. 정령술에 대해선 오히려 무지한 편이니 그럴 수 있을지도 모른다고 생각해 버리면 그만이다. 하지만 드래곤에 대해서는 누구보다도 잘 아는 사람들이 바로 키세 나이트다. 그들이 아는 한, 계약자를 잃은 드래곤이 그저 보통 사람의 말 한마디로 원래대로 돌아오는 일은 없었다.

이런 사정이다 보니 그들의 입장에서 카이스는 정말로 정체 불명의 인물로 여겨질 수밖에 없었다. 기사들 사이에서는 그 역시 드래곤 나이트의 자질을 가진 것이 아닐까 하는 의견이 지배적이었다.

그렇지 않고는 계약도 하지 않은 드래곤을 타고 라스킨에 갔다가 돌아온 것이라던가, 드래곤의 이마에 손을 댄다고 하는, 계약 시에 이루어지는 기사와 드래곤의 접촉과 같은 행동을 취할 순 없었으리라고 생각한 것이다. 실제 드래곤들은 자신들이 계약한 인간이 아니면 자신의 몸에 손을 대는 것조차 그다지 반가워하지 않는 존재인 것이다.

여하튼 그 정체가 무엇인지에 대해서는 지금까지도 제대로 알고 있는 사람은 케릭스를 제외하고는 아무도 없었다. 그 어느 누구도 대답 못하겠다는 말을 듣기는커녕 아예 물어볼 엄두도 내지 못하고 있었던 것이다.

그 이유에 대해 마즈렉과 셰샤크는 동료들에게 물었다.

"그거야 당최 물어볼 기회를 주지 않거든. 그 카이스라는 남자가 말이야."

"그래도 케릭스가 없을 때라던가 그런 때 슬쩍 물어보면 되잖아. 설사 누구처럼 비밀~이라면서 대답을 회피하더라도."

하지만 동료는 고개를 저었다.

"모르시는 말씀! 그러니까 그것 자체가 힘들다는 소리야. 꼭 드래곤을 보는 기분이라니까. 왜 자신의 계약자가 아니면 아예 옆에 오는 것도 싫어하는 까다로운 녀석들 말이야. '절대 내 옆에 다가오는 것을 허락하지 않겠다' 라는 냉기를 온몸에서 풍기는 녀석들. 케릭스를 따라다니니까 옆에 있다가 한마디라도 건넬라 치면 꼭 그놈들처럼 아예 무시를 해버려. 케릭스가 없을 때? 그건 생각도 말아야 해. 아예 찾을 수도 없어."

"그건 또 무슨 헛소리야? 케릭스가 어디로 가면 사라지기라도 한다는 소리야?"

셰샤크는 기가 막혀서 물었다. 그러자 동료가 무릎을 치며 말했다.

"잘 말했어. 딱 그거야! 케릭스가 랜드리크님에게 불려가거나 사소한 일로 자리를 비우면 분명 막사에 있는 것을 확인하고 찾아가도 사라지고 없는 거야. 정말로 신출귀몰하다니까."

"무슨 말도 안 되는 소리를 다 하는군."

"사실이야. 한번 시도해 보라고."

세샤크와 다른 동료의 말을 듣고 마즈렉은 곰곰이 생각을 하다 물었다.

"아무리 케릭스의 보장이 있다지만 신원도 모르는 사람을 이곳에 머물게 하다니. 게다가 자유롭게 활보하게 두고 있고. 아무리 그가 가진 정령술이 앞으로의 전투에 도움이 될지 모른다지만 조금 심각하잖아."

"어쩔 수 없어. 랜드리크님께서도 이미 허가하셨으니 누가 뭐라 하겠어. 단지 우리만 궁금해지는 거지. 그나마 우리는 궁금해하기라도 하지, 녀석들과 같이 도착한 궁정 기사단 사람들은 둘의 이야기만 나오면 고개를 절레절레 흔들며 마치 무슨 귀신 보듯 한다고."

아마도 그것은 몬스터들의 사체와 함께 뒹굴어왔던 키세 나이트와 그렇지 않은 궁정 기사단의 경험 차이가 아닐까 하고 마즈렉은 생각했다. 적어도 현재로서는 그렇게 이해할 수밖에 없었다.

세샤크와 마즈렉이 보기엔 눈빛이 깊어진 것 외엔 전과 달라진 게 없는 케릭스다. 그런데도 단 며칠 만에 케릭스는 익히 그를 알고 있었던 키세 나이트들과 그에 대해선 전혀 몰랐던 궁정 기사단의 주목을 받는 존재가 되어 있었다. 그리고 그런 케릭스 뒤에 있는 자가 바로 저 흑발의 이상한 남자 카이스. 대몬스터 전쟁에서 그가 열쇠가 될지, 덫으로 작용할지는 아직 알 수 없다. 다만 그들로서는 친구인 케릭스의 판단력에 실수가 없기를 바랄 뿐이다.

"뭐, 그가 궁정 기사단의 기사들 말대로 정말로 희한한 정령술을 쓴다면 그만큼 믿음직스러운 사람도 없겠지. 특히 요 며칠처럼 소름 끼치게 조용한 동안엔 한기가 들 지경이야. 조금만 앞으로 가면 몬스터들이 있는데, 어떻게 하면 그들의 눈에 띄지 않고 비켜갈 수 있을까를 찾는 기분이랄까?'

현재 몬스터들의 대부대는 말로 하루 거리 정도 떨어진 스파다 영토에 머문 채 삼 일 동안 움직이지 않고 있었고, 그것은 그들에게 불어닥친 불행이라는 바람이 잠시 멈추어져 있는 상태였다.

그 삼 일의 시간은 정말로 눈 깜짝할 사이에 흘러갔다. 투석기들이 세워지고, 투석기에 쓸 돌들을 나르는 사람들의 발길도 이어졌다. 영주군의 사병이나 테로더 공작가의 사병들은 물론 누구 할 것 없이 묵묵히 자신에게 주어진 일을 수행했다. 데라즈를 멸망시켜 버릴지도 모르는 무서운 몬스터들이 말로 달려 겨우 하루 거리에 포진해 있다고 생각하면, 자신들도 모르게 절로 손과 발이 움직이고 있는 것이다. 사람과 물자로 넘치던 레지나의 화려하고 커다랗던 성은 빠른 속도로 단단한 요새가 되어 가고 있었다.

그렇게 아무 일이 없는 것처럼 삼 일이 흐른 뒤에, 수면 '밑' 의 물고기들이 미친 듯이 움직이는 동안 고요해 보이던 수면에 파장이 일어났다.

"뭐라고? 스파다 쪽에서 사자가 와?'

"네, 본인이 그렇게 밝히고 있습니다."

보고를 받은 테로더 공작과 랜드리크 키세 나이트 단장의 얼굴이 순식간에 얼어붙었다.

"그래, 그 사자는 무엇을 타고 왔던가. 그리고 그 생김새는?'

"그것이… 와이번입니다. 사자는 검은 머리에 보통 정도의 체격으로 보이는 20대 중반 정도의 청년입니다.”

“흐음.”

무거운 신음 소리가 테로더 공작의 입에서 새어 나왔다. 그 역시 스파다의 공주인 페이라인의 증언을 모두 직접 들었다. 그중에서 제일 믿기지 않았던 부분이 바로 몬스터들의 사자로 한 남자가 나섰다는 점이었다. 그리고 그 남자가 무슨 꿍꿍이수작을 벌였는지 스파다의 왕이 그를 단번에 재상으로 삼았다는 점까지.

“당장에 페이라인 공주님을 이곳으로 모셔와 대질을 시킬 수도 없으니…….”

“단일 회담은 안 됩니다. 공개적인 석상에서 그를 대하셔야 하리라고 봅니다.”

문제의 사자가 스파다의 국왕을 단번에 함락시킨 그 남자일지도 모른다는 생각이 들었다.

“하지만 사자를 공개 석상에서 만날 순 없지. 일단은 자네와 나, 궁정 기사단장, 그리고 또…….”

테로더 공작은 신중하게 인선 작업에 들어갔다.

“만일을 위해 키세 나이트들을 몇 명 동석시키도록 하는 것은 어떨까요?”

“좋은 생각이군.”

“그리고… 이건 어떻겠습니까? 하이라인 경의 아들과 그 동행자를 동석시키는 것은요?”

“하이라인 경의 아들을?”

“네. 그보다는 그의 동행자가 목적입니다만. 그는 정령술사라고 합니다. 궁정 기사단장의 증언에 의하면 대단한 능력을 가졌다고 합니다. 다만 그는 단독 행동은 절대 하지 않습니다. 케릭스 틴들랜드 군과 함께 있지 않는 이상은 이쪽의 명령을 받아들이지 않습니다."

"그런 정체 모를 사람을?"

"안전을 위해서입니다. 호위 역 정도로 해두면 어떻습니까?"

"그다지 내키지는 않지만, 안전을 위해서라면 나쁘지 않겠군. 좋소, 랜드리크 경. 자리를 마련합시다."

테로더 공작이 랜드리크의 제안을 받아들이자마자 준비는 일사천리로 이루어졌다.

급한 호출을 받은 케릭스는 특히 그의 동행자인 카이스와 함께 참석하라는 명령을 받고 조금은 의아해했지만 중요한 자리에 호위의 명목으로나마 참가하게 된 것을 다행으로 여겼다. 물론 카이스는 조금 투덜댔지만 말이다.

"호위 역이라니, 별걸 다 시켜대는군."

"그만큼 위험할지도 모르는 사람이니까요."

"글쎄? 과연 그게 사람일까?"

"예?"

갑작스런 카이스의 말에 케릭스가 되물었지만 그는 손을 내저으며 설명하는 것을 거부했다. 궁금증에 사로잡힌 케릭스였지만 카이스가 저런 식으로 나오는 이상 대답을 들을 수 없다는 것을 알기에 입을 다물 수밖에 없었다.

"하지만 참석하게 된 것 자체가 나름대로는 특례인 겁니다. 저는 지금 기사의 신분도 아니니까요."

"겁들이 많은 것뿐이야. 뭐, 하기사 그쪽이 어떤 '것'인지 궁금하기도 했으니 참석은 하지."

투덜거리고는 있지만 나름대로의 호기심은 있었는지 카이스는 케릭스를 앞질러 회의석상으로 뚜벅뚜벅 걸어갔다.

회의실에는 레지나에 모여 있는 데라즈 군의 수뇌부, 그리고 노련한 키세 나이트 몇 명이 이미 자리를 잡고 있었다. 문밖의 보초병들부터 모두 굳은 얼굴을 하고 있다.

"서 있으라는 거야?"

"호위 역이라니까요."

자신들을 위해 마련된 자리가 없는 것을 보고 카이스가 얼굴을 찌푸리자 케릭스는 그의 귓가에 대고 소곤소곤 말을 했다.

"상대가 도망가도 난 몰라."

"어째서 그런 말을……."

"조용히 하게."

카이스와 케릭스가 소곤소곤 대화를 나누는 것을 보고 랜드리크가 주의를 주었다.

"스파다의 사자입니다."

케릭스와 카이스가 들어온 문과는 반대쪽에 있는 문 앞에 있던 보초병이 사자의 입실을 알렸다.

끼이익― 하는 무거운 소리와 함께 커다란 문이 활짝 열린다.

밝게 불이 켜져 있는 실내와는 달리 어두운 복도 쪽에 있는 사자의 얼굴은 어둠에 섞여 잘 보이지 않았다.

뚜벅뚜벅, 조금씩 발소리가 커졌다.

"흐응. 긴장감에 호기심, 그리고 또 뭐지?"

젊은 남자의 목소리가 들렸다.

"자리는 이쪽입니다."

안으로 들어온 남자가 살짝, 아주 살짝 고개를 들었다. 순간 케릭스의 눈이 화등잔보다도 훨씬 커졌다.

"……!"

놀란 것은 비단 케릭스뿐만이 아니었다. 그 자리에 동석해 있는 데라즈인들 모두 당혹감을 감추지 못하고 한 사람 쪽으로 시선을 돌렸다.

새카맣고 긴, 어깨 선을 넘는 흑발, 새카만 눈. 어디로 보나 평범해 보이는 인간이다. 하지만 그 얼굴이 누군가와 너무나도 흡사했다.

"카이스 씨……."

"이런."

숨 쉬는 사이사이 간신히 흘러나온 케릭스의 목소리에 카이스는 너무나도 가볍게 혀를 차며 반응했다.

"이, 이게 어찌 된!"

당황한 랜드리크가 황급히 케릭스에게 물었다. 하지만 케릭스로서도 스파다의 사자가 카이스와 너무나도 닮은 이유는 전혀 알지 못하기에 고개를 흔들 수밖에 없었다.

"이런이런, 뭔가 조금 이상하다 해서 직접 찾아왔더니 역시나였군."

문제의 사자가 먼저 입을 열었다.

"어쩐지 이상하다 했지. 따로 소환한 녀석들이 온데간데없이 사라진 건 그쪽의 작품이었군. 아하하하!"

자리에 앉기는커녕 사자는 예의없이 웃음을 터뜨렸다.

"이런 복병이 숨어 있을 줄은 꿈에도 몰랐어. 자아, 그럼 협상은 결렬. 내일부터는 전쟁이라고, 인간들."

"이, 이보시오! 대체 무슨! 사자로 왔다면 용건을 밝혀야……!"

황급히 테로더 공작이 몸을 돌려 나가려는 스파다의 사자를 불렀다.

"용건? 죽고 싶지 않으면 성을 얌전히 내놔, 라고 말하려 했는데 저런 복병을 불러다 놓고 무슨 소리를 하는 거지? 그냥 가볍게 싸우자고."

"……!!"

그렇게 말하고 의문의 남자는 들어왔을 때보다 더욱 가벼운 발걸음으로 걸어나갔다. 그의 뒤에 대고 랜드리크가 소리를 질렀다.

"기다리시오!! 저 남자와는 무슨 사이오?"

랜드리크가 카이스를 손가락으로 가리켰다. 남자는 어깨 너머로 다시 한 번 카이스를 바라보더니 피식 웃으며 말했다.

"피가 섞인 사이. 그리고 인간 식으로 말하자면 곧 처남과 매부가 될 사이지. 아하하하하!"

남자가 순간 양팔을 펼쳤다. 바람이 일며 그의 어깨에 둘러져 있던 검은 망토가 순간 이상한 형태로 변했다.

"……!!"

새카만 피막이 그들 앞에 나타났다. 검은 날개였다.

"그럼 잘들 있으라고. 아참, 잊을 뻔했군. 내 신부는 잘 있는지 궁금한데. 그녀에게 전해주시오. 중간계를 완전히 정리하고 나면 내가 친히 모시러 가겠다고 말이오. 이건 그녀에게 바치는 결혼 선물이니까. 아하하하!"

날개의 펄럭임도 없는데 남자의 몸이 공중으로 부웅 떠올랐다.

"굳이 중간계에 인연도 없을 터인데 되도록 방해는 하지 말아줬으면 좋겠군, 라디카이스."

"……."

사람들이 놀라 굳어 있는 사이, 문제의 남자는 방해 하나 받지 않고 가볍게 사라져 버렸다. 그가 돌아가고 난 뒤 회의석상은 찬물이라도 끼얹은 듯한 분위기였다.

경악하지 않았다면 그것은 절대 진실이 아니다. 무엇보다 사람들은 석상처럼 굳어 아무 말도 하지 않고 있는 케릭스와 그의 곁에 있는 카이스에게 시선을 고정한 채 아무런 말도 하지 못하고 있었다.

그 어색하고도 무거운 침묵을 깬 사람은 그 시선을 온몸에 받고 있는 카이스였다.

"어쩐지 뭔가 이상하다고 했더니 저 녀석이 중간계에 나와 있었군."

"카이스 씨, 도대체… 저 사람은……."

"아니, 사람이 아니야. 단지 네가 생각하는 그쪽도 아니지."

"예?"

"지금 무슨 말을 하고 있는 건가!!"

두 사람의 말을 듣고 있던 랜드리크가 가까스로 정신을 수습하고 호통을 쳤다. 케릭스의 동행자이기에 믿었던 사람이 적과 피를 나눈 사이라니 어찌 놀라지 않을까.

"당장 구속해! 적과 내통한 자다!"

"기다려 주십시오! 랜드리크님!!"

케릭스가 카이스의 앞을 막아섰다. 그 바람에 랜드리크의 명을 받은 키세 나이트들은 검을 뽑다 말고 그 자리에 멈추었다.

"그는 카이스 씨에게 방해하지 말라고 했습니다. 내통을 했다면 그런 말은 할 수가 없습니다. 복병이라고까지 말하지 않았습니까!!"

"하지만!!"

"잠시만!! 잠시만 시간을 주십시오."

랜드리크를 말린 케릭스는 카이스 쪽으로 돌아섰다.

"부탁입니다. 그의 정체가 도대체 무엇인지 말씀해 주십시오, 카이스 씨. 중대한 일입니다."

"그렇게 흥분하지 마. 닦달하지 않아도 말해 줄 테니까. 조금 귀찮게 되었군."

그렇게 말하며 카이스는 뚜벅뚜벅 테이블 쪽으로 걸어가 비어 있는 의자에 앉아버렸다. 너무나 버릇없는 행동이지만 아무도 말릴 수가 없었다.

“당신들도 앉아. 상대가 저 녀석이면 보통의 방법으로는 이곳을 지키는 것 자체가 어려울 테니까.”

“…….”

무거운 분위기였다. 아니, 숨을 쉴 수도 없을 정도로 긴장감이 흐르고 있었다. 키세 나이트들이 당장에라도 검을 뽑아 카이스의 목을 쳐버릴지도 모른다.

“나는 당신들 편도 아니고 저쪽 편도 아니야. 다만 이 녀석이 있으니까 이쪽에 있을 뿐. 내게 그런 감정을 품어봐야 아무런 소용도 없어. 내게 무슨 말이라도 듣고 싶다면 앉아.”

강제성이 듬뿍 담겨 있는 말에 테로더 공작 이하 사람들이 하나둘씩 자리에 주저앉았다. 그 말에 드래곤의 힘이 조금 담겨 있다는 것을 알 리는 없겠지만 말이다.

랜드리크는 덜덜 떨리는 손을 굳게 잡고는 입을 열었다.

“당신의 정체가 무엇인지는 모르겠지만, 일단 이 자리에 있으니 적이라고는 생각하지 않겠소, 그 남자가 말한 대로. 하지만 알고 있는 것은 무엇이든 모두 말해줘야겠소.”

“내게 명령하지 마.”

하나하나가 반말조다. 케릭스는 카이스가 상당히 기분이 나빠져 있다는 것을 깨달았다. 평소에도 거의 모든 사람, 아니, 자신을 포함한 모든 인간에게 반말조로 말하는 카이스이긴 하지만 지금은 명백하게 기분이 나빠져 있다는 것이 한눈에 보였다.

“놈이 말한 대로 분명 그와 나는 피가 섞여 있다. 얼굴이 닮은 건 속성의 탓이니 나도 어쩔 수 없어.”

“속성?”

“그건 넘어가고, 간단하게 말해서 그놈은 마계의 일족이다. 인간이 아니지. 하지만 인간이 아닌 것도 아니고. 그리고 내 동생과 혼약 관계에 있는 것도 사실이다. 됐나?"

"카이스 씨, 그건 그가 슈틴 양의……."

"그래, 맞아."

"……."

케릭스의 얼굴이 순간 흙빛으로 변했다.

"그 녀석은 엘레프와 같아. 그래서 인간적인 부분이 두드러져 있는 것이지. 아마도 놈은 심심풀이로 놀러 나왔을 거야."

"엘레프 씨와 같다니요?"

"반은 인간이라는 소리지. 망토를 날개로 변형시킨 건 마법이다. 그는 본체가 없어. 뭐, 이 정도가 말해 줄 수 있는 선일까나."

"카이스 씨!!"

부족했다. 너무나 부족했다.

"나머지는 일족의 일이므로 이곳에서 언급해야 할 이유는 없다. 내가 말해 줄 수 있는 놈의 정체는 그 정도야."

"마계라니요. 어떻게 그런, 당신은……."

환수계의 드래곤이 아니냐고 말을 하려다 말고 케릭스는 입을 다물었다. 지금 이런 자리에서 그가 드래곤임을 밝혀야 할지 말아야 할지 망설여졌기 때문이다.

"마계에도 있지, 우리 일족은."

"그, 그건 당신이 인간이 아니라는 소린가!"

랜드리크가 아까부터 묻고 싶었던 질문을 입에 올렸다.

"딩동댕. 정확하군."

카이스는 너무나 깔끔하게 그것을 인정했다.

"이, 인간이 아니라면 도대체!"

"그것에 관해서는 이 친구가 언급하지 않는 한 나도 말할 생각이 없어. 그리고 지금 당신들이 신경 써야 할 것은 내 정체 같은 것이 아닐 텐데? 그는 절대 거짓을 말하지 않아. 그가 내일부터 전쟁이라고 하면 분명 내일부터 놈들이 밀려온다. 그것은 절대적인 진실이지. 나에게 무엇인가 따질 시간이 있으면 내일의 준비를 하는 쪽이 나을 거야."

"당신의 일족이라고 하지 않았소! 당신이 말려준다면!"

랜드리크는 지푸라기라도 잡고 싶은 심정이었다. 하지만 카이스는 그런 랜드리크에게 택도 없다는 반응을 보였다.

"내가 왜? 분명 그와 나는 피가 이어져 있긴 하지만 그것은 내 선조 때의 일이지 현재의 이야기가 아니다. 우린 서로의 일에 간섭하지 않아. 그가 무엇을 하든 내가 상관할 바 없지. 게다가 말린다고 들어줄 상대도 아니다. 가서 돌이라도 하나 더 쌓아둬."

자신이 할 말은 다 했다고 생각했는지 카이스는 자리에서 일어났다.

"일이 좀 복잡하게 되긴 했지만, 죽어라 매달리면 살아남을 수 있을지도 모르지."

"카이스 씨!!"

케릭스가 카이스를 따라가려고 하는데 테로더 공작이 그를 말렸다.

"자네는 남아 있게!"

"하지만……."

"저자의 정체가 무엇인지 알려줘야겠네. 이건 명령이야!"

케릭스의 시선이 카이스와 테로더 공작 사이를 왕복한다.

"그가 정말로 우리 편인지, 그 정체가 어떤 것인지 알아야겠네! 그렇지 않다면 우린 당장 저자를 구속할 수밖에 없어!"

"테로더 공작님."

뚜벅뚜벅 걸어나가 버리는 카이스를 초조한 눈으로 바라보며 케릭스는 자세를 바로 했다.

"저는 지금 비록 기사의 신분을 가지고 있지는 않은 자입니다. 하지만 용납하신다면 감히 이렇게 말씀드리겠습니다. 키세 나이트로서의 명예와 긍지를 걸고 맹세합니다. 카이스 씨는 절대 테로더 공작님이나 랜드리크님 이하 이곳에 계시는 분들이 생각하는 그런 자가 아닙니다. 저는 데라즈를 위해 이 한 몸 바칠 각오가 되어 있습니다. 제가 이곳에 있는 한 그가 저를 배반하는 일은 절대로 없을 겁니다. 카이스 씨의 정체에 관해선 후일 여러분이 자연스럽게 아시게 될 수도 있고 그렇지 않을 수도 있습니다만, 그에 대해선 제가 보장합니다. 믿어주십시오."

"자네가 지금 무슨 말을 하고 있는 것인지 알고 있나! 도대체 우리가 왜 자네 하나를 믿고 저 정체 불명의 사내를 보아 넘겨야 하나!"

"제 목숨을 걸고 맹세합니다. 그가 배반하는 일이 있다면 제 목을 베어주십시오."

"하! 이런 어이없는 일이 있나. 자네가 있는 한 그럴 일이 없다면서 자네 목을 베라고?"

"……."

테로더 공작은 심기가 불편하다는 사실을 얼굴에 고스란히 떠올리고 있었다.

"그렇게 말한다면 그것을 증명하게, 자네와 그 남자가 함께 내일 있을 전투에서!"

"테로더 공작님 그건……."

"자네도 듣지 않았나, 랜드리크 경. 목숨을 바치겠다는 데 거절할 이유가 어디 있나? 내일 전투의 선봉에 내보내게. 저들의 행동을 보면 그 진실을 알 수 있겠지. 자기 입으로 우리 편도 저쪽 편도 아니라는 자가 어떻게 행동하는지 두고 보면 되지 않겠나. 사자의 말대로, 그리고 자네 동행자의 말대로라면 내일 분명 몬스터들이 몰려올 테니 이만 가보게나. 회의는 이것으로 끝일세."

역정이 난 테로더 공작은 해산을 명령했다.

케릭스는 더 이상 아무 말도 하지 않고 예를 올리곤 그 자리를 떠났다. 카이스에게 궁금한 것이 너무나도 많았다. 사람들이 있는 자리에서는 절대 말할 기미를 보이지 않았으니 개인적으로 물을 수밖에 없었다. 다만 대답을 모두 해줄지는 의문이었지만 말이다.

먼저 사라진 카이스를 찾아 케릭스는 여기저기를 뒤졌다. 숙소에 있을 것이라 생각했지만 의외로 카이스는 그 자리에 없었다. 한참을 찾아 헤매던 케릭스가 카이스를 발견한 것은 의외의 장소였다. 바로 드래곤들이 모여 있는 장소 한가운데였다. 그는 드래곤들이 모여 있는 곳에서 바닥에 주저앉아 드래곤들과 무엇인가 대화를 나누고 있었다.

"카이스 씨."

"왜?"

"그러고 나가시면……."

"네 입장이 난처해?"

"하하하!"

케릭스는 뭐라 변명할 말이 없어 웃을 수밖에 없었다.

"어려울 거다, 내일부터는."

"…그는 도대체 어떻게 된 겁니까? 드래곤은 환수계에만 있는 것이 아니었나요?"

"중간계에도 드래곤이 있다. 그러니 마계에 없으란 법은 없지."

"그럼 피가 이어졌다는 것은……."

"그저 아버지에 아버지, 그 이전의 일이다. 원래 우리는, 그러니까 다크 드래곤의 일족은 마계의 것이었으니까."

“……!!”

“그 일족들 중 일부가 마계에 남고 나머지는 환수계로 갔지. 그저 가벼운 선택이었을 뿐이다. 그리고 남은 일족을 위해 몇몇의 드래곤이 마계로 간다. 그것이 환수계로 가는 조건 중 하나였으니까. 이 정도면 궁금증이 풀렸을까?”

후우― 하고 케릭스는 한숨을 내쉬었다.

“그렇게 간단하게 말하시니 제가 할 말이 없군요. 하지만 드래곤들은 기본적으로 중간계에는 관여하지 않는다고 이전에 말씀하셨던 것 같은데, 어떻게 된 겁니까?”

“아까 말했잖아. 그는 인간과 드래곤의 피를 모두 가지고 있다. 엘레프와 마찬가지지. 다만 엘레프는 완전히 드래곤들 사이에서 자랐기 때문에 기본적으로 드래곤에 더 가까워. 본인은 그다지 자각하고 있는 것 같지 않지만. 아까의 그는, 라이젤은 그런 면에서 좀 더 인간의 부분이 두드러져 있는 것이다. 게다가 마계의 몬스터들과 함께 컸으니 좀 더 부정적인 욕구를 가졌을 거다. 이상하다고 생각은 했지. 도대체 누가 마계의 몬스터들을 중간계로 불러내는 것인지 말이야.”

“그 혼약자라는 것은 진실… 이겠죠?”

너무나 당연한 것을 묻는 자신에게 케릭스는 자괴감을 느꼈다.

“그쪽이 오히려 신경 쓰이는 부분이었나?”

“…….”

“그 부분에 대해선 슈틴이 무슨 생각을 하고 있는지 나도 알 수 없어. 그 애는 뭐랄까. 좀 더 인간적인 감정으로 너에게 마음을 품고 있는 것 같고, 뭐, 자네와 함께 중간계에서 살다가 후일 마계로 갈 수도 있겠지. 자네는 어차피 인간이니 그 정도의 시간은…….”

“카이스 씨, 그렇게 가볍게 말하지 말아주십시오. 저는…….”

“너는 뭐?”

케릭스는 답답한 마음에 머리를 헝클어뜨리며 고개를 숙였다. 뭐라고 말을 해야 할지 알 수가 없었다.

“자신을 좋아한다고 말한 슈틴에게 약혼자가 있으니 어쩌냐? 뭐, 이런 건가? 하지만 엘레프가 존재하는 것처럼 종종 드래곤들은 중간계에서 잠시간의 유희를 즐기기도 해. 아이를 낳는 경우도 많아. 슈틴이 성년이 되려면 아직 시간이 많이 필요해. 그 시간을 즐기라고.”

갑자기 카이스가 낯설게 느껴지는 이유는 무엇일까? 케릭스는 유희를 말하는 카이스를 다시 한 번 쳐다보았다. 그 역시 잠시간의 유희를 즐기고 있는 것일까? 결국 케릭스는 참지 못하고 그 질문을 입에 담았다.

“저 역시 당신에게는 유희의 일부분인 겁니까?”

“…….”

“그런 겁니까?”

“글쎄? 즐기고 있는 것은 사실이야. 하지만 나는 자네와 계약을 했다. 인간으로서 유희를 즐기고 있는 것과는 명백하게 달라.”

한마디의 말이 혼란에 빠져 있던 케릭스의 마음을 순식간에 고요하게 만들었다.

“이번엔 내가 물어보지. 왜 내가 드래곤인 것을 그렇게 숨기려고 하지?”

“꼭… 숨기려 하는 것은 아닙니다. 그저 제 고집이랄까요.”

“고집?”

“답을 찾아야 하니까요. 이미 찾은 기분이 들긴 하지만 좀 더 그것을 명확한 언어로 확인하고 싶습니다.”

“명확한 답이라…….”

“드래곤들은 어째서 인간과 계약하는가, 라는 것에 대해서요.”

“…….”

“당신은 제가 원해서였다, 라고 말씀하셨죠. 하지만 무엇인가 더 있는 것 같아서 그것을 끊임없이 찾고 있는 겁니다.”

“흐음.”

역시 카이스는 그것에 대한 명확한 답을 줄 생각이 없는지 입을 다물었다. 그리고는 자리에서 일어나 어깨에 걸치고 있던 망토를 풀어냈다.

“좀 쉬셔야죠?”

“아니, 그전에 해둘 일이 있어.”

망토를 벗어낸 카이스는 조금 앞으로 걸어가 살짝 고개를 숙였다. 다음 순간 그가 입고 있던 옷 사이로 검은 연기 같은 것이 피어올랐다.

“……!”

새카만 날개가 순간 눈앞을 가렸다.

“라이젤은 암흑의 드래곤이다. 드래곤의 본체는 없지만, 그는 충분히 드래곤들에게 영향력을 미칠 수 있다. 이 녀석들이 그와 정면으로 마주치면 조금은 혼란이 일어날지도 몰라.”

카이스의 검은 날개가 나타나자 드래곤들이 그에 반응해 자신들의 날개를 펼치기 시작했다.

“다크 드래곤의 일족, 라디카이스 랜디크가 말한다. 너희에게 혼란은 없다. 계약은 신성한 것, 계약자를 지켜라.”

나직한 말이지만 드래곤들은 카이스의 말에 대답하듯 길고 긴 울음소리를 내기 시작했다. 한밤의 레지나에 드래곤들의 포효 소리가 가득 흘러넘쳤다.

“아까는 어느 편도 아니라고 말하시더니… 의외로 신경을 써주시는데요?”

“나는 인간의 편은 아니다. 하지만 너의 계약자고 드래곤이다.”

더할 나위 없이 믿음직한 말이 카이스의 입에서 흘러나온다.

"나는 암흑에 속한 존재가 아니다. 나는 다크 드래곤의 일족, 라디카이스 랜디크. 나의 계약은 신성하고 나는 그 계약을 이행할 것이다."

케릭스로서는 암흑의 드래곤과 다크 드래곤의 차이점을 알 수 없었다. 하지만 카이스가 자신과 계약한 믿을 수 있는 드래곤이라는 사실만큼은 온몸에 사무치게 느낄 수 있었다.

언젠가 때가 오면 그 차이점에 대해 물어보아야겠다고 생각했다.

그렇게 결전의 전날 밤은 깊어가고 있었다.

제35장
선택

새벽, 해가 아직 산등성이 위로 떠오르지 않은 어슴푸레한 시각, 긴장된 공기가 레지나 전체에 퍼져 있었다. 아침이 되면 몬스터들이 레지나를 습격할 터이니 그에 대비하라는 명령이 떨어진 것은 한밤중의 일이었다.

성벽 여기저기에 빼곡하게 사람들이 들어차 있다. 누군가는 손에 활을, 누군가는 길고 긴 창을 들고 있고, 또 누군가는 투석기의 돌이 무너지지 않게 단단히 쌓아 올린다. 몇몇은 잠깐의 틈을 타 피곤했던 눈을 감고 휴식을 취하고 있다.

몬스터들이 집결해 있는 곳은 말로 하루 거리 밖이라고 했지만 문제의 사자가 말한 내일이라는 시간은 조금 애매했다. 거리를 따져 본다면 대략 저녁 무렵이 되겠지만 동이 틀 때인지, 한낮이 될지, 어둠이 깔리기 시작하는 시간이 될지 아무도 알 수 없었다. 놈들은 땅에서 솟아 나온다고 하니까.

케릭스는 카이스의 권유대로 휴식을 취하고 있었다. 그의 능력이라면 몬스터들이 가까이 왔을 때를 충분히 알 수 있으니 쉴 수 있을 때 쉬라는 그의 말을 거부할 필요가 없었기 때문이다. 휴식을 취할 필요가 없는 카이스는 잠든 케릭스의 옆에서 무엇인가 고민에 빠져 있었다. 그는 몇 번이나 잠들어 있는 케릭스의 얼굴을 쳐다보고 있었다.

계약자를 위험에서 구한다는 것, 그 단순한 한 가지 사실만을 중시 여길 수 있다면 얼마나 좋을까라고 그는 생각하고 있었다. 방법은 간단하다. 케릭스를 데리고 어디론가 가버리면 그만이니까.

"환수계로 돌아가 볼까? 이 녀석을 데리고 가면 슈틴도 가볍게 따라올 텐데."

원래의 목적은 동생을 찾아 데리고 돌아가는 것, 하나였다. 그런데 지금 케릭스라는 인간과 계약하여 그의 곁에 머물러 있다. 간혹 예지의 힘을 가진 드래곤들이 있지만 카이스에겐 그런 힘은 없다. 그러니 인간과의 계약은 역시 그에게도 전혀 염두에 두지 않았던, 예측 불허의 사건이었다.

다만 그는 케릭스에게는 말하지 않은 하나의 진실, 과거의 기억을 떠올렸다. 일족으로서 전해 받는 고대로부터의 기억 속에 있는 그것은 아직 실례가 한 번밖에 없었음으로 정확한 것인지 아닌지 드래곤의 입장에서도 불분명한 사실이었다.

"중간계는 환수계와 마계의 쐐기. 그것을 지키는 것이 일족의 사명. 하나 그것이 진실인지는 아직 알 수 없다. 이 위기가 과연 중간계를 괴멸시킬 수 있을 정도의 사건일까? 데라즈는 이 대륙의 그저 작은 왕국에 불과하다. 하지만… 어째서 너는 그의 핏줄인 거냐."

잠들어 대답할 수 없는 계약자에게 카이스는 조용한 목소리로 물었다.

"이것은 단순한 우연인가, 아니면 필연인가?"

하지만 그에게 대답을 줄 수 있는 자는 아무도 없다, 적어도 이 자리에
는.

"확인이 필요해."

카이스가 자리에서 벌떡 일어났다. 결정을 한 이상 그에게는 망설임은
없다. 카이스는 주변을 돌아보았다. 무엇이든 글을 남길 수 있는 것을 찾
았지만 막사에는 양피지 같은 것이 있을 리 없었다. 고육지책으로 카이
스는 돌 조각을 하나 주워 바닥에 글을 남겼다.

그의 감각에 몬스터들은 아직 먼 곳에 있었다. 아무리 빨라도 이 레지
나에 도착하는 것은 분명 해가 진 후가 될 것이다. 아무리 몬스터들이라
지만 역시 그들은 거의 모두 마계의 생물이다. 해가 두렵지 않다고는 말
하지 못할 것이다. 시간은 충분했다.

"하지만 약간의, 아주 약간의 방비책은 준비해야겠군."

카이스는 품에 있던 단검을 꺼냈다. 새카만 날의 날카로운 단검이었
다.

"드래곤 본으로 만들어지는 검이 드래곤이 죽어서만 가능한 것은 아
니지."

들을 사람이 없는데도 카이스는 말을 이어간다.

"이것이 네 생명을 유지하는 데 도움이 될 것이다, 계약자여."

순간 날카로운 아픔이 카이스의 손목 위를 달렸다. 상처에서 피가 솟
아 나와 공중으로 솟구친다. 하지만 그것은 인간의 피처럼 새빨간색의
액체로 이루어진 것이 아니었다. 그것은 검은 빛깔을 띤 연기와 비슷한
어두운 기운 같은 것이었다. 단어 같은 것도 필요하지 않았다. 드래곤 슬
레이어는 어차피 드래곤의 마음에 반응하여 만들어지는 것이니까.

검은 기운은 공중에 일직선으로 모여들었다. 그것은 타오르지도, 빛을
내지도, 물처럼 흐르지도, 바람처럼 흔들리지도 않았다. 예전에 다른 드

래곤 본으로 드래곤 슬레이어를 만들었을 때와는 대조적이었다. 잠시 후 카이스의 손 위엔 새카만 검신을 가진 검이 하나 나타났다. 빛조차 반사하지 않는 묵빛의 검신은 드래곤의 몸체를 그대로 담은 검은색의 손잡이에 단단하게 고정되어 있었다.

“이것으로 벨 수 없는 것은 존재하지 않는다, 나 자신 이외에는.”

카이스는 검을 잡아 잠들어 있는 케릭스의 옆에 내려놓았다. 이것만으로는 흡족하지 않다고 생각했지만 다른 방도는 없었다.

“이것이 너의 몸을 지킬 것이다. 내가 돌아올 때까지 무사하기를.”

말을 마친 카이스의 등 뒤에서 바람 소리 비슷한 것이 들려왔다. 고개를 돌리자 그곳에는 미묘한 공간의 뒤틀림이 만들어져 있었다. 환수계로의 입구였다.

“곧 돌아오겠다.”

쑤욱— 카이스의 팔이 그 뒤틀린 공간 사이로 사라지는 순간 그의 온몸이 순식간에 그 뒤틀린 공간의 틈으로 빨려 들어갔다. 뒤에 남은 것은 규칙적인 숨소리를 내고 있는 케릭스와 그의 곁에 남겨진 새카만 검신의 드래곤 슬레이어뿐. 아무것도 변한 것은 없었다.

*　　　*　　　*

“저기다! 레지나의 성.”

하늘 높이 솟아오른 해가 사람들의 발 밑에 짧은 그림자를 만들고 있었다. 그 그림자와 함께 평지에 우뚝 서 있는 사람들이 있었다. 그들은 웅장하게 서 있는 레지나의 거대한 성을 보며 안도의 한숨을 내쉬었다.

“다 왔군.”

“성문에서 케릭스를 찾으면 되겠지?”

"글쎄? 케릭스 이름만 대면 바로 찾아주려나?"

"모를 일이지."

"흐음. 거참, 곤란하구만."

이변을 느낀 슈틴이 목적지를 바로 앞에 두고 우회하여 찾아간 곳에서 그들이 본 것은 부글부글 거품을 일으키고 있는 죽음의 늪이었다. 몬스터들의 사체는 그 죽음의 늪 가장자리에서 아주 조금 그 파편을 발견할 수 있었을 뿐이다. 그렇게 놀라며 사생결단을 하고 뛰어갔던 슈틴은 그 참상을 보고는 가볍게 한마디를 내뱉었을 뿐이다.

"케릭스는 무사해."

미친 듯이 슈틴의 뒤를 좇아갔던 사람들로서는 정말이지 몸에 남아 있는 힘이 쫘악 빠져 버릴 정도의 한심한 한마디였다. 그 뒤로 다시 레지나로 방향을 틀어 또다시 쉴 새 없이 달려온 결과가 지금의 위치. 하지만 또 하나의 문제가 어젯밤, 아니, 정확하게는 오늘 새벽에 발생했다. 슈틴이 오빠의 기척이 사라졌다며 잠시 눈을 붙이려던 사람들을 들들 볶아 깨웠던 것이다.

"가자. 케릭스가 기다릴 거야."

역시나 슈틴이 제일 먼저 앞장을 섰다. 뒤에 있던 핸슨들은 이제 그녀의 그 막무가내에 완전히 손을 든 차였다.

"그래그래, 가자고. 못 갈 것도 없지."

바로 그 시간, 케릭스는 불안감에 휩싸여 자신의 막사에 홀로 앉아 있었다. 바닥을 뚫어져라 내려다보면서 말이다.

세련되었다고는 표현할 수 없는 삐뚤삐뚤한 글자. 하지만 그것은 분명 카이스가 남긴 것이었다.

곧 돌아오겠다.

두서없는 말 한마디가 전부인 메시지. 자신과 계약한 이후로 단 한 번도 케릭스의 곁을 떠났던 적이 없는 카이스다. 그런데 지금, 중대한 결전을 앞에 두고 온데간데없이 메시지 하나만을 남기고 사라져 버린 것이다.

지금 케릭스의 손에는 카이스가 남기고 간 검이 들려 있었다. 그 검에서는 분명히 카이스의 기운을 느낄 수 있었다. 하지만 어째서 이런 시점에 사라져 버린 것일까? 케릭스는 그것이 너무나 불안했다. 카이스를 의심하는 사람은 많다. 그것도 이 레지나를 책임지고 있는 사람들이 필두가 되어 있다. 그런데 이런 시점에 사라져 버렸다면 분명 문제가 될 것임에 틀림이 없다.

"도대체 어디로 가버린 겁니까, 카이스 씨."

카이스와 떨어져 있다는 것을 자각한 순간부터, 이전에는 전혀 느껴보지 못했던 불안감이 엄습하고 있었다.

"어이, 케릭스. 언제까지 자고 있을 꺼야? 식사라도 좀… 어라?"

막사의 입구에 케릭스의 친구 둘이 고개를 내밀다 말고 황급히 안으로 들어섰다.

"얼굴이 왜 그 모양이야? 무슨 일이라도 있어? 어디 몸이 안 좋기라도 한 거야?"

세샤크는 흙빛으로 변해 있는 케릭스의 안색을 살피며 물었다.

"아니, 아무것도 아니야."

목소리가 갈라져 있었다. 마즈렉 역시 깜짝 놀라 물었다.

"아무것도 아니라면서 얼굴이 왜 그래?"

"정말 아무것도 아니야. 그냥 좀 긴장이 돼서……."

"그러고 보니 그 사람은 어디 있는 거냐? 어제 있던 소동에 대해선 전해 들었어. 우리도 좀 궁금하기도 해서 찾아온 건데."

"내가 조금… 안 좋은 듯싶으니까 뭔가 구해보겠다고 나갔어."

차마 케릭스는 카이스가 온데간데없이 어디론가 사라져 버렸다는 말을 할 수가 없었다.

"아, 역시 몸이 안 좋은 거구나. 여하튼 너는 너무 무리를 해, 언제나."

"아니야. 그냥 좀 긴장이 쌓인 것 같아. 괜찮을 거야."

"어디 보자."

마즈렉이 불쑥 손을 내밀어 케릭스의 이마를 짚었다. 식은땀이 조금 배어 나와 있긴 했지만 열은 없었다.

"흐음. 너무 몸에 힘을 주니까 그런 거지. 맞아! 어제 있었던 일 나도 들었는데 몬스터 쪽에서 온 사자랑 그 사람이 닮았다는 소리는 어떻게 된 거야? 나는 듣고서도 당최 이해가 안 돼서 말이지."

"그건 그냥……."

뭔가 할 말을 찾아야 할 텐데 대답이 잘 떠오르지 않는다.

"쭈그리고 앉아 있지 말고 일어나. 식사라도 좀 해야지. 뭐, 별거 없긴 하지만."

"그래, 그래야지."

케릭스는 주춤주춤 일어났다.

"어? 그 검은 뭐야? 전에 본 것이랑 비슷하긴 한데 그건 가드에 그립 부분까지 전부 새카맣군."

셰샤크가 케릭스가 들고 있는 검에 관심을 보였다.

"이건… 카이스 씨가 준 것인데."

그것은 의심할 여지없는 드래곤 슬레이어였다. 가드 부분에서부터 그립까지 드래곤의 형상이 정교하게 조각되어 있는 검은 도공이 보았다면 분명 명검이라 일컬을 만한 것이다.

"헤에. 그 친구는 검이 여러 자루라도 되나? 신기하군."

"나가자. 몬스터들이 쳐들어오면 밥이고 뭐고 다 그른 일일 테니까."

"그래."

케릭스는 마즈렉과 셰샤크와 함께 막사를 나섰다. 하지만 그들이 함께 식사를 하기까지는 많은 시간이 필요하리라고는 세 사람 중 어느 누구도 알지 못했다.

"서, 성 밖에 이상한 것이!!"

"어서 보고해!!"

막사를 나선 세 사람의 앞으로 병사 하나가 사색이 된 얼굴로 어디론가 뛰어가고 있었다.

"무슨 일이지? 설마 몬스터들이?"

"어서 알려!! 빨리!!"

"이봐!!"

셰샤크가 지나가는 병사 하나를 붙들었다.

"무슨 일인가! 몬스터들이 도착했나?"

"아, 아닙니다. 성 밖에 이상한 게 생겨나고 있어요! 어서 가보십시오!"

말을 다 마치기도 전에 병사는 황급히 다른 곳으로 뛰어갔다. 세 사람 역시 서로의 얼굴을 돌아다볼 참도 없이 성벽으로 뛰어갔다.

보고를 하러 간 몇몇 병사 이외에는 모두 성 밖을 내려다보고 있었다.

넓이 15미터의 거대하고 깊은 해자를 넘어 거리로는 대략 100여 미터. 간간이 나무들이 있긴 하지만 성 밖은 원래 집들이 옹기종기 모여 있는 곳이다. 군데군데 여관 같은 커다란 건물들이 있던 그 장소가 묘하게 달라져 있었다. 케릭스는 사람들이 가리키는 장소 쪽으로 눈을 돌렸다.

"저기요! 저기!"

하늘 높이 솟아오른 태양 빛에 무엇인가 반사되어 반짝거리는 것이 보였다. 넓게 나 있는 도로의 한가운데에 그것이 솟아오르고 있었다.

쿠우웅―

미세한 진동이 발 밑을 울리는 순간 사람들의 눈앞에서 집 몇 채와 커다란 건물 하나가 무너져 내렸다. 풀썩풀썩 먼지들이 날리고 미세한 진동이 계속 이어졌다.

하나둘씩 집들이 무너지는 것을 보고 있던 케릭스의 머리 속에 비슷한 광경이 떠올랐다. 케릭스는 자기도 모르게 중얼거렸다.

"소환 마법진……!"

"뭐?"

"마법진이라고?"

이전에도 같은 광경을 목격했던 적이 있었다. 바로 엘렌데이크에서 말이다.

"저건 마법진이다!! 그것도 상당히 커!"

집들이 일정한 둥근 선을 따라 차례차례 무너지며 먼지가 피어오른다. 그리고 저 마법진이 완성되면 분명 몬스터들이 그곳에서부터 기어나올 것임에 틀림이 없었다.

"마즈렉, 세샤크, 어서 사람들에게 알려! 저건 소환 마법진이다. 저게 완성되면 바로 마계의 몬스터들이 지상으로 소환돼! 어서!!"

케릭스의 말은 주위 사람들도 모두 들었다. 성벽 위에서 몸을 내밀고 있던 병사들이 미친 듯이 고함을 지르며 무기를 손에 들었다.

"전투 준비!! 몬스터들이 온다! 전투 준비!!"

"몬스터들이다! 몬스터들이 온다! 마법진이다!"

멍하니 멀리 떨어진 곳을 바라볼 여유 같은 것은 존재하지 않았다. 빨라도 오후라 생각했던 결전의 시간이 너무나 빨리 그들의 목전에 다가와 있었다.

"몬스터들이 온다!"

"오! 세상에!!"

활을 들고 있던 손이 부르르 떨리는 것을 느낀 궁수가 믿을 수 없는 광경에 놀라 신의 이름을 부른다. 그것은 비단 그 궁수뿐만이 아니었다. 사람들은 차례차례 무너지는 집들을 보고 있는 것만으로도 심장이 떨려올 지경이었다.

사람들이 지켜보는 가운데, 그리고 차례차례 무기를 손에 쥐고 투석기에 돌을 차곡차곡 올리고 있는 가운데 집들의 잔해가 둥그렇게 선을 그리고 알 수 없는 문양들과 선들이 그 안에 빼곡하니 들어찼다. 다음 순간, 무너진 집들의 잔해가 짙은 녹색의 빛에 밀려 하늘로 떠오르기 시작했다.

"마법진… 이 발동된다."

쿠우웅—

진동이 커다란 레지나의 성을 울리는 순간 녹색의 빛으로 그려진 마법진이 땅에서부터 공중으로 천천히 이동하는 것이 보였다. 뜻 모를 마법 문자들이 둥그런 원에 이끌려 하나둘 떠올라 제자리를 찾아갔다.

그 크기는 엘렌데이크에서 케릭스가 목격했던 것보다 더욱 컸다.

마법진을 바라보고 있던 케릭스는 마음속에서 카이스의 이름을 부른다.

'카이스 씨, 당신이 필요해! 도대체 어디 있는 겁니까!!'

카이스가 있었다면 목숨을 걸고라도 저 거대한 마법진의 소멸을 기도했을 것이다. 이미 성을 향해 오고 있는 몬스터들만으로도 벅찬 마당인데 새로운 마법진이 생겨난다면 그 끝은 상상도 할 수 없는 것이 되고 만다.

'어째서!! 어째서 이 자리에 없는 겁니까!!'

그것은 원망이라고 부를 수 없는 절망의 절규. 그 절규는 케릭스가 손에 쥐고 있는 묵빛의 검에 반영되어 희미한 검 울음소리를 지어냈다.

'나는 당신이 필요해!! 나와 함께 뜻을 같이할 자가!!'

＊　　　　＊　　　　＊

공간의 경계선을 지날 때면 머리끝에서 발끝까지 온몸에 덮여 있는 비늘 하나하나까지 모조리 뒤집혀 버리는 것 같다. 다만 그것을 자주 느낄 필요가 없음에 감사할 따름이다.

카이스는 중간계에서 환수계로 넘어오며 폴리모프했던 몸을 원래대로 돌려 본체로 돌아왔다. 묵직한 중압감이 자신이 정말로 중간계에서 환수계로 돌아왔다는 것을 새삼스레 깨닫게 해주었다.

몸에 남았던 미세한 충격이 사그라드는 마지막 순간 카이스는 눈을 떴다.

「늦으셨군요, 라디카이스.」

「…데네이아르님께서 어찌하여?」

드래곤들이 세계의 경계를 넘어갔다가 돌아올 때는 대부분 일정한 지역으로 돌아오게 된다. 평소라면 그곳엔 아무도 없어야 정상일 것이다. 그런데 갑작스럽게 돌아온 카이스를 맞이한 드래곤이 있었다.

「다크 드래곤의 장 데네이아르가 라디카이스님을 뵙습니다.」

의문에 젖어 있는 카이스와는 상관없이 그를 기다리고 있던 드래곤이 예를 취한다. 전후 사정은 어떻든 카이스 역시 상대방에게 예를 취했다.

「다크 드래곤의 일족 라디카이스가 데네이아르님을 뵙습니다.」

「훨씬 더 일찍 돌아오실 것이라 생각했습니다만.」

「아아. 일이 좀 있었습니다, 데네이아르님.」

「우리가 인간과 계약한다는 것은 좀처럼 드문 일이지요.」

「……!」

데네이아르의 말에서 카이스는 그가 어떤 목적을 가지고 자신을 기다렸다는 것을 깨달았다. 그것도 인간과 계약한 일과 관련된 무엇인가가 있는 것이다. 게다가 이전에 만났을 때는 분명 자신에게 하대를 하던 데네이아르가 지금은 명백히 태도가 다르다.

「궁금하신 모양이군요. 알고 계시겠지요, 라디카이스님. 드래곤에게 거짓은 없다. 다만 말하지 못하는 것이 있을 뿐. 하지만 거기에 하나 더 있지요.」

「무엇을 말씀하시는 겁니까?」

「그것은 알려지지 않은 사실이라고 불립니다, 라디카이스님. 저로서도 그것이 무엇인지는 알 수 없습니다. 다만 제가 알고 있는 것은 당신에겐 그것을 알 권리가 생겼다는 것입니다. 저와 함께 가시지요.」

데네이아르의 뒤를 따르며 카이스는 그에게 물었다.

「알 권리라는 것은 설마 인간과 계약한 일을 뜻하는 겁니까?」

「그렇습니다. 그 사실과 역사를 알 권리는 인간과 계약한 다크 드래곤과 다른 드래곤 로드에 한정되어 있습니다. 어째서 그것을 다른 드래곤들에게 비밀로 하는지는 저 역시 알지 못합니다. 다른 드래곤들과 달리 다크 드래곤 로드의 자리는 몇백 년간이나 공석이었습니다. 대신 일족의 장인 제가 로드의 위가 공석일 때는 그 대리를 맡게 되어 있지요.」

「그것은 익히 알고 있는… 데네이아르님, 이곳은 금역(禁域)이지 않습니까?!」

카이스가 깜짝 놀라며 말했다. 데네이아르가 카이스를 인도한 곳은 다크 드래곤 로드의 레어이며, 현재로서는 모든 드래곤에게 금역이 되어 있는 장소였다.

「어찌하여 저를 이곳으로 인도하신 것입니까?」

「라디카이스, 인간과 계약한 자여. 당신에게는 금역이 아닙니다.」

일족의 장인 데네이아르가 그에게 고개를 숙인다.

「당신이 무엇을 알고자 하든 그 해답은 이 안에 있습니다. 당신의 운명이 어찌 변화될지 이 데네이아르는 알지 못합니다. 다만 제가 알고 있는 것은 당신이 우리가 오랫동안 갈망하던 드래곤 로드의 자격을 갖추었다는 점입니다.」

「……!」

아마도 그것이 일족의 장인 데네이아르가 카이스에게 존대를 하는 이유일 것이다. 그 이외에 데네이아르에게 들어야 할 것은 이제 아무것도 없었다. 카이스는 중간계에서 벌어지고 있는 일과 그에 관련된 무엇인가를 장에게 묻기 위해 환수계로 돌아왔지만 그것은 아무도 그에게 대답해 줄 수 없는 것이었다.

「환수계에 존재하는 수많은 드래곤들이 중간계에서 유희를 즐기고 오곤 합니다. 하지만 그중 과연 몇이 인간과 계약을 할까요? 그것은 길고 긴 드래곤의 역사 속에서도 극히 드문 일입니다. 라디카이스, 당신은 이제 당신이 알고 싶어하는 그 모든 것에 대한 해답을 얻을 수 있습니다.」

검은 날개의 펄럭임이 멈추고 카이스의 몸은 천천히 비어 있는 드래곤 로드의 레어 입구에 내려앉았다. 카이스는 그 안으로 한 걸음 들어섰다. 칠흑처럼 어두운 레어였지만, 길은 단 하나. 방향을 잃을 염려는 없었다.

카이스는 숨을 죽인 채 안으로 들어갔다. 어느 드래곤의 레어보다 훨씬 커다란 공간이 눈앞에 나타났다. 하지만 그에 이어지는 조그마한 출구는 드래곤의 몸체로는 들어갈 수 없는 것이었다.

「인간으로 폴리모프하라는 의미인가?」

그 작은 문 앞에서 카이스는 다시 인간의 몸으로 되돌아갔다. 오랜 시간은 아니지만 최근에 계속 폴리모프를 하고 있었던 탓일까? 인간의 몸이 묘하게 편하게 느껴졌다.

끼익 소리와 함께 카이스는 안으로 들어섰다. 은은한 빛이 좁은 통로 저편에서 흘러나오고 있었다. 감각으로 느낄 수 있는 생명체는 아무것도 없었다. 하지만 저 안에는 무엇인가가 그를 기다리고 있었다.

좁은 통로를 지나 빛이 들어찬 장소에 도착한 카이스는 잠시 말을 잃었다. 그 안에 가득 들어차 있는 물건들과 가구들 때문이었다. 그것들은 분명히 중간계의 인간들이 사용하는 물건들이었다. 종종 드래곤들이 인간의 모습으로 폴리모프하여 지내는 경우는 많지만 이렇게 직접, 인간계의 물건들을 가져와 그것을 사용하는 일은 많지 않다.

카이스는 그리 넓지 않은 방 안을 둘러보았다. 어느 것이나 한 사람, 혹은 두 사람의 인간이 지내기에 불편이 없을 정도의 시설이고 물건들이다. 하지만 특이해 보이진 않았다.

"……"

잠시 주변을 둘러보던 카이스는 닫혀 있는 또 하나의 문 쪽에 시선을 멈추었다. 그 문 저편에 있는 무엇인가가 자신을 부르고 있었다. 카이스는 그 문 쪽으로 다가갔다. 그 문은 봉인이 되어 있지만 그리 단단한 것은 아니었다. 아마도 그것은 이 방에 들어오는 누구에게나 출입을 허락하지는 않는다는 의미에서 만들어진 봉인인 듯했다.

"봉인 해제."

자신을 부르는 무엇인가를 찾기 위해 카이스는 문의 봉인을 해제했다. 스펠이 끝나자마자 닫혀 있던 문이 저절로 스르륵 열려 그의 앞에 공간 하나를 만들어냈다.

어둡지만 희미한 빛이 그를 인도하고 있었다. 그 빛은 낯설지만 또한 익숙한 것. 다크 드래곤의 기운과 비슷한 어두운 빛이었다.

"무엇을 위해 만들어진 공간이지?"

한 걸음 한 걸음 안으로 들어선 그에게 조금 전의 그 작은 방과는 달리 커다란 공간이 펼쳐졌다. 순간 카이스는 자연스럽게 본체로 돌아왔다.

본체로 돌아온 그의 눈에 자그마하고 길쭉한 상자 같은 것이 세 개가 보였다.

「무엇을 위한… 저것은 인간? 인간의 시체… 관인가?」

모양은 상자처럼 보였지만 그것은 차가운 얼음으로 만들어진 것이었다. 그 안에는 아주 평온한 얼굴을 한 사람들이 하나씩 누워 있었다.

「어째서 로드의 레어에 인간의 시체가, 그것도 세 구나 존재하는 것이지?」

의문을 가지는 순간 조금 더 떨어진 곳에서 그의 감각을 자극하는 것이 느껴졌다. 마치 그의 의문에 해답을 주겠다는 의지와도 같은 것이었다.

카이스는 그곳으로 다가갔다. 그곳에는 이 어두운 공간을 비추는 물체가 놓여 있었다.

「드래곤 오브? 아니야, 이것은… 다크 드래곤 로드의 드래곤 본이다.」

아무도 설명해 주지 않았지만 카이스는 그 물체의 정체를 깨달을 수 있었다. 자신을 부르고 있는 것이 바로 그것이라는 것을.

어째서 자신이 다크 드래곤 로드의 자격을 갖추었다는 것인지 아직 알 수는 없었지만, 이것에 손을 대면 아마도 그 해답을 찾을 수 있으리라.

각오 같은 것은 필요없다. 주어진 것이라면, 그리고 지금 그가 느끼고 있는 이 의문을 해결할 수 있는 것이라면 충분히 이 드래곤 본에 손을 댈 수 있다. 예전의 카이스라면 무엇인가를 하고자 하는 것에 대한 욕구조차 희미했을 것이다. 드래곤들은 그런 존재이니까.

하지만 지금 그는 그것을 느끼고 있었고, 그것은 아마도 자신이 인간, 케릭스와 계약을 맺음으로 인해 느끼기 시작한 인간적인 '감정' 때문일 것이다.

「나에게 해답을…….」

검은 빛이 드래곤 본 가까이 다가온 카이스의 몸을 끌어당기듯이 선과 줄이 되어 그의 몸에 천천히 감겨들기 시작했다.

순간 그의 눈앞이 암흑으로 변했다.

「……!!」

제일 먼저 그의 눈앞을 스치고 지나간 것은 이름 모를 인간의 모습, 그리고 그와 계약하는 다크 드래곤 로드 카이스터스의 모습이었다. 지금 그에게 보여지고 있는 것은, 아니, 그가 느끼고 있는 것은 과거의 기억들, 카이스터스가 남긴 기억들이었다. 시간적인 개념은 없다. 모든 것이 순식간에 카이스의 기억 속으로 파고들어 왔다. 카이스터스 이전의 다크 드래곤 로드들의 기억들과 그들이 알고 있던 사실들과 진실.

혼재해 있는 그 기억의 파편들 가운데 형체를 갖춘 다크 드래곤 로드 카이스터스의 모습이 떠올랐다. 아니, 그것은 비단 카이스터스만의 것은 아니었다. 지금까지 로드의 자리에 있던 드래곤들의 상념이 하나로 뭉쳐진 것이었다.

「새로운 다크 드래곤 로드를 위하여 이 기억을 남긴다. 우리 드래곤들은 세상의 어떤 존재보다 긴 수명, 그 모든 것을 제압할 수 있는 힘과 능력을 가졌다. 하지만 그런 우리에게 허락되지 않은 단 한 가지가 있으니, 그것은 우리가 필요하다는 사실조차 깨닫지 못하는 어떤 것. 너무나 강대한 까닭에 필요치 않아 하는 것. 그러나 완전을 위해 추구할 수밖에 없는 것.」

머리 전체를 울리는 목소리가 카이스의 온몸을 사로잡는다.

「우리는 완전에 가깝다. 그렇게 창조되었다. 하지만 완전하지는 못한 이유가 있다. 그 이유를 가진 것은 우리와는 전혀 다른 존재. 나약하기에 그것을 가질 수 있었던, 그렇게 창조된 생물, 인간. 우리가 그들과 계약 하고자 하는 것은 그들이 가진 것을 우리가 필요로 하고 때로는 필요로 하지 않기 때문이다.」

그리고 그 사실이 모든 드래곤들에게 알려지면 안 되는 이유는 아마도 이 사실이 세계의 위협이 될 수 있는 존재를 만들어낼 수도 있기 때문일 지도 모른다.

적어도 카이스는 그렇게 느꼈다.

「나약한 존재. 그러나 완전해질 수 있는 것을 가진 인간. 우리에겐 그 들이 가진 풍부한 '감정'이, 그들에게는 넘쳐흐르는 '감정'이 없다. 그 리하여 언제나 그것에 끌린다, 보다 완전에 가까운 우리 드래곤들이기 에.」

어째서 그 수많은 드래곤들이 인간으로서 유희를 즐기는 것인가. 어째 서 그 많은 드래곤들이 자신들보다 훨씬 나약한 존재에게 끌리는가.

「로드여, 그대의 나약한 계약자는 그대와 함께 완전에 가까워질 수 있 다. 하나 기억하라, 완전에 가까울수록 우리 역시 포기해야 할 부분이 있 다. 우리는 보다 신에 가깝지만 우리 역시 인간과 마찬가지로 피조물이 다. 존재의 의미는 그것에 있다. 로드여, 그대가 로드로 불리워질 수 있 는 이유는 인간과의 계약에 있다. 보라, 저 사랑스러운 생물을, 그들의 존재를.」

카이스의 눈앞에 환하게 웃고 있는, 또한 절망에 가득 찬 인간의 표정 이 비추어졌다. 그들은 모두 드래곤들과 계약한 인간들이었다. 이 장소 에, 얼음 속에서 그 존재를 지속하고 있는 인간들 외에도 몇 명이나 드래 곤과 계약한 인간이 카이스 앞에 비추어졌다.

로드의 위에 오른 드래곤들이 인간 계약자를 얼마나 위했는지, 그리고 그들이 얼마나 많은 것을 인간에게서 받고 또한 주었는지. 그리고 왜 인간을 지키려 하는지.

「선택은 그대 자신에게 달렸다. 그대가 진정한 로드의 길을 추구한다면 선택하라. 그리고 그 선택을 후회하지 말라.」

카이스의 눈앞에 펼쳐졌던 어둠의 장막이 서서히 걷혀갔다. 여전히 눈앞은 캄캄했지만, 조금 전에 그에게 보여졌던 것과는 다른 어둠이었다.

어두운 빛을 내뿜고 있던 드래곤 본은 온데간데없이 사라지고 빈 공간에 남은 것은 카이스와 오랜 기억들을 품고 고요히 잠들어 있는 세 사람뿐.

「그래서 당신들이 이 자리에 잠들어 있는 것인가?」

그 많은 생명체 중에서 드래곤과 계약하는 것은 오로지 인간뿐이다. 하지만 그 인간들 모두가 드래곤들의 선택을 받지는 않는다. 그리고 많은 드래곤 중에서도 단지 몇 마리의 드래곤만이 인간을 선택한다.

중간계가 환수계와 마계를 나누는 쐐기이며 그것을 지키는 것이 일족의 사명이라고 해도 그 사명이라는 단어 자체가 존재하지 않는다. 인간을 지켜야 한다는 전제 같은 것은 없었다. 하지만 인간과 계약한 드래곤들은, 드래곤 로드들은 하나같이 인간들의 위기 앞에서 그것을 지켜왔다. 인간들에게는 드래곤들에게 없는 것이 있었기에.

그리고 드래곤들은 그것을 원했다. 다만 그것을 원한다는 사실조차 드래곤들은 깨닫지 못하고 있었을 뿐. 그리고 그것을 깨닫지 못한다는 사실 역시 신이 만들어놓은 불완전함의 일부였다.

「설사 인간과 계약한다 하더라도 그에 대한 반대 급부가 있으니 몰라도 상관없는 것이겠지. 안 그렇습니까, 카이스터스여?」

불완전하다 해도 상관없었다. 그는 여전히 존재하고 있고, 약간의 불완전함이 있다 해도 존재하는 데 부족함을 느끼지 않았다. 그것으로 족했다.

얼마나 시간이 흘렀을까? 문득 카이스는 시간의 흐름을 느꼈다. 드래곤으로 있는 동안엔 시간이 얼마나 흘렀는가에 대한 자각도 그다지 느끼지 않았다. 하지만 지금 그는 위험 앞에 놓여 있는 계약자를 두고 온 터다.

「돌아가야겠군.」

지금 그는 드래곤 로드와 다름없다. 하지만 아직은 진정한 로드가 아니었다. 그 선택은 자신에게 주어진 것이다.

진정한 드래곤 로드가 되느냐 마느냐는, 그가 다른 드래곤들에게 명을 내릴 수 있는가 없는가에도 직결된다. 인간계의 위기를 구하고자 한다면 다른 드래곤들의 힘이 필요할 수도 있다. 하지만 지금까지의 어떤 드래곤 로드도 다른 드래곤의 도움을 받지는 않았다.

「그 녀석은 나의 계약자. 계약자에 대한 책임은 나 자신이 지는 것이 당연해.」

드래곤들은 자신의 일에 다른 이가 끼어드는 것을 원치 않는다.

「서둘러야겠군. 폴리모프!」

거대한 드래곤의 몸체가 순식간에 줄어들었다.

카이스는 마지막 선택을 앞에 두고 다시 한 번 중간계로 돌아가는 문을 열었다. 그 선택이 어느 방향이 되든 그는 중간계로 가야만 했다.

지금 이 순간에도 그의 계약자가, 케릭스가 그를 기다리고 있기 때문이다.

* * *

"뛰어!!"

"뭐 하는 거야, 엘레프!!"

핸슨이 몸을 숙여 바닥에 손을 대고 있는 엘레프의 팔을 잡아당겼다.

"정령을 불러낼 거야! 어서 뛰어가!!"

슈틴이 핸슨을 말렸다.

"엘레프! 저들을 막아!"

"주인의 부름을 들으라. 운드르크!!"

엘레프가 손을 대고 있는 땅바닥의 한 부분에서부터 파아— 하고 원형의 선을 따라 빛 아닌 빛이 새어 나오며 땅이 흔들렸다.

단단한 바닥이 갈라지고, 주변의 흙들이 살아 있는 생물처럼 한곳으로 모여든다.

"Clay Wall!!"

엘레프의 명령에 따라 땅의 정령 운드르크가 그들의 뒤에 높은 흙의 장벽을 만들어냈다. 그들을 뒤따라오던 몬스터들의 아우성이 흙벽을 넘어 들려왔다.

"어서 서둘러!!"

레지나 성을 바로 앞에 두고 핸슨과 슈틴들은 몬스터들을 피해 필사적으로 달리고 있었다. 멀리 짙은 초록색의 원형으로 빛나는 소환진이 보였다. 그것은 스파다 쪽 방향에 생겨난 소환진과는 다른 것으로, 규모는 작았지만 계속해서 몬스터들이 소환되고 있었다. 사람들의 시선이 거대한 마법진에 쏠려 있을 때 만들어진 것이었다.

"젠장!! 성문이 닫히고 있어!"

린슨이 레지나 성을 바라보며 외쳤다. 바로 그들의 눈앞에서 그들의 생명을 지켜줄 거대한 성문이 닫히고 있었다.

레지나의 거대한 성은 성곽 도시와 같은 것이라 성 전체가 해자로 둘러싸여 있지는 않았다. 강물을 끌어들여 성의 동쪽과 남쪽을 감싸고 있을 뿐인 것이다. 데라즈의 중심부로 이어지는 대로 쪽으로는 튼튼한 성문이 있었고 지금 그들이 목표로 하고 있는 성문도 그런 것이었다.

"어이!! 이봐!! 기다려!!"

빈즈가 미친 듯이 소리를 쳤다.

"기다려!! 아직 닫지 말라고!!"

비명과도 같은 빈즈의 목소리가 들린 것일까? 닫혀지던 성문이 주춤거리는 듯이 보였다.

"어서!! 뛰어!! 서둘러!"

사람들의 목소리가 들려왔다.

"빨리!"

엘레프가 만들은 흙벽이 서서히 무너져 갔다. 그것을 뒤돌아 볼 사이도 없이 핸슨은 미친 듯이 앞을 향해, 문을 향해 뛰었다.

"궁수들!!"

누군가 성벽에서 명령을 내리는 소리가 들렸다. 몬스터들이 사정 거리에 들어오면 가차없이 화살을 퍼부을 기세다.

"어서어서!!"

제일 먼저 성문에 도착한 것은 슈틴이었다. 그녀는 뒤를 따라오는 동료들도 돌아보지 않고 문을 잡고 있던 병사에게 물었다.

"케릭스! 케릭스를 찾고 있어. 어디 있지?"

"몰라!! 어서 들어가! 몬스터들이 온다!"

"케릭스!!"

뒤를 따라 핸슨이 들어오고 린슨과 리링, 빈즈, 그리고 마지막으로 엘레프가 문을 통과했다. 성문을 통과하자마자 병사들이 있는 힘껏 무거운 성문을 밀어 닫았다.

“뭐 하고 있어!! 어서 밀어!”

가쁜 숨을 내쉬고 있는 핸슨 일행에게 병사가 히스테릭하게 외쳤다.

“어서 도와!”

핸슨 역시 성문을 봉쇄하는 것이 얼마나 중요한 것인지 알기에 제일 먼저 성문에 달려들었다.

“영차!”

“영차! 영차!”

구호에 맞추어 장정들이 힘껏 밀어대자 무거운 성문이 천천히 닫히기 시작했다. 쿠웅— 하고 문이 닫혀지는 순간 뒤에서 대기하고 있던 병사들이 두꺼운 통나무를 가져와 성문을 단단하게 지탱하기 위해 가로대를 설치하고 그 가로대 밑에도 나무들을 덧대었다.

“제길, 간신히 살았네. 갑작스럽게 들이닥치다니 저놈의 징글징글한 몬스터들!”

“자네들은 어디서 온 건가? 피난 명령도 못 들었어?”

“아아, 우린 누굴 좀 찾으러 왔는데.”

“찾는 건 나중에 해. 지금은 살아남는 게 더 중요해!”

병사들 중 하나가 핸슨에게 커다란 활을 건네주며 말했다. 그렇게 말하는 병사 역시 큰 활을 어깨에 메고 있었다.

“어라? 우리는 용병들인데 나중에 보수라도 주는 건가?”

“보수 같은 소리 하고 있네. 자네 목숨이 보수야. 저 위로 올라가!”

핸슨이 제일 먼저 앞장을 서자 다른 사람들도 차례차례 자신들의 무기를 꺼내며 그 뒤를 따랐다. 빈즈는 아래쪽에서 망설이고 있는 엘레프에게 소리를 질렀다.

“뭐 해!! 어서 올라와.”

“저는 슈틴님을 따라가야 합니다.”

"어차피 케릭스를 찾으러 갔겠지. 자네의 정령술이 필요해."

빈즈의 말에 엘레프는 잠시 망설였다. 분명 케릭스는 이 성 어딘가에 있을 것이다. 혼란스럽긴 하지만 슈틴이 어디에 있는지도 대략 짐작할 수 있다. 위험한 상황이긴 하지만 적어도 성안이라면 약간이나마 마음을 놓을 수가 있다.

'설마 어리석은 짓을 하시지는 않겠지.'

다른 것은 다 제쳐 두고 케릭스에 관련된 일이라면 슈틴은 이성을 잃는다. 드래곤이라 믿어지지 않을 정도로 말이다. 평소의, 아니, 예전의 슈틴을 생각하면 그것은 극히 위험한 일이었다.

"저놈들이 성안으로 밀어닥치면 더 위험해! 차라리 여기서 저놈들 목을 따자고!"

"알겠습니다. 돕겠습니다."

빈즈의 말대로 자신의 마법은 분명 이 상황에서는 커다란 도움이 될 것이다. 인간들과는 비교할 수 없으니 말이다. 이런 순간에 자신이 인간과는 명백히 다르다는 것을 깨닫는 것은 너무나도 아이러니컬한 일이었다.

엘레프는 사람들의 뒤를 따라 성벽 위로 올라갔다. 성벽 위에 올라서자 자신들이 얼마나 위험했는가가 한눈에 보였다. 흙벽의 군데군데가 이미 완전히 부서지고 있었던 것이다.

"기름!"

"뭐?"

"기름이 있을 텐데? 저들 사이로 적당히 퍼부어주겠소?"

"갑자기 무슨 소리야? 투석기가 있긴 하지만 그건 내 마음대로 되는 게 아니야. 저쪽에 가봐. 우리 대장이 있으니까."

병사가 한쪽을 손으로 가리켰다. 그가 가리키고 있는 쪽에 한 남자가 다른 사람들에게 명령을 내리고 있는 것이 보였다. 엘레프는 그쪽으로 황급히 뛰어갔다.

"기름이 있습니까?"

"뭐?"

"저들을 손쉽게 막을 방법이 있으니 기름을 투척해 주시오. 어서!"

"화공을 아무 때나 쓰는 줄 알아? 보라고! 바람이 성을 향해 불고 있어! 반대쪽에서라면 몰라도 여긴 안 돼! 우리 시야를 가릴 거다."

"상관없으니 어서 퍼부어! 빨리!"

순간 엘레프의 시선이 성밖을 향한다. 흙벽을 부수고, 그리고 그 위로 뛰어오르고 있는 것은 웨어울프들이다. 몬스터 중에서도 불에 약한 종류다.

"젠장! 이곳은 내 책임이란 말이다!!"

"그러니까 빨리! 당신 목이 달아나게 하진 않을 테니까!"

"빌어먹을!! 기름통을 장전해라!"

화급하게 다그치는 엘레프를 이기지 못한 남자는 소리를 질렀다. 병사들이 화급히 투석기로 달려갔다.

"돌이 아니라 기름통이다! 이 멍청한 녀석들!!"

"부, 불을 붙여야 하는데."

"그냥 쏘아버려! 어서!"

이미 투석기에 장전되고 있던 돌을 내리고 병사들이 기름통을 얹는 것을 확인한 대장이 발사 명령을 내렸다.

"발사!!"

기름통들이 일제히 하늘로 날아오르는 것이 보였다. 그것을 본 몇몇 병사가 화급히 불화살을 준비하기 시작했다. 하지만 바람이 그들의 얼굴에 밀어닥치고 있었다.

"젠장!! 불화살을 어떻게 날리라는 거야! 이 바람에!"

엘레프는 근처에 피워놓은 불가로 가서 소리쳤다.

"비키시오!"

"뭐, 뭐야, 당신!"

"다치지 않고 싶으면 내 옆에서 떨어지시오, 어서!"

서슬이 퍼런 엘레프의 말에 궁수들이 주춤주춤 뒤로 물러났다.

"네 주인이 명한다. 카시아!"

화르륵— 타오르고 있던 불꽃이 순식간에 하늘 높이 솟아올랐다.

"으, 으악!"

하늘 높이 솟아올랐던 불꽃에서 화려한 불꽃 색을 가진 새 한 마리가 나타나 쏜살같이 몬스터들을 향해, 그들 사이로 떨어져 내리고 있는 기름통들을 향해 날아갔다.

"우와아아!! 마, 마법사다!! 마법사!!"

"마법이야!!"

병사들 사이에서 경악과 환호가 뒤섞인 탄성이 튀어나왔다.

"익스플로젼(Explosion: 폭발)!"

불꽃의 새가 지면에 닿는 순간 거대한 폭발음이 공기를 울렸다.

지면에 뿌려진 기름과 함께 불꽃의 정령이 고온의 불길을 만들어내며 폭발하고 있었다. 기름이 타오른 시커먼 연기가 뭉게뭉게 피어오르기 시작했다.

"제, 젠장! 연기가 성을 향해 온다!"

"화, 화살이라도 퍼부어!"

"아직 안 돼! 사정 거리 밖이다!"

병사들이 우왕좌왕하는 사이 엘레프는 표정 하나 변하지 않고 또 다른 정령을 불러냈다.

“너의 주인의 부름에 응하라! 실피드!”

그의 손끝에서부터 바람이 일어났다. 사방에서 투명한 형체들이 하나 둘 나타났다.

“우, 우왓! 이건 뭐야!!”

낮게 속삭이는 여인의 웃음소리가 그 투명한 형체들에게서 흘러나오기 시작했다.

“뭐, 뭐냐, 이, 이상한 것들은!”

“바람의 정령이다. 그녀들이 바람의 방향을 바꿔줄 것이니 그렇게 쳐다만 보지 말고 궁수들에게 발사 명령이나 내려.”

“뭐?”

“실피드들이여, 명령이 있을 때까지 이 자리를 지켜라!”

엘레프의 명령에 실피드들이 웃음으로 대답해 왔다. 실피드들의 위치를 확인한 엘레프는 뒤도 돌아보지 않고 그대로 성벽에서 안으로 뛰어내렸다.

“이, 이보시오, 마법사 양반! 어딜 가는 거요!”

조금 전까지는 반말을 하며 화를 내던 대장이 황급히 엘레프를 부른다.

“바람의 방향을 고정시켜 놓았으니 나머지는 알아서 하시오. 나는 사람을 찾아야 하니.”

“하, 하지만!!”

대장의 목소리에도 불구하고 엘레프는 그대로 어디론가 뛰어가 버렸다. 그런 엘레프를 망연자실하게 바라보고 있는 남자의 어깨를 아인이 툭툭 여유롭게 건드렸다.

“저 녀석은 사람을 찾으면 다시 올 테니까, 화살이 어디 있는지나 좀 가르쳐 주쇼.”

아인이 느긋한 목소리로 대장에게 말했다.

"도대체 당신들은?!"

"우리? 용병. 당신이 대장인 모양인데 호들갑을 떤다고 저 몬스터들이 다 죽는 것도 아니잖소. 우린 이런 데 이골이 난 사람들이긴 하지만, 대장이 그러고 있으면 죽도 밥도 안 돼. 정신 차리라고."

"화, 화살은 저쪽에 가보시오."

"고맙소이다."

느긋하게 걸어가는 아인을 보며 그는 얼굴을 찌푸렸다. 몬스터들의 습격도 그렇지만 일어나고 있는 상황들이 너무나 예상 밖의 것들뿐이었다. 하지만 예상 밖이라고 당황해하고 있을 틈은 없었다.

"불길에서 살아남은 몬스터들이 몰려온다!!"

병사들의 목소리에 그는 정신을 차렸다.

"궁수대 준비!"

지금은 살아남는 것이, 몬스터들을 처단하는 것이 가장 급선무였다.

"케릭스! 케릭스!!"

슈틴은 병사들의 사이를 헤치고 지나가며 미친 듯이 케릭스의 이름을 부르며 그를 찾고 있었다.

오빠인 카이스의 기척이 느껴지지 않는다는 것이 그녀를 불안하게 만들었다. 어디선가 케릭스가 피를 흘리고 있을지도 모른다고 생각하면 온몸이 싸늘해진다.

"케릭스, 어디 있는 거야?"

미친 듯이 달려가던 슈틴은 순간 그 걸음을 멈추고 그 자리에 우뚝 섰다.

"케릭스……."

멈추어 선 그녀를 중심으로 다른 사람의 눈에는 잘 보이지 않는 검은 빛의 고리가 사방으로 퍼져 나갔다.

자신의 눈이 미치지 않는 곳에서 다친다면 어떻게 해야 할까? 카이스의 도움마저도 받지 못한 상황에 빠져 있는 것은 아닐까?

그녀의 마음은 이 성 어딘가에 있을 케릭스를 찾아 헤매기 시작했다.

한편 엘레프의 마법으로 우세한 전투를 시작한 서쪽 성벽과는 달리, 거대한 몬스터 소환 마법진을 바라보고 있던 동쪽 성벽의 상황은 그다지 좋지 않게 흘러가고 있었다.

소환된 몬스터들 중 하늘을 나는 종류들이 다수 섞여 있었기 때문이다. 게다가 그 수도 지상을 뒤덮은 몬스터들에는 뒤질지 모르나 이런 상황이 아니라면 충분히 '위급 상황'으로 치부될 만큼 많은 수였다.

그들을 발견한 랜드리크는 황급히 키세 나이트들에게 출진 명령을 내렸다. 화살이나 창이 아닌 이상 하늘을 나는 몬스터들은 같이 하늘을 날며 공격할 수 있는 키세 나이트가 상대할 수밖에 없었다.

궁수 중 몇몇이 다급해지자 화살을 하늘로 쏘아 올렸다.

"활을 멈춰! 키세 나이트들이 맞을지도 몰라!"

"하, 하지만……."

"해자를 건너오는 놈들이나 쏘라고!"

쿵쿵쿵. 땅을 울리는 소리가 점점 가까워지고 있었다. 불과 100여 미터 밖에 생겨난 마법진에서 나온 몬스터들이 성으로 다가오고 있는 것이다. 그 수는 성벽 위에 있는 병사들의 눈앞이 새카맣게 보일 정도였다. 앞장선 몬스터들은 이미 깊은 해자에 당도하여 첨벙첨벙 물에 뛰어들고 있었다.

케릭스는 성벽 한가운데에서 몬스터들을 바라보며 손에 들고 있는 검을 더욱더 힘껏 쥐었다. 그 신구들은 이미 드래곤들과 함께 출전해 그의 옆에는 아무도 없었다.

'아니, 내 옆에는 아무도 없는 게 아니야. 카이스 씨가 함께 있어!!'

불안한 마음을 다잡으며 케릭스는 결심을 굳혔다. 카이스가 이 검을 자신에게 남기고 간 것은 절대로 자신이 혼자가 아니라는 것을 알려주기 위함이라고 그는 믿고 있었다.

케릭스는 해자를 건너오는 몬스터들의 종류를 확인했다. 이미 알고 있는 몬스터에 생전 처음 보는 몬스터들도 다수 섞여 있었다. 그들은 헤엄치지 못하는 몬스터들의 다리가 되어 몬스터들이 그들의 위를 밟고 건너가게 하고 있었다.

"거, 거기 위험해!!"

해자를 건너오는 몬스터에 정신이 팔려 있는 케릭스에게 누군가 소리를 질렀다. 퍼뜩 고개를 드는 순간 하늘에서 날개를 잃은 와이번 한 마리가 떨어지는 것이 보였다. 케릭스는 검을 높이 들고 그 몬스터의 낙하 지점을 향해 달렸다.

쿠우웅—

피를 흘리는 와이번이 바닥에 떨어지는 순간 케릭스는 기합 소리를 지르며 그 몬스터의 목을 향해 검을 날렸다.

"하앗!!"

두꺼운 와이번의 가죽이 순식간에 잘려 나가며 날카로운 이빨을 가진 와이번의 목이 날아갔다. 믿을 수 없을 정도로 가볍게 베어져 나간 것이다. 케릭스는 자기도 모르게 손에 들고 있는 검으로 시선을 떨구었다. 와이번의 가죽은 그렇게 쉽게 베어지지 않는다. 엄청난 스피드와 힘을 요구하는 것이다. 그런데 마치 부드러운 쇠고기를 잘라내는 것처럼 순식간에 베어져 버린 것이다.

“카이스 씨…….”

케릭스는 자신감이 생겼다. 이 검으로 베지 못할 몬스터는 없으리라는 믿음이었다. 케릭스는 또 다른 몬스터가 떨어지지는 않는지 주변을 돌아보았다. 조금 떨어진 곳에 와이번을 조금 닮은 몬스터 한 마리가 추락하는 것이 눈에 들어왔다.

“궁수대! 발사!”

누군가 해자를 건너오는 몬스터들에게 발사 명령을 내리는 소리가 들려왔다. 다음 순간 넓은 해자를 향해 화살들이 빗줄기처럼 퍼부어졌다.

얼마 되지 않는 궁정 마법사들도 높은 망루 쪽에서 마법 주문을 외우기 시작했다.

“불꽃의 지배자여, 그대와의 계약에 따라 명하노니, 불꽃의 화살이 되어 적을 섬멸하라! 매직 애로우!!”

소낙비처럼 내리 퍼붓는 화살들 사이로 불꽃의 화살들이 몬스터를 향해 갔다. 그것은 보통의 화살과 달라 두텁고 단단한 몬스터들의 살을 파고들어 어김없이 명중해 들어갔다.

“와아아아!!”

“우와아아!”

사람들의 환호성 소리가 마법사들의 기운을 북돋아주었다.

하늘에서는 몬스터들의 날개를 베어 계속 아래로 떨어뜨리고 있었다. 어떤 것은 한창 해자를 건너오는 몬스터들의 머리 위로, 어떤 것은 성벽에, 어떤 것은 성안으로 떨어졌다. 불꽃의 브레스에 타올라 새카만 고깃덩이가 되어 떨어지는 쪽은 그나마 다행이었다. 그중에는 창이나 검에 상처를 입고 날카로운 바람에 상처를 입어 다진 고기 직전의 상태로 사람들의 머리 위로 떨어지는 것도 있었다.

차근차근 한 마리씩, 또는 두 마리씩 사람들은 협공하여 몬스터들을 처치해 나갔다. 그것은 길고 긴 하루의 시작이나 다름없었다.

키세 나이트 단장 랜드리크와 테로더 공작, 그리고 궁정 기사단 단장
은 성벽에서 조금 떨어진 곳에서 전황을 지켜보고 있었다. 하지만 세 명
모두 표정이 대단히 좋지 않았다.

"설마설마 했지만 놈들은 철저한 계산 하에 몬스터들을 소환하고 있
는 것 같습니다. 우리에게 키세 나이트들이 다수 있다는 것을 알고 말이
죠. 그렇지 않고서야 저렇게 많은 비행 몬스터들이 한꺼번에 몰려올 리
없습니다."

"그의 소행이겠군."

"아무래도 그런 듯싶습니다."

"저 비행형 몬스터들 때문에 키세 나이트의 대부분이 그들을 막는 데
집중하고 있기 때문에 다른 몬스터들은 기사들과 병정들의 손에 맡길 수
밖에 없을 듯합니다. 지금도 계속 날아오고 있군요. 도대체 저 소환진은
얼마나 유지되는 것인지 알 수가 없습니다. 서쪽 부근에서 나타난 소환
진은 다행히도 곧 소환을 멈춘 것으로 보고되었습니다. 이전 보고에는
없었지만 마법사가 한 사람 섞여 있어 그가 많은 도움이 되었다고 하는
군요."

"마법사? 하지만 궁정 마법사들은 모두 동쪽에 배치했는데."

"예정 외의 인물인 듯합니다. 정확한 것은 일단 현재의 상태가 소강
상태에 들어가면 좀 더 자세히 알아볼 예정입니다."

나름대로 위급한 상황이긴 했지만 아직까지 전황의 보고는 원활한 상
태였다.

"북쪽 성벽에 배치한 키세 나이트들을 조금 더 동쪽 성벽으로 이동시
켜야겠습니다. 그들에게는 해자를 건너오는 몬스터들을 상대하도록 하

고 또한……."

대부분의 몬스터들이 동쪽에서 밀려오고 있었다.

나름대로 대응을 잘하고 있었지만 현재의 상황으로는 단순한 소모전을 되풀이하고 있는 셈이다. 단숨에 몬스터들을 처치하려면 키세 나이트의 활약이 필수 불가결한 요소가 되지만 비행형 몬스터들 때문에 그것이 불가능한 상황이었다.

"무엇인가 이 상황을 타계할 방법이 필요한데."

랜드리크는 고뇌했다. 무엇보다도 가장 큰 활약을 해야 할 키세 나이트의 총단장으로서 그의 임무는 막중하다. 현재 데라즈의 거의 모든 병력이 이 자리에 모인 것이나 다름없다.

그가 그렇게 고뇌에 빠져 있는 동안 동쪽 성벽의 상황은 시시각각 변해가고 있었다.

"놈들이 성벽을 기어올라 온다!!"

심장을 긁어내는 듯한 몬스터들의 울음소리가 들려오고 사람들의 고함 소리와 비명 소리가 뒤섞였다. 원숭이와 비슷하지만 보통의 원숭이보다 세 배는 되어 보임 직한 새빨간 털의 몬스터가 경이로운 각력으로 성벽으로 뛰어오르기 시작했다.

몇몇 키세 나이트가 성벽 위를 기어올라 오는 몬스터들에게 드래곤 브레스를 쏘아 떨어뜨렸지만 역부족이었다. 날개 달린 몬스터들이 그들을 방해하고 있었기 때문이다. 70여 명이 넘는 키세 나이트가 활약하고 있었지만, 몬스터들의 수와 종류가 너무나 많고 다양했다. 애초에 키세 나이트가 공성전에 대항하기에 그다지 적합하지 않은 이유도 있었다.

남은 키세 나이트들 역시 각 방향에 배치되어 있지만, 그들 중 가장 많은 수가 활약하고 있는 동쪽 성벽의 상황이 그중에서 제일 좋지 않았다.

투석기에 장전된 돌이 하늘을 계속 날고 있었지만, 그 돌에 짓이겨 죽는 수 이상의 몬스터들이 지속적으로 마법진에서 소환되고 있었다. 마치 누군가 커다란 손으로 끊임없이 몬스터들을 마계에서 꺼내고 있는 듯했다.

벌써부터 깊은 해자에 몬스터들의 사체가 쌓여 가라앉고 있었다. 이 속도라면 얼마 가지 않아 해자가 모조리 몬스터들의 사체로 매워질지도 모른다.

"우, 우악!!"

새빨간 털을 가진 몬스터 한 마리가 성벽 위에 도달했다. 그 몬스터는 날카로운 발톱으로 바로 앞에 마주친 사람을 후려쳤다.

"크억!"

피가 튀고 살점이 떨어져 나갔다. 부상당한 사람은 얼굴을 감싸며 뒷걸음치다가 발을 헛디뎌 성벽 아래로 떨어지고 말았다.

"으아아아―!"

길게 이어지는 비명 소리에 사람들의 움직임이 둔해진다.

'사상자가 나기 시작했다.'

케릭스는 황급히 발걸음을 돌려 성벽 끝 쪽으로 자리를 옮겼다. 그런 그의 눈앞으로 새빨간 몬스터 한 마리가 튀어 올라왔다.

"헛―"

숨을 들이킬 사이도 없이 케릭스는 검을 들어 올렸다. 엉겁결에 들어 올린 검끝에 몬스터의 새빨간 털이 잘려 나가 사방으로 흩어졌다.

케에에엑!!

털을 잘린 몬스터의 눈이 빨갛게 달아오르는 것이 케릭스의 눈에 비추어졌다. 명백하게 케릭스를 적으로 인식한 것이다.

"하아!!"

앞으로 내질러지는 긴 발톱에 검끝이 닿는 순간 그 발톱이 너무나 쉽게 잘려 나갔다. 케릭스 역시 그것에 놀라 버렸다. 분명 그 발톱에 막혀 힘 겨루기를 해야 할 것이라 생각했던 것이다. 놀란 것은 발톱이 잘린 몬스터도 마찬가지였다. 발톱이 잘려 나가는 바람에 몸의 중심을 잃은 케릭스가 휘청거리는 순간 몬스터가 하늘 높이 뛰어올랐다.

"위험해, 케릭스!"

어디선가 날카로운 목소리가 들려왔다. 케릭스는 순간 몸의 중심을 낮게 했다가 일직선 위에서 자신을 향해 달려드는 몬스터를 피해 옆으로 몸을 굴렸다. 하지만 성벽 위에는 병사들이 많았고 케릭스가 피하는 바람에 그의 뒤에 서 있던 병사의 등이 순식간에 두 쪽이 나며 피가 뿜어져 나왔다.

"으아아악!"

낮게 몸을 숙였던 케릭스는 다리에 힘을 주고 몸을 일으키며 검을 사선으로 쳐 올렸다. 미처 피하지 못한 몬스터의 다리가 그의 검에 잘려 나갔다. 다리를 잃고 바닥에 떨어진 몬스터에게 사람들이 달려들었다.

케릭스의 몸에 몬스터의 발톱에 등이 갈라진 사람의 피가 튀어 흘러내린다.

"케릭스!!"

또다시 자신의 이름을 부르는 소리에 케릭스는 목소리가 나는 쪽으로 고개를 돌렸다. 그 시선의 끝에 놀라운 사람의 얼굴이 있었다.

"슈틴 양!!"

"케릭스, 오른쪽!!"

반가움을 표현할 시간도 없이 케릭스는 슈틴의 말에 무의식적으로 반응해 검을 내려쳤다.

카아악―!

또 한 마리의 몬스터가 케릭스의 검에 두 쪽이 나며 해자로 굴러 떨어졌다.

"슈틴 양! 어떻게 이곳에!"

"오빠는 어디 간 거야!"

성벽 아래쪽에 있는 슈틴이 절규하듯 외쳤다.

"잠시 자리를 비웠습니다. 이곳은 위험해요! 슈틴 양, 안으로 피하세요!"

"싫어! 오빠가 없다면 내가 케릭스를 지킬 거야!"

슈틴이 빠른 속도로 케릭스가 있는 성벽 위로 뛰어오르는 모습이 보였다. 다급한 마음에 그녀를 향해 뛰어가려는데 뒤쪽에서 이상한 몬스터의 울음소리, 아니, 비명 소리가 들렸다.

끼야아아아아!

그것은 마치 여인의 비명 소리처럼 들렸다.

소름 끼치는 비명 소리에 놀라 사람들이 고개를 드는 순간 빨갛고 노랗고 파란, 선명한 색의 깃털을 가진 날개가 그들의 눈에 비추어졌다.

사람과 흡사한 얼굴을 가진 그것들은 모두 여자의 얼굴과 상반신을 가지고 있었지만 몸의 아랫부분과 팔 부분은 새의 그것과 동일했다. 하지만 그녀들은 아름다운 목소리 대신 심장을 떨리게 하는 비명 소리와 날카로운 이빨을 가진 몬스터였다.

"하피다! 귀를 막아!"

슈틴이 그 몬스터의 이름을 부르며 소리쳤다.

"슈틴 양?"

"어서! 그 몬스터의 울음소리는 미세하지만 사람들의 몸을 마비시켜서 움직임이 둔해져!"

하지만 귀를 막고 있으면 몬스터와 싸울 수가 없다.

끼야아아아아!

다시 비명 소리가 들려오자 정말로 몇몇 사람이 손에 들고 있던 무기를 제대로 쥐지 못하고 떨어뜨렸다. 사람들의 움직임이 둔해지는 순간 하피들이 달려들었다.

"으아악!"

끼야아아아!

날개가 퍼덕일 때마다 사방으로 형형 색색의 아름다운 깃털이 흩날렸다. 하지만 그것은 결코 아름답다고 할 수 있는 것이 아니었다. 하피의 비명 소리에 사람들의 비명 소리가 섞여 들어가기 시작했다.

"갑자기 어디서 날아온 거지?"

케릭스는 하늘을 올려다보며 키세 나이트들의 상황을 확인했다. 하지만 그들은 삼삼오오 짝을 지은 몬스터들에게 휩싸여 다른 곳의 상황은 살펴볼 수도 없는 지경이었다. 와이번 등의 커다란 몬스터가 키세 나이트의 시야를 막고 있는 사이 비교적 몸집이 작은 하피들이 저공 비행을 해 성벽에 당도한 것 같았다.

"모두 엎드려!!"

슈틴이 소리를 쳤다. 그 목소리에는 보통의 여자로서는 절대 불가능할 무게가 실려 있었다. 그것은 단지, 명령형의 단어 때문이 아니라 그녀의 마력이 그대로 단어에 실려 들어갔기 때문이다.

"하브리스!! 윈드 베일(Wind Veil)!"

엎드린 사람들의 머리 위로 마치 커튼과 같은 감촉이 순식간에 스쳐 지나간다. 그 바람에 하피들이 쏠려서 성벽 밖으로 밀려갔다. 하지만 슈틴의 마력이 담긴 목소리는 인간들뿐 아니라 하피에게까지 영향을 미쳤다. 엘레프나 카이스에 비해 마법과 정령을 이용한 전투에 익숙하지 않은 탓이다.

슈틴은 정령을 불러냈지만 윈드 베일의 영향을 받은 것은 반수에 그치고 말았다. 그리고 그녀의 명령에 따라 함께 몸을 숙인 하피들은 근처에 있는 사람들의 목을 노리고 달려들었다.

"크아아악!"

"으악!"

날카로운 이빨에 물린 사람들이 목에서 피를 뿜으며 쓰러졌다. 케릭스는 바로 옆에 있는 사람의 목을 물고 있는 하피의 등을 쳐내렸다.

끼야아아아!!

하지만 얼마나 단단하게 물고 있었는지 하피는 죽어가면서도 결코 턱의 힘을 늦추지 않았다. 케릭스는 그 하피에게 달려들어 억지로 턱을 벌려 떼어냈다.

그 한순간, 케릭스가 손에 든 검을 제대로 잡지 못했던 그 한순간 케릭스의 등 위로 하피 한 마리가 내려앉았다.

"안 돼!!"

"크윽!"

뒷 목덜미에 날카로운 이빨이 파고드는 순간 등골을 따라 타는 듯한 통증이 전신으로 내달렸다. 설상가상으로 옆 사람의 목에서 떼어내 내동댕이쳤던 하피가 마지막 사력을 다해 케릭스의 팔에 달려들었다.

"케릭스!! 안 돼—!!"

슈틴이 자신에게 다가오는 모습이 보인다. 케릭스는 팔에 달라붙은 하피를 떼어내기 위해 오른손에 든 검을 치켜 올렸지만 사방에서 들려오는 하피의 비명 소리가 그의 몸을 마비시키고 있었다.

등골과 목덜미를 따라 뜨끈한 피가 흘러내리는 것이 느껴진다.

'아직… 몬스터들이 많이 남았는데……'

검을 들고 하피를 치려 했지만 몸이 움직이지 않는다. 다리에서 힘이 빠져나가고 눈앞이 핑 돌았다.

털썩―

케릭스의 무릎이 꺾여 바닥에 닿았다. 하지만 그 충격조차 제대로 느껴지지 않았다. 목덜미에서 오는 강렬한 통증이 온몸으로 퍼지고 있었다.

"케릭스에게서 떨어져!!"

슈틴의 목소리가 저 멀리에서 들리는 듯했다.

"어서!! 떨어져!!"

누군가 움직이지 않는 그의 손에서 검을 빼앗아 든다.

"안 돼… 그 검은……."

그 검은 카이스가 그에게 남기고 간 것이다. 그것은 자신의 것, 누구도 손댈 수 없는…….

"용서하지 않을 거야!!"

주위에 무엇인가 툭툭 떨어진다. 그리고 그 사이사이에 화려한 깃털들이 사방으로 흐트러지는 것이 보였다. 붉고, 푸르고, 선명한 녹색의 깃털들이 마치 눈이 내리듯, 천천히 그리고 아름답게 팔랑거리며 주위에 내려앉는다.

"케릭스!! 정신 차려!"

"…슈틴… 양?"

어느새 그에게 달려들었던 몬스터들을 처리한 슈틴이 쓰러진 케릭스의 몸을 안아 들었다.

"정신 차려! 지금 곧 고쳐 줄게."

흐릿한 시야였지만 슈틴의 눈에서 눈물이 흘러내리고 있는 것을 알아차리기엔 충분했다.

"울지 마세요, 슈틴 양. 저는… 괜찮습니다……."

"오빠는 케릭스를 놔두고 어딜 간 거야?!"

줄줄 눈물을 흘리면서도 슈틴은 카이스를 원망한다.

"거… 검을."

"검?"

"카이스 씨가 주고… 간……."

"이거 말이야? 자, 여기! 내가 들고 있어. 케릭스? 정신 차려!"

슈틴은 잘 움직이지도 않는 케릭스의 손에 카이스가 남기고 간 검을 들려주었다. 하지만 그녀의 손이 닿는 케릭스의 손에는 아무런 힘도 들어가 있지 않았다.

"죽으면 안 돼! 내가 살려줄 거야! 힐링(Healing)!"

슈틴의 마법이 꺼져 가는 케릭스의 생명줄을 부여잡는다.

"힐링!!"

깊게 파인 목덜미에서 천천히 새 살과 근육이 차 오르고 부러졌던 뼈들이 천천히 원래의 모습으로 돌아갔다. 하지만 슈틴의 마력은 불안정해 있는 그녀의 정신을 그대로 반영한 듯, 본래의 힘을 발휘하지 못하고 자꾸만 멈추었다.

"힐링!!"

몇 번이나 슈틴은 치료 마법의 스펠을 외웠다.

경련하는 케릭스의 몸을 부여잡고 슈틴은 눈물을 쏟아 붓고 있었다.

"제발, 케릭스. 정신을 차려! 부탁이야!"

울음 섞인 슈틴의 목소리가 케릭스의 귀로 파고든다. 부드러운 목소리와 따스한 체온이 굳어가던 케릭스의 몸을 천천히 녹여갔다.

"괜찮… 아요… 슈틴 양……. 저는 이제… 괜찮… 습니… 다……. 저보다는… 사람… 들을……."

가쁜 숨을 내쉬며 케릭스는 슈틴에게 몬스터들에게 상처 입고 목숨을 잃어가는 사람들을 부탁했다.

“다른 사람들이 무슨 상관이야!! 난 케릭스만 무사하면 돼!!”

“슈틴… 양…….”

순간 목구멍에서 피가 역류하여 케릭스의 숨을 막았다.

“쿨럭쿨럭.”

피를 토하는 케릭스를 보고 슈틴이 절규했다.

“케릭스!!”

그녀의 절규하는 목소리 뒤로 바람 소리가 들려온다. 혼미해져 가는 의식 속에서도 케릭스는 그 바람 소리가 너무나도 익숙한 것임을 느낄 수 있었다.

“카이… 스 씨…….”

그 익숙한 느낌은 감각이 둔해진 검에서 느껴지는 것이 아니었다. 그것은 보다 선명하게, 그리고 실체화된 느낌이었다.

“라스티아, 하피들을 몰아내라.”

묵직하고 믿음직한 목소리가 들려왔다. 카이스였다.

그의 명령이 떨어지자마자 바람 소리가 더욱 거세어졌다. 그 바람은 보통의 바람과는 전혀 다르게 자유롭게 움직이며 사람들에게 달려들고 있는 하피들을 하나하나 모조리 밀어내기 시작했다.

“크억—!”

순간 서서히 치유되어 가고 있던 케릭스의 상처가 다시 터져 피가 흘러나오기 시작했다.

“카인 소프— 불의 정령이여!”

라스티아의 힘에 의해 공중에 떠올라 있던 카이스가 또 하나의 정령을 불러냈다. 그의 손짓 끝으로 여기저기에서 타오르고 있던 모닥불들이 하늘 높이 치솟으며 거대한 불의 장벽을 만들어냈다.

하피의 공격과 뒤를 이은 이상한 바람에 휩쓸려 바닥에 주저앉은 사람들의 입에서 경악의 신음 소리가 흘러나왔다.

하지만 그것을 가르는 날카로운 목소리가 있었다.

"기다려!! 멈춰!!"

"……?"

슈틴이었다.

"더 이상은 안 돼! 케릭스의 목숨이 위험해!! 오빠는 계약자를 죽일 셈이야?"

"케릭스는 나의 계약자다. 나는 계약자와 뜻을 함께할 뿐, 그를 죽이려고 하는 것이 아니다."

"그래도 안 돼! 내가 못하게 할 거야!!"

"슈틴… 양."

케릭스는 떨리는 손으로 슈틴의 어깨를 잡고 그녀를 말렸다. 하지만 부들부들 몸이 떨릴 때마다 다시 터진 상처에서 자꾸만 붉은 피가 흘러나오고 있었다.

"괜… 찮습니다. 저는 버틸… 수 있습니다. 죽지 않… 아요……."

"너의 뜻은 잘 받았다. 나는 계약을 이행한다."

"오빠!! 안 돼!!"

"파이어 월(Fire Wall)!"

붉게 타오르는 불의 장벽이 바람에 사로잡힌 하피들에게 퍼부어졌다.

캬아아아!!

키야아아아아!

파지지직 소리와 함께 그녀들의 화려한 깃털이 붉은색의 장벽에 먹혀 들어 간다.

"크헉!"

순간 케릭스의 목에서도 새빨간 핏줄기가 길게 솟아올랐다. 흐려졌던 눈앞이 캄캄해지고 둔해진 머리가 텅 비어가는 느낌이 들었다.

아무것도 생각할 수 없는 공허한 느낌.

바로 옆에 있을 슈틴의 목소리조차 멀고 먼 곳에서 속삭이는 소리로밖에는 들리지 않는다. 순간 새카맣게 보이던 시야가 눈부신 흰색으로 뒤바뀌어 갔다.

'나는 후회하지 않아. 다만……'

언제나 죽음이라는 신에게 한 손을 맡기며 살아왔던 시간이었다.

주마등처럼 눈앞을 스쳐 지나가는 과거의 기억들. 그것은 때로는 즐거웠고, 때로는 슬프고, 때로는 기뻤던 과거의 기억이었다.

그 기억의 끝에 검은 눈동자와 칠흑의 머리카락과 어두운 밤의 색을 가진 한 사람의, 아니, 한 마리의 드래곤이 서 있었다.

제36장

다크 드래곤

아마도 꿈을 꾸고 있는 것이라고 케릭스는 그렇게 생각했다.

떨리던 사지에서 느껴지던 지독한 통증도, 아무것도 생각나지 않던 둔탁한 머리도 아무렇지 않았다. 몸으로 느낄 수 있는 오감은 어디론가 사라져 버린 듯했다.

죽음이라는 두 글자가 형체가 되어 눈앞에 나타난 걸까? 아니면 이미 그 경계 선상을 넘어 있는 것일까? 아무리 생각해 봐도 구분이 가지 않는다.

마치 정신과 영혼만이 육체에서 떨어져 나와 있는 기분이었다.

조금 전까지만 해도 케릭스는 레지나의 성벽 위에 쓰러져 있었다. 눈물을 흘리고 있는 슈틴과 함께.

'아, 카이스 씨가 돌아왔던 것 같았는데.'

자신의 상황이 어땠는가에 생각이 미치자 바로 카이스에 대한 것이 머리에 떠올랐다.

‘돌아와 줘서 정말 다행이었는데. 하지만… 그래! 레지나 성은 어떻게 된 거지? 몬스터들이 계속 늘어나고 있었는데.’

「케릭스, 내 목소리가 들리는가?」

순간 머리 속에서 카이스의 목소리가 울렸다.

‘카이스 씨?’

「의식의 끈을 놓치지 마라. 무엇이든 좋으니 자꾸만 생각해라.」

‘생각? 무엇을?’

「육체가 한계를 넘었고, 네 정신 역시 이미 한계를 넘었다.」

‘한계…….’

「인간이기에 어쩔 수 없는 부분이다. 하지만 그 한계를 넘어서야 해. 네가 그것을 원한다면 가능하다.」

‘카이스 씨, 저는 당신이 돌아와 주신 것만으로도 감사하게 생각합니다.’

그가 사라졌을 때의 상실감, 그것만큼은 두 번 다시 느끼고 싶지 않았다.

‘하고자 하는 일들을 모두 해결한 것은 아니지만, 당신이 돌아온 것만으로도 충족감을 느낄 수 있습니다.’

「만족감으로 끝내면 안 돼. 정신 차려, 케릭스!!」

무엇인가 흔들거리며 눈앞을 스쳐 지나간다.

「케릭스! 눈을 떠!」

‘카이스 씨… 저는…….’

「그래, 정신 차려. 나는 네게 하고 싶은 말이 아직 많다.」

‘하고 싶은 말? 당신은 저와 계약한 이후 한 번도 원하는 것을 말한 적이 없었지요. 맞아요, 바로 그랬습니다.’

흔들흔들 하며 눈앞을 스쳐 지나가던 형체가 좀 더 뚜렷해지며 그 움직임을 줄여간다. 아마도 그 형체는 계속 눈앞에 서 있던 존재일 것이다. 다만 케릭스가 그것을 똑바로 바라보지 못했을 뿐이다.

「나는 다크 드래곤 라디카이스 랜디크. 나는 나의 계약자에게 하고 싶은 말이 있다.」

'당신이 제게 하고 싶은 말이 무엇입니까?'

「계약에 따라 나는 나의 완전한 유형의 시간을 너와 함께하며, 네 뜻을 함께하는 자다. 다만 이전의 계약은 피상적인 것, 계약자인 네가 원한다면 진실의 계약을 맺을 수 있다.」

'진실의 계약?'

「너와 나눈 계약은 중간계의 기준을 따른 제약이 있는 피상적인 것이다. 환수계의 드래곤으로서, 또한 다크 드래곤 로드로서 너와 생명의 계약을 나눌 수 있다.」

생명의 계약이라는 말에 케릭스는 잠시 생각에 빠진다. 그리고 케릭스는 자신이 궁금해하던 것을 물었다.

'그 계약은 당신도, 다크 드래곤인 당신도 원하는 것입니까?'

「나는 생명의 계약을 원한다, 케릭스 틴들랜드.」

드래곤으로부터 무엇을 원한다는 말을 듣는 것이 얼마나 힘든 일일까? 아니, 애초에 불가능하다고 생각했던 것 중에 하나다. 이전에 같은 말을 물었을 때 카이스는 케릭스가 원했기 때문이라고 말했었다. 하지만 지금, 케릭스는 자신이 어렴풋하게 생각하고 있던 그 이유가 실체화되는 것을 느끼고 있었다.

'당신이 생명의 계약을, 저는 그것이 무엇인지 모르지만, 원하는 이유를… 제가 들을 수 있습니까?'

「우리는 본디부터 인간과는 달리 거의 모든 것에 욕구를 느끼지 않는다. 원하는 것은 모두 가질 수 있고, 채울 수 있고, 어떤 것에도 부족함을 느끼지 않는다. 부족함을 느끼지 못하기에 무엇인가 필요하다는 것조차 우리는 알지 못한다. 다만 무의식 중에 그것을 추구하고 있을 뿐.」

잔잔히 들려오는 카이스의 목소리에서 이전에는 느낄 수 없었던 드래곤의 감정이 느껴졌다.

「내가 너와 계약한 이후, 나는 네 감정에 반응해 왔다. 그것은 이전에는 결코 느끼지 못했던 넘쳐흐르는 풍부한 감정들이었다. 네 의지와 무엇을 하고자 하는 욕구. 그것은 드래곤의 그것과는 차원이 달랐다. 내가 원하는 것은 바로 그것이다.」

'무한에 가까운 수명과 무한에 가까운 능력을 가지고 있는 것이 드래곤이지 않습니까?'

「하지만 우리에겐 인간과 같은 감정은 허락되어 있지 않다. 나에게 있어 그것은 이미 마약과도 같은 것. 몰랐다면 그저 스쳐 지나가 버렸을 것이지만, 나는 이미 그것에 익숙해져 버렸다. 그리하여 나는 인간인 케릭스 틴들랜드와의 계약을 원하는 것이다.」

'단지 그런 이유… 뿐입니까?'

「단지? 아니야. 드래곤에게 있어서 그것은 단지 그런 이유뿐이라고는 말할 수 없는 커다란 것이다. 나에게는 허락되지 않았던 것이기에, 나는 그것을 원한다. 나는 너에게 인간적인 따스함과 기쁨, 괴로움과 절망, 그리고 희망을 건네받았다. 흔들리지 않는 강한 의지, 그것 역시 네게서 건네받은 것이다. 나는 그것에 감사한다. 그리고 좀 더, 앞으로도 계속 나는 인간의 감정을 느끼고 싶다. 그것이 어떤 것이 되든지. 이런 이유만으로는 안 되는가?」

'감사……'

어쩌면 그것은 드래곤으로부터 들을 수 있는 최고의 단어 중 하나가 아닐까?

‘아닙니다. 그것이 당신에게 있어 단순한 것이 아니라 커다란 부분을 차지한다면 그것으로 족합니다. 인간인 제가 짧은 생을 살아가며 드래곤인 당신에게 무엇인가 줄 수 있다면… 그것은 결코 후회하지 않을 인생이겠지요.’

「다만 나는 여기서 생명의 계약에 따르는 불확정 요소에 대한 것을 미리 알리지 않을 수 없다.」

여기서 카이스는 조금이지만 잠시 망설였다.

‘왜… 말하기를 주저하는 겁니까, 카이스 씨?’

「그 이유는 생명의 계약이 한계를 넘은 네 육체에 어떤 부담을 가져올지 장담할 수 없기 때문이다. 그뿐만이 아니지. 지금까지 드래곤들과 생명의 계약을 맺었던 인간들에게는 여러 가지 일들이 일어났다. 계약 직후 목숨을 잃은 자도 있고, 생명의 계약 이후 드래곤과 함께 길고 긴 시간 동안 함께 살아남았던 사람도 있다. 생명의 계약은 단순하게 서로에게 각자 부여된 시간 동안 함께하는 것을 넘어서 서로가 가진 것을 공유하게 된다. 그것은 공생일 수도 있고 공유일 수도 있다. 계약으로 인해 너는 보통의 인간보다 훨씬 긴 생을 살아갈 수도, 그렇지 않을 수도 있다. 생명의 계약으로 인해 나는 중간계에서 제약없이 힘을 발휘할 수도 있지만 인간과 함께 모든 것을 공유함으로써 다른 드래곤과는 다른 시간을 살아갈 수도 있다. 그 모든 것이 불확정하다.」

‘모든 것을 공유한다면 혹시…….’

문득 케릭스는 불안해졌다. 방금 카이스는 그에게 인간이 드래곤과 생명의 계약을 나누게 되는 경우에 대해서 이야기했다. 인간이 드래곤과 계약하여 그의 생명을 함께 나누게 된다면 그 반대의 경우도 가능하다는 이야기다.

그런 케릭스의 불안을 눈치 챘는지 카이스는 고개를 끄덕이며 대답했다.

「네가 인간으로서의 삶을 마친다면 나에게 허락된 시간도 그때 마감된다. 반대의 경우도 마찬가지다. 내가 드래곤으로서의 삶을 마친다면 네게 허락된 시간도 함께 마감된다.」

'그것은 당신에겐 너무 가혹한 일입니다! 당신은 드래곤입니다. 인간의 삶은 당신들의 그것에 비하면 너무나 짧아요! 아무리 계약을 원한다 하지만 저는 당신에게 그런 삶을 강요할 수 없습니다!'

카이스의 말에 케릭스는 너무나 놀랐다.

그것은 아무리 생각해도 지나치도록 인간에게 유리한 계약인 것이다. 인간으로서는 측정할 수도 없을 만큼 긴 시간을 살아가는 드래곤에게 인간과 같은 삶을, 그들에게는 찰나와 같은 삶을 살게 하다니, 그것만큼은 용납할 수가 없었다.

하지만 카이스는 그런 케릭스에게 여유로운 미소를 보여주며 말했다.

「케릭스 틴들랜드, 내가 얼마나 긴 시간을 살아왔는지 아는가?」

'그런 것은 알고 싶지도 않습니다. 당신에겐 저보다 훨씬 오랜 시간이 허락되어 있습니다. 그것을 포기하겠다고 지금!! 제게! 그렇게 말하는 겁니까?'

「포기? 난 포기하는 게 아니야. 내가 원하는 것을 위해 내게 허락된 시간을 살아 나가려 하는 것뿐이다. 설사 내일, 아니, 바로 조금 후에 내가 이 생을 마감하더라도 나는 상관없다. 내가 원하는, 가장 원했던 것을 손에 넣는 것이니까. 그것이야말로 인간이든 드래곤이든 후회없는 삶을 살았다는 증거가 아닌가.」

카이스의 얼굴엔 이제 조금의 망설임 같은 것은 어느 구석에서도 찾아볼 수 없었다. 그가 말을 하기 주저했던 것은 케릭스의 반응을 예측했기 때문이다. 그의 성격이라면 절대 카이스에게 해가 되는 것에 고개를 끄덕이려 하지 않을 테니까.

하지만 이미 말을 꺼낸 이상, 더 이상의 주저는 필요없었다. 긴 시간을 살아오며 무엇인가를 이렇게 바랐던 적이 있을까? 이 순간의 욕구마저도 사랑스럽게 여겨질 정도다.

「너 역시 나와 계약하여 이루고 싶은 것이 있겠지? 예를 들어, 지금 몬스터들의 손아귀에 언제 떨어질지 모르는 저 레지나의 상황 같은 것.」

'하지만……!'

「나와 너, 둘 다 원하는 것을 이루는 것이다. 사실 난 인간을 좋아하지 않는다. 그것은 지금도 마찬가지야. 하지만 인간인 계약자가 원한다면 얼마든지 저들을 지금의 상황에서 구원해 낼 수 있다.」

'제겐 마치 악마의 속삭임처럼 들리는군요. 하지만 전 당신이 그렇게까지 희생하길 원치 않습니다.'

「난 희생하겠다고 말한 적이 없다. 나 역시 내가 바라는 것을 이루려는 것이다. 이해하지 못하는가?」

'당신은 아니라고 말하지만 제겐 그렇게밖에 생각되지 않습니다. 차라리 다른 사람을 선택해 주십시오. 저는 그렇게 못합니다.'

「어째서 내가 다른 사람을 선택해야 하지? 내가 선택한 것은 바로 너, 케릭스 틴들랜드다. 그것이 우연이든 필연이든 난 상관하지 않아. 네가 거부한다면 계약은 이루어지지 않는다. 하지만 그렇다고 해서 다른 사람을 선택하고 싶지는 않다. 내가 계약하고 싶은 인간은 바로 너다.」

케릭스는 심한 갈등을 느끼고 있었다. 그가 원하는 모든 것이 눈앞에 있었다. 자신이 원하는 해답을, 원하는 것이 있다고 말해 준 드래곤이, 그리고 사람들을 구원할 방법이.

하지만 과연 이런 방법이 옳은 것인지 케릭스는 판단할 수 없었다. 자신에게 그런 가치가 있는 것인지조차도 알 수 없었다.

‘어째서 그것이 저입니까? 어째서?’

「너는 나와 계약하고도 나를 이용하려 하지 않았다. 그저 동행하기를 바랐지. 그리고… 나를 친구라 말했다.」

‘그것은…….’

「지금까지 누구도 나에게 친구라 말한 존재는 없었다. 나는 인간인 계약자가 친구로서 나를 대해주는 것이 기뻤다.」

잔잔한 파도처럼 카이스의 마음에서 기쁨이 전해져 온다, 그것은 너무나도 순수하고 거짓없는 감정.

「너 역시 나와 계약함으로 인해 잃을 것이 생기고 누리지 못할 것이 생길지도 모른다. 그것이 네게 희생이 되는가?」

‘그렇지 않습니다! 그것이 어찌 희생이…….’

대답을 다 끝맺기도 전에 케릭스는 카이스가 어떤 마음으로 자신에게 말하고 있는 것인지 깨달았다.

단 한 사람의 친구가 원하는 것을 들어주는 것은 결코 희생이 아니다. 그것은 진심으로 기쁜 마음으로 할 수 있는 것.

「그리하여 나는 다시 묻겠다. 케릭스 틴들랜드여, 그대는 나, 다크 드래곤 라디카이스 렌디크의 평생의 친구가 되어주겠는가?」

‘이미… 당신은 제 친구입니다. 아니, 그 이상입니다. 제가 당신의 친구가 될 수 있는 것은 영광입니다.’

눈물이 흘러내리고 있을지도 모른다.

하지만 그것은 절대 슬픔 때문만은 아니다. 그것에는 기쁨도 함께 담겨 있었다.

「나 역시 그대와 친구가 될 수 있어 영광으로 생각한다.」

카이스의 말에는 웃음소리가 섞여 있었다.

"케릭스? 케릭스, 눈 좀 떠봐!! 웅?"

누군가 그의 몸을 흔들어대고 있었다.

눈물로 적셔진 눈을 살그머니 뜨자 온통 눈물 범벅이 되어 있는, 하지만 여전히 아름다운 슈틴의 얼굴이 케릭스의 눈에 비추어졌다.

"슈틴… 양."

"케릭스!!"

우아아앙 하고 슈틴이 울음을 터뜨렸다. 이미 눈물로 온몸을 적실 지경이건만 케릭스가 눈을 떴다는 이유만으로 슈틴은 감격의 눈물을 흘리고 있었다.

"눈을 뜨지 않아서… 걱정했어. 으흑."

울음이 그녀의 온몸을 점령하고 있었지만 그녀의 입 끝은 아주 예쁘게 말려 올라가 있었다. 눈물과 웃음이 범벅된 얼굴이었다.

"저는 괜찮습니다."

"적당히 놓아줘라, 슈틴. 힐링!"

카이스가 그들의 사이에 끼어들었다. 슈틴의 불안정한 정신 상태 때문에 치료되다 만 케릭스의 상처가 순식간에 사라져 버렸다. 새 살이 돋아 오르고 언제 상처를 입었는지 알 수 없을 정도로 원상태로 되돌아왔다.

"나와 생명의 계약을 맺겠는가, 케릭스 틴들랜드?"

케릭스가 멀쩡해진 몸으로 자리에서 일어서자 카이스는 지체없이 말을 꺼냈다. 그에 케릭스는 환하게 웃으며 대답했다.

"당신이 원한다면."

말끔히 나아버리다 못해 완전히 원래의 상태로 돌아온 오른팔을 내밀며 케릭스는 망설임없이 대답했다.

"물론 나는 계약을 원한다."

카이스는 케릭스에게서 그가 만들어준 드래곤 슬레이어를 받아 들었다.

그는 그 검으로 망설임없이 자신의 손목을 그었다.

"이건 조금은 형식적인 것이지만……."

손목을 그은 드래곤 슬레이어를 다시 케릭스에게 내밀며 그는 그렇게 말했다. 케릭스는 그것을 받아 들고는 역시 가볍게 자신의 손목을 그었다. 새빨간 피가 벌어진 상처에서부터 흘러나왔다.

"뭘… 하는 거야, 오빠!"

"계약."

"계약은 이미 했잖아!"

"꼬마는 모르는 진실이 있단다. 지켜보렴, 슈레스티아. 결코 네가 사랑하는 사람에게 해가 되진 않을 것이다."

"……!"

케릭스의 손목에서 흘러내리는 피가 카이스의 손바닥에 똑똑 소리를 내며 떨어진다. 그것과는 반대로 카이스가 베어낸 그의 손목에서는 새카만 기운이 흘러나와 연기처럼 케릭스의 손에 감겨 들어가기 시작했다. 그와 동시에 묘한 기운이 그들을 중심으로 하여 사방으로 퍼져 나갔다. 사람들이 주춤주춤 뒤로 물러선다.

"친구여, 그대의 이름은 무엇인가."

"내 이름은 케릭스 틴들랜드."

케릭스의 망설임없는 대답에 카이스의 얼굴에 미소가 퍼져 나갔다. 카이스는 케릭스의 손을 맞잡았다. 다음 순간 케릭스의 손을 맞잡았던 카이스의 형태가 그 자리에서 스르륵 흩어지기 시작했다.

주위에 있던 사람들이 놀라 숨을 삼키는 소리가 들린다. 하지만 그 소리는 곧 이어 놀라움의 극치를 뛰어넘는 경악의 신음 소리로 변했다.

카이스의 몸은 검은 안개처럼 흩어져 공기 중에 퍼져 나가다 어느 순간을 기점으로 확산을 멈추었다. 검은 안개는 곧 이어 그들이 익히 알고 있는 형태로 자리를 잡기 시작했다. 하지만 그것은 그들이 알고 있는 것보다 훨씬 커다란 것이었다.

형태를 잡은 안개가 점점 그 색을 더해가며 주변으로 새카만 기운을 풍기기 시작했다.

"뭐, 뭐야, 저건!!"

커다랗고 검은 형체를 가진 무엇인가가 세상에 모습을 드러내고 있었다. 그 모습은 비단 주위에 있는 사람들뿐만 아니라 성벽을 기어오르고 있는 몬스터들의 눈에도 똑똑히 비추어지고 있었다.

점점 강해지는 드래곤의 기운에 몬스터들이 울부짖기 시작했다.

크아아아!!

캬아아아아!

그리고 잠시 후, 찰나의 순간이 지나자 검은 안개처럼 보이던 형체가 온전한 모습을 드러내었다.

"드, 드래곤이다!!"

"검은색의 드래곤이야!"

"오! 신이시여!!"

커다란 피막과도 같은 검은 날개가 주변에 그림자를 지운다.

강렬한 태양 빛을 반사하기는커녕 그것을 빨아들이는 어두운 밤하늘과 같은 검은 비늘. 길게 뻗어 나간 꼬리와 성곽을 그대로 무너뜨릴 것만 같은 커다란 몸체.

태양 빛을 반사하지 않는 다크 드래곤의 비늘과는 달리 단 두 곳만이 형용할 수 없는 빛깔로 반짝이고 있었다.

그 어느 것도 인간들로서는 단 한 번도 본 적이 없는 것이었다.

「나는 다크 드래곤 라디카이스 랜디크.」

온몸을 통해 카이스의 목소리가 울려 퍼진다.

「케릭스 틴들랜드, 그대는 나와 함께 나의 완전한 유형의 시간과 그대의 완전한 유형의 시간을 함께하겠는가? 그대는 나와 함께할 자격이 있는 나의 친구다.」

"기꺼이 함께하겠습니다, 당신의 친구로서."

성벽 위에 단단히 디디고 있던 케릭스의 발이 조금씩 공중으로 떠오른다.

이미 말을 잃은 사람들은 레지나 성 위에 나타난 다크 드래곤과 그의 앞에 있는 케릭스 틴들랜드를 그저 바라볼 뿐이었다.

「그대는 나와 생명의 계약을 맺음으로써 인간의 기준에서 멀어질지도 모른다.」

"그런 것을 상관했다면 당신의 손을 맞잡지 않았을 것입니다."

「그것은 나도 마찬가지다.」

이미 드래곤으로 변화한 카이스이지만 케릭스는 그의 얼굴에서 분명 만족의 표정을 확인할 수 있었다.

「다크 드래곤 라디카이스 랜디크는 인간의 계약자 케릭스 틴들랜드와 그 생명을 함께하겠다.」

카이스의 엄숙한 목소리가 끝맺어지는 순간 케릭스의 몸에서 연한 녹색의 빛이 뿜어져 나왔다. 카이스의 몸에서도 마찬가지로 검은 빛이 뿜어져 나왔다. 그것은 그들의 몸에서 시작되어 상대방에게 흘러 들어가 한줄기로 섞여 들어갔다. 순간 열기를 품은 바람과 같은 것이 그들을 중심으로 소용돌이치며 사방으로 불어 나갔다.

그것은, 데라즈의 건국 신화에 등장하는 다크 드래곤 카이스터스와 그의 계약자 데라즈 키세리언이 그랬듯, 데라즈에 닥친 위기를 구원하는 키세 나이트의 새로운 전설이 시작되는 순간이었다.

「케릭스, 네가 원하는 것이 무엇인가?」

"굳이 말하지 않아도 알 수 있지 않습니까, 카이스 씨?"

천천히 잦아드는 바람 속에서 케릭스는 어느새 드래곤의 본체로 돌아온 카이스의 커다란 손 위에 서 있었다.

「물론. 그럼 깨끗하게 처리해 보도록 하지. 하지만 네가 원하는 방법은 상당히 귀찮은 방법이야.」

"하지만 저들 역시 자신들이 꼭 원해서 소환되어 온 것은 아닐지도 모릅니다. 가능한 숫자만이라도 저는 그들을 돌려보내고 싶습니다."

「넌 인정이 너무 많다.」

"하하하!"

「하지만 그전에 한 가지.」

"네?"

「너 역시 내가 말하지 않아도 느낄 수 있겠지? 넌 네 인간 친구들에게도 그렇게 대하는가? 마치 네 아버지를 대하듯이.」

카이스는 지금 아주 조금의 질투를 느끼고 있었다. 그의 말 그대로 그것은 그가 굳이 입에 올리지 않아도 느낄 수 있었다.

"아아, 하지만 그게 순식간에 바꿀 수 있는 일은 아니라서……."

「뭐, 좋아. 일단은 저것들을 처리하자고.」

카이스의 날개가 딱 한 번 펄럭이자 거대한 드래곤의 몸체가 순식간에 하늘로 날아올랐다. 그 움직임을 따라 성벽 위에 쌓아놓았던 투석기용의 돌들이 떠올랐다.

"우왓!!"

"도대체 어떻게 된 거야!"

"저 드래곤이 돌을 모조리 들어 올렸다!"

「아아. 인간들은 너무 시끄러워.」

카이스는 살짝 아래를 내려다보며 투덜거렸다.

"그저 잠시뿐일 겁니다, 카이스 씨."

케릭스는 그런 카이스를 조금 달래보았다. 하지만 카이스는 여전히 투덜거리다가 공중으로 들어 올린 돌들을 향해 짧게 외쳤다.

「시끄러운 것은 시끄러운 것이야! 마법진 구축!」

드래곤의 입에서 흘러나온 언령의 힘이 제멋대로 하늘을 날아다니는 돌들을 끌어당겨 복잡한 선과 도형, 글자로 이루어진 마법진을 만들어내기 시작했다. 그 마법진은 몬스터들을 중간계로 소환한 것과 비슷했지만 정반대의 목적을 위한 것이었다.

「발동.」

하늘에 만들어진 커다란 마법진이 빛을 발하기 시작했다. 그리고 그 마법진은 천천히 몬스터들로 새카맣게 덮여진 지상으로 천천히 내려앉기 시작했다.

"새, 새로운 마법진이야!! 설마 또 다른 몬스터가 오는 건가!!"

"멍청아! 저건 다크 드래곤이 만들어낸 거야! 뭔가 저놈들을 한 방에 없애 버릴 거라고!"

소란스럽게 사람들이 떠들어대고 있는 와중에도 거대한 드래곤과 그의 한쪽 손에 들려 있는 사람을 하염없이 쳐다보고 있는 사람이 있었다. 아니, 정확하게는 두 마리의 드래곤이었다.

"도대체 저건 어떻게 된 겁니까?"

엘레프가 슈틴에게 물었다. 그는 사람들 속에서 너무나 자연스럽게 슈틴을 찾아내 그 옆에 다가와 있었다.

"나도 몰라. 하지만 뭔가… 달라졌다는 것은 알겠어. 오빠는 지금 환수계에서와 똑같이 아무런 제약 없이 언령의 힘을 쓰고 있으니까."

"……그런!"

"저걸 봐."

슈틴은 손을 들어 마법진이 빛나고 있는 쪽을 가리켰다.

미처 마법진의 유효 범위에서 벗어나지 못한 몬스터들이 하나둘씩, 그리고 통째로 어디론가 사라지고 있었다. 어떤 몬스터는 망설이다 말고 자진해서 마법진에 뛰어들기도 했다.

하늘을 날고 있던 몬스터들 중에서 몇몇이 키세 나이트를 공격하다 말고 마법진을 향해 날아가는 모습도 보였다.

순식간에 바글거리던 몬스터들의 반수 정도가 그 자리에서 사라져 버렸다.

「역시 한계가 있군. 저들 중엔 중간계에 불려 나온 자체로 본성을 잃은 놈들도 있다. 드래곤마저 중간계에 있는 것에 영향을 받는데 몬스터는 어떻겠는가.」

"더 흉포해지는 종류도 있는 거군요."

「맞아. 그것들은 다시 돌려보내도 소용없어. 오히려 마계에 남아 있는 다른 몬스터들에게 더욱 안 좋은 영향을 줄 수도 있지. 쓸어버리는 수밖에 없어.」

안타까운 마음이 케릭스를 사로잡는다. 그들 역시 꼭 원해서 불려온 것만은 아닐 텐데 죽여 버릴 수밖에 없다.

「그런 식으로 생각하지 마라. 저들의 본성은 어쩔 수 없어. 랜드 쉐이크!!」

강력한 마력이 순간 지상을 뒤흔들었다.

「넌 라스티아를 마음에 들어했지. 잘 봐두는 게 좋아. 라스티아가 본래의 힘을 해방하면 얼마나 살벌한 녀석인지 알게 될 테니까. 라스티아!」

뒤흔들리고 갈라지는 대지 위에 카이스는 바람의 정령 라스티아를 소환했다.

「살벌한 녀석이라니요, 라디카이스님. 여심에 상처를 입습니다.」

이전과는 달리 케릭스 앞에 명백한 여성의 모습을 한 투명한 정령이 모습을 드러냈다.

"에? 말도 할 수 있는 건가요? 정령이라고 했는데⋯⋯."

「물론입니다, 케릭스님.」

바람의 정령이 미소를 흘렸다.

「여심이라니. 단지 그런 모습을 좋아할 뿐이지 않나, 라스티아.」

「저를 좋아하신다니 기쁩니다, 케릭스님.」

형체를 가진 바람의 정령 라스티아는 카이스의 말은 무시한 채 사라락 날아와 케릭스의 뺨에 입을 맞추며 말했다.

「케릭스님의 기대에 부응하여 저 라스티아가 당신의 적들을 처단해 드리지요.」

투명한 라스티아의 손이 케릭스의 얼굴에서 떨어져 나가는 순간 쐐에 에엑 하는 소리와 함께 라스티아는 몬스터들을 향해 날아가기 시작했다.

몬스터들에게 가까이 다가간 라스티아는 순간 그녀의 형상을 지워 버리고 보이지 않는 바람의 칼날이 되어 몬스터들의 몸을 스치고 지나갔다.

크아아아아!

쿠오!

카야아아아!

보이지 않는 바람의 칼날이 눈 깜짝할 사이에 몬스터들의 몸을 두 동강 내버렸다. 자신의 몸이 잘린 것도 눈치 채지 못하고 앞으로 한 발을 내디디려던 몬스터가 다음 순간 스르륵 하며 하체에서 미끄러져 내리는 자신의 상체를 보며 놀라 미친 듯이 울부짖었다.

사방, 아니, 흔들리고 있는 땅 위에 몬스터들의 피가 분수처럼 솟아오르기 시작했다.

"우와아아!! 다크 드래곤이 몬스터들을 쓸어버리고 있어! 이길 수 있어!"

"우린 살아날 수 있어!"

병사들의 환호성이 온 레지나를 뒤흔들며 울리기 시작했다.

그들의 눈에는 거대한 다크 드래곤이 조금 움직일 때마다 몬스터들이 몇백 마리씩 죽어 나가는 것으로밖에는 보이지 않았다.

어느새 그들은 다크 드래곤과 함께 있는 케릭스에게로 그 시선을 모으기 시작했다.

바람에 휘날리는 새카만 머리카락과 그와 똑같은 검은색의 비늘이 마치 그림처럼 조화를 이루며 한 몸이 되어 몬스터를 쓰러뜨리고 있었다.

그들을 지켜보는 것은 병사들뿐만이 아니었다. 하늘을 날고 있던 키세 나이트들 역시 그들의 눈앞에서 일어나는 기적을 지켜보고 있었다.

"도대체 어떻게 된 거지? 저건 케릭스잖아!"

처음에는 누군지 알아보지 못했던 셰샤크는 자신의 드래곤과 함께 카이스와 케릭스 쪽으로 다가가다가 케릭스의 얼굴을 확인하고는 놀라 외쳤다.

「그는 다크 드래곤 로드의 계약자다, 셰샤크.」

"뭐? 리리너스! 너는 알고 있었던 거야?"

머리 속에 들려오는 리리너스의 말에 셰샤크는 깜짝 놀랐다.

「계약자여, 그대도 이미 다크 드래곤과 이야기를 나누지 않았던가.」

"말도 안 돼! 저 드래곤은 조금 전에 나타났… 아!"

자신이 언제 저 다크 드래곤과 이야기를 나누었냐고 항변하려던 셰샤크는 순간 짧은 감탄사를 내며 입을 다물었다.

"저 드래곤이 그 남자인가?"

마치 ‘드래곤들과 같다’ 라고 평했던 동료가 있었다. 자신의 계약자가 아니면 결코 자신의 곁을 허락하지 않는 까다로운 드래곤 같다고 말이다.

검은 머리카락과 냉소적인 표정으로 케릭스 이외에는 어느 누구의 말도 귀담아듣지 않았던 정체 불명의 남자 카이스.

아무리 옆에서 뭐라고 말해도 케릭스는 결코 카이스를 자신의 옆에서 떼어놓지 않았던 것도 생각났다. 자신을 대하듯 대해달라는 말도 들었던 것 같다.

“인간의 형태를 취할 수 있는 드래곤이라니… 그런 것은 전설 속에서밖에 등장하지 않는다고! 마치 환수계처럼!”

「환수계는 존재한다, 계약자여. 다크 드래곤 로드는 인간들이 환수계라 부르는 곳에서 중간계로 나왔을 뿐.」

세샤크는 이제 거의 리리너스의 등에서 떨어질 분위기다.

“그런 것을 알면서 왜 말하지 않았던 거야, 리리너스!”

「묻지 않았으니까.」

“으아악! 환장하겠네!!”

세샤크가 리리너스와 대화하고 있는 와중에도 다크 드래곤 ‘카이스’와 그의 친구 케릭스는 몬스터들을 가차없이 죽여 나가고 있었다.

“젠장! 멍청하게 보고만 있을 수는 없어!! 모두! 케릭스를 돕자고!”

세샤크는 온몸을 동원해 사방에서 보일 수 있도록 수신호를 보냈다. 다크 드래곤의 활약을 지켜보고 있던 다른 키세 나이트들도 가만히만은 있을 수 없다고 판단했는지 세샤크의 신호에 답신을 보냈다. 그들은 우왕좌왕하고 있는 몬스터들을 향해 일제히 달려들었다.

몇몇은 아직 남아 있는 와이번들을 처리하며 다른 동료들의 뒤를 지켰다.

키세 나이트들의 움직임을 지켜보고 있단 병사들도, 다시 몬스터들을 향해 활을 당기고 창을 던지기 시작했다.

대륙의 어느 나라보다도 드래곤의 축복을 받았다고 하는 데라즈다. 그들에게 있어 드래곤들이 인간들과 뜻을 함께하여 몬스터들과 싸운다는 것이 얼마나 자부심을 드높여 주는 것인지 모른다.

하물며 지금 그들의 앞엔 데라즈의 건국 신화에 등장하는 다크 드래곤이 앞장서 몬스터들과 싸우고 있었다.

몬스터들과 처음 맞닥뜨렸을 때는 앞날의 막막함과 절망감밖에는 느끼지 못했다. 하지만 이제 몬스터들은 저 다크 드래곤의 포효에 기를 잃고 방황하고 있었다.

"오른쪽! 놈들이 해자로 잠수해 들어갔다! 기름을 붓고 불을 붙여! 아무리 몬스터들이라도 물 밖으로 나오지 못해 숨을 쉬지 못하면 어쩔 수 없을 거다!"

"빨리! 횃불을 가져와! 어서!"

분주하게 사람들이 움직이는 동안에도 바람의 정령 라스티아는 부지런히 몬스터들의 목을 베어 넘기고 바람으로 몬스터들의 움직임을 막고 있었다.

"이대로 끝나주면 좋겠는데요. 다른 마법진이 생기지만 않는다면……."

「글쎄. 그것은 장담할 수 없다. 아직 라이젤이 그 모습을 드러내지 않았어. 하지만…….」

"곧 나타나겠죠. 이곳 상황을 모를 리 없을 겁니다."

케릭스가 다른 곳의 상황을 살피려고 마음먹자 그것을 알아챈 카이스가 조금 더 높이 솟아올랐다.

「이 정도 높이라면 반대쪽까지 보이겠지?」

카이스의 배려에 케릭스는 감사함을 느끼며 고개를 끄덕였다.

높이 올라온 덕에 서쪽 성벽의 상황까지 한눈에 보였다. 그곳 역시 여전히 교전 중이었지만 다크 드래곤의 출몰 이후 몬스터들의 기세가 눈에 띄게 약해진 탓인지 힘겨워하는 것이 보이긴 해도 나름대로 잘 대응하고 있는 듯했다.

"아… 핸슨 씨들도 도착해 있군요. 그들을 쓰려면 누군가 고용해 줘야 하는데."

이제 여유가 생긴 케릭스는 이 전투 이후의 일까지 입에 담아본다.

「아직까지 라이젤이 나타나지 않고 있다는 점이 수상… 조심해, 케릭스!!」

"우, 우아앗!!"

자신의 다리로 단단하게 서 있던 케릭스의 몸이 기우뚱하는 순간 카이스가 그를 감쌌다. 공중에 떠 있던 그들은 마치 무엇인가에 부딪친 것처럼 중심을 잃고 몇 미터가량 떨어져 내렸다.

카이스는 날개를 펼치고 바람의 정령들을 다시 불러들였다. 중심을 바로 잡자마자 그는 커다란 소리로 호통쳤다.

「역시! 나타날 때가 되었다고 생각했다, 라이젤!」

크르르르 하는 소리가 카이스에게서 흘러나왔다.

라이젤은 거침없이 마법의 스펠을 외쳤다.

"더스트 윈드(Dust Wind)!"

휘오오오 하는 소리와 함께 어디선가 황색의 먼지 바람이 밀려왔다. 그 먼지 바람은 순식간에 레지나 성을 뒤덮기 시작했다. 인간들의 시야를 가려 버릴 셈인 듯했다.

「프로텍션(Protection)!」

카이스가 순식간에 보호막을 형성해 레지나 성을 감쌌다. 보호막이 나타나자마자 동쪽 성벽 저 멀리서 박쥐를 닮은 커다란 날개를 펄럭이며 라이젤이 등장했다.

"어째서 방해하는 거냐, 라디카이스!"

「그럼 너는 어째서 중간계를 위태롭게 하는가, 라이젤.」

"위태? 난 그저 유희를 나왔을 뿐이야! 미티어 라인(Meteor Line)!"

하늘에서 쿠르릉 소리가 나기 무섭게 한줄기 유성의 무리가 정확하게 카이스를 노리며 떨어져 내렸다.

「스크린(Screen)!」

유성이 카이스의 몸에 떨어지기 직전 얇은 검은색 막이 유성과 카이스의 몸체 사이에 나타났다.

쿠구구궁―

그 막은 직접적인 충돌은 막아주었지만 충격은 얇은 막을 넘어 카이스의 몸에까지 미친 듯 그의 몸체가 몇 미터 아래로 좀 더 밀려났다.

"어찌하여 인간을 보호하는가, 라디카이스! 이것은 나의 유희다! 드래곤은 다른 드래곤의 유희에 간섭하지 않는다는 불둔율도 잊은 건가? 아니면……."

라이젤은 카이스가 소중히 감싸고 있는 케릭스를 손가락으로 가리키며 외쳤다.

"그 인간과 계약했기 때문인가? 차라리 나와 계약해! 나 역시 인간의 피를 가진 자다! 그런 약한 인간 따위 목은 단숨에 꺾어버려!"

「케릭스와 나의 계약은 신성한 것이다. 계약의 파기를 권고하는 것 역시 불문율에 속한다. 오히려 인간 계약자도 없이 중간계를 쑥대밭으로 만들고 인간의 정신을 마음대로 유린하는 네가 잘못된 길을 걷고 있는 것이다! 당장 마계로 돌아가라, 라이젤 에틱스!」

"크하하하하!! 나에게 그런 말은 통하지 않아! 내 몸에는 드래곤과 인간의 피가 모두 흐르고 있다. 인간과의 계약 따위 내가 필요할쏘냐!"

광기 어린 남자의 웃음소리가 사방에 울려 퍼진다.

과연 그가 드래곤일까? 정말로 그의 피에 드래곤의 그것이 흐르고 있는 것일까?

케릭스는 카이스와는 너무나도 다른 라이젤의 반응에 놀라고 있었다. 하물며 그는 같은 인간과 드래곤의 혼혈인 엘레프와도 너무나 판이하게 다르다. 엘레프가 드래곤에 가깝다면 그는 인간에, 그것도 미쳐 버린 인간에 너무나 가까웠다.

"정말로 미쳐 버린 건가."

케릭스의 말에 카이스는 동의를 표했다.

「그럴 수도 있겠지. 아무리 그에게 인간의 피가 흐른다 해도 마계의 생물로 자란 그에게 중간계는 위험한 곳이 될 수도 있다. 게다가…….」

카이스는 케릭스와 함께 보호막 밑의 인간들에게 잠시 시선을 돌렸다. 그중에서도 케릭스와 자신에게서 눈을 떼지 않고 있는 슈틴과 엘레프가 눈에 띄었다. 다만 그들은 인간이 아니었지만 말이다.

「그는 너무나 인간에 가까워. 그가 마력을 쓰면 한층 몸에 부담이 가게 된다.」

"무엇을 중얼대고 있는 거냐! 내가 분명히 말했을 텐데. 나는 이 중간계를 내 손에 넣을 것이다! 그리고 친히 내 신부를 맞으러 갈 것이다. 어둠침침한 마계 대신 이곳을 새로운 마계로 만들 것이다!"

「정말로 미쳤군.」

실제로 라이젤은 이미 너무 오랜 시간 중간계에서 무방비한 상태로 머문 것 같았다. 그의 몸에 감돌고 있는 기운을 살펴보아도 정상적인 것이 없어 보였다.

문제는 제 상태가 아닌 라이젤의 말을 귀담아듣지 않는 카이스보다는 그의 말에 불끈 화가 치밀어 오른 케릭스였다.

"말도 안 되는 소리 하지 마! 당신 같은 자에게 슈린 양을 보낼 수는 없다!"

「어이, 케릭스. 화가 난 것은 알겠는데, 말도 되지 않는 소리에 반응하지 마.」

하지만 흥분한 케릭스는 드래곤의 굵은 손가락 사이를 빠져나와 라이젤을 향해 거칠게 말을 퍼부어 버렸다.

"중간계를 당신의 손에 넣어서 뭘 어떻게 하겠다는 건가? 중간계의 인간을 전부 죽여 없애 버리기라도 할 건가! 그 피바다 위에서 무엇을 하려고 하는 거지? 당신의 몸에 정말로 드래곤의 피가 흐르고 있는 건가! 당신은 몬스터보다도 못한 자다!"

"내게, 지금 내게 감히 그런 말을 지껄이는 건가!! 인간 따위가!"

그의 길고 검은 머리카락이 마치 불꽃처럼 일어나 일렁거린다.

「그걸 떠나서 몬스터들을 소환해 버린 이상 네 유희는 유희 수준을 한참 넘어섰다. 나는 다크 드래곤의 로드로서 네게 명한다. 마계로 돌아가라, 라이젤 에틱스!」

"다크… 드래곤 로드……? …크흑!"

마계에 속한 존재라 해도 다크 드래곤의 일족임에는 틀림없는 그는, 언령의 힘이 그대로 반영된 카이스의 명령을 받고 크게 당황했다. 또한 단순한 당황으로 끝나는 것이 아니라, 그 명령에 실린 물리적인 충격까지 받게 되자 순간 균형을 잃고 그대로 지상으로 낙하해 버렸다.

카이스가 만들어낸 보호막이 있었지만 그것은 마력으로 만들어진 먼지 바람을 막기 위한 것이지 물리적인 보호막이 아니었기에 라이젤은 그대로 그 보호막을 통과해 성벽 위에 떨어졌다.

한창 줄기차게 공격을 해대던 다크 드래곤이 공격을 멈추고 라이젤을 상대할 무렵부터 그들을 지켜보고 있던 인간들이 커다랗게 패인 자국을 만들며 떨어진 라이젤의 주위로 몰려들었다.

"여러분! 그에게서 떨어지십시오! 카이스 씨! 저를!"

커다란 드래곤의 몸으로 성벽을 짓누를 순 없는 노릇이기에 카이스는 내키지 않아 하면서도 케릭스의 뜻대로 그를 성벽 위에 내려주었다.

케릭스는 검을 들고 쓰러져 있는 라이젤에게 달려갔다. 그가 다크 드래곤과 함께 싸우는 모습을 지켜본 사람들이 케릭스가 지나갈 때마다 키세 나이트, 키세리언이라 부르는 소리가 들려왔다.

"우아아아악!!"

하지만 케릭스가 미처 그에게 다가가기도 전에 그는 정신을 차리고 주변에 있던 사람 몇을 화염 마법으로 새카맣게 태워 버렸다.

"당장 멈춰!"

"내가 왜? 왜! 하찮은 인간의 명령을 들어야 하는 건가! 모두 비켜!!"

그는 뒤도 돌아보지 않은 채 뒷걸음질을 치더니 사람들 사이로 손을 쑥 집어넣어 그가 목표로 하던 사람 하나를 찾아냈다.

바로 그의 약혼자이자 카이스의 동생인 슈틴이었다.

"이거 놔!!"

"슈틴 양!!"

놀란 케릭스의 얼굴에 당혹감이 떠올랐다. 라이젤은 처음부터 슈틴을 노렸을지도 모른다.

"케릭스! 나는 괜찮아! 마법으로 이 녀……!!"

슈틴은 자신을 붙든 남자의 팔을 떨쳐 버리기 위해 마법을 쓰려고 했다. 하지만 라이젤의 행동이 그녀보다 아주 조금 빨랐다.

"마력 봉인(Spell Closed)!"

"……!!"

“슈틴님!!”

엘레프는 간발의 차로 손에서 놓친 슈틴에게 벌어진 일에 경악을 금치 못했다.

「무슨 짓이냐! 라이젤!」

“무슨 짓을 한 겁니까!”

이구동성으로 엘레프와 카이스가 라이젤을 위협했다.

“흥. 내가 인간의 모습으로 태어났다 해도 나 역시 일족의 하나다. 아직 성년도 되지 않은 드래곤의 마력 따위야 얼마든지 봉인할 수 있지.”

“당장 봉인을 해제하십시오!”

“하아. 네가 이 말괄량이의 파수꾼인가? 하하하! 웃기는군! 역시 드래곤들은 다 똑같아! 자신들과 조금이라도 다르면 용납하려 하지 않지! 너 역시 드래곤임에도 불구하고 인간으로 태어난 자가 아닌가! 무엇이 부족하여 이런 헤츨링의 뒤를 돌보아주지? 그들이 그렇게 시키던가!”

“아니다! 내가 원해서 그녀를 돌보고 있을 뿐, 네가 상관할 바 없어!”

「라이젤, 당장 그 아이를 놓아주지 않으면 강제로 마계로 귀환시켜 버리겠다! 어서!」

“거기서 딱 한 마디라도 더 해보시지, 라디카이스. 지금 네 동생은 인간보다도 못한 존재나 다름없다. 간단한 스펠 하나면 정신을 붕괴해 버릴 수 있어!”

「……!!」

“……!!”

“당장 그 손을 놔! 슈틴 양은 당신의 약혼자라고 하지 않았나! 그녀에게 어떻게 그런!”

“약혼자? 그게 무슨 상관이지? 드래곤들에게 있어 혼약은 인간들의 그것과는 전혀 다른 것이다. 인간의 기준으로 나를 재려 하지 마!! 인간 따위는 끼어들지 마라!"

"그렇게 말하는 라이젤, 당신에게도 인간의 피가 흐르고 있습니다."

차가운 목소리가 흥분한 라이젤의 목소리를 자르고 들어왔다. 엘레프는 너무나도 가라앉은 목소리로 말하고 있었지만 이전에는 한 번도 들어보지 못했던, 분노가 서려 있는 목소리였다.

"그래! 내게는 인간의 피가 흐르고 있다. 나는 그것이 너무나 혐오스러워! 인간 주제에! 인간 따위가 감히 드래곤의 영역에 발을 디딘 결과가 바로 나다! 드래곤이 가진 어느 것과도 비교할 수 없는 인간 따위가 어찌 드래곤을 넘보는 건가! 계약? 그 따위 것은 엿이나 먹으라고 해! 나는 인간이 싫다!! 무한의 가능성을 가진 드래곤의 이성을 잃게 하고 인간의 아이 따위나 낳게 만드는 그 더러운 피가!!"

지금 라이젤은 그가 모르는 하나의 사실을 입에 담고 있는 것이나 마찬가지다. 어찌하여 드래곤들이 중간계로 나와 유희를 하는지, 어찌하여 드래곤들이 하찮은 인간들과 계약을 맺고 그들을 보호하려 하는지 그 해답에 가까이 다가가고 있었다.

하지만 그는 그것을 깨닫지 못했다. 아니, 그에겐 그것을 깨달을 이유조차 없었다.

다만 그는 인간이 싫었고 혐오스러울 뿐이었다.

"너도 마찬가지다. 네 어머니는 더러운 인간의 그 썩어 문드러진 유혹에 빠져 너를 낳은 것이다! 드래곤도! 인간도 아닌 우리를!!"

라이젤은 엘레프의 본성을 한눈에 꿰뚫어 보고 이를 갈며 말했다. 자신이 가장 바라지 않는, 가장 혐오하는 인간의 모습을 한 드래곤이 인간과 드래곤의 사이에서 태어나 방황하는 자신의 모습이 엘레프 위에 겹쳐지고 있었다.

"내 어머니를 모욕하지 마라! 내 어머니는 나를, 자신이 사랑한 인간의 모습으로 낳길 원했을 뿐이다."

라이젤이 슈틴을 붙든 채 엘레프와의 말다툼에 정신을 쏟고 있는 동안 케릭스는 천천히 돌아 라이젤의 뒤쪽으로 이동하기 시작했다. 엘레프는 그것을 보고 있으면서도 전혀 내색하지 않고 계속 라이젤의 시선을 자신에게 고정시켰다.

"그래서 만족하는가? 인간의 모습으로 태어난 너를 드래곤들이 반기던가? 아니었겠지! 그것이 모두 다 인간들의 탓이다! 나는 인간을 증오해! 이 중간계에서 단 한 사람도 남김없이 모조리 죽여 없애 버릴 것이다! 인간들을 멸망시켜 버릴 것이다!"

"나 역시 인간들을 좋아하진 않는다. 하지만 라이젤, 당신이 잊고 있는 것이 있다."

"잊고 있는 것? 어차피 내가 모르는 것 따위 알 필요도 없어! 자아— 너 역시 인간을 좋아하지 않는다면, 증오한다면 나와 손을 잡아라! 다크 드래곤 로드? 그런 게 무슨 소용이 있나. 어차피 인간과 계약하여 그들의 더러운 손에 놀아날 뿐이다!"

"잊고 있다면 내가 상기시켜 주지. 내가 그러했듯, 당신 역시 인간이 없었다면 이 세상에 존재하지 못했다. 그리고!"

살금살금 라이젤의 뒤로 돌아가 기회를 살피고 있는 케릭스를 확인한 엘레프는 라이젤을 향해 소리쳤다.

"인간 중에는 가끔 인정해 줄 수 있는 사람도 있다! 케릭스!!"

"하아앗!!"

엘레프와 케릭스가 라이젤에게 달려든 것은 거의 한순간의 일이었다.

"우, 우왓!!"

케릭스의 검이 슈틴을 붙들고 있는 라이젤의 팔을 그의 몸에서 깨끗하게 잘라내는 순간, 엘레프는 슈틴에게 달려들어 그녀를 품에 안고 몸을 날렸다.

"크아아아아!!"

팔을 잃은 라이젤이 피가 솟구쳐 오르는 어깨를 감싸며 비명을 질렀다. 드래곤과 인간 사이에서 태어난 그는 새빨간, 인간과 같은 피를 흘리고 있었다.

"감히! 감히 인간 주제에!!"

고통과 굴욕으로 일그러진 얼굴은 더 이상 인간의 것이라 불리지 못할 정도였다.

"그래, 나는 당신이 말하는 대로 하찮은 인간일지도 몰라. 하지만 이것은 그렇지 않지."

케릭스는 카이스가 준 검을 라이젤의 눈앞에서 흔들어 보였다.

「네 검에 피를 묻히는 것조차 아깝다. 비켜라, 케릭스!」

그때까지 슈틴이 인질로 사로잡혀 아무것도 하지 못했던 카이스가 슈틴의 안전을 확인하자마자 참고 있던 분노를 한번에 폭발시켰다.

「감히 슈레스티아에게 손을 대려 하다니(Gravity Circle)!」

눈에 보이지 않는 힘이 팔을 잃고 발악하고 있는 라이젤의 위로 떨어져 내렸다.

"크아악!"

라이젤을 중심으로 작은 원형의 공간이 형성되어 보이지 않는 무서운 힘이 그를 내리눌렀다. 하늘로 솟구치던 핏방울이 바닥에 깔려 순식간에 피 웅덩이를 만들어냈다.

"감히 내게!!"

입가에서 피를 주르륵 흘리면서도 라이젤의 눈에 떠올라 있는 광기는 수그러들 줄 모른다.

"감히 내게 손을 대다니! 다크 드래곤의 로드라면서! 어찌하여 동족보다 인간의 편을 드는가!"

「동족의 목숨을 위협하는 자에게 그런 말을 들을 이유는 없다. 이제 조용히 마계로 돌아가라.」

"거부한다!! 내 목숨과 바꿔서라도! 중간계를 멸망시켜 버리고 말겠어!! 너와 나는 동족이지만 또한 다르다! 나는 다크 드래곤 로드의 명을 따르지 않는다!"

「라이젤 에틱스!!」

강력한 힘에 짓눌려 있으면서도 라이젤은 결코 포기하지 않았다. 아니, 이미 그럴 이성 같은 것은 사라져 있었다.

"암흑의 일족이 명한다. 가두어져 있던 나의 힘이여, 눈을 떠라!"

레지나의 하늘 위에 떠 있던 강렬한 태양 빛이 라이젤의 스펠이 이어지자 그에 반응하여 빛을 잃어가기 시작했다.

"무(無)의 혼돈이여, 그대가 잉태하여 낳은 자의 생명을 거두어라! 그 생명을 대가로……!"

「무슨 짓을 하려는 거냐, 라이젤 에틱스!」

"중간계로 나올 때부터 이미 나는 모든 것을 포기했다. 그런 것조차 몰랐을까! 내 생명을 건 계약으로 이 중간계를 사라지게 할 것이다! 막을 수 있으면 막아봐라, 라디카이스! 드래곤 로드의 힘으로도 이 계약은 파기할 수 없을 것이다!"

"케릭스, 그의 목을 베!!"

엘레프가 쓰러진 슈틴의 몸을 안고 소리쳤다.

"그의 몸은 인간의 것. 계약이 성사되기 전에 어서 목을 베!"

「안 돼! 위험하다!」

엘레프의 말에 그대로 반응해 라이젤에게 달려드는 케릭스를 보고 카이스가 황급히 라이젤을 속박하고 있던 마력을 거두어들였다.

“하하하하하! 나의 생명을 대가로 바친다!! 무(無)의 혼돈이여!”

“으아아아아!!!”

케릭스의 검은 검신이 미친 듯이 웃고 있는 라이젤의 목을 향해 날아 갔다. 무엇이든 베어버리는 다크 드래곤의 드래곤 슬레이어, 아주 잠시 후면 그 검은색의 검날이 인간이자 드래곤인 한 존재의 생명을 그 몸에 서부터 갈라놓으리라.

하지만…….

「그 검을 거두어주십시오.」

누군가 이미 내질러진 검의 끝자락을 막아섰다.

“……!”

콰앙!

케릭스는 눈에 보이지 않는 벽에 부딪쳐 뒤쪽으로 날아갔다. 단순하게 부딪친 것이 아니라 어떤 힘이 작용하여 케릭스의 몸을 내동댕이쳐 그의 몸은 성벽의 끝까지 밀려가 그대로 떨어질 것 같았다.

「케릭스!!」

카이스의 거대한 몸체가 순식간에 이동하여 케릭스의 몸을 받아 들었 다.

「이 무슨 무례한! 이 인간이 나의 계약자라는 것을 알 수 있을 터인 데!」

「익스플로젼!」

카이스의 항의에는 아랑곳하지 않고 케릭스의 검에서 라이젤의 목숨 을 구원한 자의 입에서 스펠이 흘러나왔다. 하지만 그것은 케릭스를 보 호하고 있는 카이스를 향한 것도, 라이젤을 베라고 말했던 엘레프를 향 한 것도 아니었다.

그것은 광기 어린 눈빛을 하고 있는 라이젤을 향한 것이었다.

쿠와앙!

다만 그것은 인간들에 대한 배려가 전혀 없었기에 성벽과 함께 주변의 사람들도 전부 한꺼번에 날려 버리고 말았다.

「다크 드래곤 로드시여, 일족의 하나 레이드나 랜슬링이 인사드립니다.」

비로소 모습을 드러낸 자는 허리까지 내려오는 삼단 같은 머리카락을 가진 아름다운 여인이었다.

「제 아이니 책임은 제가 지겠습니다. 부디 노여움을 거두어주십시오. 자식을 위해 어리석은 짓을 되풀이한 어미의 소원입니다.」

「……!」

「이 아이가 이렇게 된 것은 모두 이 어미의 부덕의 소치.」

아름다운 여인의 눈에서는 두 줄기 눈물이 흘러내리고 있었다. 갑작스럽게 등장한 그녀는 폐허가 된 성벽의 돌 더미 아래서 피를 흘리고 있는 라이젤의 몸을 거두어들였다. 정신을 잃은 라이젤은 팔다리를 늘어뜨린 채 공중에 떠 있는 여인의 앞으로 날아왔다.

「인간으로 태어났을 때 그대로 중간계에 두어야 했을 터였습니다. 무리하게 마계로 이 아이를 데려가지 말았어야 했습니다.」

「그는 이미 무의 혼돈에 그의 생명을 바쳤다. 더 이상의 생을 허락할 순 없다. 그가 깨어나 무슨 짓을 할지 당신은 알고 있는가!」

카이스는 이미 변하기 시작한 하늘을 가리키며 말했다.

하늘에서는 이미 태양이 사라지고 거무죽죽한 기운이 퍼져 나가고 있었다.

「알고 있습니다. 하지만 이 아이는 마계의 얼마 되지 않는 드래곤의 일족입니다. 비록 인간의 피를 가지고 있으나 일족임에는 틀림이 없습니다. 또한 저의 사랑하는 아들입니다.」

아마도 그녀는 인간의 모습으로 라이젤을 낳은 이후 계속 인간의 모습으로 지내왔을 것이다. 누구도 말해 주지 않은 사실이었지만 카이스는 그것을 느낄 수 있었다.

중간계에서 유희를 하며 지내는 동안 인간을 사랑하고 그의 아이를 낳고, 그리고 그 마음을 간직한 채 마계로 돌아갔으리라.

「그러나 책임을 회피할 수는 없다. 잘 알고 있을 것이다.」

슬픈 얼굴의 그녀는 망설이는 듯했지만 곧 고개를 끄덕였다.

「그렇군요. 이 아이가 저지른 것에 대한 책임은 지어야겠지요. 다만 한 가지, 저는 마계에 남은 다크 드래곤의 일족으로서 그 대가를 원합니다.」

「…대가를 원하는 것은 당연하다.」

"무슨 소립니까, 카이스 씨!!"

계약자로서 그가 생각하고 있는 바를 낱낱이 느낄 수 있는 케릭스가 사색이 되어 외쳤다. 지금 카이스는 라이젤의 목숨을 거두어들이는 대가로 그의 여동생인 슈틴을 내어줄 생각을 하고 있었다.

"어째서 슈틴 양이!!"

「그 아이는 어차피 성년이 되면 마계의 드래곤과 혼약하게 되어 있다. 그 수가 줄어가는 마계의 드래곤들을 위해, 우리가 고대로부터 한 계약에 따라.」

어째서 마계의 드래곤들이 존재하고, 그것이 환수계의 카이스 일족과 어떤 관계가 있는지는 지금의 케릭스에겐 중요하지 않았다.

「생명의 대가는 생명으로…….」

"카이스 씨!!"

「인간이여, 나는 자식을 잃는 슬픔을 감수하려 합니다. 아무리 그대가 다크 드래곤 로드의 계약자라 하더라도 방해는 허락할 수 없습니다.」

슬픔을 감수하려 한다면서도, 그 눈에서 눈물을 흘리고 있으면서도 여인의 얼굴은 냉정했다. 그것은 아마도 드래곤이기 때문에 어쩔 수 없는 부분일 것이다.

「슈레스티아 카스티유.」

카이스가 슈틴을 불렀다. 엘레프의 손에 구원되고, 마력 봉인을 해제받은 그녀는 조금 전부터 그들의 대화를 낱낱이 듣고 있었다.

그녀는 카이스의 힘에 의해 공중으로 날아올랐다.

「라이젤 에틱스의 목숨을 취하는 대가는 바로 너다.」

"……."

그녀 역시 드래곤이기에 지금 이루어지고 있는 말들은 절대 돌이킬 수 없을 것이라는 걸 잘 알고 있다. 하지만 이름이 불린 그 순간부터 슈틴의 시선은 케릭스에게 못 박혀 있었다. 미련이라는 단어로 표현되기엔 너무나도 커다란, 슈틴의 케릭스에 대한 마음이 그대로 행동으로 나타나고 있었다.

"슈틴 양……."

"케릭스, 나는……."

그녀의 순수한 눈빛에서 얼마나 그녀가 자신만을 생각하고 자신만을 바라보는지 케릭스는 선명하게 느낄 수 있었다. 드래곤인 그녀가 이렇게 강렬한 감정을 발산할 수 있었던 것은 그만큼 그녀가 케릭스를 마음속 깊이 사랑하고 있기 때문일지도 모른다.

"기다려 주십시오."

슈틴이 머뭇거리며 검은 머리의 여인에게로 다가가려 하는 순간 그녀의 움직임을 막아서는 목소리가 있었다.

"엘레프."

"기다려 주십시오. 드릴 말씀이 있습니다."

엘레프는 가볍게 땅을 박차고 드래곤들과 케릭스가 있는 공중으로 뛰어올랐다.

"감히 이 자리에 서서 말씀드립니다."

엘레프는 아주 잠깐 케릭스 쪽으로 시선을 돌렸다가 슈틴의 곁으로 다가가 그녀의 손을 잡았다.

"저는 당신의 아들과 마찬가지로 드래곤과 인간의 사이에서 태어난 자. 가능하다면 슈레스티아님 대신 저를 데려가 주시지 않겠습니까?"

"엘레프!"

슈틴이 놀라 엘레프의 손을 잡아당긴다.

"이건 본래부터 나에게 주어진 운명이야! 어째서 엘레프가!"

"맞습니다. 하지만 슈틴님, 당신은 저 인간의 곁에 머물고 싶어하지 않았습니까?"

"그, 그건……."

"당신이 드래곤이기에, 저 인간, 케릭스의 곁에 머물고 싶어하면서도 당신에게 주어진 운명을 받아들이려 하는 것은 잘 알고 있습니다. 하지만 당신이 모르는 이유가 제게는 있습니다."

「엘레프, 어찌하여 슈레스티아를 대신하려 하는가. 이것은 저 아이에게 결정된 미래였다.」

"하지만 이자의 목숨 값과 바꾸어 마계로 간다 해도 이미 슈틴님의 혼약자는 존재하지 않지요. 그렇다면 제가 간다고 해서 크게 달라질 것도 없습니다."

엘레프는 맑은 눈으로 카이스를 바라보았다.

"당신은 사실 깨닫고 계시겠지요, 슈틴님이 이렇게 인간과도 같은 마음으로 당신의 계약자를 원하게 된 까닭을?"

「…….」

"저는 인간의 모습으로 아스크리피아님의 몸에서 태어난 자. 때문에 저는 드래곤이며 또한 인간으로 존재할 수밖에 없었습니다. 인간의 마음을 가진 제가 슈틴님을 돌보는 동안 슈틴님이 다른 어떤 드래곤보다 제 영향을 많이 받을 수밖에 없었습니다. 당신은 그것마저 계산하고 있었습니다."

다만 카이스가 예측하지 못했던 것은, 인간의 마음을 가지고 있던 엘레프가 자신의 동생을 만난 그 순간부터 그녀에게 마음을 빼앗기고 말았던 부분이었을 것이다.

"오랜 시간이 흘러도 저는 언령의 마법을 쓰지 못했습니다. 전 그 이유를 알 수가 없었지요. 하지만 지금은 분명히 말할 수 있습니다. 그것은 제가 당신들과는 다르게 느낄 수 있던 인간의 부분을 버리지 못했기 때문입니다. 저는 인간으로서 존재하는 제 모습을 보며 언제나 과거를 회상하던 어머님의 미련을 떨쳐 버리지 못했습니다."

엘레프의 앞에 그가 처음으로 슈틴을 만났던 그때의 기억이 떠올랐다.

알에서 깨어난 지 얼마 되지 않은, 순수함의 결정과도 같았던 모습을 하고 있던 슈틴. 그녀는 어느 누구도 그에게 하지 않았던 인사를 처음으로 건네왔다.

"다크 드래곤의 일족 슈레스티아가 인사드립니다."

맑은 소리로 전해지는 그녀의 인사말을 듣고 엘레프는 언젠가 그녀가 자신에게 커다란 변화를 가져올 것이라고 생각했다. 그것이 이런 식으로 나타날 줄은 전혀 알지 못했지만 말이다.

"그리고 마지막으로, 제가 가지고 있는 이 인간의 부분을 포기함으로써 슈틴님, 당신에 대한 마음을 잃지 않고 싶었기 때문입니다."

　고독한 환수계의 생활 속에서 나날이 새로울 수 있었던 것은 카이스와 슈틴 남매의 덕이었다. 그리고 그중에서도 누구보다도 그를 다른 드래곤들과 동등하게 대해줬던 슈틴에게 그는 언제나 깊은 감사를 느껴왔다.

　"당신을 처음 만났던 그날부터, 저는 당신이 성년에 이르기까지 당신의 안전과 보호를 책임져 왔습니다. 그것은 지금도 마찬가지입니다. 그리고 당신의 안전에는 당신의 행복도 포함되어 있습니다. 그렇지 않습니까, 라디카이스님?"

　「그것은 틀리지 않은 진실이다.」

　"저는 슈틴님이 행복하길 원합니다. 그것이 미래에 어떤 모습으로 나타날지 저는 알지 못합니다. 다만 이 순간, 당신이 그렇게 인간의 모습을 하고 있는 한, 당신의 마음은 제게 허락된 것이 아니라 바로 저기 있는 케릭스 틴들랜드의 것이겠지요."

　"엘레프! 하지만 당신이 희생해야 할 이유는……!"

　케릭스가 황급히 엘레프를 말리려 했지만 엘레프는 단호히 고개를 저었다.

　"이대로 슈틴님이 마계로 가면 당신은 두 번 다시 슈틴님을 만날 수 없습니다. 마계는 중간계와도 환수계와도 다릅니다. 비록 지금 당신이 슈틴님의 마음을 온전히 받아들이지 않고 있다 해도 그것은 저와 상관없는 일입니다. 슈틴님이 당신의 곁에 있는 것만으로도 행복하다면 저는 그것으로 족합니다. 또한 이것은 희생이 아닙니다."

　엘레프는 슈틴의 손을 잡은 채로 그녀의 몸을 앞으로 당겼다. 그가 슈틴과 함께한 이후 처음으로 슈틴의 의사와 상관없이, 그녀의 몸을 품에 안았다.

　"저는 당신을 사랑하는 이 인간의 마음을 버릴 것입니다, 당신의 행복을 위해. 그리고… 인간의 부분을 버리고 다시 태어날 것입니다."

엘레프의 입술이 아주 살짝 슈틴의 뺨을 스쳐 지나갔다.

그의 손이 슈틴의 손에서 떨어지는 순간 엘레프는 그가 말했던, 그리고 오래전부터 원해왔던 또 하나의 소원을 입에 담는다.

"진정한 다크 드래곤으로서……."

반짝이는 검은 눈동자가 닫히고 엘레프는 오랜 시간 동안 지녀왔던 인간의 몸에서 벗어나기 시작했다.

"엘레프……."

다크 드래곤 특유의 어두운 기운이 인간의 형체를 한 엘레프의 몸에서 뿜어져 나오기 시작했다. 그러나 그 기운은 상공에 퍼져 있는 어둑어둑한 혼돈의 차가운 느낌이 아니라 생명력이 가득 차 있는 따스한 것이었다.

잠시 후 레지나의 상공에는 또 한 마리의 다크 드래곤이 그 모습을 드러냈다.

지금까지 인간도, 드래곤도 선택하지 못했던 엘레프의 각성의 순간이었다.

세 마리의 드래곤과 많은 인간들이 지켜보는 가운데 엘레프는 한 마리의 드래곤으로 변하여 그 형체를 온전하게 갖추었다.

지상에 남아 있던 사람들과 멀리서 그들 바라보고 있던 키세 나이트들은 또 한 마리의 드래곤이 나타난 것에 놀라며, 또한 환호성을 질러대기 시작했다.

그들로서는 자세한 사정 같은 것은 알 수 없었다. 다만 밤하늘과 같은 색을 가진 다크 드래곤의 전설을 떠올릴 뿐이었다.

사람들의 그 환호성과 기쁨과는 별개로 슈틴은 그녀 나름대로 진정한 드래곤으로 각성한 엘레프를 바라보며 기쁨의 눈물을 흘리고 있었다.

언제나 자신의 처지에 고뇌해 온 엘레프다. 자신에 대한 마음을 포기한다는 그의 마음은 슬펐지만, 그가 진정한 드래곤으로 각성한 것에 대해서 어찌 기뻐하지 아니할 수 있을까.

다크 드래곤으로 각성한 엘레프는 정신을 차리자마자 제일 먼저 카이스에게 예를 취했다. 그것은 다크 드래곤으로서 당연히 이루어져야 할 것이었다.

「카이스님, 다크 드래곤의 일족…….」

「잠깐. 성년이 되어 각성한 자에게는 새로운 일족으로서의 이름을 내리게 되어 있다. 이 자리에서 일족의 이름을 받겠는가, 엘레프여.」

「기꺼이.」

「다크 드래곤 로드로서 나 라디카이스 랜디크는, 일족의 딸 아스크리피아의 아들 엘레프에게 일족의 새로운 이름 슈레스틴을 내린다.」

새로운 이름에는 그가 버리고자 했던 인간의 마음이 갈구했던 슈레스티아의 이름자가 들어 있었다.

이미 그 감정을 버렸다고는 하지만, 엘레프는 카이스의 배려에 가슴 깊은 감사를 느꼈다. 비록 이대로 영영 슈틴을 두 번 다시 만나지 못한다 해도 그는 자신의 이름 속에서 슈틴의 기억을 떠올릴 수 있을 것이다.

「레이드나님, 저는 다크 드래곤의 일족 엘레프 슈레스틴. 부디 저를 선택하여 주십시오.」

이젠 순간의 망설임도 미련도 없었다.

엘레프는 당당하게 레이드나에게 자신을 선택해 줄 것을 부탁했다. 레이드나는 슈틴과 엘레프를 번갈아 쳐다보다가 고개를 끄덕였다.

「아직 성년의 날을 맞이하지 않은 그녀보다는 당신을 선택함이 옳은 것이겠지요. 받아들이겠습니다.」

그리고 결정은 순식간에 이루어졌다. 케릭스로서는 어이가 없을 정도였지만 드래곤들에게 그것은 너무나 당연한 것이었다.

　망설임보다는 합리적인 선택을 한 레이드나나 그에 가볍게 수긍하는 카이스나 어느 쪽도 단호했다.

　결정을 마친 레이드나는 그녀의 긴 머리카락으로 아들의 얼굴에서 흘러내리는 피를 닦아내었다. 그것이 그녀가 아들에게 건넬 수 있는 마지막 손길이었다.

　「저는 아들의 마지막을 지켜보고 싶지 않습니다. 이대로 돌아가도 되겠습니까, 다크 드래곤 로드시여?」

　「남아 있는 마계의 존재들은 어찌하겠는가?」

　「지금 남아 있는 자들은 모두 아들의 뜻에 함께하여 중간계로 온 존재들. 그들의 선택을 방해하고 싶지 않습니다. 그들에 대한 처리는 인간들에게 맡기려 합니다.」

　인간적인 입장에서 들으면 이해할 수 없는 말이었지만, 카이스는 고개를 끄덕였다.

　드래곤이기에 이해할 수 있는 말인 듯했다.

　「그럼 돌아갑시다, 우리의 세계로.」

　그녀는 나타났을 때와 마찬가지로 홀연히 공간의 틈 사이로 사라졌다. 그 뒤를 엘레프가 따른다.

　"자, 잠깐, 엘레프!!"

　슈틴이 울먹이는 목소리로 엘레프를 불렀다.

　"나는… 나는, 엘레프에게 아무것도……."

　「저는 당신과 함께 지내는 동안 분에 넘치도록 많은 것을 받았습니다, 슈레스티아. 당신에게 허락된 완전한 유형의 시간 동안 부디 행복하시기를 바랍니다.」

　"엘레프……."

　「슈레스티아, 당신이 저를 위해 흘린 눈물은 절대 잊지 않을 것입니다. 길고 긴 시간의 선 안에서 언젠가 다시 만날 일이 있기를.」

엘레프가 까딱하고 고개를 숙이는 듯한 기분이 든다.

그는 마지막으로 카이스에게 인사말을 남겼다.

「어머니 아스크리피아님께 전해주십시오. 당신의 아들은 다크 드래곤으로서 각성하였다고. 그리고 뵙지 못하고 떠나게 되었음을 죄송스럽게 여기더라고.」

알겠다는 대답을 하기도 전에 엘레프는 공간의 틈으로 완전히 그 모습을 감추어 버렸다.

"정말… 이래도 되는 겁니까?"

케릭스는 자신의 눈앞에서 벌어진 이 엄청난 일들을 다 받아들이지 못하고 괴로워했다. 아무리 생명의 계약을 나눈 후 드래곤들의 방식에 조금 더 가까워졌다고 해도, 인간인 케릭스로서는 순식간에 사라져 버린 엘레프와 그가 남기고 간 말과 인간과 드래곤 사이에서 갈등하며 고뇌했던 라이젤의 감정들이 벅차게 느껴지고 있었다.

「이미 벌어진 일은 돌이킬 수 없다. 그보다 우리가 해야 할 일은 남아 있는 사람들을 위한 것이겠지. 케릭스, 너는 슈틴과 함께 지상으로 내려가라. 나는 라이젤이 저지른 일의 뒷수습을 해야 한다. 라이젤은 이제 그 생을 마감하겠지만, 그가 이 땅에 불러낸 몬스터들은 사라지지 않아. 그 뒤처리를 해야 한다.」

"카이스."

「걱정하지 마라. 나는 단지 라이젤의 뒷처리를 하려는 것뿐이니까.」

가깝게 느낄 수 있다 해도, 서로가 가지는 불안감을 쉽사리 지워 버릴 수는 없다. 그러나 그것은 하지 않으면 안 될 일이자 그밖에는 할 수 없는 일이다.

계약자인 케릭스로서는 그저 그를 믿으며 기다릴 수밖에는 없었다.

“저는 당신을 믿습니다.”

「나 역시.」

투명한 보호막이 케릭스와 슈틴의 주위를 둘러쌌다. 두 개의 보호막은 천천히 내려가며 하나로 합쳐졌다. 멀리 있던 키세 나이트 중 몇이 그 보호막 쪽으로 날아와 그들을 보호하며 천천히 함께 지상으로, 정확하게는 레지나 성의 높은 성벽 위로 내려앉았다.

보호막은 바닥에 닿는 순간 공기처럼 사라져 버렸다.

“케릭스!”

보호막이 사라지자마자 그와 함께 성벽 위로 내려온 셰샤크와 마즈렉이 케릭스에게 달려왔다.

“도대체 어떻게 된 거야!”

“저 드래곤이 정말로 너와 계약한 드래곤인가?”

“그래. 하지만 자세한 것은 나중에 이야기하자. 저 몬스터들을 지상으로 불러낸 자는 카이스 씨가 곧 처리… 하겠지만, 그가 생을 마감한다 해도 저 몬스터들은 마계로 돌아가지 않아. 살아남기 위해서 우리는 저들과 맞서 싸워야 해.”

“거참, 상황이 이러니 더 물을 수도 없고. 그쪽의 아가씨는?”

“카이스 씨의 동생인 슈틴 양, 그리고…….”

“그리고? 아하!”

눈치를 챘다는 듯이 셰샤크가 윙크를 하며 슈틴에게 손을 내밀었다.

“이렇게 아름다운 아가씨가 너 같은 녀석에게 가다니! 말세야, 말세! 저는 케릭스의 친구인 셰샤크라고 합니다. 이쪽의 무뚝뚝한 친구는 마즈렉. 우리 둘 다 케릭스와 절친한 친구들입니다.”

“슈틴이에요.”

갑작스럽게 화기애애한 장면이 벌어졌지만 감히 그들의 앞으로 나서는 사람은 없었다. 지금 사람들의 앞에 서 있는 저 검은 머리의 청년은 조금 전까지만 해도 저 하늘에서 드래곤과 함께 서 있던 사람이었던 것이다.

"저어… 셰샤크, 지금 이러고 있을 때가 아니야. 몬스터들이……."

케릭스가 셰샤크를 말리려 하는데 갑자기 하늘에서 쿠르르룽 하는 소리가 들려왔다.

하늘을 어둑어둑하게 덮고 있던 구름들이 소용돌이치며 움직이기 시작한 것이다.

"카이스 씨다!"

"뭐, 뭡니까, 저건!"

"하늘이 무너지기라도 하는 거야?"

"저 구름 때문에 태양이 빛나지도 않아! 이 무슨 불길한!"

불안감에 가득한 사람들의 웅성거림이 들려왔지만 케릭스는 아무 말 없이 두 다리로 굳게 서서 하늘을 고요히 바라보고 있었다.

모습은 보이지 않지만 카이스가 저 구름 어딘가에 있을 것이다.

자신이 할 수 있는 것은 그저 조용히 기다리는 것이다.

쿠르르룽—!

콰지지직!

마른하늘에서 천둥과 함께 벼락이 내리친다.

강렬하게 빛나는 벼락은 어두워진 레지나 성을 순간순간 밝히며 점점 더 그 수를 늘려갔다.

조용히 하늘을 바라보고 있던 케릭스는 순간 온몸이 졸아드는 듯한 감각에 숨을 들이마셨다.

"흐읍!"

"케릭스!"

"크윽—!"

조금 전 카이스가 몬스터들을 처리하기 위해 마법을 쓸 때는 전혀 느끼지 못했던 충격이었다. 그것은 이전에 카이스가 마법을 썼을 때 느꼈던 그 탈력감과 고통과도 다른 이상한 감각이었다.

턱턱 막혀오는 목을 부여잡고 케릭스는 괴롭게 숨을 내쉬었다. 슈틴이 그의 옆에 붙어 케릭스에게 끊임없이 회복 마법을 걸기 시작했다.

"크윽!!"

온몸을 압박해 오던 그 힘은 순간 폐를 찌르는 듯한 강렬한 충격과 함께 순식간에 소멸해 버렸다.

"허억. 허억."

하지만 제대로 숨 쉬지 못했던 케릭스의 폐는 여전히 가쁘게 움직이며 숨 쉬기를 그에게 강요하고 있었다.

바닥에 누워 있던 케릭스의 시야에 하늘에 가득 껴 있던 구름이 천천히 걷혀 나가며 다시 밝은 햇살이 비추는 것이 보인다.

무엇을 어떻게 했는지는 알 수 없지만 카이스가 라이젤이 불러온 무의 혼돈을 원래의 자리로 되돌려 보낸 모양이었다.

"헉. 헉."

멀쩡하게 서 있다 말고 갑자기 혼자서 '발광'을 하다가 또 얼마 지나지 않아서 멀쩡해지는 것을 지켜보던 셰샤크와 마즈렉이 케릭스에게 물었다.

"이봐. 괜찮은 거야? 저 드래곤 아무래도……."

"난 아무… 렇지도 않아. 카이스 씨도 무사하고. 봐, 다시 태양이 빛나고 있잖아?"

"허어……."

묻고자 한 것은 그것이 아니었지만 케릭스의 환하게 웃는─기침은 미친 듯이 해대고 있지만─얼굴에 두 사람은 그만 할 말을 잃었다.

그 두 사람 대신 성의 여기저기에서 사람들이 내지르는 기쁨의 환호성이 들려왔다.

"어이, 슈틴 양! 그런 녀석은 그냥 두고 어디 안전한 데로 가 있어요. 아아! 내가 모셔다 드리지."

"잠깐! 하늘이 원상태로 돌아왔다고 해서 몬스터들까지 사라지는 건 아니야! 이제부터는……."

"시끄러워! 그 소리는 조금 전에 했잖아! 사람 잔뜩 걱정을 시키더니, 이제는 저 말도 안 되는 녀석까지 끌어다 놓고 말이야! 내 멋대로 하게 좀 내버려 두라고!"

"그래도 일단 몬스터들이……."

"숨 좀 돌리자, 숨 좀! 내 평생에 놀랄 일을 오늘 다 경험한 것 같다고! 더 놀라고 또 놀라고 놀라서 자빠지기 전에 나는 한숨 좀 돌려야겠어!"

주위의 상황이 어떻게 돌아가든 말든 상관없다는 식이다.

"그러는 동안에 살아남은 몬스터들이 다시 쳐들어온다고!"

"들어오려면 들어오라지. 너와 저 카이슨지 뭔지 하는 작자의 활약 덕에 우리는 손가락만 빨았으니 다들 팔팔하다 못해서 심심할 지경이다."

"셰샤크……."

"안 그래, 마즈렉? 가서 보고나 하고 와, 랜드리크님께."

"아아, 그럴까? 랜드리크님께서도 꽤나 궁금해하시겠어. 도대체 이 상황이 어찌 돌아가는지 말이야."

마즈렉은 깔끔하게 말을 마치고는 성큼성큼, 테로더 공작과 랜드리크가 기다리고 있을 지휘실 쪽으로 걸어갔다. 사실은 다른 사람들과 마찬가지로 그냥 열심히 하늘만 쳐다보고 있으면 대략의 상황은 어찌 돌아가는 것인지 알 수 있었겠지만 말이다.

케릭스에게 자세한 이야기를 들은 것은 아니었지단, 키세 나이트인 그들이기에 말을 듣지 않아도 지금의 상황이 어떻게 되어가고 있는 것인지 깨달을 수 있었기 때문이다.

다만 지금은 그저 믿어지지 않는 사실을 받아들일 조금의 시간적 여유와 심리적인 여유가 필요했다.

케릭스는 분명 다크 드래곤과 계약을 했고, 진정한 키세 나이트로서 이 자리에 돌아온 것이다. 그리고 키세 나이트로서 위기에 빠진 이 데라즈를 몬스터들로부터 지켜낸 것이다. 그리고 앞으로도, 남아 있는 몬스터들 역시 단 한 마리도 이 성에, 그리고 이 데라즈에 발을 디디지 못하게 할 것이다.

일단은 그것만 생각하자고 마즈렉은 마음먹었다.

케릭스가 어떻게 다크 드래곤을 만났고, 지금까지 몇백 년 동안 단 한 번도 목격되지 않은 다크 드래곤이 갑자기 어디서 튀어 나왔으며, 보통의 드래곤과는 전혀 다른 저 엄청난 마법들을 어떻게 쓰고 있는 것인지, 그런 것들은 나중에 이 전투가 끝나고 나서 이야기해도 늦지 않을 것이다.

마즈렉의 등 뒤에서 활기로 가득 찬 셰샤크의 목소리가 들려왔다.

키세 나이트의 구호를 소리 높여 외치며 병사들의 사기를 북돋우고 있는 것이다. 성벽이 부서져 내린 사이로 몬스터들이 들어오고 있다는 소리도 들려온다.

하지만 마즈렉은 발걸음을 늦추지 않았다.

"총공격 명령을 내려달라고 해야겠군. 그리고……."

아직 몬스터들은 저 성벽 밖에도 수없이 많이 남아 있었다. 하지만 지금 저 높은 하늘에서부터 어둠과 닮은, 그러나 어둠과는 전혀 다른 커다란 드래곤 한 마리가 레자나를 향해 내려오고 있었다. 빨갛고 파랗고 노랗고 흰 다양한 색깔의 비늘을 가진 드래곤들이 다크 드래곤을 환영하며 반기고 있었다.

"아아, 아무렴 어때. 적어도 죽을 걱정은 덜었다라고 생각해 버리면 그만이지."

냉철한 판단을 하기로 유명한 마즈렉의 입에서 그런 소리가 나왔다고 해도 세샤크는 절대 믿지 않을 것이다. 다른 사람은 몰라도 말이다.

하지만 마즈렉의 판단은 너무나 정확한 것이었다.

데라즈의 국왕 카이론 4세로부터 전권을 위임받은 테로더 공작은 다크 드래곤이 나타난 바로 그날, 석양을 등지고 레지나에 모인 전군을 향해 몬스터들을 향한 총공세에 나설 것을 명령했다.

한때는 두 번 다시 고향으로 돌아가지 못하리라 생각했던 병사들은 그들의 머리 위에 나타난 다크 드래곤을 바라보며 다시금 고향으로 무사히 돌아갈 수 있다는 기대감에 부풀어 올랐다.

뒤늦게 수도에 남아 있던 키세 나이트들과 함께 레지나에 도착한 하이리안 틴들랜드는 자신의 아들이 다크 드래곤과 함께 돌아왔다는 소식을 듣고 놀라다 못해 그만 그 자리에서 정신을 잃고 말았다는 후문도 있었다.

기세를 가다듬기는커녕 자신들을 마계로부터 불러낸 라이젤이 사라진 몬스터들 쪽의 사정은 인간들의 총공세와 더불어 악화 일로를 걷기 시작했다. 다크 드래곤 라디카이스의 브레스는 자유자재로 모든 속성을 넘나들며 몬스터들의 퇴로를 막았고, 병사들과 키세 나이트들은 사방으로 흩어지는 몬스터들의 뒤를 밟아 그들을 하나하나 놓치지 않고 끝까지 찾아내 섬멸했다.

그렇게 총공세 명령이 떨어진 후 삼 일.

레지나 성에는 다시 몬스터의 울음소리가 들리지 않는 아침이 찾아왔다.

그것은 믿어지지 않는 승리였으며, 다크 드래곤과 그의 계약자가 없었다면 결코 이루지 못했을 기적이었다.

제37장
Knight

전설이 재현되었다.

스파다를 무너뜨리고 데라즈를 풍전등화의 상태로까지 몰고 간 대몬스터 전쟁은 다시 중간계에 재래한 다크 드래곤과 그의 인간 계약자에 의해 구원되었다.

사람들은 레지나 성에 나타났던 칠흑같이 어두운 색의 비늘을 가진 검은 드래곤과 그를 지상에 소환한 키세 나이트의 이야기로 꽃을 피웠다.

몬스터 천여 마리를 브레스 한 방으로 완전히 몰살시켰다느니, 바람을 가르고 땅을 가르는 키세 나이트의 검이 지금까지 한 번도 보지 못한 강력한 몬스터를 한칼에 죽여 없앴다느니… 이야기는 끝이 없었다. 하지만 사람들이 주고받는 이야기 속의 다크 드래곤과 그의 계약자의 무용담은 현실과는 조금 차이가 있었다. 데라즈를 위기에서 구한 것은 사실이지만 실제 다수의 몬스터들이 나타났던 지역이 레지나라던가 라스킨 등에 국한되어 있었기 때문이다.

그 때문일까? 다크 드래곤과 그의 계약자에 대한 소문은 점점 미화되고 부풀려져 사방으로 퍼지고 있었다.

하지만 언제나 현실은 전설과는 다른 법. 이야기 속에서는 지극히 우아하고 고상하게 망토를 휘날리면서 미려한 검술을 구사하며 전투에 임하고 있는 키세 나이트이지만 전설과는 달리 실제로는 바람이 쌩쌩 불어오는 스파다의 고지 한쪽에서 피곤한 몸을 바위에 의지하며 새우잠을 자고 있었다. 데라즈의 어느 누구도 상상 하지 못할 일이었다.

"케릭스님! 케릭스님, 어디 계십니까?"

조금 떨어진 곳에서 병사 하나가 케릭스를 부르는 소리가 났다. 하지만 케릭스는 곯아떨어진 탓인지 그 병사의 목소리를 전혀 듣지 못했다.

"케릭스님! 페이라인 공주님께서 찾으십니다!"

"시끄러워! 멍청이들!"

큰 목소리로 케릭스를 찾는 병사의 앞길을 막아선 것은 젊은 병사라면 곧장 눈 둘 바를 찾지 못할 만큼 짧은 가죽 치마를 입은 미모의 소녀였다. 다른 사람들은 쌩쌩 불어오는 바람에 옷깃을 한 컨 더 여미고 있건만 이 미모의 소녀는 추위는 전혀 아랑곳하지 않는 듯 신발마저 신고 있지 않은 채다.

그녀는 파릇하게 솟아오른 풀잎을 맨발로 지그시 밟으며 그 생김과는 전혀 맞지 않는 고약한 욕설을 입에 담기 시작했다.

"이 망할 XXXX들! 언제까지 케릭스를 찾아댈 참이야! 아무리 키세 나이트니 어쩌니 해도 케릭스는 인간이라고! 작작 좀 부려먹으라고!"

"아. 아앗! 슈, 슈틴님. 저는 그저 명령을……."

"그 따위 것 알게 뭐야!"

이제 와서 슈틴과 카이스가 눈에 보이는 것처럼 인간의 모습을 하고 있다고 해서 곧이곧대로 믿는 사람은 없다. 스파다로 향한 키세 나이트와 페이라인 공주 일행 사이에서 슈틴과 카이스는 암암리에 공포의 드래곤 남매라고 일컬어지고 있는 중이다. 그것은 비단 그들의 성격에서 비롯된 것만은 아니다. 몬스터들이 앞에 나타났을 때 누구보다도 잔악하게 손속에 사정을 두지 않는 그들의 검술이라던가, 몬스터를 사냥하는 모습 때문이었다.

단지 그 소문을 모르고 있는 사람은 일행 중 단 하나, 바로 지금 구석에서 새우잠을 청하고 있는 케릭스뿐이었다.

"슈틴, 네가 더 시끄럽다. 피곤하니까 좀 가만히 있어."

"미안, 오빠."

슈틴이 혀를 날름 내밀며 그녀의 오빠에게 용서를 구한다.

지금 카이스는 잠들어 있는 케릭스의 옆에 앉아 한쪽 손으로 눈을 가리고 있었다.

"역시 오른쪽 눈이 안 좋은 거야?"

"어쩔 수 없어, 이건 케릭스의 것이니까. 무리가 가고 있는 것이겠지."

카이스는 손을 떼고 오른쪽 눈을 깜박거린다. 그의 왼쪽 눈은 여전히 검고 깊은 밤하늘의 색을 간직하고 있었지만 그의 반대편 눈은 그렇지 않았다. 그의 오른 눈은 중간계의 새파란 하늘색이 그대로 잠들어 있는 푸른색의 눈동자로 변해 있었다. 바로 케릭스의 그것과 뒤바뀌어서 말이다.

생명의 계약을 통해 두드러지게 달라진 것이 바로 그것이었다. 이유는 알 수 없지만 케릭스의 오른쪽 눈과 카이스의 오른쪽 눈이 서로 바뀌어 있었던 것이다. 그리고 케릭스에겐 한 가지 더 달라진 것이 있었다.

"으음."

새우잠을 자던 케릭스가 천천히 몸을 움직이며 잠에서 깨어났다. 그는 치렁치렁 자란 머리카락을 귀찮은 듯이 어깨 뒤로 젖히며 기지개를 켰다. 바로 며칠 전 귀찮다며 짧게 잘라 버린 머리카락이 이삼 일 사이에

죽죽 자라나 다시 허리를 덮어가는 장발이 되어 있었기 때문이다. 카이스의 영향이었다.

"괜찮아? 피곤은 풀렸어?"

"그럭저럭이요. 하지만 눈이 뻑뻑한 게……."

케릭스는 눈을 부비며 카이스 쪽을 쳐다보았다.

"역시 마찬가지군."

케릭스는 너털웃음을 지어버렸다. 생명의 계약을 통해 중간계에서 아무런 제약을 받지 않고 모든 힘을 발휘할 수 있게 된 카이스가 단 하나의 제약을 받게 된 것이 바로 눈이었다. 크게 힘든 것은 없었지만 인간의 것 그대로인 눈만큼은 적절한 휴식을 필요로 했기 때문이었다.

"치유 마법을 조금 쓰는 게 좋을까, 케릭스?"

슈틴이 걱정스러운지 케릭스에게 물었다.

"글쎄요. 조금 뻑뻑하긴 하지만 곧 괜찮아질 겁니다."

케릭스는 주섬주섬 검을 챙기며 자리에서 일어났다.

슈틴은 그런 케릭스의 등에 달라붙어 길게 자라난 머리카락을 하나로 묶어주기 위해 열심히 고군분투한다.

"다시 잘라 버리는 게 좋을까요? 이만큼 길어본 적이 없어서 상당히 불편합니다."

"아니야! 어차피 잘라봐야 며칠이면 다시 자라 버리는데 뭐. 게다가 난 이 머리가 좋아."

슈틴은 엉망진창인 솜씨로 묶인 머리카락에 매달려 환한 미소를 짓는다. 케릭스가 잠들었을 때나 그가 안 보이는 곳에서는 본래의 성질을 마구 드러내는 슈틴이건만 케릭스가 옆에 있는 동안만큼은 천진난만한 천사 그대로인 슈틴. 때문에 케릭스는 병사들과 키세 나이트들 사이에 돌고 있는 소문을 전혀 알지 못했다. 물론 아무도 케릭스에게 그것을 귀띔

해 주는 사람도 없었다.

"케, 케릭스님, 랜드리크님께서 부르십니다."

그때까지 한구석에서 명령을 전할 기회만 찾고 있던 병사가 얼른 케릭스에게 말을 걸었다.

"아아, 감사합니다. 곧 가도록 하지요."

"너무해. 다들 케릭스만 줄기차게 부려먹고."

"케릭스만이라니. 나도 못지않게 인간들에게 부려 먹히고 있는 중인데?"

슈틴이 케릭스 옆에서 떨어지지 않는 모습을 보고 카이스가 중얼중얼 불만을 털어놓는다. 하지만 슈틴은 오빠의 불만은 전혀 상관하지 않았다.

"오빠는 드래곤이지만 케릭스는 인간이니까. 케릭스, 배고프지는 않아? 뭐라도 가져올까?"

"랜드리크님께서 부르시니 일단 먼저 랜드리크님을 뵈어야지요. 식사는 그 뒤에 하도록 합시다, 슈틴 양."

조금 뾰루퉁해진 슈틴을 두고 케릭스는 카이스에게 말했다.

"가볼까? 아무래도 열심히 찾고 있는 눈치인데."

"……."

카이스는 군말없이 케릭스를 따라 일어섰다.

레지나에서의 일이 있은 후 이제 한 달.

카이스를 대하는 케릭스의 태도는 이전과 조금씩 달라져 가고 있었다. 그것은 카이스를 대하는 그의 말투에서도 잘 알 수 있었다. 이전보다 더욱 친밀하게, 그리고 정말로 친구를 대하듯, 그들의 대화는 허물없이 자연스럽게 바뀌어져 있었다.

"아아. 이럴 줄 알았으면 저 녀석은 두고 오는 건데. 사사건건 옆에서 시끄럽게 떠들어대니."

"슈틴 양이 설마."

"맞아. 그 설마가 문제지."

레지나 성의 몬스터들을 남김없이 처단한 후 케릭스와 카이스는 정말 눈코 뜰 새도 없는 바쁜 나날을 보냈다. 정체를 드러낸 다크 드래곤과 그의 계약자를 데라즈에서 가만둘 리가 없었던 것이다.

스스로 키세 나이트임을 부정하지 않는 케릭스로서는 그에게 내려지는 임무는 하나하나 모두 정성껏 받아들여 이행했고, 그 결과 그들은 이제 몬스터 왕국의 본거지가 되어 있는 스파다의 수도 세티아를 향해 가는 중이었다. 데라즈에 몸을 피신하고 우방으로서 지원을 요청한 페이라인 공주를 호위하여 스파다 해방에 나선 것이다.

지도자를 잃은 스파다의 몬스터들을 상대하는 일은 생각보다는 쉬웠지만 나름대로는 어려운 일이었다. 그 이유는 몬스터들이 지휘 체계를 잃고 스파다 각지로 흩어져 버렸기 때문이다.

차라리 한곳에 모여 있으면 카이스의 마법으로 간단히 해결할 수 있었을 것을 이렇게 강행군을 하며 하루하루 힘겹게 전진하게 되어버린 것도 그 때문이었다.

"편히 쉬셨습니까, 케릭스님?"

"심려해 주신 덕에."

자신에게 말을 걸어오는 페이라인 공주에게 케릭스는 예를 표하며 대답했다.

야전 상황인지라 페이라인 공주는 치렁치렁한 레이스가 달린 드레스 대신 비교적 가벼운 차림을 하고 있었다. 그녀는 활기찬 목소리로 피곤에 지친 기사들과 병사들을 다독이며 강행군을 하고 있었다.

처음 스파다를 향해 떠나올 때 그들 일행은 페이라인 공주와 그녀의 수하인 두 명의 기사, 그리고 키세 나이트 50여 명뿐. 하지만 지금 그들의 곁에는 지휘관을 잃고 방황하던 스파다의 병사들과 곳곳에 숨어 저항하고 있던 기사들이 모여들고 있었다.

이제 스파다의 해방도 그리 먼 이야기는 아니다.

스파드의 수도 세티아는 이제 그들의 목전에 있었고, 남은 것은 아직도 수도에 집결해 있는 몬스터들을 처리하는 일뿐이니까 말이다.

"이른 시간부터 호출을 해서 죄송해요, 케릭스님. 하지만 이제 남은 곳은 세티아뿐이니까 가능하다면 조금이라도 빨리 궁으로 돌아가고 싶어서요."

카이스는 방긋 웃는 페이라인 공주의 얼굴을 지긋한 눈으로 쳐다보다가 다시 케릭스에게 눈길을 돌렸다. 둔감한 케릭스는 알아차리지 못하고 있는 모양이다.

케릭스와 계약한 이후 이전과는 달리 인간들의 감정에 상당히 예민해지고 밝아진 카이스는 페이라인 공주의 태도를 보고 상황을 일목요연하게 짚어내고 있지만 말이다.

지휘관들이 모두 모이자 작전회의가 시작됐다. 카이스는 여느 때처럼 조금 떨어진 곳에서 그들이 하는 이야기를 듣고 있었다. 짧은 작전회의가 끝나자 페이라인 공주는 케릭스에게 개인적으로 이야기를 나누었으면 한다며 그와 함께 조금 떨어진 곳으로 갔다.

모여들었던 스파다의 기사들은 그런 두 사람을 흐뭇한 눈으로 바라보고 있었다.

"아아. 슈틴이 알면 난리가 나겠군."

비록 결정된 사항도 아니고 난관은 많을 테지만, 스파다의 기사들은 나름대로 케릭스라는 인물을 인정하고 있었다. 스파다 인은 아니지만 페이라인 공주가 위험에 빠졌을 때 단신으로 그녀를 구해 데라즈로 모셔갔을 뿐만 아니라 현재 스파다의 해방을 위해 온 힘을 다하고 있는 인물이다.

　기사의 신분이라고는 하지만 데라즈의 건국 신화에 등장하는 키세리언과 동일시될 정도의 영웅에다가 '댐'으로 다크 드래곤까지 딸려 있으니 금상첨화. 반대하는 자만 없다면 다음 대의 스파다 국왕이 될지도 모르는 사람이다.

　물론 이것은 어디까지나 스파다 인들의 희망이다.

　데라즈 사람들의 입장은 사실 스파다 인들과는 전혀 다른 양상을 띠고 있었다.

　뭐니 뭐니 해도 케릭스는 다크 드래곤의 계약자다. 데라즈를 건국하고, 데라즈를 수호한다는 다크 드래곤의 계약자인 것이다. 그런 중요한 인물을 아무리 우방국이며 그 우방국의 공주가 원한다고 해도 호락호락 내어줄 리는 없다.

　하지만 이렇게 물밑에서 오가는 치열한 사람들의 공방을 본인은 전혀 눈치 채고 있지 못했다. 케릭스의 머리 속에 있는 것은 오직 하나, 몬스터들에게 짓밟히고 피 흘리고 있는 사람들을 구원하는 것이다. 그것을 너무나도 잘 알고 있는 카이스는 그저 웃음 지을 수밖에는 없었다.

　그리고 카이스가 예견한 '슈틴의 난리 법석'은 너두나 당연하게, 그리고 인간들로서는 당황하다 못해 황당 그 자체의 사태를 불러일으켰다.

　"그리하여 프라드 신이시여, 당신의 이름으로 이 자리에 당신의 딸 페이라인 폰 글랜티나 스파디안을 스파다의 새 국왕 페이라인 1세로 선포하나니, 당신의 딸을 굽어살피소서."

　하얀 수염을 가슴께까지 늘어뜨린 엄숙한 표정의 신관이 커다란 관을 높이 치켜 올렸다가 그 앞에 무릎을 꿇고 있는 아름다운 여인의 머리에 씌워주었다.

스파다의 새로운 여왕이 탄생하는 순간이었다.

부서진 성벽과 신전, 그리고 산산이 부서져 버린 성 앞의 넓은 광장.

대관식은 아직도 무너져 내린 성의 파편들이 구르고 있는 그 넓은 광장에서 이루어졌다. 조촐한 대관식이지만, 멸망의 입구에서부터 구사일생으로 살아난 스파다의 사람들에게 있어 새로운 여왕의 탄생은 그들 앞에 새로운 서광을 비추는 일대의 사건이었다.

"페이라인 여왕 만세!!"

"스파다 만세!!"

"스파다여, 영원하라!"

광장에 모인 사람들의 얼굴에는 이제 절망의 빛이 서서히 사라지고 희망의 빛이 돌아오고 있었다.

"스파다의 여러분."

새롭게 여왕이 된 페이라인 1세는 엄숙한 목소리로 선포했다.

"우리는 절망의 늪에서 다시 일어섰습니다. 몬스터들의 손아귀에 잃은 우리의 가족들은 결코 돌아올 수 없는 먼 길을 떠났습니다. 그들에게 국왕으로서 심심한 조의를, 그리고 나라를 위해 목숨을 바친 모든 사람들에게 이 영광을 돌립니다. 그들이 없었더라면 어찌 제가 이 자리에 설 수 있었을까요."

환희에 들떴던 광장이 삽시간에 고요해진다. 그들이 지금 딛고 서 있는 기쁨은 많은 사람들의 희생 위에 세워진 것이기 때문이다.

"하나 우리는 그 희생을 발판 삼아 다시금 새로운 시대를 시작해 나갈 것입니다. 부족한 제가 이 자리에 섰습니다. 앞으로 다시 일어서기 위해서는 여러분의 힘이 필요합니다. 스파다는 여러분의 나라입니다."

소박한 인사말이었지만 그것은 여왕이라고 하는 지위에 오른 페이라인 공주의 진심 어린 말이었다. 그 때문일까? 광장에 모여 있는 사람들 모두 자신들의 새로운 여왕에게 진심으로 충성할 것을 맹세하고 있었다.

"스파다를 위해 정말 많은 사람들이 희생하였습니다. 하지만 저는 이 자리에서 특별히 한 기사를 소개하고자 합니다. 그는 스파다 인이 아닙니다. 그러나 그는 몬스터에 쫓겨 죽음의 문턱에 이른 저를 구원해 내었으며, 다시 이 자리에 서게 만든 일등 공신입니다. 데라즈의 키세 나이트 케릭스 틴들랜드 경."

한쪽 구석에서 힘껏 박수를 치고 있던 케릭스는 갑자기 자신의 이름이 불리자 깜짝 놀라 그만 발을 헛디뎌 버렸다. 그것을 바로 옆에 있던 카이스가 붙들어주며 심술궂게 그의 귓가에 중얼거렸다.

"고생 좀 하게 생겼어."

"에?"

"케릭스 틴들랜드 경, 어디 계십니까."

"아. 여, 여기 있습니다."

자신을 부르는 목소리에 그는 반사적으로 대답했다. 사람들의 눈이 순식간에 그에게 쏠린다.

예복을 입지 않고 검소한 기사 복장을 하고 있는 그는, 그 때문에 더욱더 사람들에게 신뢰감을 주고 있었다. 허리를 넘는 검고 긴 머리카락과 반듯하게 생긴 용모, 그리고 신비롭게 반짝이는 좌우의 색이 다른 눈. 모든 것이 매력적이게 비추어진다.

"케릭스 틴들랜드 경."

앞으로 나선 케릭스에게 페이라인 여왕이 다가와 예를 올린다. 당황한 케릭스는 그에 맞추어 그녀에게 한껏 예를 갖추어 인사를 올렸다.

"스파다 인을 대표해 당신에게 무한한 감사와 영광을 돌리는 바입니다."

"아닙니다. 저는 다만 제가 할 일을 이행하였을 뿐입니다, 폐하."

"겸허한 마음가짐은 기사의 근본이겠지요. 하나 보십시오."

페이라인은 주변에 늘어선 사람들을 가리킨다.

"저를 비롯하여 모든 사람들이 당신이 구한 사람들입니다."

페이라인 여왕은 케릭스에게 한 손을 내밀었다. 케릭스는 황송하게 그 손을 맞잡았다. 손을 잡는 순간 페이라인이 케릭스의 손을 하늘 높이 쳐 들었다.

"저는 이 자리에서, 스파다를 구한 이 용감한 키세 나이트에게 공개적 인 청혼을 하려 합니다!"

"우와와와와와!!"

"여왕 만세!!"

"키세 나이트 만세!!"

이미 대관식 자체가 파격적인데다가 스파다의 첫 여왕이라는 자리에 오른 페이라인도 파격적이건만, 그녀는 그 자리에 마지막으로 폭탄을 던 져 넣은 셈이 되었다.

광장은 완전히 흥분의 도가니에 빠져들었다.

한쪽 구석에서 살아남은 스파다의 대신들이 얼굴을 싸매도, 다른 한쪽 에서 랜드리크 이하 데라즈 사람들이 어찌할 바를 몰라 해도 그 흥분은 수그러들 수가 없었다.

단 한 사람의 목소리를 제외하면.

"웃기는 소리 하지 마!!"

흥분을 가르는 날카로운 소녀의 목소리가 공기를 가르며 터져 나왔다.

"무슨 웃기는 소리를 하고 있는 거야, 이 여자가!"

"슈, 슈틴 양, 여기서는 예의를 갖추어야……."

"무엄하다!! 감히 여왕께!!"

"인간의 여왕이 나랑 무슨 상관이 있어!!"

뒤쪽에 있다가 앞으로 쏜살같이 튀어나온 그녀는 의상도, 햇살에 반짝이는 잿빛의 헝클어진 머리카락도, 흥분이 가득한 회색 빛 눈동자도, 파격적인 맨발도 그들의 여왕과는 전혀 대조적인 모습이다. 하지만 어느 누구도 그녀 앞에 나설 수가 없었다. 슈틴의 온몸에서 풍겨 나오는 그 무시무시한 압박감 때문이었다.

"보자 보자 하니까! 말도 안 되는 소리만 지껄이고 말이야!"

"무례하군요."

"나한테는 그런 거 상관없다고 했지! 어른이 되면 나는 케릭스의 신부가 될 거야! 당신이 끼어들 자리는 없어!"

수십, 수백 번, 아름다운 레이디로서의 가르침을 일에 담아온 케릭스는 절망하기 직전. 거기에 페이라인이 한술 더 뜬다.

"무슨 말씀을 하시는지요. 당신은 드래곤이라 들었습니다. 그리고 케릭스님은 인간. 맺어질 수 없는 사이라는 것을 아십니까?"

"웃기는 소리 하지 마! 드래곤도 얼마든지 인간의 아이를 낳을 수 있다고!"

"슈틴 양!"

"어머나! 그런 것이 가능한 줄은 몰랐군요. 하지만 당신은 그래도 드래곤입니다. 과연 당신이 어른이 되는 데 얼마만큼의 시간이 걸리는 건가요?"

"무슨 상관이냐니까!"

흥분한 슈틴 앞에서 여유만만하게 이야기를 할 수 있는 것은 오로지 페이라인 여왕 한 사람뿐. 그것은 그녀가 인간이기 대문이 아니라 여자이기 때문에 가능한 것일지도 모른다.

"안심하세요, 드래곤이여. 저는 여자이지만 또한 공주로서 자란 몸. 국왕이신 아버님께는 제 어머님 말고도 여러 분의 총희가 계셨지요. 국왕께 여러 명의 여인이 있는 것은 결코 흠이 아닙니다."

이 말은 지금 페이라인이 케릭스가 슈틴을 후궁으로 맞아도 개의치 않겠다는 소리나 다름없다. 그렇게 교육받고 자라온 그녀로서는 실례를 하는 것이 아니라 당연한 이치에 대해 설명하고 있는 것이다. 하지만 과연 그것을 슈틴이 받아들일 수 있을까? 당연히 그렇지 않다.

"국왕은 무슨 국왕이야! 케릭스, 그렇게 멍청하게 있을 거야?"

당황하다 못해 완전히 백지 상태가 되어 있던 케릭스는 슈틴의 목소리를 듣고서야 간신히 제정신을 차렸다. 그는 페이라인에게 황급히 말했다.

"폐하, 제게 주신 말씀은 황공합니다만 부득이하게도 제겐 그럴 수 없는 사정이 있습니다. 다크 드래곤과 계약한 이후 저는 조금이지만 보통 인간의 선을 넘어선 게 아닌가 생각됩니다. 당장 내일 생을 마감할지도 모르고, 보통의 인간들보다 훨씬 오랜 시간을 살아가게 될지도 모릅니다. 국왕의 위치에는 절대 어울리지 않을 겁니다. 그리고 무엇보다 제겐 슈틴 양이 있습니다. 폐하의 청은 감사하게 생각합니다만, 부디 거두어 주시기 바랍니다."

"하지만 틴들랜드 경!"

"그 호칭은 제게 어울리지 않습니다."

빙긋이 웃으며 케릭스는 그녀의 손을 놓았다. 슈틴이 재빨리 비어버린 케릭스의 손에 달려들었다.

"오빠! 보고만 있을 거야? 그렇게 가만히 있으면 절대! 절대! 아버지에게 일러줄 거야!!"

"하하하하!"

그때까지도 드래곤답지 않게 배꼽을 잡아가며 미친 듯이 웃고 있던 카이스는 슈틴의 말을 듣고 고개를 끄덕였다.

"아버지는 둘째 치고 네 등쌀에 못 견디겠지."

이미 생명의 계약을 나눴다는 것만으로도 슈틴의 구박을 받고 있던 카이스는 가볍게 몸을 공중에 띄웠다.

그리고 다음 순간 그의 칠흑과도 같은 망토로 둘러진 신형이 사라지고 그 자리에는 거대한 다크 드래곤의 모습이 나타났다.

카이스는 가볍게 슈틴과 케릭스를 바람의 정령을 이용해 땅 위에서 들어 올려 그의 손 위에 올려놓았다.

「스파다여, 그대들의 나라에서 할 수 있는 것은 도두 마쳤다. 나와 계약자는 이제 본래의 자리로 돌아간다.」

본디는 케릭스에게만 들려야 할 목소리가 광장에 모인 모든 사람들의 머리 위에 울려 퍼졌다. 그에 답하여 광장에 늘어서 있던 키세 나이트들도 제각각 자신의 드래곤 등에 올라타 함께 공중으로 떠올랐다.

"여왕의 즉위를 축하합니다. 이제 키세 나이트는 데라즈로 돌아가겠습니다!"

랜드리크 경이 커다란 목소리로 그들에게 이별을 고했다. 그로서는 조금 전에 벌어진 황당한 사건에서 탈출하게 된 것이 너무나 다행스럽게 여겨질 뿐이었다. 물론 그 방법은 생각하면 생각할수록 머리가 띵해질 정도로 골 때리는 것이었지만 말이다.

사람들의 머리 위에서 카이스는 엄숙한 목소리로 말했다.

「떠나기 전에 그대들의 여왕에게 조그마한 선물을 주도록 하지. Recovery(복귀, 회복).」

카이스의 스펠이 끝나자마자 사람들이 서 있던 땅이 두두두두 하고 울리기 시작했다. 놀란 사람들의 비명 소리는 다음 순간, 기적을 목격하는 놀라움의 소리로 바뀌어갔다.

"성이!! 성이!!"

"성이 되살아난다!!"

　그것은 정말로 되살아난다고밖에는 표현할 수 없는 광경이었다.

　순백의 대리석들이 천천히 다시 일어서고 부서졌던 조각들이 제자리를 찾아간다. 산산조각이 났던 조각상들도 몸과 팔, 얼굴, 그리고 머리 장식의 끝까지 원래의 모습을 찾아가고 있었다. 금이 갔던 성벽들이 다시 합쳐지고, 쓰러졌던 나무들이 일어나 다시 푸르름을 내뿜었다.

　잠시 후, 세티아 성은 몬스터들의 침략을 받기 전의 완전한 모습으로 되돌아가 있었다. 조각상 구석에 쌓여 있던 먼지까지 모조리.

　「그대들의 여왕에게 축복이 있기를.」

　왠지 드래곤답지 않은 멋지구리한 말을 끝으로 카이스는 하늘 높이 날아올랐다. 그 뒤를 키세 나이트들이 일제히 따라 날아오르기 시작했다.

　케릭스는 다시 아름답게 반짝이고 있는 세티아 성을 바라보며 카이스에게 말했다.

　"뭔가 상당히 인간적이야."

　「당연하지. 네 흉내를 조금 냈으니까.」

　"하하하."

　"너무 늦어! 그 여자가 뭐라고 하기 전에 이렇게 했어야 할 거 아니야! 게다가 뭐 하러 성을 고쳐 줘."

　「음. 말괄량이 동생이 소동 부린 대가라고 해두지.」

　"내가 어디가!!"

　「그렇게 케릭스의 신부가 되고 싶으면 그 말버릇 좀 고쳐 두는 게 좋을 거다, 슈레스티아. 아무래도 케릭스는 그런 데 약한 모양이니까.」

　"……."

　카이스의 말에 슈틴이 뾰루퉁해져 고개를 돌려 버린다. 그런 모습마저 너무나도 사랑스럽게 보였지만 케릭스는 아무 말도 하지 않았다.

　이런 방법을 통해서라도 조금쯤은 그가 바라는 '아름다운 레이디' 의

흉내라도 내게 되었으면 하는 바람 때문이었다.

'나는 아무래도 좋지만, 아버님이나 어머님께서는 신경을 쓰실 테니까.'

아무런 반대도 받고 싶지 않다. 그러니까 자신의 사랑하는 가족 어느 누구도 그녀를 저어하지 않게 되길 바란다. 그것을 위해서이다.

"그런데 카이스."

「왜?」

"우리한테 본래 돌아갈 곳이라는 게 있었나?"

「…물론 없지.」

아마도 그 말 역시 '인간적으로' 케릭스의 흉내를 낸 모양이다.

"이대로 돌아가면 분명 데라즈에서도 소동이 날지도 몰라. 용병 생활을 한 때문인지 아무래도 그런 건 조금 귀찮거든."

「마음대로 말하는군. 내가 듣기로는 돌아가면 정식으로 기사 작위 수여식인지 뭔지를 한다고 하던데.」

"그런 것을 받지 않아도 난 이미 키세 나이트인걸. 당연한 것 아닌가?"

「정말 멋대로야.」

"핸슨이나 리링, 빈즈랑 린슨… 아! 아인도 까먹으면 안 돼. 분명 케릭스를 걱정하고 있을 테니까."

슈틴이 옆에서 주의를 준다. 케릭스 이외에는 아무것도 상관하지 않던 그녀로서는 크나큰 변화다.

"핸슨 씨들을 찾아서 살짝 여행이라도 떠나면 어떨까? 예를 들어서 예전에 갔었던 엘렌데이크라던지. 아! 린슨 씨의 고향도 가보고 싶어. 기왕 슈테른 어도 배웠는데 써먹어야지."

「그 시끄러운 인간들과 함께 가자고?」

"어때. 시간은 많잖아? 데라즈에는 조금 소동이 가라앉으면 돌아가지 뭐. 그래도 예전보다는 한 사람이 줄 테니까."

케릭스가 언급한 것은 다름 아닌 엘레프의 일이다. 슈틴을 대신하여 라이젤의 목숨에 대한 대가로 마계로 간 다크 드래곤 엘레프 슈레스틴. 카이스는 케릭스가 일말의 죄책감 같은 것을 다시 떠올리자 쐐기를 박았다.

「엘레프는 본인이 바랐던 대로 다크 드래곤으로 각성했다. 아마도 자신이 바랐던 가장 최상의 삶을 보내고 있을 거야. 영 그가 걱정된다면 다음에 한번 만남을 주선해 보도록 하지. 하지만 장담하건대 그는 아마도 우리에 대해선 아무런 생각도 없을 거다. 드래곤이란 그런 존재니까.」

"맞아! 케릭스, 나랑 같이 환수계에도 가보자. 그때 엘레프를 초대해서 만나도 될 거야. 다른 사람은 몰라도 케릭스는 괜찮을 거라고 생각해. 오빠의 계약자니까. 기왕이면 내가 계약자가 되고 싶었지만."

또다시 아쉬워졌는지 슈틴이 입술을 삐죽 내민다.

"어디든 좋습니다. 슈틴 양이 태어난 곳도 분명 아름다운 곳이겠지요?"

"물론이야!"

「손바닥 위에서 닭살 돋는 소리 하지 마. 그냥 떨어뜨려 버린다!」

으름장을 놓긴 하지만 카이스는 더할 나위 없을 정도로 안전하게 그의 계약자와 자신의 여동생을 보호하고 있다.

케릭스는 그의 손바닥 위해서 스쳐 지나가는 풍경을 내려다보았다.

아름다운 녹색이 펼쳐져 있는 대지에는 군데군데 사람들의 모습과 가축들의 모습도 보인다. 피난을 떠났던 사람들이 하나둘씩 돌아오고 있는 것이다. 앞으로도 분명 몬스터들이 나타나지 않을 것이라고는 할 수 없을 것이다. 하지만 그래도 지금 눈 아래 펼쳐져 있는 광경은 분명 앞으로도 변함없을 것이다.

그들의 앞에는 넓고 넓은 대지가 끝없이 펼쳐져 있다. 아직 가보지 못한 땅도, 이미 스쳐 지나갔던 곳도……

"우리에게 시간이 허락되는 동안 갈 수 있는 모든 곳에 가보고 싶어, 가능하다면."

「물론 가능하지. 자아, 어디부터 갈까? 엘렌데이크? 슈테른?」

"그런데 말야, 둘 다 잊고 있는 게 있거든?"

「……?」

"무엇을 잊고 있다는 겁니까?"

"여행을 떠나려면 핸슨들을 찾아야 할 거 아냐. 그러려면 제일 먼저 가야 할 곳은 데라즈라고."

슈틴의 말에 케릭스가 환하게 웃음을 터뜨렸다.

"아하하하하하! 맞아요. 슈틴 양의 말대로 그것을 깜박 잊고 있었군요. 그렇다면 제일 먼저 데라즈로 갑시다. 가서 핸슨 씨들을 재빨리 찾아내고, 다음으로는 집에도 들러서 인사를 드려야겠어요. 말없이 집을 나가면 이번에야말로 아버님께 호되게 혼이 날 테니까요."

그리고 아버지에게는 이런 저런 할 말들이 있다.

"집사인 필에게도 이번에는 안심하라고 말을 해줘야겠지요."

「너라면 다른 곳에도 들르려 하지 않을까?」

가만히 있던 카이스가 지적했다.

"어디를?"

「잊고 있었지만, 기억났어. 난 너를 네가 어릴 적에 만난 적이 있었다.」

"에?"

「그 레드 드래곤, 이름이 아마도…….」

"미루론! 설마 그때의 남자가 바로!!"

「바로 나야. 그때 마침 슈틴을 찾아서 처음 중간계에 나왔던 때였지.」

카이스의 말에 순간 케릭스는 얼빠진 얼굴이 되어버렸다.

"왜 그래, 케릭스?"

순진한 얼굴로 자신을 바라보고 있는 슈틴. 도대체 그녀의 나이는 몇 살인 걸까?

"아니요. 아무것도 아닙니다."

당황스런 케릭스의 심정을 알아챈 카이스가 다시 호탕하게 웃어대기 시작했다. 그의 동생이 성년이 되어 그녀가 바라는 대로 케릭스의 아이를 낳을 수 있을 때까지는 과연 얼마나 걸릴까?

그것은 드래곤들만 알 수 있는 것일 것이다. 물론 카이스는 조그마한 심술로 절대 그 이야기를 케릭스에게는 말하지 않을 것이다.

"자아! 돌아갑시다, 데라즈로!"

스파다와 데라즈를 이어주는 레지나 성이 그들의 시야에 들어오기 시작했다.

다크 드래곤과 그들의 뒤를 따르는 키세 나이트의 행렬.

레지나에 있던 사람들 중 하나가 그것을 눈치 채고 하늘을 가리키며 사람들을 부르고 있다. 어느새 레지나의 상공을 지나가는 키세 나이트들을 바라보는 사람들이 늘어났다. 그들은 지상에서 데라즈를 지키는 다크 드래곤과 키세 나이트들의 이름을 연호하고 있었다.

아마도 그들은 그들의 아이들에게 그들을 지키며 싸웠던 키세 나이트들의, 그리고 다크 드래곤과 그의 계약자였던 한 기사의 이야기를 전해 줄 것이다.

데라즈가 존재하는 한, 그리고 드래곤들이 이 지상에 존재하는 한 결코 그 이야기는 끝나지 않을 것이다.

 에필로그

"흐음. 이 부근이라고 들었는데. 오랜만에 오니 조금 헷갈리는군."

"그러게 아까 길을 설명하던 병사를 끌고 왔으면 되었잖아."

똑같은 검은 머리카락을 가진 두 남자가 옥신각신하고 있었다. 누군가 본다면 혹 형제가 아닐까 의심했을지도 모른다.

"그럴 순 없지. 그도 바빠 보였잖아."

"조금 여유있게 왔어야 하는데, 늦장을 부리니 이 밤중에 헤매지. 아아, 눈이 피곤하다고. 어서 찾아."

두 사람 중에 하나가 투덜대며 눈을 비빈다. 그러자 다른 한쪽 역시 똑같이 눈을 비비며 말했다.

"피곤한 건 나도 마찬가지야. 투덜거리지 말라고, 카이스."

한쪽은 파랗고 한쪽은 검은 똑같은 눈을 가지고 있는 친구에게 케릭스는 핀잔을 주며 말했다.

생명의 계약으로 인한 증거인 그 눈은 계약 이후 20여 년의 시간이 흘렀어도 여전히 똑같은 빛을 발하고 있었다.

"아아, 이쪽은 대충 알 것 같다. 마즈렉 녀석, 상당히 출세했군. 이런 대저택이라니."

"내일 기사단장이 된다며. 이 정도는 당연한 것 아니야?"

카이스의 말에 케릭스는 푸핫, 하고 웃음을 터뜨렸다. 예전이라면 그게 뭐? 하고 말했을 카이스건만, 정말로 그는 인간다워져 있었다.

"맞아. 당연한 거지. 으음. 과연 우리를 통과시켜 주려나?"

"모르는 일이지."

"음, 일단은 두드려 봐야지!"

케릭스는 앞장서서 불이 환하게 켜진 저택의 입구로 걸어갔다.

당연하겠지만 병사 둘이 그들의 앞을 막았다.

"누구냐!"

"에또… 친구를 좀 만나러 왔는데."

병사들이 낯선 두 사람을 보고 경계하는 눈치다. 한밤중에 어디서 케케묵은 먼지를 뒤집어쓴 시커먼 두 남자가 나타났으니 당연한 이치다.

"친구라니, 누굴 만나러 온 것이냐!"

병사는 당연하게 묻는다.

그 말에 케릭스는 카이스와 시선을 교환한다. 과연 여기서 마즈렉의 이름을 댄다면 이 사람들이 납득해 줄까 하는 생각이 들었다.

"으음. 마즈렉 카리안을 만나러 왔는데."

"카리안님께 당신들 같은 친구는 없다! 카리안님께 청원할 것이 있다면 날이 밝은 뒤에 장미관을 찾아가 보도록 해."

"역시."

"거봐. 그냥 날아오는 게 나을 거라고 했잖아."

"하지만 소동이 나는 것은 싫은걸. 나는 조용한 게 좋아, 카이스."

키세 나이트 작위 수여식을 내동댕이치고 도주(?)한 뒤로 여러 차례 케릭스는 고향을 찾아왔지만 그때마다 소동이 벌어졌었다. 구국의 영웅이자 다크 드래곤과 계약한 전설적인 키세 나이트의 방문이니 당연한 것이었다. 하지만 케릭스는 그런 소동을 무척 싫어했다.

마지막으로 데라즈를 방문했던 것이 벌써 20년 전. 이번에는 마즈렉이 새로운 키세 나이트 단장이 된다는 소식을 전해 듣고 몰래 데라즈로 숨어든 참이다.

"음. 대단히 실례라는 것은 알겠지만 말이죠, 다른 것은 다 필요없으니 마즈렉에게 케릭스 틴들랜드가 왔다, 라고만 좀 전해줄 수 없겠습니까?"

케릭스는 마지막 수단으로 자신의 이름을 밝혔다. 이래도 소용없다면 오늘 밤은 근처 어딘가에서 노숙을 할 수밖에 없다.

가진 것이 한 푼도 없으니 말이다.

"소용없어! 어서 돌아가라구. 참나, 이 밤중에 웬……."

"이, 이봐, 잠깐만."

"왜?"

두 병사 중 한 사람은 휙휙— 하고 손을 내저어 케릭스와 카이스를 쫓아버리려 했지만 다른 한쪽은 그렇지 않았다. 그는 뭔가 생각난 듯 옆에 있는 병사의 팔을 잡아당기며 말했다.

"케릭스 틴들랜드라고 했잖아, 방금!"

"그게 뭐."

"그그!! 케릭스 틴들랜드라고 넌 들은 적도 없어? 다크 드래곤의!"

"에엑!!"

두 사람의 눈이 휙 하고 케릭스와 카이스에게 쏠린다.

"서, 설마!! 당신이 정말로 케릭스 틴들랜드인가? 하지만 그는… 그는 우리보다 훨씬… 카리안님과 친구 사이라고 들었는데."
"뭐, 맞긴 하니까. 연락 좀 넣어주시겠습니까?"
"아, 알겠습니다!!"
병사들이 황급히 안으로 뛰어들어 갔다.
그들의 모습을 보며 케릭스는 쓴웃음을 지었다.
"아아, 정말이지 소동은 싫어."

한밤중, 케릭스 틴들랜드가 자신을 찾아왔다는 얼토당토않은 소리에
잠을 깬 마즈렉 카리안은 황급히 자리에서 일어났다. 분명 말도 안 된다
고 생각은 했지만, 혹시나 하는 마음에서였다.
그의 친구가 데라즈를 떠난 지 벌써 20여 년이 흘렀다.
젊었던 그가 벌써 50을 바라보는 나이가 되어 있을 정도로 말이다.
마즈렉은 황급히 시종을 불러 손님방에 잠들어 있는 세샤크를 깨우라
고 지시했다. 내일 있을 행사를 위해 그의 절친한 친구 역시 그의 집에
머물고 있었던 것이다.
"뭐야, 마즈렉. 이 새벽에."
"케릭스가 찾아왔어."
"뭐?"
잠에서 깨다 만 세샤크의 눈이 화등잔만해진다.
"어디? 어디?"
"응접실에 와 있다는군."
"……진짜인가?"
"이런 일은 처음이니까. 글쎄? 진짜이지 않을까?"
초기에는 간혹 고향으로 돌아왔던 케릭스가 당분간은 돌아오지 않겠
다는 말을 했을 때 가장 반대했던 사람들이 세샤크와 마즈렉이었다. 하

지만 그 반대에도 불구하고 케릭스는 두말없이 떠나가 버렸던 것이다.

"뭔가 긴장되는데."

"그 나이 먹고도 안정감이 없어, 넌."

"흥. 냉혈 기사단장님이 보시기엔 다 똑같겠지."

세샤크는 마즈렉의 핀잔에 한마디도 지지 않고 쏘아붙였다.

그것은 모두 긴장감을 덜기 위해서였다.

닫혀져 있던 응접실의 문이 빼꼼하게 열린다.

세샤크는 안에서 들려오는 목소리에 귀를 기울였다.

"그러니까, 적당히 인사하고 돌아갈 거라니까, 카이스."

"매정하기 그지없군."

들려오는 목소리는 분명 기억 속의 그것과 동일했다. 세샤크는 더 이상 참지 못하고 문을 활짝 열고 안으로 들어섰다.

"케릭스!!"

"케릭스!"

마즈렉과 세샤크는 동시에 친구의 이름을 불렀다.

푹신한 소파에 앉아 있던 검은 머리가 천천히 뒤를 돌아다본다.

"케릭스 너!!"

"도대체 어디에 있다가 이제야……."

반가움에 친구의 이름을 부르던 두 사람이 그 자리에 멈추어 섰다. 그들은 그 자리에 얼어붙어 버렸다.

"아아, 미안. 한밤중에 찾아와서."

20여 년의 공백기는 아무렇지도 않은 듯 케릭스가 말을 던졌다.

"놀랐지?"

"케릭스… 도대체."

마즈렉은 말을 잇지 못했다. 그것은 다름 아닌 케릭스의 용모 때문이었다.

시간이 흘러 그들은 모두 50을 바라보는 나이가 되어 있었다. 관자놀이 부근이 희끗해지고 얼굴에는 주름이 패이기 시작했다.

하지만 그들의 눈앞에 있는 케릭스는 예전과 다름없는 모습을 하고 있었다.

허리를 넘어가는 검은 머리카락도, 색이 다른 양쪽 눈도, 그리고 얼굴도 모두 그대로였다.

"미안. 사정이 이런 터라……. 돌아올 마음을 먹는 게 쉽지 않았어."

"케릭스."

"잘 지냈지, 마즈렉? 셰샤크?"

"……너. 우리가… 우리가 얼마나 걱정한 줄 알아?"

"미안."

처음의 놀라움은 잠시, 셰샤크와 마즈렉은 반가움의 눈물을 흘리며 친구에게 달려들었다.

누가 본다면 내일 새로운 키세 나이트 단장으로 위임받을 냉혈의 기사 마즈렉과 그의 친구이자 부단장이 될 셰샤크가 벌써 노망이 들었다고 할지도 모른다.

"어떻게 된 거야, 이건. 하나도 변하지 않았잖아."

"그게, 나도 잘 모르겠어. 뭐, 어쩌다 보니 아직도 이렇지. 카이스, 인사해. 뭘 그렇게 멀뚱하게 서 있어."

"아아. 뭐, 나야."

까닥 하고 카이스가 셰샤크와 마즈렉에게 인사를 했다. 그 역시 여전한 모습이었다.

"오랜만에 뵙는군요, 카이스 씨."

"반갑습니다, 카이스 씨."

두 사람은 이전과는 달리 조금은 느긋해진 얼굴로 카이스에게 인사를 건넸다.

"아무리 사정이 그렇다고 해도 종종 왔으면 좋았잖아."

"그렇긴 하지만, 이런 상태로 돌아오면 분명 소동이 일어날 테니까."

"소동 좀 일어나면 어때!"

"시끄럽잖아."

환하게 웃어 보이는 케릭스의 얼굴은 그들의 기억 속에 있는 그것과 완전히 동일하다. 아직도 어린 시절의 그 천진난만함이 그대로 남아 있는 얼굴이다.

"모두 네가 돌아오기를 얼마나 기다렸는데."

"맞아. 그러고 보니 네 동생도 이제 어엿한 키세 나이트가 되어 있다고. 가족들은 만나봤어? 하이리안님도 아직 정정하시다고. 그 연세에 말이지!"

"아직. 사실은 아이가 태어나면 같이 오려고 했는데 네 소식을 듣고 일단 황급히 온 거야. 축하한다. 키세 나이트 단장이 된다면서. 세샤크 너는 부단장."

세월의 흔적을 고스란히 받은 마즈렉과 세샤크, 그리고 그 흐름에 동떨어져 있는 케릭스지만 세 사람은 허물없이 대화를 나눈다.

"아이라니! 너, 결혼한 거야? 언제? 도대체 어디서 지내고 있는 거야?"

"현재는 슈테른에 머물고 있어. 얼마 전에 환수계에서 돌아왔거든."

"……."

뭔가 꿈같은 이야기가 케릭스의 입에서 당연하다는 듯이 흘러나온다.

"슈레스티아가 고집을 부려서 성년식을 일찍 앞당겼지. 그리고는 일 년도 안 돼서……."

"하하하하."

케릭스의 얼굴이 순간 붉게 물들었다.

"추, 축하해."

"축하한다, 케릭스!"

두 사람은 서로 누가 먼저랄 것도 없이 케릭스에게 축하 인사를 건넸다.

"이거 누가 누굴 축하하는 건지. 맞아, 이럴 때 축배가 빠지면 안 되지! 거기 누구 없나! 술을 가져와, 술을!"

마즈렉이 평소와는 달리 들뜬 목소리로 시종을 불렀다.

"아이가 태어나면 다시 오도록 할게. 둘 다 축하해."

"에? 그 말은⋯ 너, 훌러덩 다시 사라져 버릴 것 같은 기미가 풍기는데."

"하하하."

"안 돼! 다른 날도 아니고 내일은 중.요.한 날이라고!"

마즈렉이 케릭스를 노려보며 말했다.

"그렇긴 한데."

"그런 줄 알면 필히! 참석해. 이번에는 절대 그냥 못 보내. 네 동생 케리안도 만나보고 아버님도 만나뵙고 가라고. 널 그냥 보내면 분명 내게 하이리안님으로부터 불호령이 떨어질 거다."

마즈렉이 케릭스를 위협하듯 커다란 목소리로 몇 번이나 다짐을 준다.

"절대로! 그냥 가면 두 번 다시 네놈의 얼굴 따윈 안 볼 거라고!!"

"맞아, 맞아."

두 사람이 연거푸 술잔을 들어 올리며 케릭스를 협박한다. 케릭스는 고개를 끄덕이며 그들의 말을 듣고 잔을 받으며 이야기를 나누었다.

오랜만의 여유였다.

할 이야기도 많았다. 그동안 어디서 무엇을 했고, 어디를 다녀왔고, 또 어떻게 지냈는지. 마찬가지로 셰샤크나 마즈렉에게도 할 이야기는 많았다.

페이라인 여왕이 다스리고 있는 스파다의 이야기라던가, 얼마 전에 기사 작위를 받은 그들의 아이들 이야기라던가.

케릭스가 계속 데라즈에 남아 있었다면 자연스럽게 서로 주고받아 왔을 20년간의 이야기가 끊임없이 그들 사이에서 흘러나왔다.

카이스 역시 간간이 그들의 대화에 한두 마디를 던져 가며 대화에 동참했다.

한밤중인데도 불구하고 마즈렉의 저택 응접실에서는 늦도록 불이 꺼지지 않았다.

그리고 사람들이 깨어나기 직전의 새벽.

응접실에서 잠들어 버린 셰샤크와 마즈렉을 편하게 뉘어놓고 난 케릭스는 가볍게 기지개를 켰다.

"이렇게 줄창 마셔대고는 오늘 있을 행사에 멀쩡히 나갈 수 있을지 걱정이군."

"걱정은 무슨. 이렇게 해두면 되지. 힐링!"

카이스가 가볍게 스펠을 외우며 두 사람의 이마를 짚었다.

"적어도 숙취는 없을 게야."

"고마워, 카이스."

"별말씀을. 그런데 그렇게 말을 해놓고 또다시 도망갈 셈?"

"뭐… 알잖아, 카이스."

"여하튼. 이 녀석들의 답답함이 이해가 가는군. 나야 별 상관은 없지만."

"대신 조금은 여흥을 북돋아줄 생각은 있어."

“……?”

“잘 부탁해, 카이스.”

싱긋— 웃는 케릭스의 얼굴이 왠지 불안하다고 생각했던 카이스의 예상은 물론 여지없이 딱 들어맞았다.

그날 오후 왕성에서는 국왕 일가를 비롯해 키세 나이트는 물론 궁정 기사단 이외에 수많은 인파들이 몰려 있었다.

그들의 한가운데에는 어젯밤 마치 꿈이라도 꾼 것 같은 기분이 되어 있는 두 명의 키세 나이트가 서 있었다. 다만 그들은 무척 기쁜 날임에도 불구하고 상당히 저기압 상태였다.

“바보 같은 녀석, 설마 술을 진창 퍼 먹이고 도망갈 줄이야…….”

“다음에 만나면 절대! 술은 먹지 말자고. 대신 녀석에게 퍼 먹이는 거야.”

“늙지 않고 있으면 좋은 거지, 무슨 그게 대수라고 도망을 쳐? 도둑놈도 아니고! 그냥 콰악!”

두 사람은 오랜만에 신나게 케릭스에게 욕설을 퍼붓고 있었다.

이윽고 두 사람의 이름이 재상에 의해 불려졌다.

새로운 키세 나이트 단장과 부단장으로 임명을 받기 위해서였다.

두 사람이 중정으로 걸어나가 차례대로 국왕 앞에 무릎을 꿇었다.

뒤에서 우와아아아 하는 탄성이 터져 나온다. 분명 축하할 일이긴 하지만 아직 새로운 검을 하사받지도, 국왕의 축사가 시작되지도 않았는데 탄성 소리가 흘러나온다는 것이 아무래도 이상했다.

두 사람은 저도 모르게 고개를 들어 하늘을 바라보았다.

“……!!”

“……!!”

그들의 머리 위, 하늘에 ⌐ ㅁ같은 밤하늘이 펼쳐져 있었다.

"우와아아아!!"

"다크 드래곤이다!!"

새카만 밤하늘의 날개를 가진 드래곤이 하늘을, 정확하게는 궁 위를 날고 있었다.

20년 만에 나타난 데라즈의 수호신이었다.

"다크 드래곤이다! 데라즈의 수호신!"

"키세 나이트 만세!!"

"키세 나이트 만세!"

어느 사이에 키세 나이트를 연호하는 사람들의 환성 소리가 궁을 가득 메운다.

높이 떠 있어 잘 보이지는 않지만 분명 케릭스도 함께 있을 터다.

두 사람은 감격에 가득 차 하늘을, 드래곤을 바라보았다. 그렇게 사람들 앞에 모습을 드러내길 저어하는 케릭스가 그들을 위해 나타난 것이다.

"젠장, 다음에 나타나기만 해봐. 아이를 인질로 삼고 절대 놔주지 않겠어!"

"좋은 생각이야. 아! 아예 우리 작은아들이나 네 막내딸하고 약혼을 시켜 버릴까?"

"나이 차이가 좀 날 텐데 괜찮을까?"

"뭐, 어때. 어차피 손녀나 손자도 곧 태어날 텐데. 그쪽으로 하던가."

"좋아!"

감격은 감격이지만, 두 사람의 입에서 흘러나오는 대화는 그 감격과는 아무래도 조금 거리가 멀다.

다크 드래곤이 사람들의 환성 소리와 함께 크게 날개를 펄럭이며 하늘로 날아오른다.
　사람들의 환성 소리도 점점 더 거세어진다.
　그 가운데에서 두 사람은 다짐에 다짐을 거듭하고 있었다.
　괘씸한 케릭스와 그의 드래곤을 향해 말이다.

〈완결〉

안녕하세요. 김우인입니다.

정말 오랜만에 여러분을 뵙게 되었습니다. 하지만 또 이것이 ^^; 완결 권이 되었네요.

키세 나이트는 제게 여러모로 애착이 가는 글입니다. 판타지로서는 두 번째 타이틀인 동시에 이런 것을 써보고 싶었다, 라는 제 욕구가 거의 대부분 반영된 글이지요.

때문에 어렵기도 했고 때문에 즐겁기도 했습니다. 마지막 문장을 마치고 난 뒤에도 아직도 계속 쓰고 있는 기분입니다.

계속 케릭스와 카이스와 함께 대륙을 여행하는 꿈을 꾸는 듯한, 그런 기분이랄까요?

키세 나이트를 쓰게 된 이유는 '최고의 드래곤과 최저의 인간이 만난다면?' 이라는 엉뚱한 상상에서 시작되었지만, 결국 그렇게도 완벽에 가까운 드래곤이 어째서 인간과 관계를 맺을까라는 것에 대한 개인적인 단상. 이라는 느낌이랄까요?

인간과 다른 존재이기에 인간들이 느끼는 것보다는 다르게 표현해 보고 싶었는데, 그것이 잘 표현되었는지 고민됩니다.

하지만 이미 키세 나이트는 제 손을 떠난 아이들입니다.

대륙을 횡단하든, 바다를 건너든, 하늘을 날든 이제 독자님들의 손에 들어가는 것만이 남았겠지요.

하고 싶은 말은 많지만 감사 인사를 드리는 것으로 글을 마치려 합니다.

일단 제일 먼저 오랜 시간 기다려 주신 독자 여러분께 감사 인사를 드립니다. 키세는 이제 끝났지만 또 다른 글로 여러분을 만났으면 합니다. 다음으로는 오랜 시간 채찍질해 주신 문 모 기자님께 깊은 감사의 말씀을 드립니다. 속 썩여 드려 죄송했습니다! 아참, 뒤쪽에서 협박(?) 아닌 협박을 해주신 김 모 기자님께도 감사를 드리고 싶습니다.

그리고 작업실 동지이신 강 모님, 언제나 말없이 지켜봐 주시는 부모님, 응원해 주는 친구들과 언니들과 동생들. 모두모두 감사합니다.

아참, 다음 팬 카페(http://cafe.daum.net/kimuin)에서 항상 응원해 주시는 이스라님 이하 여러 팬 카페 식구 여러분께도 다시 한 번 감사 말씀드립니다.

2004년 8월 10일
여름의 작렬하는 태양과 함께
김우인 드림.